世界文學
經典名作

頑童歷險記

THE ADVENTURES OF HUCKLEBERRY FIN

MARK TWAIN

馬克・吐溫 著
張友松 譯

關於・本書與作者

《頑童歷險記》（原書名：The Adventures of Huckleberry Finn）在美國出版是在一八八五年（英國版則早一年），至今已一百多年。儘管《頑童歷險記》到了今天已沒有多少人會否定它在美國文學的經典地位，而且要晉升世界十大文學名著也是穩操勝算。但自這部作品問市的當時，卻無法做爲一部傑作得到讀者的認同。更悲慘的是，這本書在出版之後，竟遭美國各地的圖書館和學校打入不受歡迎的黑書名單上。也就是說，非爲教會和教育委員會所推薦的優良圖書，反而被認爲是敗壞風氣的書。時至今日，或許仍然有不少人會對這本書是部傑作的說法不敢苟同，但世界各地已然培養出千千萬萬這本書的愛好者，也是個不爭的事實。

儘管我們對其魅力所在說不出個所以然，但可以確定的是，它的確具有一種吸引各種年齡、各國讀者的魅力。這或許就在於那令人屏氣凝神，緊張又有趣的冒險故事吧！這一點是無庸置疑的。絕對是這部作品的首要魅力。但若只是這樣，將不會讓人有再讀一次的動機，甚至還有可能被大人冷落，堆到兒童圖書架上做裝飾，落得如此冷清的下場。但從實際的情況來看，早已有許多大學將之搬上課堂，以之爲教科書仔細研讀，而且世界各地還有衆多的一流學者、作家和評論家針對《頑童歷險記》的閱讀方法和解釋，展開永無休止的討論。

由此可見，這部作品的內容是何其地深奧，又是何其地廣泛。這既深奧且廣泛的內容，實非一篇短短的解說所能道盡。《頑童歷險記》的魅力與奧祕，唯有賴各位讀者在長期不斷地閱讀之中，一點一滴地去挖掘出來。在此僅提出一些線索做讀者閱讀的參考。

本書是一八八五年，亦即馬克．吐溫五十歲時發表的，而實際的寫作時間，據說是在一八七六到一八八三的七年之間。而且在這期間似乎數度中斷，並非持續不斷地完成的。馬克．吐溫執筆的態度頗為不同，興起時便埋首疾書，一旦失興——若套用馬克吐溫本人的說法則是「一旦水箱的水用罄」——則必須等到水箱達滿水才會再繼續。

馬克．吐溫在一八七六年時，《頑童歷險記》的草稿只寫了前面三分之一，而這一年也是《湯姆歷險記》發表的那年。作者起初寫就《頑童歷險記》的出發點似乎是用以做為《湯姆歷險記》的續篇。從這本《頑童歷險記》的最初數章應可看出。於是，作者便以哈克（頑童）取代湯姆展開創作，寫著寫著，最後竟發展為一部全然不同於《湯姆歷險記》的作品。例如：從帶著黑奴吉姆順河而下的逃亡的狀況中，便衍生出不可僅以冒險故事視之的深刻問題。而根據學者專家的推斷，作者之首次輟筆中斷寫作，乃在於此問題之無法解決。所以，不應僅以創作力水箱的水用罄來搪塞，而應視為其乃需要補充其他元素的新泉源。其間作者腦中所面臨的「難產」有多痛苦，我們唯有寄託於想像無以印證，但無論如何，數次中斷之後終還是寫就了我們今天所看到的《頑童歷險記》。作者所直接面對的問題，簡言之，或許可說是在於如何從湯姆的世界跳脫進入哈克的世界之中，這項作業想必就是作者心中最大的挫折。而最大的難關則是在於，應如何解決帶著奴隸逃亡的狀況，如此一個棘手的問題上。這是一個唯有對當時的奴隸制度先做出價評判斷，對之表明贊成或反對的態度，否則無以解決的難題。作者在苦思不得其解之下，讓湯姆再次上場，並演出一場營救被補的吉姆的大冒險劇，直到不知如何使之發展下去時，作者便神來一筆地說「其實吉姆老早就已藉由其主人華森小姐的遺言得到自由了」，藉這麼樣一個「笑料」逃避這個難題的解決。

如此的結局想當然的必會引發一場極大的爭議。A派人馬認為，通篇哈克所一直苦惱著的嚴肅問題，以如此的鬧劇收場，簡直就是愚蠢，使得難得的傑作功虧一簣；B派人馬則認為除此之外別無解決之法，以湯姆為始的故事由湯姆來做結束，如此首尾一貫的手法，可說是再好不過的了。兩派人馬展開了激烈的論戰，至於哪一方說得有理，則端賴讀者的喜好而定，但不論結果如何，作者的一番苦心都頗值得我們去寄予同情。對大多數的讀者而言，那些艱深的議論都是無關緊要的，他們只不過是想藉由湯姆的一些事蹟得到閱讀上的快樂，而後心滿意足地闔上書本而已。畢竟哈克所煩惱的並非一個那麼容易就能解決的問題。

行文至此，恐怕要稍微岔個題。從湯姆的世界轉換為哈克的世界，這中間的內容伴隨著種種複雜的變化。原文書名二者皆題為「歷險記」（Adventures），但湯姆的冒險和哈克的冒險其實是大不相同的。

簡言之，湯姆的冒險乃發生在脫離了現實的空想世界的冒險，相對的，哈克的冒險則總是發生在現實的世界之中。湯姆的冒險總是有典故的，必須依照其出處的公式來發展，若無法按照公式發展，則只需「神來一筆」地帶過即可，所以，最後都可圓滿解決。

反觀哈克的冒險，則隨時都伴隨著突如其來的危險，一種全然無法預測狀況的變化的危險。

這種危險必須仰賴臨場的智慧才得以解決。湯姆的冒險是一種虛構的故事，一種遊戲；哈克的冒險則是攸關性命的一場又一場的輸贏。在閱讀湯姆的冒險故事的時候，讀者只需抱持一種看戲的心態即可。但哈克的冒險故事則會令人不自主地捏一把冷汗。

儘管我們說哈克在冒險中的表現遠不如湯姆，但哈克在冒險中的表現還是很了不起的。遭老爸監禁在小木屋中卻又脫逃，以及裝死等等的把戲，從這些來看，哈克在在是個一流的高手，之後與吉姆兩人順河而下的過程中所經歷的種種危難，哈克也都以其敏銳的判斷力予以一一化解。

然而，哈克的冒險卻總是外在環境所加諸的。湯姆的冒險則是「自找的」，因此湯姆總是樂於冒險，從中得到快樂。哈克的冒險總是一些被強行加諸的災難，雖還不至於毫無樂趣可言，但卻大都是不愉快的經驗。

這也就是說，馬克．吐溫是以他從小的實際見聞爲題材的。他在完成《頑童歷險記》的稍早，爲了修潤《密西西比河上》，特地於一八八二年重訪那片令人懷念的土地，在河的上游和下游之間來回走訪，詳細地就河沿岸的樣態做了調查。所以說，絕非僅爲虛構的故事。若透過這一層心理上的準備予以詳讀，必會發現這本書中蘊含著爲數頗多的「寫生」，讀者亦可偕同哈克一覽當時美國南部人們生活的詳細情況。不僅可一窺富豪奢華宅邸的內部，亦可一探大農莊的生活樣態。貧窮庶民的生活．書中亦有詳實的描述，地痞流氓的嘴臉亦一一呈現眼前。出現在書中的人物有男有女，有老也有少，甚至各行各業的人物也都紛紛出籠。才剛沉浸在教會的氛圍之中，便又時空一轉而爲馬戲團。稱此作品爲當時社會之縮影實在一點也不爲過。然而，故事中的哈克得以駐足悠閑觀察的時間卻是很短暫的。槍聲總是在某個節骨眼上從某個地方傳來，然後發生一場槍戰，再不然就是遭到逮捕，然後在千鈞一髮之際死裡逃生。哈克眼中的大人的社會，乃是個充滿血腥和暴力的恐怖世界。

這就是《湯姆歷險記》和《頑童歷險記》的最大差別，同時也是《頑童歷險記》較《湯姆歷險記》得到較佳的評價的理由之一。亦即《湯姆歷險記》爲供兒童閱讀的有趣的故事，而《頑童歷險記》則是不論是兒童或大人讀來都會覓得有趣，而且對學者而言也極具研究的價值和樂趣，爲一兼具深度和廣度的作品。至此耗費七年始完成的作品中所投注的心力，終於沒有白費。

姑且不論各具特色的湯姆和哈克，我們可說此兩者皆爲馬克·吐溫之化身，在馬克·吐溫的性格和思想中，兼備了湯姆的特質和哈克的特質。至於這部原本是打算做爲《湯姆歷險記》續篇所寫就的《頑童歷險記》，轉變爲如此的形式可說是必然的結果，從中亦可看出作者的成長與變化。若就其特質予以分類，湯姆是個浪漫主義者，哈克則是個現實主義者，於是，從這部作品亦可看出馬克·吐溫的精神構造中，現實主義的傾向已見明顯。而這也正就是導致其晚年的作品頗爲灰暗的原因。

然而《頑童歷險記》中的灰暗，並非無可救藥的灰暗。甚至還有很多讀者認爲絲毫感受不到任何灰暗的氣息。這或許是因爲哈克那充滿野性的堅韌的生命力，以及他那對於輕微的苦痛毫不會在意的樂天氣質吧。但最大的扭轉力量還在於，無論面臨何種困境，哈克都有一條生路。這條生路很明顯的就是那木筏上的安全世界，以吉姆這個值得信賴的好夥伴。好像是羅密歐與朱麗葉的現代版本似地，好不容易從兩大家族間無謂的流血抗爭中逃出來的哈克如是說：

「我擺脫了那些世仇的事情，簡直高興得要命，吉姆離開了那個沼澤，也是一樣高興。我們說，把木筏當做家，到底是最好不過，哪兒也比不上。別的地方都顯得很拘束和狹小，但木筏上就不是那樣。你坐在木筏上，就覺得很自由、很痛快和舒服。」

哈克的這段話語，令人深深覺得是作者馬克・吐溫有感而發之語。這或許可說是一八八二年重訪密西西比河時的感慨吧。同時也是《湯姆歷險記》和《頑童歷險記》的差別之一。《湯姆歷險記》中，並非毫無對那種牧歌式的世界鄉愁，甚至還可說《湯姆歷險記》是作者對已然不復存在的黃金年代和世界的一種鄉愁，一種懷舊的象徵。只不過，這種鄉愁是直接的，與《頑童歷險記》中所寄託的相較，遠無法企及。《頑童歷險記》含有一種在大人的社會中經歷種種歷練後所發出的深沈的嘆息，有著如此曲折的深度。至於即使是同等程度的明朗，哈克的就總是讓人覺得隱含著灰暗的質感，是一種隨時都會突然陷入黑暗之中的不安的明朗，但絕非很單純的明朗。

從木筏上的休息而現實的冒險，繼而再回到木筏上，哈克就是不斷地在動與靜這兩極的世界中穿梭來回的過程中展開他順河而下的流浪歲月。至於閱讀的重點所在，可就視讀者而有所不同了。若爲年輕的讀者或初閱此書的讀者，想必會是著重在哈克的冒險的世界，對於返回木筏的世界休息的哈克，恐怕不會給予太多的注意。但隨著年歲的增長，以及閱讀次數的增加，冒險故事的刺激想必會逐漸變得稀薄，將注意力集中在隱藏在冒險背後的大人社會的醜陋面和人性的愚蠢面上。同時，與那逃出險境的哈克心有同感。

若是仔細一點的讀者，想必還會注意到其他一些事。前此，前面談過哈克具有樂天的性格，在此略做修正。而修正的理由在於，受良心的苛責而煩惱的哈克的樣子，我們已看了不下數次。

哈克不僅是個置身社會規範之外的流浪兒，同時也是南方人中的末流。他深深了解幫助奴隸脫逃將觸犯重罪。在大霧之中迷路，找不到那條可讓吉姆順利逃到自由州的路，這件事之後，哈克每次見到吉姆都心懷愧疚，而且，隨著吉姆的長大與懂事，哈克心中的苦惱更是有增無減。

諸如此類的描寫哈克受到良心的苛責的部分，頗令人覺得超出了必要，這姑且不論，換個角度來看，可說正反映出了作者馬克・吐溫自身的心境和性格。以取悅他人為工作的幽默作家常會有異於常人的神經質和不幸，馬克・吐溫似乎也不例外。據說，馬克・吐溫一直認為胞弟和長女的死亡，部分是因為自己的不注意，因而極為自責，筆者發現作者的這一面多少反映在了哈克的性格上。而這也說是湯姆和哈克的差異之一。附帶一提，憂鬱也是哈克性格上的特徵之一。

馬克・吐溫當時做為一名演講者受歡迎的程度遠超過做為文學作家的他，或許是這個因素，使得他的作品處處可見樂趣橫生的生動對話和漫談。好比第十一章中哈克扮女裝被識破的那一段，或第十四章中的所羅門問答，或者是有如相聲般的針鋒相對皆隨處可見，這也正是馬克・吐溫的特色。他曾說：「絕不要和愚蠢的人辯論，他們會把你帶到他們的水平，然後回擊你。」

馬克・吐溫的機智與幽默，早已為世人所公認，就如同海倫・凱勒所說的：「我喜歡馬克吐溫——誰會不喜歡他呢？」

目錄

作者說明

這部書裡使用了好幾種方言土語，包括密蘇里的黑人土語；西南部邊疆地帶極端粗野的方言；「派克郡」的普通方言；還有最後這一種方言的四個變種。這些方言色彩並不是隨意拼湊，或是憑臆測寫成，而是煞費苦心，以作者對這種語言的直接熟悉，作爲可靠的指南和支柱而寫成的。

我之所以說明這一點，是有原因的：如果不加說明，許多讀者就會以爲這些人物想要說同樣的話，而沒有說好，那就與事實不符了。

1 道格拉斯和華森小姐的規矩

你要是沒有看過《湯姆歷險記》那本書，就不知道我是什麼人。不過那也不要緊。那本書是馬克．吐溫先生作的，他基本上說的都是眞事。也有些事情是他胡扯的，可是基本上他說的還是眞事。那本來是不要緊的。從來不撒一、兩次謊的人，我根本就沒見過，除非是像波莉阿姨或是那個寡婦那種人，也許還可以算上瑪麗。波莉阿姨——她是湯姆的阿姨——和瑪麗，還有道格拉斯寡婦，這些人都是那本書裡說過的。那本書大半都靠得住，不過我剛才說過，有些地方是胡扯的。

那本書的結局是這樣的：湯姆和我找到了那些強盜在山洞裡藏著的錢，我們就發了財。我們每人分到六千塊錢——全是金幣。把那些錢都堆在一起，眞是多得嚇人。後來柴契爾法官就給我們拿去生利息，這下子我們一年到頭每人每天都拿到一塊錢的利息——這簡直多得叫人不知怎麼辦才好。道格拉斯寡婦收我做她兒子，說是要教育我。可是因爲那寡婦一舉一動都很講究規矩和體面，眞使人悶死了，在她家裡過日子可眞是一天到晚活受罪；所以我到了實在

受不了的時候就偷偷溜掉了。我又穿上我那身破爛衣服，鑽到我那空糖桶裡去待著，這才覺得自由自在，心滿意足。可是湯姆．索亞又把我找到了，說他要組織一個強盜幫，他說我要是肯回到寡婦那裡做個體面人，那就可以讓我加入，所以我又回去了。

寡婦對我大哭了一場，說我是個可憐的迷途羔羊，還拿一些別的話罵我，可是她一點也沒什麼壞心眼。她又偏給我穿上那些新衣服，弄得我簡直沒法子，一身又一身地直淌汗，渾身上下都覺得彆扭。噢，這以後一成不變的生活又來了。那寡婦一搖吃晚飯的鈴，你就得按時趕到。到了桌子跟前還不能馬上動手吃，還得等著寡婦低下頭去嘟噥一番，抱怨那些飯菜做得不好❶，其實飯菜做得也沒有什麼不好，只可惜每樣菜都是單做的。要是一大桶亂七八糟什麼都有，那就不同了，各樣的東西混在一起，連湯帶菜攪和攪和，那就會好吃得多了。

吃完晚飯，她就拿出她的書來，教我摩西和「蒲草幫」的事❷。我急得要命，想要弄清摩西到底是怎麼一回事；可是慢慢地她才吐露出來，原來摩西老早就死了；這下子我就不再理會他

❶ 寡婦實際是在低聲祈禱謝飯。

❷ 據《聖經》記載，耶穌的祖先以色列人因故鄉鬧飢荒。逃亡到埃及就食。後來埃及王對他們很歧視，下令殺死所有的以色列嬰兒，所以摩西的母親在他生下來以後不久，就把他放在一個蒲草做的箱子裡，藏在河邊蘆葦叢中。埃及王的女兒把他救起來養大成人。後來摩西就領著被壓迫的同胞逃回故鄉去。（見《舊約．出埃及記》）費恩根本沒有聽清楚這段故事，所以把「蒲草箱」說成了「蒲草幫」。

了，因為我才不管什麼死人的事情哩！

一會兒，我想抽菸，就請寡婦讓我抽，可是她不肯。她說抽菸是下流的習慣，也不乾淨，叫我千萬不要再抽了。有些人做事就是這樣的，他們對一件事並不清楚，就去反對。你看，就拿摩西這件事來說吧，他又不是她的親戚，又是死了的人，對誰都沒有什麼好處，她可偏要為他瞎操心；我做的事雖然有點好處，她卻反而要拚命地找碴。其實她自己還聞鼻菸哩：那自然就算是對的，因為那是她自己做的事情。

她的姊姊華森小姐是個相當瘦的老處女，戴著一副眼鏡，她是最近才來和寡婦一起住的；她拿一本識字課本，總把我釘得很緊。她逼著我挺費力地唸了差不多一個鐘頭，然後寡婦才叫她放鬆了點。我再也熬不了多久了。後來又待了一個鐘頭，實在無聊死了，我覺得坐也不是，站也不是。華森小姐老愛說什麼「哈克貝利，別把腳蹺在那上面呀！」「哈克貝利，別那麼嘎吱嘎吱地出聲呀——坐正了吧！」這一套；一會兒她又說：「哈克貝利，別那麼打哈欠伸懶腰吧，為什麼你不乖乖地學點規矩呀？」後來她把地獄的情形向我說了一遍，我說我就想到那兒去。她簡直氣得要命，可是我實在不是故意氣她。我只不過是想到一個什麼地方去，我只想換換空氣，至於到什麼地方，我倒不在乎。她罵我說出剛才那種話實在是罪過，說她無論如何也不會說那樣的話，說她活著為的就是將來好升天堂。哼，我可看不出上她要去的地方會有什麼好處，所以我下定決心，不作那個打算。可是這點我從來沒有說過，因為說了只會造成煩惱麻煩，沒什麼好處。

她既扯開了頭，就接著把天堂的整個情形又給我說了一大套。她說在那兒什麼事都不用做，只是整天地到處走走，老是彈著豎琴，唱著聖歌，永遠永遠是那麼過日子。所以我覺那也沒什麼了不起，可是我從來沒有那麼說過。我問她覺得湯姆·索亞能不能到那兒去，她說不行，他還差得遠哪。我聽了很高興，因為我就願意和他在一起。

華森小姐老是找我的碴，這眞是討厭且無聊。一會兒，她們就叫那些黑奴進來做禱告，隨後各人都去睡了。我拿了一支蠟燭上樓到我的房裡去，把它放在桌上。隨後我靠著窗子坐在一把椅子上，想法子開開心，儘量想些痛快的事，可是簡直辦不到。我覺得悶得要命，差點兒就想死掉算了。星星閃著光，樹林子裡的葉子沙沙地響，叫人聽了怪難受。我還聽見一隻貓頭鷹因為有人快死了，遠遠地在嘿兒嘿兒地笑❸，還有一隻夜鷹和一條狗因為有人快死了，在那兒嚎叫；還有風想給我說點兒悄悄話，我又聽不出它說的是什麼，所以它就嚇得我直打哆嗦。後來我又聽到遠遠的樹林裡有那種鬼叫的聲音，那是遊魂老想說說心裡的事，又說不清楚，所以老不能在墳墓裡好好地待著，只好每天晚上都那麼唉聲嘆氣地遊蕩著。我簡直弄得垂頭喪氣，害怕得要命，所以很希望有個同伴在一起。一會兒，有一隻蜘蛛掉到我肩膀上來，我拿手指頭把它彈掉，正掉在蠟燭上；我還沒來得及動彈一下，它就燒成蜷縮了。這種事我很清楚，不用別人說，我也知道那是個很壞的兆頭，一定要給我惹出些倒楣的事，所以我就害怕起來，差點兒把身上的衣服都哆嗦掉了。於是我就站起來，就地轉了三圈，每次都在胸前畫了個十字，然後拿小繩子把我一綹頭髮紮

❸ 中國也有一句迷信的俗話：「不怕夜貓子（即貓頭鷹）叫，就怕夜貓子笑。」迷信的人認為貓頭鷹有一種叫聲是笑，它一笑，就是表示有人死了。

起來，好避開女巫❹。可是我對這個避災的辦法還沒有什麼把握。人家拾到了避災求福的馬蹄鐵，要是還沒有釘在門框上又把它丟了，那才用這個辦法，可是我從來沒聽見誰說過弄死了蜘蛛，還能用這個辦法避災。

我又坐下來，渾身發抖，我就拿出菸斗來抽袋菸：因爲這時候全家都睡得很沈，一點聲音都沒有，所以寡婦也就不會知道我在抽菸。後來待了老半天，我聽到鎮上的大鐘老遠地噹——噹——噹，敲了十二下；這下子又整個兒清靜下來，比以前更清靜了。一會兒，我聽到漆黑的地方那些樹叢裡有一根小樹枝啪地一聲斷了——那一定是有什麼東西在動呢。我一聲不響地坐著聽。馬上我就聽見那兒有一陣剛剛可以聽到的「瞄瞄！瞄瞄！」的叫聲。這下好了！我也就儘量地小聲叫著：「瞄瞄！瞄瞄！」隨後我吹滅蠟燭，從窗戶裡爬出來，爬到那木棚上。我再從那兒溜到地上，爬進樹林裡去。果然不錯，又是湯姆．索亞在那兒等著我哩。

❹西方的迷信裡有一種會通魔法和會施魔法的女人，叫做女巫；迷信的人認爲女巫與妖魔鬼怪相通，有許多非凡的本領，可以跟好人搗蛋。

2 湯姆成為強盜幫頭子

我們踮著腳尖順著樹林子裡的一條小路朝寡婦的花園盡頭往後面走，彎著腰不讓矮樹枝子打到頭。我們從廚房那兒過的時候，我被樹根絆了一跤，弄出響聲來了。我們馬上蹲下，悄悄地待著。華森小姐的大個子黑奴吉姆正在廚房門檻上坐著；我們可以把他看得很清楚，因為他背後還有亮光哩。他站起來，伸著脖子聽了一分鐘。然後他說：

「那兒是誰？」

他又聽了聽，隨後就踮著腳尖走下來，正站在我倆的中間；我們差不多都能摸到他了。後來過了一會兒都沒有一點聲音，我們三個可是離得那麼近。後來我腳上的踝骨那兒有個地方癢起來了，可是我又不敢抓。我的耳朵也跟著癢起來；然後我的背，正在兩肩當中的那個地方也癢起來。我好像要是不能抓一抓就非癢死不可似的。是呀，我後來有許多次注意到這樣的事了。只要你和那些有身分的人在一起，或是參加了喪禮，或是不睏的時候偏想睡著的話——反正是你在不能隨便抓癢的地方，那你就渾身不知有多少處都會癢起來。一會兒，吉姆說：

「嘿，你是誰？你在哪兒？哼，我要是沒聽見什麼才怪哩。好吧，我知道我該怎麼辦，我就坐在這兒聽著，反正會再聽見那個聲音的。」

於是，他就在我和湯姆中間的地上坐下。他靠著一棵樹伸著腿，有條腿都快碰到我的腿了。

我的鼻子又癢起來，癢得眼淚都要流出來，可是我還是不敢抓。後來鼻子裡面也癢，再後來連屁股也癢起來了。我簡直不知道怎麼才能坐著不動。這樣難受了足有六、七分鐘，可是我覺得比這還要長久得多。這時候我已經有十一處都在癢，連一分鐘也不能再熬下去了，可是我還是咬緊牙關，打算再熬下去。正在這時候，吉姆的呼吸聲音大起來了，隨後他就打起呼嚕來——這下子我也就馬上又覺得舒服了。

湯姆向我打了個招呼——他低低地說——我們就在地上爬行。爬了十呎遠以後，湯姆小聲告訴我說，他想開個玩笑，把吉姆拴在樹上。可是我說不行，他可能會醒來反而更麻煩，他們就會發現我不在了。後來湯姆又說他的蠟燭帶得不夠，想溜到廚房裡去再拿一些。我不願意讓他那麼做。我說吉姆恐怕會醒來，醒了就會來找我們。可是湯姆偏要冒一下險。所以我們就溜進去，拿了三支蠟燭，湯姆還把五分錢放在桌上，算是蠟錢。隨後我們就出來，我簡直急得要命，直想走開；可是怎麼也攔不住湯姆，他非爬到吉姆那兒去拿他開個玩笑不可。

我等著，好像等了好久，因為四周圍清靜得要命，叫人悶得慌。

湯姆才一回來，我們馬上就繞著花園的圍牆，順著小路一直走，不久就爬到了房子對面那座小山挺陡的山頂上。湯姆說他剛才把吉姆的帽子輕輕地從他頭上摘下來，掛在他頭頂上一根樹枝上，吉姆動了一下，但沒有醒來。從那以後，吉姆就說女巫們迷住了他，把他弄得昏昏沉沉，騎在他身上遊遍了全國，後來又把他放在那棵樹下，把他的帽子掛在樹枝上，好讓他看出那是誰做的事情。吉姆第二次再說這個故事的時候，他就說女巫們騎著他一直到了新奧爾良；再往後，他每次說起來，都要添油加醋，慢慢地說成女巫們騎著他遊遍全世界，說是差點兒把他累死了，並且還說他背上弄得全是鞍子裏的水泡。吉姆爲了這件事可是非常得意，他把別的黑人都不放在眼裡了。黑人們甚至從幾哩路外來聽吉姆說這件事，他在那帶地方比隨便哪個黑人都讓人看得起些。外鄉來的黑人都張著大嘴站著，渾身上下地看著他，就好像他是個什麼了不起的怪人似的。黑人總愛在廚房裡的火旁邊漆黑的地方講女巫的故事；可是誰要是在那兒談，冒充他對這類事情全都知道的話，吉姆就要像碰巧趕上似地進來說：「哼！你對女巫的事懂得個什麼？」那個黑人馬上就讓他堵住了嘴，只好讓位給他。吉姆用一根小繩子串著那五分錢掛在脖子上，說那是魔鬼親手給他的一道符，他說魔鬼還對他說過，他可以拿它隨便給誰治病，他要是想要找女巫來的時候，只要對這個錢唸咒，就可以隨時把他們找過來，可是他從來沒有告訴過人，他對那個錢唸的到底是什麼咒。黑人們從四面八方來找吉姆，他們爲了要看一眼他那個五分的錢，有什麼就給他什麼；可是他們都不摸它，因爲那是魔鬼親手摸過的。從那以後，吉姆當傭人就不大對頭了，因爲他親眼見過魔鬼，又讓女巫們騎過，簡直就驕傲得不得了。

好吧，言歸正傳，湯姆和我走到了山脊樑上，我們就往下看著村莊，還可以看見三、四處燈光在那兒一閃一閃，那也許是有病人吧！星光在我們頭上閃爍，下面的村莊旁邊就是那條密西西比河，足有一哩寬，寂靜中非常壯觀。我們下了山，找到喬伊．哈波、貝恩，羅杰和其他兩、三個男孩，他們都藏在那個老硝皮廠裡。於是我們解開一條小船，順水划了兩哩半，划到山邊那個大斷岩的地方，就上了岸。

我們走到一片矮樹林裡去，湯姆就叫每個人都起誓保守秘密，然後他指給大家看，在矮樹林長得最密的地方有個小山洞。然後我們點起蠟燭，連手帶腳地爬進去。大約爬了二百碼，那個洞

就大起來了。湯姆在那些通道裡摸索了一陣，忽然在一道石壁底下一低身，那兒在你注意不到的地方有個小洞。我們順著一條很窄的通道走進去，走到一個好像屋子的地方，四壁都滲著水珠，又濕又冷，我們就在那兒停下來。

湯姆說：「好吧，我們現在就來組織這個強盜幫，就把它叫做湯姆．索亞幫吧！要加入的，都得宣誓才行，並且還得用血寫上他的名字。」

人人都同意了。於是湯姆就拿出一張寫好了誓詞的紙唸起來。誓詞裡叫每個孩子都宣誓對本幫絕不變心，絕不洩露秘密；有誰傷害了本幫的人，不管叫誰去殺那個人和他的全家，被派的人就非那麼做不可，非得把他們殺了，再在他們胸前砍上一個十字的幫號，就不許吃東西，也不許睡覺。幫外的人不許用這個暗號，誰要是亂用，就跟他打官司；再用就把他殺掉。在幫的人有誰洩露機密，就割斷他的嗓子，然後把屍體燒毀，把骨灰撒在空中，還要拿血把他的名字從名單上塗掉，幫裡就再也不提他，還要咒他一頓，永遠把他忘掉。

大家都說這眞是個偉大的誓詞，問湯姆是不是他自己想出來的。他說有些是，其餘的都是從海盜和強盜小說裡抄來的，每個有派頭的強盜幫都有這麼一套誓詞。

有人提議對於洩露秘密的孩子們也應該把他們全家都殺掉才好。湯姆說這是個好主意，所以他就拿起鉛筆來把這個寫了上去。然後貝恩．羅杰就說：

「那麼你瞧哈克．費恩❶，他可就沒有什麼家。那該怎麼處置他呢？」

湯姆．索亞說：「咦，他不是有個父親嗎？」

「是呀，他是有一個父親，但近來根本就找不到他。他從前老是喝醉了就和硝皮廠裡的豬睡在一起，可是現在已經有一年多沒在這帶地方露面了。」

他們商量了一陣，打算取消我入幫的資格，因爲他們說每個孩子都得有個家或是一個什麼人可以讓我們殺才行，要不然對別人就太不公平了。因此誰也想不出辦法來，大家都很爲難，坐著一聲也不響。我差點兒急得要哭出來，可是我忽然想出了一個辦法，我把華森小姐給提出來——他們可以殺她呀。大家都說：「噢，她倒是可以。那就好了，哈克可以入幫了。」

然後他們都拿別針把手指戳破了，擠出血來簽名，我也就在那張紙上畫了個押。

貝恩．羅杰說：「那麼，我們這個幫要做哪行生意？」

湯姆說：「當然是搶劫和殺人。」

「可是我們去搶誰呀？搶人家的住宅呢？還是搶牛羊呢？還是……」

---

❶哈克是哈克貝利的簡稱。

「胡說！偷牛羊什麼的不算明搶；那是暗盜，」湯姆．索亞說，「我們又不是夜賊，那簡直太沒用了。我們是攔路虎式的大強盜。我們要戴上假面具，專劫過路的商車和講究的馬車，把人殺掉，搶掉他們的錶和錢。」

「我們非得把人殺掉不行嗎？」

「噢，當然。最好是殺，也有些老行家認爲不必，可是大夥兒多半認爲最好是殺——除了有些人要幽禁在洞裡，扣留下來等著贖。」

「贖？什麼叫贖？」

「我不知道，不過人家就是那麼做的。我在書裡看到過，所以我們當然非那麼做不行。」

「可是我們根本不知道這是怎麼回事，那又怎麼去做呢？」

「嘿，反正我們就非這麼做不可。我不是告訴了你，書裡是那麼說的嗎？難道你不打算照書行事，把事情都弄糟嗎？」

「噢，湯姆．索亞，那說說倒是很好，可是我們要不知道怎麼去贖他們，那到底這些人該怎麼個贖法呢？我想要弄清楚的就是這一點。那麼，你猜這是怎麼回事呢？」

「哼，我也不知道。可是也許我們把他們扣留下來等著贖，那就是說把他們扣起來，等到他們死了就算完事。」

「啊，這可妙得很。那就行了。你怎麼不早說呢？我們就把他們扣留下來，等到他們贖死了爲止，他們可眞是一群討厭的傢伙——把東西都吃光了，還老想著要逃跑哩。」

「貝恩．羅杰，你怎麼這樣說呀？我們有守衛的看著他們，他們稍微動彈一下，就把他們一槍打死，他們怎麼跑得了？」

「守衛！哼，那倒好。那就還得有人專為看著他們，整夜坐著不能睡覺。我想那簡直是件傻事。為什麼不能等他們一來就拿根棍子把他們贖了呢？」

「為什麼？就是因為書上沒有那麼說。那麼，貝恩．羅杰，你到底是不是打算照書行事？——問題就在這兒。難道你覺得寫書的人還不知道應該怎麼辦才對嗎？難道你覺得你還能教他們什麼嗎？還差得遠吧！不，小伙子，我們就得照老規矩贖他們才行。」

「好吧，我倒不在乎；可是我說無論如何那也是個笨法子。噢，我們把女的也殺了嗎？」

「哼，貝恩．羅杰，我要是像你那樣什麼都不懂，那我絕對不會充內行。把女的也殺了？不，誰也沒在書裡看到過有那樣的事情。你得把她們都帶到山洞裡來，對她們總得客氣得像什麼似的；慢慢地她們就會愛上你，再也不想回家了。」

「好吧，要是那樣，我就贊成，可是我並不相信這一套。過不了多久，我們就會把整個山洞都擠滿了女人和等著贖回的男子，會擠得連強盜自己的地方都沒有了。好，接著說下去吧，我沒什麼好說的了。」

小湯米．巴恩斯這時候已經睡著了，人家一叫醒他，他就害怕起來，並且還哭了，他說他要回家找媽媽去，再也不想做強盜了。

於是他們都拿他開玩笑，叫他哭臉娃娃，那麼一來，可真把他氣壞了。他就說他馬上要去洩露所有的秘密。可是湯姆給了他五分錢，叫他別吵，並且說我們全都先回家去，下星期再碰頭，去搶個什麼人，還要殺幾個人。

貝恩．羅杰說他不能常出來，只有禮拜天才行，所以他想要下個禮拜天開始；可是孩子們大家都說禮拜天幹這種事情是有罪的，這話就把問題解決了。大家同意儘快碰頭，定個日子，後來我們就選了湯姆．索亞做大頭目，喬伊．哈波做二頭目，完了以後就動身回家去了。

天剛要亮以前，我就爬上了木棚子，爬進窗戶去。我的新衣服弄得滿身是燭油和泥土，我也累得要命了。

3 伏擊阿拉伯人

第二天早上，老華森小姐因爲我把衣服弄得那麼髒，嘮嘮叨叨地說了我一頓；可是寡婦她並沒有罵我，只是把我衣服上的油漬和泥土都刷洗乾淨了，她顯得那麼難過，使我覺得要是我能辦到，可眞得乖一會兒了。過後華森小姐帶我到小屋子裡去禱告，可是什麼也沒禱告出來。她叫我天天都要禱告，說是隨便我求什麼都能求到，可是結果並不是那樣。我試過了。有一回我弄到一條釣魚線，可是沒有鉤。光有線沒有鉤對我也沒有什麼用處。我試了三、四次，想禱告出幾個鉤來，可是不知怎麼搞的，總是不靈。後來有一天，我請華森小姐替我求一下試試，可是她說我是個傻瓜。她可根本就沒有給我把道理說清，我也沒法子弄清那是怎麼回事。

有一次我在後面樹林子裡坐下，把這件事想了好半天。我心裡想，要是一個人能禱告什麼就得到什麼，那爲什麼狄肯・韋恩賣豬肉虧的錢賺不回來呢？爲什麼寡婦讓人偷掉的銀鼻菸盒求不回來呢？爲什麼華森小姐不能胖起來呢？不，我心想，禱告根本就沒什麼道理。我把這些話告訴了寡婦，她說一個人禱告所能求得的東西是「精神的禮物」。這可叫我莫名其妙了，可是她把她的意思告訴了我——我得幫助別人，儘量替別人做事，時時刻刻都得照顧別人，永遠不要爲自己打算。據我看，她這話大概把華森小姐也包括在內了。我又出去到樹林子裡把這件事在心裡翻來覆去地盤算了半天，可是我還是看不出這有什麼好處——有好處也是別人的；所以後來我也就想著乾脆不用再爲這件事情傷腦筋了，隨它去吧！有時候寡婦把我帶到一邊，跟我談起老天爺的事，她說得挺有勁，簡直叫人饞得要流口水；可是也許第二天華森小姐又另外說一套，把寡婦的話全給推翻了。我琢磨著我可以看出來是有兩個老天爺，要是在寡婦那個老天爺那兒，一個可憐蟲還可以有點辦法，可是落到華森小姐那個老天爺手裡，那他可就再也沒救了。我把這個都想通了，算計著要是寡婦的老天爺要我，那我就跟他去，雖然我可弄不清，他有了我以後，對他會有什麼好處，因爲我實在糟透了，又沒知識，又笨，脾氣又不好。

爸有一年多沒露面了，這倒叫我覺得挺痛快；我再也不想見他了。他從前只要是沒有喝醉，只要能抓到我的時候，就老是揍我；雖然我只要他一在這兒，就多半都逃到樹林裡去。唉，大約就在這時候，大家傳說在這個鎮的上游差不多十二哩的地方發現他在河裡淹死了。反正人家猜著那是他；說這個淹死的人正是他那樣的身材，穿著破衣服，頭髮特別長，這些都像爸；可是臉上一點也看不清楚，因爲泡在水裡那麼久了，簡直不太容易認出面孔。他們說他是仰面朝天地浮在水面上的。他們把他撈上來埋在岸上。可是我心裡踏實了沒多久，因爲我碰巧想起了一件事。我知道得很清楚，一個男人淹死了是會浮出他的背，而不是浮出面孔的。所以我就知道死的不是爸，是個穿男人衣服的女人。這麼一來，我心裡又不自在了。我猜想老頭兒不久就會突然再露面，雖然我希望他別來。

大約有一個月的工夫，我們時常當強盜玩，後來我就不幹了。所有的孩子們也都不幹了。我們誰也沒有搶，誰也沒有殺，只不過是假裝著玩就是了。我們老是從樹林裡跳出來，朝著那些放豬的和坐著大車送菜來趕集的女人衝過去，可是我們從來沒有揍過什麼人。湯姆．索亞把豬叫做

「元寶」，還把蘿蔔、青菜什麼的叫做「珍珠寶貝」，完了我們就到洞裡去，把我們幹的事兒大談特談，還合計合計我們打死了多少人，打中了多少人。但是我可瞧不出這究竟有什麼好處。有一次湯姆派了個孩子拿著一根燒得冒火苗的棍子在鎮上到處跑了一遍，他把那個叫做口號（那就是強盜幫集合的信號），過後他就說他從間諜那裡聽到秘密情報，知道第二天有一大隊西班牙商人和有錢的阿拉伯人要到空心洞去露營，他們帶著兩百隻大象、六百頭駱駝、一千多匹馱貨的騾子，全都滿載著鑽石，他們只不過帶了四百個衛兵護送，所以我們就可以埋伏下來——他是這麼說的——他說我們可以把他們都殺了，一下子把東西全劫過來。他說我們都得把刀槍擦得亮亮的，以做好準備。他永遠都是那樣，哪怕是爲了追個蘿蔔車子，他也得叫大夥兒把刀槍擦好，其實什麼刀槍，只不過是一些木頭片兒和掃帚，你不管怎麼擦，哪怕把人都累死了，也不會比沒擦的時候好。我不相信我們解決得了這麼一群西班牙人和阿拉伯人，可是我想要看看駱駝和大象，所以第二天星期六，我就參加這個埋伏去了，一接到命令，我們就跑出了樹林子，衝下山去。可是那兒並沒有什麼西班牙人和阿拉伯人，也沒有駱駝和大象。什麼都沒有，只不過是個主日學校的野餐會，又偏偏只是個初級班。我們把他們衝散了，把那些孩子們往山溝上面攆；可是我們什麼東西都沒搶到，只不過弄到了一點兒油炸餅和果子醬，還有貝恩·羅杰算是搶到了一個布娃娃，喬伊·哈波弄到了一本頌主詩歌和一本講《聖經》的小冊子；後來主日學校的老師衝過來了，逼著我們把什麼都扔下，撒腿就跑。我根本沒看見什麼，那兒反正是有成馱的鑽石，還說那兒有阿拉伯人，還有大象和別的東西。我說，那麼，我們爲什麼看不見呀？他說要是我不是那麼沒知識，要是我唸過一本叫《唐·吉訶德》的書，那我就不用問都明白了。他說那都是耍了魔法的結果。他說那兒其實是有好幾百個士兵，還有大象和財寶等等，可是有人跟我們作對，他管那些人叫做魔法師，他說他們爲了要使壞心眼跟我們搗蛋，把那些東西全都變成了一群小毛頭的主日學校了。我說，那好吧！我們只好去找那些魔法師算帳。湯姆．索亞說我是個笨蛋。

他說：「我，魔法師可以叫一大群妖怪來，你還來不及叫一聲哎喲，他們就叫你完蛋了。這些妖怪長得像大樹那麼高，胸圍像教堂那麼粗。」

我說：「咦，那我們幹嘛不去找些妖怪來幫我們的忙呀——那我們不就能把他們那一群打垮了嗎？」

「你打算怎麼把他們找來呢？」

「我也不知道，可是人家是怎麼把他們找來的呢？」

「噢，他們就把個舊洋鐵燈或是個小鐵圈兒擦一擦，跟著就只見四處連打雷帶打閃，一團團的黑煙在地上直滾，妖怪們一下子就像一陣風似地跑進來了，不管你叫他們幹什麼，他們都馬上就幹。哪怕是叫他們把一座製彈塔連根兒拔起來，砸到主日學校的學監頭上——或是隨便誰的頭上都行——這對他們都不算一回事兒。」❶

「誰能叫他們這麼飛跑過來呢？」

「噢，還不是擦那個燈或是小鐵圈兒的人嘛。誰擦那個燈或是小鐵圈兒，他們就跟誰，並且

---

❶這個故事出自《一千零一夜》（《天方夜譚》）裡的《阿拉丁與神燈》。有個小孩叫阿拉丁，得到了一盞神燈，他只要用手輕輕地擦它三下，立刻就會有個唯命是從的大妖怪出現。

隨便他說什麼，他們就得幹什麼。要是他叫他們去用鑽石蓋一座四十哩長的皇宮，再把它都裝滿口香糖，或是你想要的隨便什麼東西，哪怕是叫他從中國接個公主來跟你結婚，他們也得辦到——並且他們還得在第二天天亮以前就把這些事辦好才行。還不只這個呢，他們還得隨你的意思把這座皇宮抬著上全國各地去轉，你明白吧！」

我說：「那麼，我看他們可真是一堆大傻瓜，有了皇宮不留著自己用，偏要給人家那麼瞎忙一陣。還有咧——要是我是個妖怪，我寧肯跑到天邊去，也不肯把自己的事扔下不管，只要他擦一擦那舊洋鐵燈，就乖乖地去聽他使喚。」

「你怎麼這麼說呀？哈克·費恩。噢，你願意也好，不願意也好，反正他把燈一擦，你就得去。」

「什麼！我眞的這麼像大樹一樣高、像教堂一樣大的妖怪嗎？那麼，好吧！我就來吧！可是我一定把那個人嚇得爬上全國最高的樹上去。」

「噢！跟你說話簡直是白費勁，哈克·費恩。你好像什麼也不懂，不知是怎麼回事——簡直是個十足的大笨蛋。」

我把這些事翻來覆去地想了兩、三天，後來我就想著要試試看，到底這裡面有什麼道理沒有。我

拿起一個舊洋鐵燈和一個小鐵圈兒，跑到樹林裡去，就擦呀擦呀，擦得我淌汗淌得像什麼似的，心裡老打算蓋一座皇宮去賣給人家，可是白費力，連一個妖怪也沒來。這麼一來，我就覺得那些夢話只不過又是湯姆．索亞胡說八道罷了。我想他是相信眞有那些阿拉伯人和那些大象的，可是我呢，我的想法可不一樣。我看到的分明都是主日學校的事兒呀！

4 十字架腳印

後來，三、四個月混過去了，那時冬天已經過了不少日子。我差不多每天都要上學，也能稍微拼拼音，唸唸書，寫寫字了，還能把乘法表背到六七三十五，我估計著我哪怕能永遠活下去，也不能再往下背了，反正我是不喜歡算數學的。

起初我恨那個學校，可是過了些時候，就慢慢地也能熬下去了。只要我太膩了，我就逃學，第二天挨的那頓鞭子對我倒有點兒好處，也還讓我起勁一點。所以我上學的日子越長，就覺得越不在乎了。寡婦那一套我也慢慢地習慣，不那麼叫我著急了。又得在屋子裡住，又得在床上睡，這叫我老是彆得慌，可是天還不冷的時候，我常常溜到樹林裡去睡，這才能讓我歇一歇。我最喜歡我從前過日子的老辦法，可是我慢慢地變得也有點喜歡新的一套了。寡婦說我雖然長進得慢，可是挺穩，我的行為也很叫她滿意。她說她不覺得我丟她的臉了。

有一天早晨吃早餐的時候，我碰巧把鹽罐子打翻了。我趕快伸手想捏一點撒了的鹽往左肩膀後邊一

扔，好避邪運，可是華森小姐的手比我伸得更快，她攔住了我，說：「拿開手，哈克貝利；你怎麼老是弄得這麼一團糟！」寡婦替我說了句好話，可是那也不能替我避開邪運，這我知道得挺清楚。吃完早飯，我就出去了，心裡覺得很犯愁，嚇得直發抖，猜不著邪運要在什麼地方落到我頭上來，也猜不著會是什麼樣子的邪運。有些邪運是有法子避開的，可是這不是那麼回事；所以我就根本沒去想什麼辦法，只是垂頭喪氣、提心弔膽地遊蕩著。

我走到前面的花園那兒，爬過高木柵欄的梯階。地上有一吋厚的積雪，我看到有人的腳印在上面。那些腳印是從採石頭的地方來的，看得出那個人是在梯階旁邊站了一會兒，然後又繞著花園的柵欄走了一圈。那個人到處站了一會兒，可是沒有進來，眞是奇怪。我摸不清這是怎麼回事。不知怎麼的，我反正覺得有點稀罕。我剛要跟著腳印轉一圈，可是我又先彎下身去把那些腳印看了看。起初我什麼也沒看出來，可是再一看就看出來了。左靴跟上有個用大釘子釘成的十字架，那是弄來避邪的。

我馬上拔腿就跑，溜下山去。我老是回頭看，可是誰也沒看見。我拚命地跑到了柴契爾法官那兒。

他說：「怎麼啦，我的孩子，你跑得簡直喘不過氣來了。你是來取利錢的嗎？」

「不是，先生，」我說，「有我一點兒利錢嗎？」

「啊，有呀，昨天晚上收進了半年——一百五十多塊錢呢。對你是很大的一筆錢財哩。你最好是讓我把它跟你那六千塊的本錢一起放出去，因爲你要是拿去，你就要把它花掉了。」

「不，先生，」我說，「我不要花。我根本不要——連那六千，也都不要了。請您收下吧；

我要送給您——連那六千跟別的錢都送給您。」
他吃了一驚，好像摸不清那是怎麼回事。他說：
「哎呀，你這可是什麼意思啊，我的孩子？」
我說：「這件事情請您什麼都別問我。您收下吧——好不好？」
他說：「哎呀，這簡直叫我莫名其妙。出了什麼問題嗎？」
「請您收下吧，」我說，「什麼都別問我——那我也就不用扯什麼謊了。」
他琢磨了一會兒，然後說：
「噢，噢！我想我明白了。你是想把你整個的財產都賣給我——不是給我。那才對。」
然後他在紙上寫了點什麼，唸了一遍，又說：
「你瞧！這兒寫著『作爲代價』。那意思就是說我把它從你那兒買過來，也把錢付給你了。這兒這一塊錢是給你的，現在你簽上字吧！」
於是我簽上了字就走了。
華森小姐的黑奴吉姆有個像拳頭那麼大的毛球兒，那是從一頭牛的第四個胃裡取出來的，他老愛拿那個耍魔法。他說那裡頭有個精靈，什麼事都知道。所以那天晚上，我就去找他，告訴他說爸又上這兒來了，因爲我在雪地裡發現了他的腳印。我要想知道的是他要幹什麼，他是不是要待下去？吉姆拿出他的毛球兒來，朝著它唸了一會兒咒，然後把它拿起來，再一撒手把它扔在地板上。它掉得挺沉地，只滾了差不多一吋遠。吉姆又把它試了一次，然後又試了一次，可是它老是那樣。吉姆跪下去，拿耳朵貼著它仔細地聽。可是沒有用；他說它不肯說什麼。他說有時候沒有錢，它就不肯說話。我告訴他我有個花不出去的又舊又滑溜的兩毛五的假銀角子，因爲銅都從上面鍍的銀裡露出一點兒來了，無論如何也瞞不過人，就算銅沒露出來也不行，因爲它光得簡直像是上了油似的，所以每回都叫人看出來了。（我想我從法官那兒拿到的那一塊錢，我還是不提吧！）我說那是挺壞的錢，可是也許毛球兒肯把它收下，因爲它也許根本分不出眞假。吉姆把它拿來聞聞咬咬，又擦了一會兒，然後說他想個法子讓毛球兒把它當成好錢。他說他打算切開一個生的白馬鈴薯，再把那個銀角子夾在當中放一整夜，第二天早晨就看不出銅來了，摸著也不油滑了，這樣子馬上就能把鎭上的人個個都哄過，毛球兒更甭提了。哎，我本來就知道馬鈴薯能幹這一手，可是我忘了。

吉姆把那個銀角子放在毛球兒底下，又跪下去聽。這回他說毛球兒行了。他說要是我想要它說話，它就可以給我算個命。我說，算吧。於是毛球兒就講給吉姆聽，吉姆再告訴我。他說：

「你老子還不知道要怎麼辦。一時他想走，一時他又想留下。最好是沉住氣，隨他愛怎麼辦就怎麼辦。有兩個天使附著他。一個白白亮亮的，一個黑糊糊的。白的差使他往好路上走一會兒，黑的插進來又對他有點不利。然而還不能說到底哪個剋得住他。可是你的八字還不錯，命中有不少凶險，可也有不少吉利。有時候你會受傷，有時候會得病；可是每回都能逢凶化吉，命中有二女纏身，一白一黑，一富一貧。元配窮的，續娶富的。離水愈遠愈好，可別冒險，因爲卦上注定了你命中該絞死。」

當天夜裡，我點上蠟燭回我屋子裡去的時候，爸就在那兒坐著——可不就是他嘛！

5 爸爸重新做人

我把房門關好了。然後轉過身去，一眼就瞧見他在那兒。我從以前就老是怕他，他太愛揍我了。我起初以爲現在又害怕了；可是待一會兒我又覺得不是那麼的——那就是說，他這麼突如其來地一露面，就叫我吃了一驚，可以這麼說吧，弄得我好像連氣都喘不過來了；可是我馬上就明白我根本不算怎麼怕他。

他差不多五十歲了，看樣子也像那麼老。他的頭髮又長又亂，又油膩，往下垂著，你可以看到他的眼睛從亂頭髮後面閃出光來，就好像他是藏在藤子後面一樣。頭髮全黑，還沒有發白，他那又長又亂的絡腮鬍子也是那樣子。他臉上沒有一點兒血色，從他露出來的那點臉龐就看得出來，他的臉是白的，可又不像別人的那麼白法，簡直白得叫人看了難受，白得叫人看著渾身起雞皮疙瘩——就好像

雨蛙❶那麼個白法，像魚肚那麼個白法。說到他的衣服——除了一身破爛，別的什麼也沒有。他把一隻腳搭在另外那個膝蓋上；那隻腳上的靴子張了嘴，露出兩個腳趾頭來，他老是要把它們扭動扭動。他的帽子丟在地板上——一頂破舊的黑垂邊帽，像個大鍋蓋似的。

我站著盯住他，他也坐在那兒盯住我，把椅子稍微往後翹起一點。我把蠟燭放下。我發現窗戶是開著的；就知道他是從棚子上爬進來的。他一直從頭到腳打量我。一會兒他說：

「衣服倒是筆挺的——眞神氣呀！你覺得自己是個大人物吧，是不是？」

「也許是，也許不是。」我說。

「不許你跟我頂嘴！」他說，「自從我走了之後，你就有些擺起臭架子來了。我不把你的面子扯下，哪能干休。聽說你還受了教育哩——能唸能寫。現在你自以爲比你爸爸強了，因爲他不會，是不是？我非把你這個連根兒拔掉不可。誰讓你沒事兒摻進去搞這種無聊的傻事，嘿——是誰叫你幹的呀？」

「寡婦！是她跟我說的。」

「寡婦，咦！那麼又是誰叫寡婦那麼愛管閒事。你可得記住——趕快退學，聽見了沒有？這些人打算叫別人的孩子長大了就跟他爸爸擺架子，還裝得比他爸爸都強，我可得教訓教訓他們才行。瞧你再去上那學校瞎混，叫我抓住可夠你受的，聽見了沒有？你媽在世一輩子不會唸書，也不會寫字。全家的人個個都是一輩子不會這一套。連我都不會；你可偏要在這兒打腫了臉充胖

---

❶雨蛙是一種能爬樹的蛙，快要下雨的時候，它就叫起來。

子。我這人可受不了這個氣——聽見了沒有？好，我來聽聽你唸書吧！」

我拿起一本書來唸了些華盛頓總統和打仗的故事。我剛唸了差不多半分鐘的工夫，他就猛一下抬手把我的書用力打了一拳，打到屋子那一邊去了。

他說：「啊，原來如此。你眞的會啊！剛才你說了我還有點兒不信哩。好了，你聽著！你得給我放下你的臭架子來。我不看這個。我要盯住你，你這自作聰明的傢伙，要是我在那學校附近抓著你，我可要好好地揍你一頓。你要知道，你一上學就得信教，我這輩子也沒見過這樣的兒子。」

他拿起一幅藍色和黃色的小圖畫，上面畫著幾頭母牛和一個孩子。

「這是什麼？」他問道。

「這是因爲我功課學得好，他們給我的一點兒東西。」

他把它撕了，說：

「我要給你更好的——我要賞你一頓牛皮鞭子。」

他坐在那兒，嘴裡嘰哩咕嚕地牢騷了一陣，隨後他又說：

「瞧，你這不就成了紈褲子弟了嗎？哼，一張床，還有一份舖蓋，還有個鏡子，地板上還舖著地毯——可是你爸得在硝皮廠裡跟豬睡在一塊兒。我一輩子也沒見過這麼個兒子。我反正得先打掉你這副臭架子，再跟你一刀兩斷。噢，你這副神氣還眞是擺個沒完——人家說你發財了。嘿！到底是怎麼回事？」

「他們胡扯——就是那樣。」

「你聽著——跟我說話得加點小心；我現在可是差不多快忍無可忍了——可別再給我來這套沒規矩的話。我到鎮上來了兩天了，盡聽見人家說你發財的話。我在下游老遠就聽說了這件事。我就是爲這個來的。明天你把那些錢給我拿來——我要錢。」

「我沒錢。」

「少騙我！在柴契爾法官手裡哩。你去拿來，我要。」

「我沒錢，這是實話。你可以去問柴契爾法官吧！他也會這樣跟你說的。」

「好吧！我去問他，我得把他的錢擠出來，要不然我就得弄清楚到底是怎麼回事。嘿，你口袋裡有多少？我要。」

「我只有一塊錢，我還要去……」

「不管你要拿去幹嘛，那都不相干——你乾脆全給我拿出來。」

他接過去，還咬了一下，瞧瞧是不是眞的，然後他就說要到鎮上去買一點威士忌酒，他說他整天都沒有摸到一杯酒喝了。他爬出去爬到棚子上以後，又把腦袋伸進窗戶來，罵了我一陣，說我不該擺臭架子，還想賽過他，等我猜著他已經走了，他又回來了，把腦袋伸進來，叫我對上學的事加點小心，因爲他要盯住我，要是我不退學的話，他就要揍我。

第二天，他喝醉了，他上柴契爾法官那兒對他亂吵亂罵了一場，想硬逼著他交出錢來；可是他沒能辦到，然後他起誓要控告他，叫法院強迫他把錢交出來。

法官和寡婦到法院去告狀，請求法院判我跟他斷絕關係，還判他們倆當中隨便哪一個做我的監護人，可是法官是新上任的，還不知道老頭子的底細，所以他說法院對這種事能不管就不管，最好能不拆散一家子的骨肉，說他還是不願意把一個孩子由他父親手裡奪過去。所以法官和寡婦就只好不管這件事了。

老頭子這下子可得意忘形了。說要是我不弄點錢給他，他就要把我揍得渾身發青發紫。我從柴契爾法官那兒借了三塊錢，爸拿去就喝醉了，出去到處大鬧大吵，大罵大叫，滿街胡鬧一陣；他敲著一個洋鐵盆子，在鎮上到處都鬧遍了，差不多一直折騰到半夜；後來他們把他關起來了，第二天把他送到法院去，又關了他一個星期。可是他說他還是滿意，說他兒子得由他管了，他得收拾收拾他，叫他也受受罪。

當他釋放的那一天，那個新來的法官說能夠感化他。於是他就把他帶到自己家裡去，給他穿得乾乾淨淨，漂漂亮亮，叫他跟家裡人一塊兒吃早飯，吃午飯，又吃晚飯，對他可以說是好到家了。吃完晚飯，他就跟他講戒酒一類的大道理，講得老頭子哭起來了，他說他一直都當了個大傻瓜，把這一輩子都糟蹋了，可是現在他要重新做人，叫誰都不必再替他難為情，他還希望法官幫他的忙，別瞧不起他。法官說聽了他那些話，恨不得抱抱他，所以連法官也哭了，法官太太也哭了；爸說他從前一直都被人誤會，法官說他相信他的話。老頭子說一個倒了楣的人最需要的是同情，法官說的確不錯；這麼一來，他們又都哭起來了。然後到了睡覺的時候，老頭子就站起來，伸出手去，說：

「請看看這隻手，各位先生，各位太太、小姐。你們把它抓住吧！我們來握手。這隻手呀，從前簡直是個豬爪子；現在可不是那樣了，它現在是個要改邪歸正的人的手，這個人寧死也不再走老路。各位記住這些話——別忘了這是我說的。我這隻手現在是乾乾淨淨的了，我們來握手吧——別害怕。」

於是大夥兒一個又一個地通通都來跟他握手，並且又哭了。法官太太還親了親他的手。然後老頭子就在一張保證書上簽了字——畫了個押。法官說這是自古以來最了不起的好事。至少也差不多是這樣。後來他們把老頭子安排到一間漂亮的屋子裡，那是間空著的客房，夜裡不知在什麼時候，他又發了酒癮，簡直熬不住，於是就從樓窗爬出去爬到門廊頂上，再順著一根柱子溜下去，拿他的新上衣換了一壺酒勁兒挺烈的威士忌，又爬了回去，再大過了一陣癮，天快亮的時候，他又爬出去了，醉得什麼似的，從門廊頂上滾下去，把左胳臂摔壞了兩處，太陽出來以後，才有人發現了他，那時候他差點兒快凍死了。後來他們到那間空屋子去一看，滿屋都弄得亂七八糟，非得先看清楚，簡直就沒有地方可以站得住腳。

法官眞有點兒生氣。他說他覺得乾脆給這老頭子一槍，送他回老家，也許就能叫他改掉他的毛病，其他的辦法他可想不出來。

6 在林中的日子

後來過了沒有多久，老頭子就好了，他起來到處走動，跟著就去找柴契爾法官上法院打官司，叫他交出那筆錢來，他也找上了我，怪我不退學。他抓到我兩回，便拿鞭子揍我，可是我還是照樣上學，多半都是躲著他走，或是跑得叫他追不上。我從前並不怎麼喜歡上學，可是我覺得現在偏要去，爲的就是跟爸賭氣。那個官司起訴之後，又開始拖了——看樣子簡直就像是根本沒日子開庭似的；所以我過不兩天又要從柴契爾法官那兒借兩、三塊錢給他，免得挨他的皮鞭子。每回他拿到錢就喝個爛醉；每回喝醉了就在鎮上鬧個天翻地覆；每回鬧出亂子，就叫人家給關起來。他搞這套把戲正合適——這正是他的拿手好戲。

他後來愛在寡婦住的地方轉來轉去，實在叫她太討厭了，所以最後寡婦就對他說，要是他再不安分的話，她可就要不客氣了。哼，這不簡直把他氣瘋了嗎？他說他倒要叫人瞧瞧哈克・費恩到底該歸誰管。所以春天裡有一天，他盯住了我，把我抓到手，用一隻小船把我帶到大河上游三哩來遠的地方，再划過河，到伊利諾州那邊去，那兒是一片樹林，沒有人家，只有個破舊的木造小屋，那地方樹木長得很密，不認得路的人誰也找不到。

他總叫我跟他在一塊兒，我根本就找不到逃跑的機會。我們就住在那個小屋子裡，一到晚上，他總是把門鎖上，把鑰匙擱在頭底下睡覺。他有一枝槍，我猜是偷來的。我們捉魚打獵，就靠那個過日子。隔不了多久，他就把我鎖在屋子裡，一個人走三哩路，到渡船碼頭上的舖子去，拿魚和打獵打著的野物換威士忌酒，拿回來喝個醉，痛快一陣，再揍我一頓。寡婦後來探聽出我待的地方了，她就派一個人設法弄我回去，可是爸拿槍把他趕跑了，那以後過了不久，我就在那兒待慣了，並且還喜歡待在那兒——只除了挨鞭子，其它什麼都挺好。

日子過得懶洋洋的，挺有趣，整天舒舒服服地躺著，抽抽菸，釣釣魚，也不用唸書，也不用學什麼功課。兩個多月的工夫飛快地過去了，我的衣服弄得又破又髒，我眞不懂，當初在寡婦那兒住著，吃東西一定要放在盤子裡，得梳頭髮，得按時候睡，按時候起，老得爲書本傷腦筋，還有老華森小姐一天到晚都得給你找麻煩。我再也不想回去了。我本來已經不罵人了，因爲寡婦不喜歡那個；可是現在我又罵上癮了，因爲爸並不反對。整個兒說來，在樹林裡過的日子倒是很痛快的。

可是後來爸把他那根胡桃棍兒使得太順手，我簡直受不了啦！我讓他打得渾身都是傷痕。他又常常把我鎖在屋裡，自己走了。有一回，他把我鎖在屋裡，走了三天一直沒回來。那可眞叫人悶得要命。我猜他是淹死了，我一輩子也甭打算出去了。我害怕起來便打定了主意要想個法子離開那兒。我好幾回打算想法子逃出那個小屋子，可是什麼法子也沒想出來。那兒連一隻狗能鑽得過去的窗戶都沒有，我也不能從煙　裡爬上去，那太窄了。門是厚而結實的橡木板做的。爸很小心，他走的時候絕不在屋裡留把刀子什麼的，我想我已經把那地方找遍了一百回了；哼，我差不多一直在找，因爲要混時間，差不多只有幹那個才行。可是這次，我終於找到了一樣東西，我找到了一把沒有柄的且生了誘的舊木鋸，那是放在椽子跟屋頂板子中間的。我把它上了點油，就動手幹起來。有條舊馬毯釘在屋子那頭桌子後面的粗木頭上，那是掛在那兒擋風，免得縫裡刮進風來，吹滅蠟燭的。我鑽到桌子底下，掀起毯子，動手鋸起來，要把底下那條大木頭鋸下一塊——鋸出個大洞，要能讓我鑽得出去才行。噢，這可叫我幹了好長的工夫，可是我快幹完了的時候，就聽見爸在樹林裡放槍的聲音，我就弄掉了鋸木頭的痕跡，放下毯子，把鋸子藏起來，過一會兒爸就進來了。

爸又在發脾氣——所以他又現出原形來了。他說他到鎮上去了，任何事全不順利。他的律師說他估計只要一開審，他的官司就能贏，錢就能到手；可就是人家總有法子往後拖好些時候，柴契爾法官就懂得那一套辦法。他還說人家都料到會要再開一次庭，重審我跟他斷絕關係，讓寡婦做我監護人的那個案子，他們猜著這回人家一定贏。這可叫我大吃一驚，因為我不願意再回寡婦那兒去，讓她們把我管得那麼緊，還要像她們說的，讓我受什麼教化。後來老頭子就罵起來了，把他想得起來的每個人和每件事都罵到了，然後又從頭到尾再罵一遍，怕的是剛才有罵漏了的，這樣罵了兩遍以後，又來一次痛罵來收場，把他連名字都不知道的許多人也都罵在裡頭了，輪到他們頭上的時候，就管他們叫「那個叫什麼名字的傢伙」，又一直罵下去。

他說他倒要看看寡婦來把我奪去。他說他要提防著，要是他們想來跟他玩這個花招，他知道

六、七哩外有個地方可以把我藏起來，那兒他們找到底也只好撒手，怎樣也找不到我。這又叫我很擔心，可是只擔心了一會兒，我算計著我絕不會一直待在他身邊，讓他有機會來那一手。

老頭子叫我到那艘小船那兒去取他弄來的東西。那兒有個五十磅一袋的麵粉、一大塊鹹肉，還有彈藥、四加侖一罐的威士忌酒、墊東西用的一本舊書和兩張報紙，另外還有些報紙。我背了一包去，回頭去坐在船頭上歇一歇。我把這件事從頭到尾想了一遍，盤算著我要是決定逃走，那就帶著那枝槍和幾條釣魚線往樹林裡逃吧！我想著我還是別在一個地方待著，乾脆就一直往全國各處去遊蕩，多半在夜裡走，靠打獵和釣魚過活，就這樣走得老遠老遠，不管是老頭子還是寡婦，誰也別想再找到我。我猜那天晚上爸要是醉得夠厲害的，我就可以鋸完那個洞鑽出去，我算計著他是會醉得夠嗆的。我盡想著這個，忘了我在那兒待了多久了，直到後來，老頭子喂喂地大聲叫我，問我是睡著了，還是淹死了。

我把東西全運到小屋子裡去，那時候天就差不多黑了。我正在做晚飯的時候，老頭子大喝了一、兩次，勁頭又有點兒上來了，他又破口大罵起來。他本來在鎮上就喝醉了，在臭水溝裡躺了一夜，他那個樣子可真夠瞧。人家真會把他當成亞當——他弄得渾身上下滿是泥。每回只要他的酒性一發作，他差不多總是大罵政府。這回他說：

「這也叫作政府！哎，你瞧瞧吧，瞧它到底像個什麼玩意兒。那個什麼法律就打算要把人家的兒子搶去——人家親生的兒子，費了多大事，著了多少急，花了多少錢，好不容易才把他養大的。可不是嗎，人家好不容易把這兒子養大了，正好叫他去幹點兒活，孝順孝順他老子，讓他歇口氣，這下子法律可跑過來跟他搗蛋。他們還管這個叫政府！那還不算完哪。法律還給柴契爾法官那老傢伙撐腰，幫他跟我搗蛋，叫我得不到自己的財產。這就是法律幹的好事：法律把一位有六千多塊錢的人硬掐在手裡，把他塞到這麼個老鼠籠似的小屋子裡，讓他穿上這些披在豬身上都不像話的衣服到處轉。他們還管這個叫政府！有了這麼個鬼政府，誰也別想享受他的權利。有時候我想乾脆還不如離開這個國家，一輩子也不回來。不錯，我就是這麼對他們說的；我就當著柴契爾那老頭兒的面也是這麼說的。他們有好些人都聽見我說了，他們都會記得我說的話。我說，我不管三七二十一，反正得離開這個混蛋的國家，一輩子都不再沾它的邊。我就是這麼說的，一個字也不差。我說，瞧瞧我這頂帽子——要是這也能叫做帽子的話——帽頂一朝上聳得挺高，帽邊就垂下來，一直垂到下巴底下，這簡直就不能算帽子，還不如說是我把腦袋鑽到一截洋爐子煙筒裡。你瞧瞧吧——這麼一頂破帽子叫我戴著——我，要是我能享受我的權利的話，這鎮上最大的財主我也得算一個呀！

「啊，不錯，這可眞是個妙透了的政府，眞是妙得很呢。哼，你瞧。有那麼一個俄亥俄州的自由黑人——他是個黑白混血種。差不多跟白人一樣白。他穿的襯衫可眞白呀，你一輩子也沒見過的那麼白法，還戴著頂漂亮的帽子，全鎮上找不出一個人穿他那麼好的衣服，他還有隻金錶和鏈子，還有根銀頭的手杖——簡直是全州最叫人看得起的一位老財主。還有，你猜怎麼了？人家說他還是個大學教授，各國的話他都會說，什麼他都懂。那還不算頂糟糕的哩。人家說他在家鄉的時候，還能投票選舉。哼，這可把我弄得莫名其妙了。我心裡想，這個國家要糟成什麼樣子呀？那天是選舉的日子，要不是我醉得走不動的話，我還打算親自去投票哩；可是他們跟我一說，我們這個國家裡還有一州能讓那個黑鬼投票，我就洩了氣。我說我一輩子再也不去投票了。

我就是那麼說的，一個字也不差，他們都聽見我說了，我恨不得我們這個國家馬上就完蛋——我這輩子再也不投票了。瞧著那黑鬼那種不懂禮貌的樣子，眞叫人生氣——哼，要不是我給他推到一邊去，他連路都不讓給我哩。我跟人家說，爲什麼不把這個黑鬼拿去拍賣了呢——我就是要問清楚這個。可是你猜他們怎麼說？嗅，他們說他非得在這個州裡住上六個月才能把他賣了，可是他在那兒還沒住夠那麼多的時候。得啦，你瞧——這可眞叫怪事。一個自由的黑人在州裡還沒住上六個月，政府就不能賣他，人家可還是管它叫政府。居然會有這麼個政府，自己管自己叫什麼政府，裝什麼政府的樣子，自己也覺得自己眞是個政府，可是還非得一絲不動地整整等六個月，才能動手抓一個偷偷摸摸的、賊頭賊腦的、無法無天的、穿白襯衫的自由黑人，並且……」

爸就這樣一個勁兒罵下去，簡直沒有當心他那兩條東歪西倒的老腿在往哪兒走，結果他就一下子撞在盛鹹肉的木桶上，摔了個倒筋斗，把兩根迎面骨❶都磨破了皮。這以後，他罵的話更是凶極了——多半都是罵那個黑人和政府的，儘管他也東一句西一句地罵一罵那個桶子。他在小屋子裡跳著轉圈，轉了老大工夫，一會兒用這條腿跳，一會兒用那條腿跳，先提著這根迎面骨，再提著那根，最後他突然放開左腳，「砰」的一聲把木桶用力踢了一下。可是這下他沒有算計得好，因爲那正好就是露出兩個腳趾頭的那隻靴子；所以他就大聲號叫起來，叫得簡直令人頭髮都豎起來了，他撲通一下倒在髒土裡，在那兒抱著腳趾頭直打滾；這時候他那一陣臭罵簡直比他一輩子罵的什麼都更凶。後來他自己也是那麼說。他從前聽見過邵伯利．哈根那老頭兒在他最得意

---

❶ 迎面骨就是脛骨，即小腿骨。

的時候罵人，他說他剛才這陣罵連他都賽過了。可是我看那也許是天花亂墜地瞎吹牛吧！

吃完晚飯，爸拿起那個酒瓶來，說那裡面的威士忌酒足夠他兩回大醉，發一回酒瘋的。那就是他老愛說的一套詞兒。我猜他差不多只要一個鐘頭就會醉得不省人事，到那時候我就打算把鑰匙偷來，或是鋸個洞鑽出去，隨便怎麼都行。他喝了又喝，不一會兒就撲通一下倒在毯子上；可是我還是不走運。他並沒有睡熟，只是醉得難受。他連哼哼帶哎喲，又把胳臂往左右亂揮，鬧了個老半天。後來我睏得怎麼也撐不住了，簡直睜不開眼睛，所以我就不知不覺地睡熟了，蠟燭還在點著。

我不知道睡了多久，可是忽然有一聲可怕的尖聲喊叫，我馬上就驚醒過來。是爸來了，他顯出發瘋的樣子。前後左右亂跳亂蹦，叫喊著說有蛇。他說它們往他腿上爬；然後他就跳起來，又尖聲慘叫了一陣，還說有一條蛇咬了他的腮幫子——可是我看不見什麼蛇。他跳起來，在小屋子裡轉著圈兒跑個不停，一面叫著：「快把它抓下去！快把它抓下去！它咬我的脖子啦！」我從來沒瞧見過一個人眼睛裡顯出這種嚇得要命的神情。不一會兒，他累得不行了，倒下去直喘氣；然後他就在地上直打滾，滾得別提有多快了，他還把東西往各處踢，拿手往空中猛打猛抓，嚷著說有魔鬼纏住了他。他不一會兒又累乏了，乖乖地躺了一會兒，一面小聲地哼。後來他躺得更安靜了，簡直不聲不響。我聽得見貓頭鷹和狼老遠地在樹林裡叫，外面好像是清靜得可怕。他在屋子犄角那邊躺著。

不一會兒，他撐起一半身子來仔細地聽，把腦袋歪在一邊，他聲音很低地說：

「嚓——嚓——嚓；那是死人的腳步聲；嚓——嚓——嚓；他們來抓我了；我偏不走。噢，他們來了！別動我——別動！撒手——冰涼的手呀；放了我吧！噢，別纏住我這倒楣蛋呀！」

後來他手腳著地爬到一邊去，嘴裡還是求他們別纏住他，他拿毯子把他自己裹起來，滾進那張舊松木桌子底下去了，一面還在那兒哀求；隨後他就哭起來了。我隔著毯子都聽到他的哭聲。

不一會兒，他滾了出來，一下子就蹦了起來，樣子挺凶，他看到我，就往我這邊衝過來。他拿把刀追著我在屋子裡直打轉，一個勁兒管我叫「死神」，說要殺掉我，我就不能再來抓他了。我央求他，告訴他說我是哈克；可是他尖聲地怪笑了一聲，又大吼大罵，一直追著我。有一回我猛一轉身，想從他胳臂底下躲過去，他伸手一抓，就抓住了我上衣背後的領子，我想這下子可完蛋了；可是我像閃電那麼快，一下子就掙脫了衣服，逃出了命。不一會兒他就累得不行了，背靠著門倒了下去，說他要休息一會兒再來殺我。他把刀放在身子底下，說他要睡一會兒，養足精神，到那時候他倒要看看誰行誰不行。

就這樣，他很快就打起盹來了。不一會兒我拿了那把木條子釘成座板的舊椅子，輕輕地爬上去，不弄出一點兒聲音，取下那枝槍來。我拉開槍膛，瞧清楚它的確是裝著子彈，然後我就把它架在蘿蔔桶上，槍口對準了爸，我就坐在後面靜觀他的動靜。等待的時候可眞是難熬，眞是靜得要命呀！

7 逃出林中小屋

「起來，你在幹嘛？」

我睜開眼睛，四下裡張望著，想弄清楚我到底在哪兒。已經是大天亮了，我原來一直睡得很熟。爸彎著身子在我身邊站著，繃著一副臉——還顯得有些暴怒的樣子。他說：

「你拿槍幹嘛？」

我猜他一點兒也不知道昨天晚上自己幹了些什麼事，所以我就說：

「有人想進來，所以我就在這兒打下埋伏等著他哪！」

「你怎麼不把我叫醒？」

「噢，我叫了，可就是叫不醒，我一點也弄不動你。」

「那麼，好吧。別整天站在那兒說廢話，你還是出去瞧瞧有沒有鉤到，好做早飯。我一會兒就來。」

他打開門上的鎖，我連忙跑出去，順著河岸往前走。我瞧見幾根樹枝什麼的在河裡漂下來，還有一些零零碎碎的樹皮；於是我就知道河水開始在漲了。我算計著這時候要是我在鎮上的話，一定可以大大地痛快一陣。六月裡一漲水，向來都是我走運的時候；因爲水一漲，馬上就有些大塊的木料往這兒漂下來，還有沖散了的木筏——有時候，一下子就是十幾根大木頭連在一塊兒；

這麼一來，你只要去撈起來賣給木廠和鋸木廠就行了。

我順著河邊往上游走去，一隻眼睛盯著爸，一隻眼睛瞧著大水沖下些什麼東西來。嘿，忽然間，一隻小舟子漂下來了；這可眞是棒透了，它差不多有十三、四呎長，逍遙自在地漂過來，像隻鴨子似的。我學著青蛙的樣子，把頭朝下，從岸上撲通沖下水去追那隻舟子，連衣服什麼的全沒脫掉，就浮過去。我估計著一定有人在舟子裡面躺著，因爲有些人老愛那麼辦，好作弄別人，專等人划隻小船快把它追上了，他們再坐起身來衝著那個人哈哈大笑，可是這回可不是那樣。它是個漂下來沒有主人的舟子，一點也不錯；我就爬上去把它划到岸上來。我心裡想，老頭子瞧見這個就該高興了——它能值十塊錢。可是我划到了岸，還沒瞧見爸過來，後來我正在把它划進兩旁長滿了藤子和柳樹的一條水溝似的小河裡去，忽然想起了一個新的主意來，我想我還是好好地把它藏起來吧，那麼，等我逃跑的時候，就不用往樹林子裡跑，乾脆順水划下五十來哩，找個地方永久住下，再也不用跑腿，到處遊蕩著受活罪了。

那地方離小屋子很近，我老是覺得像聽見老頭子來了似的，可是我還是把它藏好了，過後我就走出來，在一堆柳樹那兒轉了一圈，四下張望了一陣，果然瞧見老頭子一個人順著小路走過來，他正在拿槍打鳥兒，所以他什麼也沒瞧見。

他走過來的時候，我正在那兒用力把一條「排鉤」釣繩往上拖。他罵了我幾句，說我太慢了；可是我告訴他說我掉到河裡了，所以才耽誤了那麼半天。我知道他一定會看出我身上濕了，隨後就要盤問我。我們從釣繩上摘下五條鯰魚，就拿回住的地方去了。

吃完早餐，我們躺下來想睡覺的時候，我倆都快累垮了，這時候我想著要是我能琢磨出個什麼法子，叫爸和寡婦都不再找我，那可就比專靠運氣、趁著人家還沒發現我不見了的時候，就拚命跑得老遠，更有把握得多了，你知道嗎，說不定什麼岔子都會出的。我一時簡直想不出什麼主意來，可是不一會兒爸就爬起來，又喝了一瓶水，他說：

「下回再有人賊頭賊腦地到這兒來，你就把我叫醒，聽見了嗎？那個人上這兒來是不懷好心的。我要是看見，就把他一槍幹掉了。下回你把我叫醒吧，聽見了嗎？」

他說完就倒下去，又睡著了；他剛才說的話恰好給了我一個好主意，正合我的心思。我心裡想，現在我可以把這個事情安排得好好的，絕沒有人找得到我了。

大約十一點的時候，我們出來順著河邊往上走。河水漲得相當快，好多沖下來的木頭浮在大河上往下漂。不一會兒，漂過來一個沖散了的木筏——九根大木頭緊緊地連在一塊兒。我們把那隻小船划出去，把它拖到岸邊上來。隨後我們就吃午飯去了。除了爸，誰也不會多待一會兒，好再多撈點東西，可是那不是爸的作風。一回撈上九根大木頭，這就足夠了。他得馬上拿到鎮上去賣。所以他就把我鎖在屋子裡，解下小船，大約在三點半的光景，他就拖著木筏划走了。我估計他那天晚上不會回來。我等了一會兒，等到我算計著他划了一些時候時，就拿出鋸子，又鋸起那根大木頭來了。他還沒划到河對岸，我就從那個洞裡鑽出來了，那時候他和那木筏老遠地漂在河裡，簡直就像一個小黑點子似的。

我把那袋麵粉拿到藏小舟的地方，撥開藤子和樹枝，把它放到小舟上，隨後我又把那一大塊鹹肉也那麼擱好，還有那個威士忌酒瓶。我把那兒所有的咖啡和糖都拿走了，還有所有的彈藥；我還拿了墊東西的書報，拿了吊桶和葫蘆瓢，拿了個汲器和洋鐵杯子，還有我那把舊鋸子和兩條毯子，還有那個長柄矮腳小鍋和咖啡壺。我還拿了釣繩、火柴和一些別的東西——只要是値一個小錢的東西通通都拿走了。我簡直把那個地方整個搬空了。我想要一把斧頭，可是那兒沒有，只有外邊柴火堆裡那一把，我可知道爲什麼得把它留下。我把槍拿出來，這下子我就全準備好了。

我從那個洞裡往外爬，又從那兒拖出那麼多的東西來，所以就把那塊地磨掉了不少。我就從外面在那兒撒了一些浮土在地上，把那光溜溜的地和那堆木屑都蓋好了，拚命收拾得不露痕跡。隨後我又把那塊鋸下來的木頭安在原處，底下墊兩塊石頭，另外再搬一塊把它頂住，因爲原來那根木頭在那地方是往上彎的，沒有挨著地。你要是站在四、五呎遠，不知道是鋸過了的話，你就怎麼也看不出毛病來；再說這又是小屋子背後，誰也不會到那兒去瞎轉。

一直到小舟子那兒都是草地，所以我就一點腳印都沒留下。我轉到各處看了一下，又站在岸上遠遠地往河那邊望了一陣，保險沒事。於是我就拿起槍來，一個人往樹林裡走，我正在四下裡找鳥兒打的時候，就看到一隻野豬，豬從草原上的農場裡跑出來以後，不久就在這些河邊的低窪地方變成野生的了。我把這傢伙一槍打死，就拖到原來住的地方去了。

我拿起那把斧子把門砍碎了。我連錘帶劈，亂幹了好大一陣子。我把豬拖進來，一直到屋裡快靠著桌子的地方，拿斧頭砍破了它的喉嚨，把它放在地上流血；我說「地上」是因爲那的確就是土地——挺結實的硬地，沒有木板。好了，下一步我就拿條舊口袋，裡面裝上好些塊大石頭——我能拖得動多少就裝多少——我就把它從豬那兒拖起，拖到門口，再穿過樹林子，到河邊就把它丟下水去，撲通一聲就沉下去，沉得沒影子了。這麼一來，你就很容易看出有人拖著什麼東西從那塊地上走過的。我眞希望有湯姆．索亞在場；我知道他對這類事情一定有興趣，他還會出些主意，添些新鮮花樣兒。幹這類事情，誰也趕不上湯姆·索亞那麼在行。

好了，最後一步我拔下幾根頭髮來，把斧頭好好地用血塗了一遍，把頭髮黏在斧頭背上，再把斧頭扔到角落裡。隨後我就抱起那隻豬來，拿我的上衣把它托在我的胸前（這樣它就不能往地上滴血了），一直托著走出屋子往下走了一大段路，再把它扔到河裡。這時候我又想起另外一個主意來。所以我就去把那袋麵粉和我那把舊鋸子都從舟子裡拿出來，把它們拿到那個屋子裡去。我把袋子拿到原來放著的地方，用鋸子在它底下戳了一個洞，我只能用鋸子，因爲那地方沒有吃飯用的刀子和叉子——爸做飯用他那把大摺刀。隨後我就扛著那袋子走過草地，穿過房子東邊那些柳樹，走了一百來碼遠，扛到一個淺水湖邊上，這個湖有五哩寬，湖裡長滿了燈心草——在那個季節，還可以說滿是野鴨子哪。湖那邊有一條小河溝流到好幾哩以外去，我不知道它到底流到哪兒，反正是沒往大河裡流。麵粉撒了一路，一直到湖邊上撒出了小小

一條印子。我又把爸的磨刀石也丟在那兒，弄得叫人看著好像是誰偶然丟下的。後來我用一根小繩子把麵粉口袋的裂口紮起來，不讓它再漏了，隨後就把它和我的鋸子都拿到舟子上去了。

現在差不多快到天黑的時候了，於是我就在岸上垂著枝子的幾棵柳樹底下把舟子漂到大河邊上，等著月亮出來。我把舟子在一棵柳樹上拴穩了；隨後我就拿點東西來吃，不一會兒又躺在舟子裡抽了袋菸，琢磨出一個主意來。我心裡想，他們一定會順著那一袋子石頭拖出來的印兒一直找到河邊上去，跟著就會在河裡打撈我。他們也一定會跟著麵粉那道印子找到湖邊上去，再像牛羊吃草似的低著頭順著湖裡流出去的那條小河溝去找那些殺了我又搶走東西的強盜。他們在大河裡也就除了撈我的死屍之外，絕不會再打算找別的什麼了。他們不久也就會撈膩了，再也不會為我操心了。這就太好了；我就可以愛在哪兒待著就在哪兒待著了。傑克遜島對我倒是夠好的；那個島我相當的熟悉，並且從來沒有誰上那兒去。往後，我還可以在夜裡划過河到鎮上去，四下裡偷偷地遛一遛，撿一點我需要的東西。對，傑克遜島正是一個好地方。

我累得很，就迷迷糊糊地睡著了。我醒來的時候，愣了一會兒，不知自己在什麼地方。我坐起來，四下裡張望張望，有點害怕。隨後我才想起來了。那條河好像有多少多少哩寬。月亮亮極了，我簡直可以數得清順水漂下來的木頭，黑糊糊的，靜悄悄地，離河岸有幾百碼遠。一切都靜得要死，看樣子，時候是不早了，連聞都聞得出是不早了。你明白我的意思吧——我不知道該怎麼說才好。

我打了個大哈欠，伸個懶腰，剛要解開繩子開船，就聽見河面上老遠的地方有個聲音。我仔細聽著。一會兒我就聽出來了。那是清靜的夜裡船上的槳在槳架子上划動的那種單調而均勻的聲音。我隔著柳樹枝往外偷偷地一看，果然不錯——是一隻小船，遠遠的在河那邊。我弄不清楚小船裡有多少人。它一直朝著我這邊划過來了，等它跟我並齊的時候，我看清楚了裡面只不過有一個人。我心裡想，那也許是爸，雖然我可是沒想到他會那麼早就回來。他順著水流沖到我下邊去了，不一會兒他又轉了個向，划到那股靜止的水裡靠岸了；他挨著我很近地過去，我簡直可以伸出槍去就碰到他了。噢，果然是爸，一點也沒錯——按他划槳的樣子看來，他居然還沒醉哩。

我一點也沒有耽誤時間，馬上就在靠岸背陰的地方順流急沖下去，我輕輕地划，可是划得很快。我往下游划了兩哩半，隨後就往河中間划了四、五百碼，因爲我怕的是等會兒沖過渡船碼頭的時候，人家也許會瞧見我，還要招呼我。我划到那些漂下來的木頭當中，隨後就躺在舟子底上，讓它往下漂。我躺在那兒，好好地休息一下，又抽了一袋菸，望著老遠的天空，天上一點雲也沒有。在月光裡仰起身子躺著看天，天色就老是顯得非常深遠叩這可是我從來不知道的。還有在這樣的夜裡，你在水面上聽得多遠多遠呀！我聽見人家在渡船碼頭上聊天。連他們說的是什麼都聽得出來——一個字一個字都聽得清楚。有一個人說現在快到日長夜短的時候了。另外一個人說，照他看來，這一夜可眞不算短哪——他這麼一說，他們就都哈哈地大笑起來了，他又把那句話說了一遍，他們又樂了，可是這個傢伙沒有笑，他罵了句很厲害的話，叫他們別打攪他。先前說話的那個傢伙說他打算把這句話告訴他老伴——她準會覺得很有趣。可是他說比起他年輕的時候說的那些話來，這簡直就不算一回事了。我聽見有一個人說差不多快三點了，他希望可別再等一個星期才天亮。從那以後，聊天的聲音就越來越遠，我再也聽不清楚他們說的話了；可是我還能聽到他們嘰嘰咕咕的聲音，有時候還聽見笑聲，可是那好像是離得很遠很遠了。

我現在離開渡船碼頭，到下邊來了。我站起來一看，傑克遜島差不多就在下邊兩哩半的地方，島上的樹長得很密，它突出在河中間，又大又黑又結實的樣子，像一艘沒點燈的輪船。島前頭的沙洲連影子也看不見了——它現在完全被水淹了。

沒有多大工夫，我就到了那兒。我像射箭似地衝過島的前頭，那兒水流得很急，我跟著就划到靜水裡去，在朝著伊利諾州河岸那邊靠了岸。我把舟子划進了原先知道的岸邊上一個凹進很深的地方，我得把兩邊的柳樹枝撥開才能鑽進去，我把舟子拴好之後，從外邊誰也看不見它了。

我走上去，在島前頭的一根大木頭上坐下，朝著那條大河往遠外望過去，望著那些漂下來的黑糊糊的木頭，望著三哩以外的鎮上，那兒已經有三、四處燈光一閃一閃地亮起來了。有一個大得嚇人的木筏從上游大約一哩的地方漂下來了，木筏中間還點著燈。我仔細看著它慢慢地漂下來，後來它跟我站的地方並齊的時候，我就聽見有個人說：「划尾槳，嘿！把船頭往右轉！」我聽得很清楚，就好像說話的人在我身邊一樣。

這時候，天色有點灰白了，所以我就往樹林裡走，先躺下來，睡個小覺，再吃早餐。

8 在傑克島遇見吉姆

我一覺睡醒來，太陽已經很高了，我猜準是八點過了。我躺在草地上陰涼的地方，想著一些事情，我覺得歇夠了，挺舒服，挺滿意。我可以從樹葉子當中的一兩個洞裡往外看到太陽，可是四下裡多半都是些大樹，待在那裡面簡直是黑洞洞的。有些地方太陽光透過樹葉子照得滿地斑斑點點，這些斑斑點點的地方還有點兒晃晃悠悠地動，看得出樹頂上吹著微微的風。有一對松鼠坐在樹枝上，吱吱喳喳地衝著我叫得挺親熱。

我覺得懶洋洋的，很舒服——簡直不想起來弄早餐吃。後來我剛要再打起盹來，就覺得好像聽見河上游老遠的地方有個很深沉的聲音，「轟隆！」我醒過來，拿胳膊肘支著身子仔細聽；不一會兒又聽見了那聲音。我跳起來，走到樹葉子漏著縫兒的地方往外瞧，瞧見在上游遠遠的水面上浮著一團煙——差不多就在渡船碼頭的地方。渡船上滿是人，正順著水往下漂哪。我現在明白這是怎麼回事了。「轟

上來。

隆！」我瞧見一朵白煙從渡船邊迸了出來。要知道他們正在往水上放炮，想叫我的屍首浮到水面

我覺得很餓，可是我又不能生起火來，因爲那麼一來，他們也許會瞧見我這兒冒煙。所以我就只好坐在那兒瞧著放炮的煙，聽著轟隆的聲音。大河在那兒有一哩寬，夏天早晨總是顯得很好看的——我只要有一口東西吃，那我在那兒瞧著他們找我的屍首，就眞夠有趣的。唉，後來我碰巧想起來，人家總是把水銀灌到麵包裡，丟到水裡去讓它漂，因爲這麵包總是一直漂到淹死的人那兒就不動了。所以我就說，我得注意瞧著，要是有找我的屍首的麵包漂下來的話，我就不把它們放過。我轉到這個島朝伊利諾州的那一邊去碰運氣。結果總算沒有白去，一個很大的雙料麵包漂過來了，我拿根長棍子差點兒把它夠著了，可是我的腳一滑，它又漂遠了。當然，我是在水流靠岸最近的地方待著——這個我是知道得夠清楚的。可是不一會兒又漂下來一個？這回我可把它弄到手了。我撥出麵包上的塞子，甩掉裡面那點水銀，就放在嘴裡咬了一口。那是麵包房做的講究麵包——是富人吃的。絕不是你們那種難吃透頂的麵粉做的粗麵包。

我在樹葉子中間找到一個好地方，在那兒坐在一根大木頭上，一面用力地啃著麵包，一面瞧著渡船，心裡覺得很滿意。後來我忽然想起一件事來。我想，現在我算計著寡婦或是牧師他們那些人準會禱告上帝，求他讓這個麵包找到我；麵包果然是漂過來了，還眞把我找到了。這麼說來，不成問題，這種事的確還是有點道理——那就是說，像寡婦或是牧師那樣的人祈禱起來，反正總有點門道，可是對我就偏不靈，我猜這種事除了對好人之外，都不會靈驗的。

我把菸點著，好好地抽了一陣，一面還是瞧著那渡船。這時候渡船順著大河漂下來了，我想

它一過來，我就可以趁機會瞧瞧有誰在船上，因爲渡船一定會像那個麵包似的，漂到很近的地方來。後來它順水沖著我走得挺近的時候，我就把菸斗弄滅了，走到原先撈麵包的那個地方，在岸邊上一小塊空地上的一根大木頭後面躺下來。從那木頭分叉的地方，我就可以偷偷地往外看。

不一會兒渡船眞過來了，它漂得靠岸挺近，船上的人要是放下一塊跳板，就能走上岸來。所有的人差不多都在船上。爸和柴契爾法官，還有貝琪·柴契爾、喬伊·哈波、湯姆·索亞，還有他的老波莉阿姨和席德、瑪麗，還有好些別的人。每個人都在說這個謀殺案子，可是船長插進嘴來說：

「大夥兒注意瞧著吧：水流在這兒靠岸最近了，也許他讓水沖上岸去，在水邊上的小樹堆裡掛住了。反正我希望是這樣。」

我可沒有這麼希望。船上的人全都衝這邊擁上來，靠著船欄杆把身子往外伸出來，差不多簡直就對準了我，他們一聲不響，拚命地注意瞧著。我瞧他們瞧得頂清楚，他們可瞧不見我。後來船長拉開嗓子叫了一聲「站開！」炮就正在我前頭轟了一下，那聲音簡直把我震聾了，濃煙也快把我給弄瞎了；我想這下子可完蛋了。要是他們放的炮裡有炮彈的話，我想他們就能把他們想要找到的屍首弄到手了。總算還好，我一瞧自己並沒有受傷，謝天謝地。船接著漂下去了，在下面突出來的地方一拐彎就不見了。我過不一會兒還能聽到幾回轟隆的聲音，可是越來越遠了，再往後，過了一個鐘頭，我就再也聽不見了。這個島有三哩長。我猜他們到了島下面那一頭，就要拉倒了，可是他們一下子還是不肯放棄。他們繞過了島尾，又慢慢地開動機器，頂著密蘇里州那邊的水道往上開，走一會兒就轟一下子。我又往那邊鑽過去，瞧著他們。他們開到齊著島上頭的時候就不再放炮了，他們開到密蘇里州那邊靠了岸，都到鎭上回家去了。

我知道現在沒問題了，誰都不會再來找我了。我把我帶來的東西從舟子上拿出來，在密密的樹林裡收拾了一個挺舒服的地方住下。我拿毯子做了個帳棚似的玩意兒，把東西都放在底下，不讓雨給淋濕了。我捉到了一鯰給魚，拿那把鋸子把它割開，在太陽快落山的時候，我就生起了營火，把晚飯做來吃了。後來我又撒下鉤線去，弄些魚來第二天就做早飯吃。

天黑了，我就坐在營火旁邊抽菸，覺得心滿意足；可是過了一會兒就有點悶得慌，所以我就去坐在岸邊上聽急流的水嘩啦嘩啦地沖過去，還數著星星和漂下來的木頭和木筏，後來就睡覺了；你在悶起來的時候，沒有比這更好的消磨時間的辦法了，你絕不會老是那麼悶，過一會兒就很痛快了。

就這樣過了三天三夜。沒有什麼變化——總是那個樣子。可是再過了一天，我就一直穿過整個的島，四處去探險。我成了島上的主人；整個的島都屬於我，可以那麼說吧，我得把島上什麼都弄清楚；可是主要還是要消磨時間。我找到很多的草莓，熟得呱呱叫，還有夏天的青葡萄和甘蔗；青的黑莓才長出來。我看這些東西過些時候也就都能隨便摘來吃了。

好，我隨便在那深深的樹林裡瞎逛了一陣，後來我猜大概走到離島尾不遠了。我一直都帶著我那枝槍，可是我什麼也沒打，那是爲了防身用的，只打算在住處附近打點兒什麼野物。差不多就在這時候，我差點兒一腳踩著一條大蛇，它從草堆和花叢當中溜跑了，我就追上去，打算打它一槍。我一個勁兒往前飛跑，突然一下子正踩著一堆營火的灰，那上面還在冒煙哩。

我的心猛一下快跳到嗓子眼上來了。我連等著再看一眼都沒等，就拉下了槍上的扳機，踏著腳尖，要多快有多快地悄悄地往回溜。我隔不了多久就在密密的葉子當中停下來，仔細聽一聽，可是我自己喘氣的聲音太重了，別的什麼都聽不見。我再往前溜了一段路，又仔細地聽，就這樣溜一會聽一會，溜一會聽一會。要是看到個樹樁，我就把它當做人，要是踩折了一根樹枝，那就叫我覺得好像有人把我的一口氣砍成了兩截似的，我只喘出了半截，並且還是小半截哪。

到了露營的地方，我覺得簡直沒有多大力氣，肚子裡的勇氣差不多全給嚇跑了。可是我想，這可不是吊兒郎當的時候。所以我就把我那些東西全都搬回舟子裡，好把它們藏起來，我又把營火弄滅了，把灰都撒開，好讓它顯得像是去年才有人露營的老地方，完了之後，我就爬到一棵樹上去了。

我算計著在樹上待了兩個鐘頭；可是什麼也沒看見，什麼也沒聽見——光是想著好像是聽見和看見了千百樣事情似的。不過，我可不能老在樹上待著呀；所以後來我就下來了，可是我還是躲在密密的樹林裡，老是留神提防著。我能拿來吃的，就只有草莓和早飯剩下來的那點東西。

熬到了晚上，我可實在餓了。所以等到天黑透了的時候，在月亮出來以前，我就從岸上溜出去，划過了河到伊利諾州的岸上去——差不多有四、五百碼遠。我跑到樹林裡做了一頓晚飯。我快要打定主意在那兒過夜的時候，就聽見踢踏踢踏的聲音，我心裡想，馬來了；後來就聽見有人說話。我拚命趕快把東西都搬到舟子裡，然後從樹林裡爬過去瞧瞧到底是怎麼回事。

我還沒爬多遠，就聽見一個人說：

「要能找到個好地方，我們最好就在這兒露營吧！馬差不多累壞了。我們先往四下瞧瞧！」

我可沒耽誤工夫，馬上就把舟子撐出去，輕輕地划開了。我又把舟子拴在老地方，打算就在舟子裡睡覺。

我沒睡著。我因爲老在想事情，不知怎麼的，簡直就睡不好。每回一醒來，就覺得有人掐著我的脖子，所以睡覺也就對我沒有什麼好處。後來我想，我可不能這麼下去；我得弄清楚和我同在島上的那個人到底是誰；我豁著這條命不要，也得把這件事弄清楚。好了，這麼一來，我馬上就覺得好過些了。

這下子我就拿起槳來，從岸上撐出一兩步去，然後讓舟子在樹蔭裡順著邊兒往下漂。月亮正在照著，樹蔭外面照得差不多像白天那麼亮。我偷偷摸摸地往前划了個把鐘頭，一切都像石頭一樣地安靜，睡得挺酣。唔，這時候我差不多已經到了尾島上。有一股颼颼的小涼風吹起來了，這就等於說黑夜快完了。我拿槳一撥，讓舟子的前頭朝著岸；然後拿著槍溜到岸上，從樹林邊上溜了進去。我在那兒坐在一根大木頭上，從樹葉子裡往外看。我看見月亮下班了，河上又罩上了一片漆黑。可是過了一會兒，我就看見樹尖兒上照出一條灰白的光，知道天就快亮了。這下我就拿起槍來，朝我碰到營火的地方溜過去，每過一兩分鐘就停下來聽一聽。可是不知怎麼的，我又偏不走運；我好像找不到那個地方了。可是過了一會兒，我從那些樹當中清清楚楚瞧見了有個火。我小心慢慢地走過去。不一會兒，我就走得很近，可以看得見了，原來那兒地上躺著一個人。這下子可是把我嚇得不知怎麼好了。他頭上蒙著一條毯子，他的頭差不多伸到火裡去了。我坐在一堆矮樹後面，離他差不多有六呎的地方，拿眼睛死死地盯著他。這時候天色已經發白了。不一會兒，他就打了個哈欠，伸了伸懶腰，把毯子掀開，哦，原來是華森小姐的吉姆！老實說，我看到他眞是高興。

我說：「喂，吉姆！」一面就蹦了出來。

他猛然一下子跳起來，慌慌張張地瞪著我。隨後他就跪下來合著手說：「別害我呀——我從來沒得罪過鬼。我向來喜歡死人，總要拚命幫他們的忙。你是從河裡出來的，還是回河裡去吧，可別傷害老吉姆，他向來是你的朋友哪！」

總算還好，我沒費多大工夫，就讓他明白了我並沒有死。我看見吉姆眞是高興極了。現在我也不寂寞了。我告訴他說，我並不怕他跟別人說我在那兒。我一直往下說，可是他光坐在那兒瞧著我；一句話也不說。

後來，我說：「天亮了，我們來做早餐吃。把你的營火弄好吧！」

「像草莓那些東西，幹嘛還要生起營火來煮呀？可是你有枝槍，是不是？那我們就能打點兒比草莓好吃的東西了。」

「像草莓那些東西，」我說，「難道你就光吃那些東西過活？」

「我找不到別的東西呀！」他說，

「哎呀，吉姆，你在這島上待了多久？」

「你讓人弄死了以後那天晚上，我就來了。」

「怎麼，一直待了那麼久嗎？」

「是呀，一點兒不假。」

「你除了那些亂七八糟的東西，別的什麼吃的都沒有弄到嗎？」

「可不是嗎，哈克——別的什麼都沒有。」

「哎呀，那你一定快餓死了，是不是？」

「我看我簡直能吃得下一匹馬，我琢磨著我能吃得下，你在這島上多少天了？」

「就從我讓人給殺了那天晚上起。」

「怎麼！噢，那你怎麼活命呢？可是你有槍。啊，對了，你有槍，那就好了。現在你去打點什麼來的，我先來生火。」

我們一面說著，就往舟子那兒走過去；他在樹林裡一塊空草地上生起火來的時候，我就去拿東西，把麵粉、鹹肉、咖啡、咖啡壺、煎鍋、糖和洋鐵杯子都拿來了，那個黑人簡直嚇了一跳，因爲他想著這全是用魔法變來的。我又捉到了一條大鯰魚，吉姆就拿他的刀子把它收拾乾淨，用油把它炸了。

早餐做好了，我們就懶洋洋地坐在草地上，把它趁熱吃了。吉姆拚命大吃大嚼了一陣，因爲他差點兒就快餓死了。後來我們把肚子塞得滿滿的，就歇了一下子，什麼事也不做。

過了一會兒，吉姆說：

「可是我問你，哈克，那要不是你，到底是誰在那小屋裡叫人弄死了呢？」

我就把整件事情都告訴了他，他說這可幹得漂亮。他說即使是湯姆．索亞也不能想出比這更妙的主意了。

後來，我又問他：「吉姆，你怎麼上這兒來了，你是怎麼來的？」

他顯出挺窘的樣子，過了一會兒沒有做聲。然後他說：

「也許我還是不說的好。」

「爲什麼，吉姆？」

「哎，自有緣故。我要是告訴了你，你可不能說出去呀，怎麼樣，哈克？」

「我要是說出去，就不得好死，吉姆。」

「好，我相信你，哈克。我——我是逃跑的。」

「吉姆——」

「記住，你可是說過不告訴人家呀——你知道你是說過這話的，哈克。」

「對，我是說過。我說了不跟人家說，就一定算數。眞的，絕不失信。人家準會爲了我不做聲，管我叫做贊成廢奴的壞蛋，還要瞧不起我——可是那一點關係也沒有。我絕不會說出去，也絕不回那鬼地方去，怎麼也不幹。好吧，那麼，把事情全告訴我吧！」

「好吧，你瞧，是怎麼回事。老小姐——那是說華森小姐——她老找我的麻煩對我凶得很，可是她老說她不會把我賣到奧爾良去。可是我瞧見有個黑奴販子這些日子老在這帶地方轉，我覺得不放心。後來，有一天晚上很晚的時候，我悄悄地溜到門口，門關得不怎麼緊，我就聽見老小姐告訴寡婦說，她要把我賣到奧爾良去，她本來不願意，可是她能把我賣到八百塊錢，那麼一大堆錢簡直由不得她不要。寡婦想叫她不要賣，可是我再也沒等著聽她們說下去。我跟你說吧，我趕快就溜掉了。」

「我溜出來往山下跑，想到鎭上面靠河邊什麼地方去偷隻小舟子，可是那時候還有人走動，所以我就藏在河沿上那個破爛的老箍桶舖裡等人走光了。哎，我在那兒待了個通夜，四下裡不斷有人。差不多到了早上六點，就有小舟子順著河邊過去了，差不多到了八、九點鐘的時候，每條過去的小舟子都在說你爸到鎮上來了，說你讓人給殺了。最後那些小舟子上坐滿了先生太太們，都是上那兒去瞧熱鬧的。有時候他們還沒過河，就先把小舟子靠靠岸，歇一會兒，這麼一來，我聽著他們說呀說的，就把這件殺人的事情全聽清楚了。我聽說你讓人殺了，眞是難受透了，哈克，可是我現在可不難受了。」

「我在那兒躺在刨花堆裡待了一整天。我很餓，可是我並不害怕；因爲我知道老小姐和寡婦吃過早餐馬上就要到鄉下去開佈道會，得去一整天，她們知道我在快天亮的時候就趕著牲口出去了，所以她們就會想著我不會在那個地方，一直要到天黑，才會知道我不在了。別的傭人也不會發覺我不在，因爲那兩個老太婆一出去，他們跟著也就會溜到外面去玩了。」

「好，後來天黑了，我就順著河邊的大路往上水走，差不多走了兩哩多路，到了沒有人家的地方。我打定了主意要怎麼辦。你瞧，我要是再走著往前逃，狗就會把我追上，我要是偷一隻小舟子划過河去，人家就會發現小舟子不見了，他們也就會知道我過了河在什麼地方上了岸，還會知道到什麼地方就能把我找到。所以我就說，我得找個木筏，那就不會留下什麼線索了。」

「不一會兒，我瞧見有個亮光從拐彎的地方過來了，所以我就跳到河裡去，推著一根大木頭，游到河中間還過去一點，混在漂著的木頭當中，埋著腦袋，頂著水流游過去，一直到木筏過來的時候。隨後我就游到木筏的尾上，一把抓著它。這時候天上起了烏雲，黑了一會兒。我就趁這機會爬上去，躺在板子上。木筏上的人都遠遠地在當中，就是在那有燈的地方。河水還在往上漲，水流很急。所以我算計著到了早晨四點鐘，我就會到河下游二十五哩的地方，再趁著天快亮的時候，我就溜下水去，游到岸上，鑽進伊利諾州那邊的樹林裡去。」

「可是我運氣不好。我們快漂到島頭的時候，就有一個人拿著燈籠到木筏後頭來。我一看待著是不行的，所以我就溜下水去，向著島上游過來了。我本來還當是差不多在什麼地方都能上岸，可是結果不行——岸太陡了。我一直快游到島尾上，才找到個上岸的好地方。我走進了樹林裡，想著只要他們拿著燈籠晃來晃去，我就再也不上木筏去找麻煩了。我把我的菸袋和一塊板煙（壓制成片狀的菸絲），還有一些火柴都放在帽子裡，都沒弄濕，所以就這樣，我便安穩了。」

「這麼說，你這麼多時候都沒有肉，也沒有麵包吃嗎？你幹嘛不捉甲魚來吃呢？」

「你怎麼捉得到手呢？你總不能悄悄地摸過去，伸手去抓它們呀；要是拿石頭去砸，你怎麼能砸得到呢？夜裡做這個怎麼行呢？白天我又不敢在岸上露面。」

「啊，那倒是不錯。當然，你得老在樹林子裡藏著。你聽見他們放炮了嗎？」

「啊，聽見了，我知道他們是在找你。我瞧見他們從這兒經過——我是從那些矮樹當中盯著他們。」

有幾隻小鳥飛過來，每回總是飛一兩碼就停一下。吉姆說那是要下雨的兆頭，他說小雞要是那麼飛，那就是要下雨，所以他猜著小鳥那麼飛也是一樣的。我剛要去捉幾隻小鳥，可是吉姆不讓我捉。他說誰捉鳥兒誰就得死。他說他父親有一回病倒了病得很厲害，有人捉了一隻鳥兒，他的老奶奶就說他父親一定得死，後來他果然就死了。

吉姆還說你要把吃的東西拿去煮的時候，可不能數，因爲那也是要惹出倒楣事情來的。你要是在太陽下山以後把桌布拿來抖，那也是一樣。他還說要是有個人養著一群蜜蜂，那個人如果死了，第二天出太陽以前就得把這件事告訴蜜蜂，要不然蜜蜂就全得病倒了，活也不幹了，全都得死。吉姆說蜜蜂不螫傻瓜；可是我不相信，因爲我自己試過許多回，它們也不螫我呀！

這些事情我從前也聽說過好幾件，可是並沒有全聽過。各式各樣的兆頭吉姆全知道。他說他差不多什麼都懂。我說我覺得好像是所有的兆頭都是叫人倒楣的，所以我就問他有沒有叫人走運的兆頭。

他說：「那太少了——好兆頭對人也沒用。你幹嘛要知道好運氣什麼時候來呢？難道要避開好運氣嗎？」他還說：「要是你胳臂上和胸脯上都長著毛，那就是要發財的兆頭。那麼，像這樣的兆頭總算還有點用處，因爲那是指著遙遠的事情。你瞧，也許你得先窮多少時候，要是沒有這個兆頭叫你知道遲早要發財，那你說不定會洩氣，就自殺了。」

「吉姆，你胳臂上和胸脯上有毛嗎？」

「這還用得著問嗎？你還瞧不見我身上有毛嗎？」

「那麼，你是不是很富有呢？」

「不，可是我從前富過一陣，往後還得再富哪。有一回我有十四塊錢，可是我寧去做投機生意，後來全給賠掉了。」

「你做的是什麼投機生意呀，吉姆？」

「噢，起先我買了一頭賺錢貨。」

「一頭什麼賺錢貨呀？」

「啊，賺錢的牲口——我說的是牛，你知道吧！我把十塊錢花在一頭母牛身上，可是我再也不那麼冒險拿錢來養牲口了。那頭牛一到我手裡就無緣無故的死了。」

「這麼說你把那十塊錢都賠了吧？」

「不，我還沒賠光，我差不多賠了九塊錢。我把牛皮和牛油賣了一塊一毛錢。」

「那你還剩下五塊一毛呀！你又做什麼投機生意了嗎？」

「是呀！你知道布來狄史老先生家裡那個一條腿的黑奴嗎？他開了個銀行，誰要存一塊錢，到年底就能多得四塊。嗯，所有的黑人都存了一份，可是他們沒有多少錢。就我一個人錢最多。所以我就說利錢要比四塊多才行，他要是不給我那麼大的利錢，我就自己也開個銀行。這一來，那個黑人當然不願意讓我跟他搶那行生意，因爲他說生意並不多，不夠兩個銀行做的，所以他就說我可以存上我那五塊錢，到年底，他給我三十五塊。」

「我就那麼做了。後來我打算著馬上把那三十五塊全拿去做買賣，叫它利上滾利。那時候有個叫巴布的黑人撈著了一隻平底木船，他的主人還不知道那回事兒；我就從他手裡把那隻船買過來，告訴他年底一到，就讓他去取那三十五塊錢；可是當天晚上就有人把那隻船偷走了，第二天那個一條腿的黑人又說銀行垮了。這麼一來，我們大夥兒誰也沒有撈回一個錢來。」

「吉姆，你拿那一毛錢幹嘛了？」

「噢，我本打算把它花掉，可是我做了個夢，那個夢告訴我說，叫我把它交給一個叫做巴倫姆的黑人——人家爲了省事，乾脆叫他『巴倫姆笨蛋』；你也知道，那群傻瓜裡頭他也得算上一個。可人家都說他運氣好，我瞧我可老不走運。夢裡說讓巴倫姆替我把那一毛錢拿去周旋一下，他就一定能替我賺錢。好了，巴倫姆拿了錢，上教堂作禮拜的時候，聽見牧師說誰要是施捨給窮人，就等於把錢借給上帝，那就準能百倍地收回錢來。這樣巴倫姆就把那一毛錢借給了窮人，光等著瞧有什麼結果。」

「那麼，結果又怎樣呢？」

「什麼結果也沒有。我沒法子把那筆錢收回來，巴倫姆也沒法子。我往後要不看到抵押，就再也不把錢借出去了。那牧師說，一定能百倍地收回你的錢來。哼！要是我能把那一毛錢收回來，我就算它是公平，只要碰到這麼個運氣，我也就很高興了。」

「好了，這反正也沒什麼，吉姆，只要你往後早晚要再富起來，那就沒什麼關係。」

「是呀，我現在就挺富有的，你瞧瞧吧！現在我是我自己的，我值八百塊錢呢！我眞希望能把這筆錢弄到手，那我也就不再多要了。」

9 暴雨過後

從前我探險的時候，差不多正在島中間發現過一個地方，現在我想上那兒去看看；於是我們就動身往那兒走，不一會兒就到了，因爲那個島只有三哩長、四、五百碼寬。

這個地方是個挺長挺陡的山脊線，差不多有四十呎高。我們好不容易才爬到頂上去，因爲坡度很陡，小樹叢兒又很密。我們在這山脊線上滿處亂走亂爬了一陣，後來在朝伊利諾州那邊快到山頂的岩石當中，找到了一個很好的大山洞。那個山洞有兩、三間房子合起來那麼大，吉姆可以直著身子站在裡面。那兒很涼。照吉姆的主意，馬上就要把我們的東西搬進去，可是我說我們不用一直在那兒爬上爬下。

吉姆說要是我們把舟子藏在一個好地方，把東西都搬到洞裡，那麼要是有人到島上來，我們就可以趕快跑上去，他們要是沒有帶狗，就一輩子也找不著我們。還有，他說那些小鳥都說了就要下雨，難道我要把東西都弄濕嗎？

於是我們就回去，把小船划到正對山洞的地方，用力把東西都搬上來。隨後就在附近密密的柳

樹當中找了個地方，把小船藏起來。我們從釣線上摘下幾條魚來，把鉤子放好，就預備動手做飯。山洞的門口很大，可以放進一個大木桶去，門口有一邊的平地伸出外面一點，是塊平平整整、挺好生火的地方。所以我們就把火生在那兒，做起飯來。

我們把毯子鋪在裡頭當地毯，就在那兒吃飯。我們把別的東西都放在洞裡的後面拿起來方便的地方。不一會兒天上的黑雲來了，跟著就打雷打閃；這麼說小鳥的預告倒眞是對了。馬上就下起雨來，下得很猛，風也刮得像什麼似的，我一輩子都沒見過。那是夏天一陣道地的暴風雨。我倒覺得那陰沈沈的天空很可愛；雨猛烈的橫掃過去，就連離得很近的樹都看不清楚了，像是罩著蜘蛛網似的；一會兒又來了一陣暴風把樹都吹彎了，把葉子底下發白的那一面都吹得翻過來；跟著又刮起一陣十足的大妖風，把樹枝子吹得甩起胳膊來，就好像發了瘋似的；還有，就在天空黑的很厲害時——唰！一下子就變得很閃亮，像天國一樣，你一眼就能看到遠遠的樹梢兒在暴風雨裡往下亂竄，你望得到的地方比原來要遠出好幾百碼以外去。可是一轉眼又是一片黑，這時候你就聽得見一聲嚇死人的大雷，然後一路轟隆隆、撲通通，從天上一直滾到地底下去，就好像是推著一些空桶子從樓上往地上滾似的——你知道吧，樓梯還得是很長的，桶子還得是跳得很厲害的才像哩。

「吉姆，這可眞好玩，」我說，「我哪兒也不想去，就想在這兒待著。再遞給我一大塊魚和幾個熱玉米麵包吧！」

「噢，要不是我吉姆，你還不會上這兒來哩。你一定還在下面樹林子裡，也沒飯吃，還得快淹死了；你眞的會那樣，寶貝兒。小雞知道什麼時候要下雨，小鳥也知道，孩子。」

河水漲了又漲，一直漲了十一、二天，後來終歸漲上岸了。島上的低地和伊利諾州的河灘上都有三、四呎深的水。這邊的河水足有好幾哩寬，可是密蘇里州那邊的河面還是像從前那麼寬——半哩來路——因爲密蘇里州那邊的河岸盡是一些很高的懸崖峭壁，像堵圍牆。

白天我們駕著舟子圍著這個島到處划。在那很深的樹林裡是很陰涼的，哪怕太陽在外面曬得像火燒也是一樣。我們在許多樹當中划進划出，有時候藤子太密，我們就得倒退回來，再往別處划才行。啊，每一棵倒下的老樹上，你都能看到兔子和長蟲那些玩意兒，島上淹了一兩天之後，這些東西就因爲餓了，都變得很乖，只要你願意，儘管一直划過去，把手按在它們身上都行；可是長蟲和烏龜可不行——它們一見人就往水裡溜。我們那個洞上面的山脊線上都是這些東西。我們要是願意要它們，就能養很多的玩意兒。

有一天夜裡，我們撈到了一個大木筏的一小截——挺好的松木板子。那有十二呎寬，約莫十五、六呎長，露出水面有六、七吋——簡直像是一塊又結實又平整的地板。白天我們有時候還看見有鋸好的木料漂過去，可是我們讓它們漂過去就算了；我們白天是不露面的。

又有一天夜裡，天快亮時，我們在島頭上待著，看見從西邊漂下來一幢木頭架子的房子。那是個兩層的樓房，在水裡歪得很厲害。我們划到那兒，就爬上去——從一個樓上的窗戶裡爬到裡面。可是那時候還太黑，什麼也看不見，所以我們就把舟子拴在上面，坐在舟子裡等著天亮。還沒等我們到島尾上，天就慢慢地亮起來了。這下子我們就從窗戶外往裡看。我們看得出有個床舖、一張桌子、兩把舊椅子，還有一些東西在地板上亂扔著，牆上還掛著衣服。在遠遠的角落裡，地板上有個像是人的什麼東西躺著。

於是，吉姆就說：

「喂，朋友！」

可是他動也不動。我又叫了一聲，隨後吉姆就說：

「那個人不是睡覺——他死了。你別動——我去瞧瞧。」

他爬進去，彎下腰瞧了一瞧，說：

「這是個死人。是的，一點兒不錯；身上還是光著的哩。他叫人從背後打了一槍。我猜他死了有兩、三天了。進來吧，哈克，可是別瞧他的臉——實在太嚇人了。」

我連一眼都沒瞧他。吉姆拿幾塊破布片把他蓋上，可是他用不著那麼做，我根本就不想瞧他。地板上撒著這一迭一迭的油光光的舊紙牌，還有舊威士忌酒瓶子，還有黑布做的一對假面具；滿牆都拿木炭塗著頂下流的字和畫。牆上掛著兩件又髒又舊的花布衣裳、一頂遮太陽的女人帽子，還有幾件女人穿的襯衣，也還有一些男人的衣裳。我們把這些通通都放在舟子裡——往後也許有點用處的。地板上還有一頂男孩子的帶花點的舊草帽；我把那也拿走了。還有個裝過牛奶的瓶子，上面還有個給娃娃吸吮牛奶的布條。我們本來想把瓶子拿走，可是它已經破了。那兒有一個破了的舊箱子，還有一個鬃毛做的大箱子，那上面的活葉都壞了。這兩只箱子都是開著的，可是裡面什麼值錢的東西也沒有。照那些東西那麼亂七八糟地扔著的樣子看來，我們算計著那些人一定是慌慌張張地走了，也沒來得及打算打算，把大半的東西都帶走。

我們找到一個舊洋鐵燈籠，一把沒柄的屠刀、一把嶄新的巴羅牌摺刀，這把刀子隨便在什麼舖子裡也得值兩、三毛錢，另外還有好些牛油蠟燭、一個洋鐵蠟燭台、一把葫蘆瓢、一只洋鐵杯子，還有甩到床下的一條破爛的舊棉被、一個手提的線軸，裡面有針、有別針、有黃蠟、有鈕子、有線，還有些七零八碎的東西，另外還有一把斧頭和一些釘子，還有一條像我的小拇指頭那麼粗的釣桿，那上面還帶著些大得要命的釣鉤，還有一卷鹿皮、一根皮子做的狗脖圈兒、一個馬蹄掌、幾個沒貼標籤的藥瓶子，我們正要走出來的時候，我又找到一把還算好的馬梳子，吉姆找到個破舊的拉琴的弓子和一條木頭假腿。木腿上面的皮帶都斷了，可除此之外，那還算是條滿好的腿，不過我用起來太長，吉姆又嫌太短，另外那一條我們怎麼也找不著，四下裡都找遍了，還是白找一通。

那麼，打包在內算起來，我們這下子可眞撈著了。等我們全都弄好，預備撐開的時候，已經漂到島下邊四、五百碼了，這時候天也大亮了，所以我就讓吉姆躺在小船裡，蓋上棉被，因爲要是他一坐起來，人家從老遠就能瞧出他是個黑人。我朝著伊利諾州那邊划過去，這麼一來就漂下去約莫有半哩來路。我順著岸邊的靜水往上划，總算沒出什麼意外，也沒碰見什麼人。我們平平安安地回來了。

10 吉姆遇到的倒楣事

吃完早餐，我要聊聊那個死人的事情，琢磨琢磨他是怎麼讓人弄死的，可是吉姆不願意聊這個。他說聊死人就會惹出倒楣事兒；還有他說，死鬼也許就會來纏我們；他說一個沒入土的死人總喜歡在外面到處去鬧，不像入了土的、舒舒服服的死人那麼老實。這話聽著很有道理，所以我也就沒有再說什麼；可是我不由得不琢磨這件事情，很想知道是誰開槍把那個人打死了，他們又爲什麼要把他打死。

我們把弄來的衣服仔細搜了一陣，搜到了八塊銀幣，這些錢是縫在一件舊絨毯做的大衣夾層中。吉姆說他猜那件大衣一定是那屋子裡的人偷來的，因爲他們要是知道裡面有錢，就不會把它扔在那兒。我說我猜就是那些人把他弄死的，可是吉姆不願意談這個。

我說：「現在你覺得聊這個會惹出倒楣事兒；可是我前天把我在山脊線上找到的那條蛇皮拿進來的時候，你說什麼來著？你還不是說手摸到蛇皮是天下最倒楣的事情嗎？好了，眼前就是我們的倒楣事呀！我們撈來這麼多的東西，另外還有八塊錢。我眞希望我們天天都能碰到一些這樣的倒楣事兒哪，吉姆。」

「別忙吧，寶貝兒，別忙吧。你先別太得意了吧！倒楣事兒馬上就會來。當心我給你說的話吧，馬上就會來。」

倒楣事情果然來了，眞的。我們說話的那天是星期二。噢，星期五吃完晚飯，我們在山脊線上邊那頭的草地上躺著，菸葉子抽光了。我回洞裡去再拿點兒來，偏巧在那兒瞧見一條響尾蛇。我把它打死了，又把它盤到吉姆的毯子下半截那兒，簡直盤得像活的一樣，心想吉姆要瞧見它在那兒，準得叫人打個哈哈。到了夜裡我把蛇的事兒全忘了，我正在劃洋火，吉姆剛往毯子上一躺，哈，原來死蛇的伴兒就在那兒哪，一口就把他咬了。

他一邊叫著就跳起來，燈光一照，就瞧見那條毒蛇抬起頭來，正準備著再撲過來咬人。我馬上就拿根棍子把它打死了，吉姆抓起爸的威士忌酒瓶就往肚裡灌。

他是光著腳的，那條蛇正咬在他的腳後跟上。這全都怨我是那麼個大傻瓜，就沒記住不管你把死蛇扔到哪兒，它的伴兒就得過來盤在它身上。吉姆叫我把蛇頭砍下來扔掉，把皮剝了，烤上一塊肉。我照辦了，他把那塊蛇肉吃下去，說那能幫他把傷治好。他又叫我把蛇的響鱗皮弄下來，拴在他手腕子上。他說那也有好處。隨後我悄悄地溜出去，把兩條死蛇遠遠地扔到矮樹叢裡去；因爲我不打算讓吉姆瞧出這都是我惹的禍，所以能夠不說實話就不說。

吉姆捧著酒瓶猛喝，一陣一陣地發起酒瘋來，東倒西撞，還怪聲地叫起來；可是他每回

清醒過來，就馬上又喝那酒。他的腳腫起多高來，連腿也腫了；可是後來酒勁兒慢慢見了點效，所以我就想著他這下子大概不要緊了；不過我寧可讓蛇咬一口，也不願意上爸那威士忌酒的當。

吉姆躺了四天四夜。後來腫都消了，他又起來活動了。現在我既然明白了擺弄蛇皮有這種結果，就決心再也不用手去拿蛇皮了。吉姆說他想著下回我該信他的話了，隨後他又說弄蛇皮要倒楣倒得厲害，也許我們的苦頭還沒有吃完哪。他說他寧可從左邊肩膀上看一千回新月，也不願意摸一回蛇皮。噢，我自己慢慢地也覺得是那樣，儘管我向來老想著從左邊肩膀上看新月，那是頂粗心、頂愚蠢的事兒，誰也幹不出更糟的事來。韓克．班克那老頭兒有一回就那麼看了一下，還吹牛說他並沒倒楣；可是不到兩年，他就喝醉，從製彈塔上摔下來，摔得像個烙餅似的，可以那麼說吧；人家拿兩塊倉門板釘起來當棺材，把他側著塞進去，就那麼把他埋了，人家都那麼說，我可沒瞧見。是爸跟我說的。反正這都是那麼傻頭傻腦地看月亮的結果。

唔，日子一天天地過去，河水又退到兩岸中間了；大概我們幹的頭一件事就是把一隻剝了皮的兔子當魚食，掛在一個大釣鉤上，放到河裡，釣了一條像人那麼大的鯰魚，足有六呎二吋長，兩百多磅重。我們當然弄不動它，它簡直能一下子把我們甩到伊利諾州那邊去。我們就光坐在那兒瞧著它僻哩啪啦地亂跳亂撞，一直等它淹死了才算完事。我們在它肚子裡找到了一堆銅鈕釦、一個圓球兒，還有好些別的亂七八糟的東西。我們拿斧頭把球砍開，裡面還有個線軸兒。吉姆說那線軸上包來包去包成了一個球的樣子，這就可以看出那個魚老早就把它呑進去了。我看像這麼大的魚，恐怕密西西比河裡從來還沒有人捉到過。吉姆說他從來沒有瞧見過比那更大的魚。要是拿到鎮上去，一定是很值錢的。人家在市場上賣這種大魚，都是論磅零賣；每人都得買一點兒；

魚肉是雪白的，煎起來可眞好吃哩。

第二天早晨，我說日子過得很無聊，悶得慌，眞想到別處去活動活動。我說我想著要溜過河去打聽打聽有什麼消息。吉姆挺贊成這個主意，可是他說我得等到天黑了才能去，還得更加小心。後來他又琢磨了一陣，就說，我能不能利用那些舊衣服，扮成一個女孩子呢？那倒是個好主意，眞的。於是我們就把那些花布袍子取出一件來，弄短了一點，我又把褲腿捲到膝蓋上面，就穿上這件衣裳。吉姆拿魚鉤把後面弄高一點，這衣服就很合身了。我戴上遮陽帽，然後把帽帶子綁緊，這下子誰要是想往帽子裡面瞧瞧我的臉，那簡直就跟往洋爐子煙筒裡瞧那麼費勁。吉姆說就算在白天，誰也認不出我來，反正是不好認。我扭來扭去地練了一整天，爲的是想尋找扮成女孩子的竅門，後來我果然能裝得很像了，只是吉姆說我走起路來還不像個女孩子，他說我不該老是提起袍子，伸手往褲袋裡插，並叫我改掉這個毛病。我留意著，後來就扮得好一點兒了。

天剛黑，我就駕著小舟順著伊利諾州的河邊往上去。到鎮下頭去了。我把船拴上，順著河岸走。在一個很久沒人住過的小茅屋裡有亮光，我猜不出是誰住在那兒。我溜過去，偷偷地從窗戶那兒往裡瞧。有個四十來歲的女人坐在一張松木桌子旁邊，在蠟燭光底下織毛線活。她那張臉我不認識；她是個外鄉人，因爲全鎮上就找不出哪張臉是我不認識的。這倒是碰巧了，因爲我正在拿不定主意；我有點害怕，後悔不該來；人家也許會聽出我的聲音，把我認出來。可是這個女人只要在這麼個小鎮上住過兩天，她就能把我要打聽的事情全都說出來，所以我就敲門，拿定主意不忘記自己是個女孩。

11 他們追上來了！

「進來吧！」那個女人說，我就進去了。她說：「請坐吧！」

我坐下了。她用她那雙發亮的小眼睛把我渾身上下瞧了一遍，就說：

「妳叫什麼名字？」

「莎拉．威廉斯。」

「妳住在哪兒？就在附近嗎？」

「不，我家在霍克維爾，在這兒下去七哩的地方。我一直走來的，簡直累壞了。」

「我看也餓了吧。我去給妳找點東西來吃吧！」

「不，我不餓。我本來餓極了，就在下邊兩哩的一個村莊上休息了一會；所以我現在好些了。也因此我才弄得這麼晚。我母親在家裡病了，又沒錢，什麼都沒有，她叫我來告訴我舅舅艾布納．摩爾。她說他住在這鎮上的上游那頭，我從前沒來過，您認識他嗎？」

「不認識；這兒的人我還不全認識哪。我在這兒住了還不到兩個星期。由這兒到鎮上的上游那一頭還有老長一段路哪。妳最好在這兒住一夜。把帽子摘下來吧！」

「不，」我說，「我看還是歇會兒就走吧！我不怕黑。」

她說她不能叫我一人走，可是她男人一會兒就會回來，也許只要一個半鐘頭的工夫，她就可以叫他陪我一塊兒去。隨後她就扯起她的男人來，又扯起她在河上邊的親戚本家和河下邊的親戚本家，說他們從前日子過得多麼富裕，不知道他們不在老地方好好地住下去，偏要搬到我們這鎮上來，原來是打錯主意——怎麼長怎麼短地叨嘮了一大套，弄得我倒擔心起來，怕的是我上她這兒來打聽鎮上的事，才眞算是打錯了主意哩；可是不一會兒她就轉到爸和謀殺的事情上來了，這下子我可很願意讓她順嘴兒說下去。她說到我和湯姆．索亞找到一萬兩千塊錢的事情（她可是把錢數弄成了兩萬），把爸的事情也全說了，說爸是個多麼討厭的傢伙，又說我是個多麼討厭的傢伙，最後她就說到我讓人謀害了的事情。

我說：「是誰幹的呢？我們在下邊霍克維爾那兒也聽到這些事情，可是我們不知道是誰把哈克．費恩弄死的。」

「唔，在這兒也有好些人想要知道是誰把他弄死了，有些人猜到是老費恩自己幹的。」

「不對吧——會是他嗎？」

「起先差不多誰都那麼想。他根本不知道，他差點叫人用私刑給治死了。可快天黑的時候，他們又變了主意，斷定那是個逃跑的黑奴幹的，那傢伙叫吉姆。」

「怎麼，他……」

我停住嘴。我看最好還是不做聲吧。她一個勁兒說下去，根本就沒有注意到我插過嘴。

「那個黑奴就是在哈克．費恩叫人殺死了那天夜裡跑掉的。結果就懸了賞捉拿他——三百塊錢。另外還懸了個賞捉拿老費恩——兩百塊錢。你瞧，他在出了人命案的第二天早晨到鎮上來了，說了這件事情，跟大夥兒坐渡船出去找屍首，後來他可又一下子跑掉了，你瞧。接著，第二天他們又發現那黑奴也跑了；自從出了命案的那天晚上十點鐘他就不見了。所以他們就把這件事情栽到他頭上了，你知道吧；第二天，他們正在把這事情說個沒完的時候，老費恩可又一下子回來了，大哭大吵地上柴契爾法官那兒去要錢，好上伊利諾州到處去找那黑奴。法官給了他一些金錢，當天晚上他就喝醉了，跟兩個凶神惡煞的陌生人到處胡鬧，一直到後半夜才跟他們一道兒走了。唔，從那時候起，他就一直沒回來，大夥兒猜著非等事情風聲小聲一點兒，他是不會回來的，因爲大夥兒想著是他把他的孩子弄死的，又佈下了疑陣，叫人猜想是強盜幹的，這下子他用不著花老長的工夫去打官司，就可以把哈克的錢拿到手。人家都說他那個人可是幹得出這一手。噢，我看他很陰險。要是他一年不回來，他就安全了。你沒法兒證明他有什麼罪，你說對不對；到那時候什麼事也都得風平浪靜了，他就可以毫不費勁地把哈克的錢騙到手了。」

「對啦，我也是這麼想的。我看他準能幹出這種事情來的。那大夥兒是不是不再疑心是那黑奴幹的了嗎？」

「噢，不，並不是每個人都那麼想。有好些人還是覺得是他幹的。反正他們很快就可以把那黑奴捉到了，也許他們一嚇唬他，他就會把事情全招出來。」

「怎麼，他們還在捉拿他嗎？」

「噢，妳眞是好傻！難道還會天天有三百塊錢擱在那兒叫人隨手就拿嗎？有些人想著那黑奴離這兒還不遠。我也就是這麼想——可是我沒有到處去說。前幾天我跟隔壁那個木造屋裡住著的老夫婦倆閒聊，他們信口說到對面那個叫做傑克遜島的地方，大概誰都沒去過。我說，那上面沒人住嗎？沒有，他們說什麼人也沒有。我沒再說什麼，可是我動了動腦筋。我差不多敢說準沒弄錯，在那以前一、兩天，我的確瞧見過那兒在冒煙，約莫就在那個島靠上游那一頭；所以我心裡想，說不定那黑奴就藏在那兒；我說，不管怎樣，反正總值得麻煩一下，不妨去搜搜那個地方。從那以後，我再也沒瞧見有什麼煙了，所以我琢磨著那要真是他的話，他也許又跑了。可是我男人還是要過去瞧瞧——他跟另外一個人。他本來有事到河上游去了，可是他今天回來了，兩個鐘頭以前他剛到家，我就把這件事情告訴他了。」

我簡直著急死了，坐也坐不住。兩隻手也像沒處擱似的，非幹點兒什麼不可；所以我就從桌子上拿起一根針來往上穿線。可是手直發抖，簡直穿不好。那女人停止談話，我抬起頭來瞧瞧，她正在很好奇地瞧著我直笑呢。我把針線擱下，假裝著聽得入神——我也實在是聽入了神，眞的——我說：

「三百塊大洋可眞是一大筆錢呀！要是我母親能得到就好了。您說您當家的，今天夜裡就上那兒去嗎？」

「噢，是呀。他跟我剛才跟妳說過的那個人到鎮上去了，想找條船，還要瞧瞧能不能再借到一枝槍。他們在後半夜就要過去了。」

「他們要是等到天亮，不是看得更清楚嗎？」

「是呀，可是那黑奴不是也能看得更清楚嗎？趁著後半夜，他多半也許睡著了，他們就可以從樹林子裡摸過去，要是他生了營火的話，那麼天越黑就越容易找到。」

「這個我可沒想到。」

那個女人還是挺好奇地盡在瞧著我，瞧得我渾身直不對勁兒。

不一會兒，她說：

「妳剛才說妳叫什麼名字，好女孩？」

「唔——瑪——瑪麗．威廉斯。」

不知怎麼的，我好像覺得剛才說的不是瑪麗，所以我就沒有抬頭——我好像覺得剛才說的是莎拉似的；因此我就覺得有些窘，也擔心著臉上顯出這副神情來了。我希望那個女人接下去再說些話；她一聲不響地坐在那兒工夫越大，我就越不對勁兒。可是後來她總算說話了：

「好女孩，我好像記得妳剛進來的時候，說的是莎拉呀？」

「噢，對了，我是那麼說的。莎拉．瑪麗．威廉斯。莎拉是我名字裡的第一個字。因此，有人叫我莎拉，有人管我叫瑪麗。」

「噢，原來是這麼回事呀？」

「是呀。」

這下子我覺得心裡舒服了些，可我反正還是希望躲開那兒。我還是不敢抬起頭來看她。

後來那個女人又扯到年收成多麼壞，他們的日子過得多麼苦，老鼠自由自在地跑來跑去，好像房子是它們的，她把這些事情叨嘮開了，我又放了心，老鼠的事兒她可眞說對了。過不了一會兒，你就會瞧見一隻，從一個角落的洞裡往外伸出鼻子來。她說她一個人在家的時候，老得在手邊放著東西隨時砸它們，要不然它們一點也不讓她安靜。她拿一塊鉛條捲成的一長棒搗老鼠給我看，說她平常那個砸得很準，可是前一、兩天她扭了胳臂，不知道現在還能砸得準不準。可是她盯著了個機會，馬上就砰地一聲衝著老鼠砸過去了；可是她沒砸中，差得太遠，她說，「哎呦！」這下子把她的胳臂弄得好痛哪。隨後她說再有老鼠出來，叫我試試。我想不等老頭兒回來，就離開那兒，可是我當然沒露相兒。我拿起那長棒，頭一個老鼠才一露鼻子，我就一下砸過去，要是它待著沒動的話，一定得讓我砸個半死。她說我砸得眞是頂呱呱，她琢磨著第二隻老鼠出來，我準會砸中。她去把那長棒拿回來，順便還帶了捲絲，想讓我幫她繞。我舉起兩隻手來，她把那捲絲套上，又扯起她自己和她男人的事兒來。可是她打斷了話頭說：

「盯著老鼠，你最好把棒子放在腿上，隨用隨拿。」

於是她就在說話的那會兒工夫，把長棒扔到我膝上來了，我啪啦一下把兩腿一夾，夾住那長棒，她還是一個勁兒扯下去。可是只扯了一會兒，隨後她把那捲絲拿下來，直盯著我的臉，顯出挺和氣的樣子說：

「算了吧，哎，說眞的，你叫什麼名字？」

「什——什麼？」

「你的眞名字叫什麼？叫比爾，還是湯姆，還是巴布❶——還是什麼別的名字？」

我想我就像風吹的樹葉子那樣顫動著，簡直不知怎麼辦才好。可是我還是說：

「請別跟我一個可憐的女孩子開玩笑吧。要是我在這兒礙您的事，那我就……」

「不，沒什麼。你坐著別動。我不會害你，也不會洩你的底兒。你儘管把你的秘密告訴我，相信我吧！我準替你瞞住，這還不算，我還要幫你的忙。要是你用得著我老伴的話，他也會幫助

---

❶ 這些都是男孩子的名字。

你。你瞧，你是個逃家的孩子。那算不了什麼，那也沒什麼壞處。人家待你太壞了，你打定主意開溜。老天保佑你，孩子，我絕不洩你的底兒。現在全告訴我吧，啊，那才是一個好孩子。」

所以我就跟她說，我再想裝下去也沒用，乾脆我就坦坦白白地把事情都告訴她吧，可是我說她可不能說話不算數。隨後我就跟她說，我父母全死了，法院裡把我判給離大河三十哩鄉下的一個刻薄的老莊稼漢做押身工，他待我很壞，我再也熬不下去了；後來他出門去了，得兩、三天的工夫才回來，所以我就趁機會偷了他女兒幾件舊衣服跑了，這三十哩路已經走了我三夜。我趕著夜路，白天躲起來睡覺，吃我從家裡帶來的一口袋麵包和肉，現在還有一些呢。我說我相信我舅舅艾布納．摩爾一定會照顧我，我就是爲了這個，才逃到這高升鎮來。

「高升嗎，孩子？這兒可不是高升鎮，這兒是聖彼得堡。高升還得往上游再走十哩哪。誰告訴你這是高升鎮？」

「唉，今兒早上剛天亮的時候，我碰到的一個人說的，那時候我正要再往樹林子裡去睡覺呢！他告訴我說，我一見岔道，就往右手邊走，走五哩路就到高升了。」

「我猜他一定是喝醉了吧！他正好給你說錯了。」

「嗯，看他那舉動，是像喝醉了的，可是現在這倒沒關係，我得往前走才行，我不等天亮就得趕到高升鎮。」

「等一會兒，我給你做點心，你也許會用得著吧。」

於是她就弄了一些點心給我帶著，又說：

「喂，一頭趴著的牛要起來的話，哪一頭先起來？你得馬上回答我——別等著琢磨琢磨再說。哪一頭先起來？」

「後頭。」

「好了，那麼，馬呢？」

「前頭。」

「青苔長在樹的哪一面？」

「北面。」

「要是有十五頭牛在山腰上吃草，有多少頭把腦袋朝向同一個方向吃？」

「十五頭全朝一邊，大娘。」

「好了，我看你的確是在鄉下住過的。我還當是你說不定又在哄我哪。喂，說半天你到底叫什麼名字？」

「喬治·彼得。」

「好吧，你可要好好兒記住呀，喬治。別忘了，要不然一會兒你還沒走出門，又給我說是亞力山大，回頭我抓著你的錯兒，你又說是喬治·亞力山大，想把我哄過去，好讓你出門，那可不行呀！你穿著那身舊花布袍子，可別再上女人跟前去轉了。你裝個女孩裝得很不像，可是你要哄男人家，那也許還行。哎呀。孩子，拿起針線來穿的時候，別把線拿著不動，一個勁兒把針往線上湊合；你得拿穩了針，把線往針眼裡穿才行；女人家差不多總是這麼穿的，可是男人家老愛反過來穿。砸老鼠什麼的時候，你得踮起腳尖來，把手舉過頭頂，拚命地做出笨手笨腳的樣子，還別把老鼠砸中，要差六、七尺遠才行。砸的時候，胳臂要從肩膀上硬幫幫地甩出去，像是肩膀那兒有個軸可以轉動似的，反正得像個女孩的樣子；別把胳臂伸到一邊，從手腕和胳臂肘往外甩，那就像個男孩子的樣子了。還得留神，女孩子想在懷裡接點什麼東西的時候，總是把兩膝分開；她不像你接那棒子的辦法，把腿一夾。噢，你穿針的時候，我就瞧出你是個男孩了；我又想出幾個別的圈套來，爲的就是弄弄清楚。好吧，現在你上你舅舅那兒去吧！莎拉．瑪麗．威廉斯．喬治．亞力山大．彼得；要是你碰到什麼困難，你就送個信給朱迪絲．羅夫達斯太太，那就是我，我一定盡力把你解救出來。一直順著河邊的大路走，下次再出門，千萬要穿上鞋襪。沿河的路盡是石頭，我看你走到高升的時候，你那雙腳就會走得像個樣子了。」

我順著河邊往上游走了五十來碼，隨後就往回走，溜到我停舟子的地方，那兒離那所房子下邊有一大段路哪。我跳到船上，趕快就划走了。我往上游划了老遠，算準了划過去就能划到島頭上，然後就橫著划過去。我摘下了遮陽帽，因爲這時候我用不著遮臉的東西了。我划到河中間的時候，就聽見大鐘敲起來了，所以我就停了一下，仔細聽聽，那聲音從水面上漂過來，聽起來很弱，可是很清楚——十一點了。我一靠了島頭的岸，就連喘氣的工夫都不耽擱，儘管我簡直是有點兒上氣不接下氣，可是我還是一直鑽進我原先露營的樹林裡去，在那兒找塊又高又乾的地方，點起挺亮的一堆營火來。

隨後我就跳到舟子上，拚命用力往我們那地方划，那是在下邊一哩半的地方。我上了岸，鑽過樹林子，爬上山脊線，跑到洞裡。吉姆在那兒躺在地上呼呼地大睡。我把他叫起來說：

「起來，打起精神來吧，吉姆！連一分鐘也不能耽誤了。他們追我們來了！」

吉姆一句話也沒問：可是後來那半個鐘頭裡從他那股幹勁兒就看得出他嚇成了什麼樣子。忙了半個鐘頭以後，我們所有的東西全都搬上了小柳樹灣子裡藏著的木筏，準備把它從那兒撐出去。我們先把洞口的營火弄滅了，以後連一支蠟燭的亮光都沒在外面露出來。

我把舟子划到稍微離開河岸的地方，向四周探望了一會兒，可是就算附近有隻船，我也瞧不見，因爲在星光和黑影裡是不大瞧得清楚的。隨後我們就把木排撐出來，在樹影子裡一直往下溜去，悄悄地溜過了島下面那頭——一句話也沒說。

12 碰到沉船和殺人犯

我們最後溜到島的下端的時候，一定是快一點了，木筏的確也走得太慢了。要是有條船開過來的話，我們就打算跑到舟子上，往伊利諾州河岸那邊逃；幸虧沒有碰到任何船，因爲我們根本沒想到把槍或是釣魚線或是其他食物放在舟子裡。我們實在太急了，沒來得及想起那許多事情。不管什麼通通都放在木筏上，那實在不是個高明的打算。

要是那些人到島上去搜，我想著他們自然會看到我起的營火，在那兒守個整夜等著吉姆回來。不管怎樣，反正是把他們給甩開了，沒讓他們找到我們；要是我起的火根本沒把他們騙住，那也不能怨我。我給他們玩的這個把戲，總算是夠缺德的了。

天剛亮時，我們就把木筏拴在伊利諾州那邊一個大灣子裡的沙灘上，用斧頭砍掉一些白楊樹枝，拿來把木筏蓋上，這麼一來，就把木筏藏住了，看起來就好像是那兒的河岸塌下了一角似的。沙灘就是一種砂洲，那上面長著許多白楊，密得像耙齒似的。

密蘇里州那邊岸上有許多山，伊利諾州這邊盡是樹林子，河道在這地方是靠密蘇里州那邊流，所以我們就不怕碰見任何人。我們整天在那兒躺著，瞧著木筏和小火輪順著密蘇里州那邊飛快地往下沖，上游的輪船在河中間用力地頂著大河往上拱。我把我跟那女人聊那段笑話全都告訴了吉姆；吉姆說她是個精明人，要是她自己來追我們的話，她可不會坐在那兒守著那堆營火——不，她一定帶一條狗來。於是我說，那麼她會不會叫她男人帶條狗來呢？吉姆說他敢打賭，臨到那兩個男人要動身的時候，她準是想到這個了，他相信他們準是到鎮上找狗去了，所以他們才耽誤了那麼大工夫，要不然的話，我們就不能到村子下面十六、七哩的這個沙灘上來，哪——不，眞的，我們就得叫人家抓回那個老鎭上去了。我就說、只要他們沒追上我們就行，我才不管是爲什麼沒追上哩。

當天快黑了，我們就把頭伸出那堆白楊樹來，前後左右望了一陣；什麼都沒瞧見；於是吉姆就拿起木筏上面的幾塊板子來做了個挺舒服的小木棚，好在太陽挺毒的時候和下雨天時進去躲一躲，也好不讓東西弄濕了。吉姆還在那個小木棚裡舖上了地板，把它墊得比木筏面上高出一呎多，這麼一來，小火輪翻起來的浪就打不到毯子和別的隨身東西上來了。在小木棚的正中間，我們舖了一層五、六吋厚的土，四邊都圍上，不讓它散開；這是預備在潮濕的天氣或是冷的時候生火的；小木棚把火遮住，別人也看不見。我們還做了一支多餘的掌舵的槳，因爲原有的槳說不定會碰到沉樹什麼的給弄斷了。我們豎起一根短叉子棍，把那舊提燈掛在上面，因爲我們只要看見下水的小火輪，就得掛上提燈，免得讓它撞翻；可是我們看見上水船，那就不一定要點燈，除非我們看見自己漂進了人家叫做「橫流」的地方；因爲河水還挺大，很低的岸還有點在水底下淹著哪；所以上水船並不老在水流裡跑，有時候也找靜水航行。

這第二天夜裡我們跑了七、八個鐘頭，急流一個鐘頭流四哩多。我們又釣魚，又聊天，有時候還游游泳，免得無聊。我們在這麼一條靜靜的大河上往下漂，躺在木筏上仰著看星星，這倒是有一股神妙的味道，我們一直不想大聲說話，也很少大笑過——只有一點兒嘻嘻的笑聲。那幾天老是碰到挺好的天氣，也沒有遭到什麼事情——當天夜裡、第二天、第三天夜裡都很愉快。

我們每天夜裡都要走過一些市鎮，有些是在老遠的黑洞洞的山腰上，除了一片燈光，什麼也沒有；連一幢房子也看不見。第五天夜裡我們經過聖路易，哈，那簡直就像是全世界都點上了燈似的。我們在聖彼得堡鎮常聽見人家說聖路易住著兩、三萬人，可是我從來也不相信，一直等到那個安靜的夜裡兩點鐘，我瞧見那透亮的一大片燈光，才知道那話不假。那兒一點聲音都沒有；大夥兒全都睡著了。

這些日子，每天夜裡快到十點鐘的時候，我都在一個小村子溜上岸去，買上一毛多錢的玉米片或是腌肉，或是別的吃的東西；有時候我遇到一隻小雞不在窩裡好好待著，也就順手牽羊地抓住它，把它帶回來。爸常說，你一有機會就儘管抓隻小雞，因爲你自己要是用不著，也很容易找到別人要，做了好事，人家總忘不了。我從來就沒瞧見過爸什麼時候把小雞弄來自己不要，可是他反正老愛這麼說。

有時候清早天還沒亮，我就溜到老玉米地裡去借個西瓜，或是香瓜、南瓜，還有剛熟的玉米，或是這類東西。爸常說只要你打算以後還人家的話，借點東西是沒什麼壞處的；可是寡婦說那也不過是比喻說得好聽一點兒就是了，有身分的人誰也不幹那個。吉姆說他覺得寡婦有點兒道理，爸也有點兒道理；所以最好的辦法就是從各種東西裡面挑出兩、三樣來，借了之後就說我們再也不借了——那麼他覺得往後再借一借別的那些，就沒什麼要緊了。於是，有一天夜裡，我們就把這事兒翻來覆去聊了一遍，一面往大河底上漂著，一面聊，想要打定主意，到底是去掉西瓜呢，甜瓜呢，還是去掉香瓜呢，還是去掉什麼。可是聊到快天亮的時候，我們就把這事兒全都挺滿意地解決了，歸結是去掉山楂和柿子。在那以前，我們老是覺得不對勁兒，可這時心裡就挺踏實了。我們這麼打定了主意，我是很高興的，因爲山楂根本就不好吃，而柿子還要過兩、三個月才熟哪。

我們有時候打隻早上起得太早或是晚上睡得太遲的水鳥。整個說起來，我們的日子是過得很痛快的。

第五天夜裡，半夜過後，我們在聖路易下邊碰到一場大暴風雨，又打雷、又打閃電，都打得挺凶，大雨白茫茫的一大片直往下灌。我們在小木棚裡待著，讓木筏自個兒隨便漂。一遇到打閃照得挺亮的時候，我們就能瞧見前面一條挺直的大河，兩岸都是高高的懸崖峭壁。不一會兒我說：「嘿，吉姆，瞧那邊！」那是一隻觸了礁的輪船。我們的木筏一直衝著它漂過去。閃電的光把它照得很清楚。它是歪著身子的，上艙還有一部分在水面上，一打閃就能清清楚楚地看到一條條拉住煙囪的鐵索，大鐘旁邊還有把椅子，椅背上掛著一頂垂邊的舊帽子。

唔，在那深更半夜，又是大風大雨，並且還有些神秘的味道，在這種時候，我一瞧見那條破船在河中間那麼淒慘，那麼孤零零地歪在那兒，我心裡的感覺就和隨便哪個小孩子一樣。

我想到船上去，偷偷地四下裡溜一溜，瞧瞧那上面有什麼。所以我就說：

「我們上去吧，吉姆。」

可是吉姆起先堅決反對。他說：

「我才不到破船上瞎竄去哩。我們過得不錯了，還不如就這麼混下去好呢。《聖經》上都說過，人要知足。說不定那破船上還有人看守著。」

「才怪，」我說：「那兒除了頂上那層艙和駕駛台，就什麼都沒有可守的了；像這麼個大風大雨的夜裡，那條船說不定什麼時候就會沈沒，沖到河底下去，你看哪會有什麼人不顧死活，去守那頂層上的艙和駕駛台？」吉姆聽了這話，說不出什麼道理來，所以他就沒做聲。我說：「再說呢，我們碰巧也許還能從船長的艙裡弄出點兒什麼值錢的東西來。雪茄菸，我敢跟你打賭一定有——每一支都得值五分錢，叮叮噹噹的現金呢！輪船上的船長都是很有錢的，每月進六十塊大洋，他們那種人，你要知道，只要他們想買，就不管一件東西得花多少錢，他們都滿不在乎。往口袋裡塞根蠟燭吧。吉姆，非等我們把它給搜個透，我心裡簡直踏實不下來。你猜要是湯姆·索亞，他會把這個機會白白地放過嗎？那才不會呢，他絕不會放過。他會管這個叫歷險——他一定會那麼說，哪怕他一去就送命，他也得到那條破船上去。他還能不扮個派頭十足？他還能不做個神氣活現？難道他會馬馬虎虎了事嗎？噢，準叫你覺得像是克里斯多夫·克倫布發現天國一樣❶。哎，我真希望湯姆·索亞就在眼前。」

---

❶克里斯多夫·哥倫布（Christopher Columbus，一四四六～一五〇六）是發現北美洲的探險家。哈克說他發現天國，當然是胡扯，他把哥倫布的名字也唸錯了音。

吉姆埋怨了幾句，終歸還是同意了。他說我們能不說話就不說話，要說也得小聲小聲地說才行。這時又打了一次閃電，正好又給我們把破船照亮了；我們就抓住了右舷上的吊車，把木筏拴在那兒。

這地方甲板翹得很高。我們在黑地裡順著甲板上的斜坡悄悄地朝著頂層的艙裡往左邊溜下來，一面拿兩隻腳慢慢地蹭著通道走，一面還得伸出雙手來擋開船上的支索，因爲四處都是一團漆黑，那些繩子連一點影子都看不見。不一會兒我們碰到天窗前面的那頭，就爬了上去；再往前一步，就到了船長室的門前；門是開著的，哎呀，我的天哪，我們順著頂層艙裡的走道望過去，瞧見很遠有一道燈光！也就在那一會兒工夫，我們好像聽見那兒有一陣很低的聲音——

吉姆悄悄地說他覺得很不對勁，叫我跟著他走。我說，好吧，於是正要往木筏那兒走，可是就在這時候，我聽見有人哭著說：

「噢，弟兄們，饒了我吧；我發誓絕不說出去呀！」

另外有個聲音說得很大聲：

「吉姆·特納，這是騙人的話。你從前就來過這一套。分油水兒你老是要得比你應得的那份多，你還每回都弄到了手，因爲你發誓說要是不給你應得的利益，你就要說出去。可是這回你又這麼說，那就該你倒楣了。你眞是全國最卑鄙、最陰險的壞蛋。」

這時候吉姆已經往木筏那兒去了。我簡直好奇得要命，我心想，要是湯姆·索亞，他絕不會退縮下去，那麼我也不走開；我得瞧瞧這兒到底是怎麼回事。於是我就在那條小小的走道裡趴下去，用兩隻手和兩個膝蓋摸著黑往船尾上爬，直到後來，我和頂層艙的穿堂間當中只隔著一個特等艙了。這時候我就瞧見那兒有一個人，手腳被綁著，趴在地上，他身邊站著兩個人朝下瞧著他，他們兩人當中有一個手裡拿著一盞幽暗的提燈，另外那個拿著一支手槍。這個人總是把手槍對準了趴在地上的那個人的腦袋，一邊說：

「我眞想這麼幹！我也應該這麼幹——你這卑鄙的兔崽子！」

躺在地板上的那個人嚇得縮成一團，他說：「噢，比爾，饒了我吧！我絕不說出去呀！」

每次他這麼一說，那個拿著提燈的人就哈哈大笑起來說：

「你當然不會說嘍！你一輩子也沒說過比這更靠得住的話，眞的。」有一回他說：「聽他央求吧！要不是我們收拾了他，把他綁住，他早就把我倆都弄死了。到底爲了什麼呢？無緣無故。就因爲我們要應得的那一份——就是爲了那個。可是我敢說你再也別想嚇唬誰了，吉姆・特納。把手槍收起來吧，比爾。」

比爾說：

「不行，傑克・派卡德。我主張把他幹掉——他還不就是這樣把老哈特・菲爾德幹掉的嗎——現在幹掉他，還不是活該嗎？」

「可是我不要弄死他，我自有我的理由。」

「你說這種好話，老天會保佑你，傑克・派卡德！我一輩子也忘不了你的好處呀！」躺在地板上的那個人有點兒哭哭啼啼地說。

派卡德沒理會他的話，只管把提燈掛在一個釘子上，朝我藏著的那塊黑地方走過來，還對比爾招招手，叫他過來。我拚命地趕快往後退了兩碼多遠，可是船身傾斜得很厲害，我簡直就來不及躲；所以爲了不被人家踩到，不叫他們抓住，我就爬到上邊的一個特等艙裡去。

那個人在黑暗中摸索著走過來，後來派卡德走到我那個特等艙的時候，他就說：

「這兒——進來。」

一面說著，他就走進來，比爾跟在他後面。可是他們還沒走進來之前，我就爬到上舖去了，弄得沒有退路，我眞後悔不該來。隨後他們就把手放在架子上，站在那兒談起來。我看不見他們，可是從他們剛才喝的威士忌酒的味道，我就能聞得出他們在哪兒。幸虧我沒喝酒；可是那反正也沒什麼關係，因爲多半的時候我都沒敢出氣，所以他們沒法子找到我。我嚇得太厲害了。再說，他們那麼談話，你就是出氣，也根本聽不見。他們談得聲音很低，很認眞。比爾要把特納弄死。他說：「他說過他要說出去，他就一定會那麼做。我們跟他吵了一架，又這麼收拾了他一頓，現在我們哪怕就把我們的那份全都給了他，那也不行了。準沒錯，他一定會去自首，把我們幹的事情全都供出來；現在你還是聽我說吧！我主張送他回老家，別叫他再受活罪了。」

「我也是這麼想。」派卡德很沉著地說。

「他媽的，我還以爲你不打算幹掉他哩。那麼，好，這就行了，我們就去幹吧！」

「等一會兒；我的話還沒說完哩。你聽我說，給他一槍倒是好，可是這事情要是非幹不可的話，那還有不聲不響的辦法。我的意見是這樣，要是用個什麼別的好法子，也能一樣達到目的，同時還不給你惹禍的話，那就犯不著一個勁兒去犯法，硬把絞繩往自己脖子上套。你說我這句話對不對？」

「說起來實在有道理，可是這回你打算怎麼做呢？」

「噢，我是這麼打算的。我們趕快動手，把那些特等艙裡我們忘了拿走的東西全都收拾起來，搬到岸上去藏起來。然後再找機會。我敢說現在用不了兩個鐘頭，這條破船就會沈沒，順水沖到河底下去。明白嗎？他就得淹死，除了抱怨他自己，誰都怨不著。我想那可比弄死他強得多。只要有法子避免，我就不贊成殺人；那反正不是個高明的辦法，而且還缺德。我說得對不對？」

「對，我想你說得對，可是假定船不沈，不被水沖走，那可怎麼辦？」

「噢，反正我們總能等兩個鐘頭的，不是嗎？」

「那也好，走吧！」

隨後他們就走了，我也就溜出來，嚇得渾身都是冷汗，再往前面爬過去。那兒簡直是一團漆黑；可是我啞著嗓子悄悄地叫了一聲「吉姆！」誰知他就在我胳臂旁邊，好像哼哼似地答應了一聲；我說：「吉姆，趕快，這可不是鬧著胡鬧和唉聲嘆氣的時候；那裡面有幫殺人的兇手，我們要是找不到他們的救生船，把它弄到下游去，讓這些傢伙不能從這條破船裡跑開，那他們當中有一個就得遭殃，無路可走。可是我們要是能找到那條小船，我們就能把他們全都甩在這兒，叫他們都跑不了——讓警察來把他們抓去。快——趕快！我往左邊去找，你往右邊去找。你從木筏那兒找起，再……」

「噢，我的老天爺呀，老天爺呀！木筏？木筏不見了，不見了；繩子斷了，木筏被沖走了！——我們被困在這裡了！」

13 可憐的壞蛋

噢，我嚇得透不過氣來，差點兒暈過去了。跟那麼一幫人一塊兒關在一條破船上！可是這時候唉聲嘆氣是沒有用的。我們現在更是非把那條救生船找到不可——得找來給我們自己用。所以我們就戰戰兢兢地順著右邊走過去，那可眞是慢透了——好像走了一個星期才走到船尾。連個救生船的影兒都沒有。吉姆說他覺得再也走不動了——他嚇得連一點力氣都沒有了。可是我說，來吧，我們要是留在這條破船上，那一定遭殃。所以我們又偷偷摸摸地往前走。我們朝頂層艙位靠船尾的那頭走去，終於找到了那兒，再握著天窗上的窗板懸在空中竄到前面去找，因爲天窗的邊兒已經歪在水裡了。我們快走到穿堂間門口的時候，那條小船就在那兒，一點也不錯！我只能模模糊糊地看見它。眞是謝天謝地！我本來可以馬上爬到那小船上去，可是偏巧這時候門開了。

裡面的人有一個把腦袋伸出來離我只有一、兩呎遠，我想這下子可完蛋了；可是他又把頭縮了回去，說：

「把那提燈拿開吧，比爾，可別叫人瞧見！」

他把裝著東西的袋子扔到小船上，隨後自己也爬上船去坐下了。那是派卡德，比爾也跟著出來上了船。

「全都弄好了——開船吧！」派卡德低聲說。

這下子我嚇得渾身都沒有勁，簡直有點握不住窗板了。

不過，比爾說：

「等一會兒——你搜過他的身子了嗎？」

「沒有，你有嗎？」

「沒有，這麼說他那份錢還在他身上了。」

「那麼，好吧，過來；光拿東西，把錢倒給留下，那可不行。」

「嘿，那麼一來，他不就會猜著我們要做什麼了嗎？」

「也許他猜不到。可是我們反正得把錢拿走。來吧！」

於是他們就從小船上下來，走進艙裡去。

門是在破船朝上歪起的那邊，所以跟著就「砰」地一聲關上了；我馬上就跳到小船裡，吉姆也跟著歪歪倒倒地撞進來了。我拿出刀子來，把船索割斷了，開起船就跑！

我們沒動槳，也沒說話，連悄悄話都沒說，也不敢大聲呼吸。我們順著水流飛快地漂流下去，簡直靜得要命，我們從明輪殼頂上那邊溜過去，又溜過了船尾；再過一兩秒鐘，我們就漂到了那條破船下面一百碼的地方，黑夜把它遮住了，一點影子也瞧不見了，我們總算逃出了虎口，心裡也明白。

當我們漂下去三、四百碼以後，就瞧見那提燈像顆小火星兒似的在頂層艙的門口晃了一下，這麼一來，我們就知道那兩個壞蛋已經知道他們的船不見了，他們也慢慢地明白了自己跟吉姆·特納一樣地遭了殃。

隨後吉姆划起槳來，我們就去找木筏了。這時候我才開始替那些人擔心——我看原先我是沒有閒工夫想到他們。現在我漸漸想起他們雖然是兇手，弄到這種走頭無路的地步，也還是太可怕了。我心想，也許有一天我也會變成一個兇手，到那時候我要是弄到這種地步，難道會高興嗎？所以，我就跟吉姆說：

「我們一瞧見岸上有亮，就在那兒上下一百碼找個好地方把你和小船藏起來，我就上岸去瞎編一個故事，找個人去把那一幫傢伙救出來，且等他們到了該死的時候，再叫人給絞死就行了。」

可是這個主意是白想了；因為不一會兒大風大雨又起了，並且這回比哪回都凶。雨直往下灌，岸上一點亮光都看不見；大夥兒全都睡了吧，我想是。我們朝著大浪順著河往下去，一面注意找燈光，一面注意找木筏。過了半天雨才停住了，可是雲還沒有散，雷還不住地小聲咕咚著，後來天上一道閃光給我們照出前面有一樣漆黑的東西漂著，我們就追上去。

那正是我們的木筏，我們又能上去，實在太高興了。這時候我們瞧見又有亮光出現在我們右邊的岸上。於是我就說要過去燈光那邊。那幫傢伙從破船上偷出來的贓物把小船裝滿了一半。我們把它胡亂地堆在木筏上，我就讓吉姆漂下去，漂到他算計著有兩哩的地方就掛起個燈，一直點著等我回來；隨後我就划起槳，向著那個亮光划過去。我一路划過去的時候，又瞧見三、四個亮光——在一個小山腰上。原來那是個村子。我在岸上掛著亮光的地方上面一點靠攏，停住槳往下漂。我從那兒漂過的時候，瞧見那是個提燈，掛在一個雙身渡船頭上的桅桿上。我四處尋找那邊看船的人，心想不知道他在哪邊睡覺。不一會兒，我看見他在前頭拴錨的柱子上蹲著，腦袋垂在兩個膝蓋當中。我輕輕地拍著他的肩膀，跟著就哭起來。

他嚇了一跳似的醒過來；可是當他一看只不過是我罷了，他就打了個大哈欠，又伸了伸懶腰，這才說：「喂，怎麼回事？別哭吧，小兄弟。出了什麼事兒？」

我說：「爸和媽，還有姊姊，還有……」說著說著就大哭起來。

他說：「噢，算了吧，千萬別這麼傷心；什麼人都有倒楣的時候，你過一會兒就沒事了。他們怎麼啦？」

「他們……他們……——你是看船的嗎？」

「是呀，」他說，像是很得意的樣子，「我是船長，也是船主，是大副，也是舵手，又是看船的，又是水手頭目，有時候我還是貨物和乘客哪。我不像老吉姆．洪貝克那麼有錢，我也不能像他那樣兒，不管對誰都那麼大方，那麼痛快，也不能像他那樣把錢到處亂甩，可是我跟他說過多少遍，要是叫我跟他換個位子，我還不幹哩。因爲，我這個人就偏愛當水手，要是讓我上那離鎮兩哩的地方去住下，一輩子也見不到什麼事，那我可眞受不了，哪怕是把他那些臭錢全給了我，再加上一倍，我也不幹。我說……」

我插嘴說：

「他們眞是倒楣，並且還……」

「誰？」

「唉，爸和媽和姊，還有胡克小姐，假如您能把渡船划到那兒去……」

「到哪兒？他們在哪兒？」

「在那條破船上。」

「哪條破船？」

「唉，還不就是那麼一條嗎？」

「怎麼，你是說華爾特·史考特輪嗎？」

「是呀！」

「天哪！他們上那兒幹嘛去了，我的天哪？」

「噢，他們並不是有心要上那兒去的。」

「我敢說他們當然不是！哎呀，老天爺呀，他們如果不趕快趕快離開那兒，那可就沒救了！他們怎會弄到那個地方去了呢？」

「這還不是挺容易嘛！胡克小姐是要到上邊那個鎮上做客的——」

「啊，卜家碼頭——往下說吧！」

「她就是要到卜家碼頭那兒去做客，剛要天黑的時候，她帶著她的女黑奴，坐著運馬的渡船過河到她朋友家裡去過夜，她那朋友不知叫什麼小姐——我不記得她的名字了——他們把掌舵的槳掉了，一下子船就調過頭來，船尾朝前，漂了下去，差不多漂了兩哩，就撞在那條破船上撞翻了，那個撐渡船的和那女黑奴和船上的馬都淹死了，可是胡克小姐一把就抓住破船爬上去了，天黑後大約一個鐘頭的工夫，我們坐著商船順水溜下來的時候，因爲天太黑了，我們一直沖上去，等到撞著了那條破船才知道，這麼一來，我們的船也撞翻了；可是我們全都被人救上去了，只差畢爾．斐普爾一人——噢，他可眞是個好人呢——我恨不得淹死的是我，我眞那麼想呀！」

「哎呀！我這輩子也沒聽過這麼糟糕的事。那麼，後來你們怎麼辦呢？」

「唉，我們大聲嚷起來，簡直急得發瘋，可是那地方河面太寬了，我們拚命嚷也沒人聽見。於是爸就說非得有人到岸上來想法子求救不可。只有我一個人會游泳，所以我就冒冒失失地自願來做這件事；胡克小姐說要是我一時找不到人來救命的話，就上這兒來找她舅舅，他一定有辦法。我在下面約莫一哩地的地方上了岸，一直在東撞西撞，可是人家都說，『好傢伙，在這麼個夜裡，水又流得這麼急！眞是開玩笑；去找那渡江的汽船吧！』現在只要您肯去……」

「天哪，我倒是願意去，哼，我哪能不願意去，可是誰給錢呢？你猜你爸……」

「唉，那倒好辦。胡克小姐特別告訴我說，他舅舅洪貝克會……」

「好傢伙！原來他就是她的舅舅呀！我告訴你，你朝著遠遠的那個有亮光的地方去，到了那兒就往西拐，約莫走上四、五百碼，就到了那個小酒店；你叫他們快領著你上吉姆．洪貝克家裡去，他會付這筆錢。你可別吊兒郎當，耽誤時間，因爲他一定想知道這個消息。你告訴他吧，不用等他趕到鎭上，我就會把他的外甥女救上來。好吧，打起精神趕快去；我到拐角那兒叫駕船的去。」

我朝那個亮光走過去，可是他剛一拐彎兒，我就走回來，跳到小船上，把船裡的水舀出來，隨後就順著岸邊上的靜水往上划了約莫六百碼，鑽到一些木船當中待著，因爲我非得眼看著那條渡船開出去才能放心。整個說來，我爲了那幫傢伙費這麼多事，心裡倒是覺得挺舒服，因爲這件事不容易做。我希望寡婦知道這件事才好。我猜她一定會因爲我幫了這些壞蛋的忙，替我覺得得意，因爲寡婦跟別的好心眼的人對壞蛋和騙子這類傢伙都是很關心的。

唔，不一會兒那條破船就過來了，一直漂下來了！我心裡打了個冷顫，隨後我就朝著它划過去。它已經越沈越深了，我馬上就看出船上要是還有人，也不會有什麼活著的機會了。我圍著它划了一轉，還叫了一會兒，可是根本沒人答話，四周都靜得要命。我爲了那幫傢伙心裡覺得有點難受，但是還好，因爲我覺得只要他們受得了，我也就受得了。

隨後渡船開過來了，於是我就把船頭歪過去，順著一條斜流的潮水划了一大段，衝著河中央划過去：當我覺得人家看不見我了，就停下槳來，回頭望著渡船圍著那破船來回地轉，想找胡克小姐的屍首，因爲那個船主知道她舅舅洪貝克一定想要這具屍體。後來過一會兒，渡船也就停止搜索，開回岸上去，於是我就拚命划起來，順著大河往下流去。

好像過了一個很長的時間，才瞧見吉姆的燈光露出來，那時候這道燈光簡直像是離著我有一千哩似的。等我划到了那兒，東方的天空已呈現灰白色了。於是我們就衝著一個島划過去，把木筏藏起來，把小船沉到河裡，再往小木棚裡一鑽，睡得像死人似的。

14 所羅門算不算聰明？

後來我們醒來時，翻了翻那幫壞蛋從破船上偷出來的那些亂七八糟的東西，找出些皮靴子、毛毯、衣服，還有各式各樣別的東西，還有一疊書本、一個望遠鏡和三盒雪茄。我們倆一輩子誰都沒有這麼富有過。雪茄是呱呱叫的。我們整個下午都躲在樹林裡歇著聊天，我還看了看那些書，整個兒說來過得挺痛快。我把我在破船裡和渡船上碰到的事情，全告訴了吉姆，我說這類事情就叫歷險；可是他說他可不願意再做什麼歷險的事。他說起先我到頂層的艙裡去了，他爬回那木筏去，結果竟發現它不在，那時候他差點死了過去，因爲他估計著不管怎麼樣，他這下子反正是完蛋了；因爲要是沒人救他，他就得溺死；要是有人把他救起來，不管是誰救的，也得把他送回原地方去領獎金，那麼華森小姐一定會把他賣到南方去，準沒錯。噢，他想得對，他想得一點也不錯，他的確有著普通黑人所沒有的腦袋。

我唸了許多關於國王、公爵、伯爵那些人的故事給吉姆聽，那裡面說到他們穿得多麼耀眼，他們擺出多大的派頭，彼此稱呼的時候，不叫什麼什麼

先生，都叫陛下、殿下、爵爺等等；吉姆聽入了神，眼睛都突出來了。

「我還不知道有這麼多貴人哩。除了一個所羅門老國王，我差不多連一個都沒聽說過，除非你把一副撲克牌裡的王牌都算上的話。國王賺多少錢呢？」他說。

「賺錢？」我說：「哼，他們要錢的話，一月能拿一千塊呢；他們要多少有多少，什麼東西都是屬於他們的。」

「那可多麼痛快喲！他們都做什麼呢，哈克？」

「他們什麼也不做哩！唉，你眞是說傻話！他們光是這兒坐坐，那兒坐坐。」

「不可能吧；眞是那樣嗎？」

「當然是眞的。他們就是東坐坐西坐坐的——也許，除非在打仗的時候，那他們就去打仗。可是別的時候，他們就光是懶洋洋地待著，什麼也不做，要不就去放鷹打獵——光是去放放鷹，一天到晚……噓！——你聽見有聲音嗎？」

我們跳出去瞧了瞧；可是那不過是下面老遠的一條小汽輪的輪子在打水，那條船正在拐過彎來；於是，我們又回來了。「是的，」我說，「還有的時候，日子過得太無聊的話，他們就找國會的麻煩；要是有人不照他的命令辦事，他就砍掉他們的腦袋，可是他們多半都在後宮裡鬼混著。」

「在哪裡混？」

「後宮。」

「什麼叫後宮呀？」

「就是國王養他那群老婆的地方呀！你連後宮都不知道嗎？所羅門就有一個，他差不多有一百萬個老婆哩。」❶

「啊，對了，是這樣的；我——我把這個全忘了。我猜，後宮就是一個大公寓。大概在帶孩子的屋子裡也得整天哇哇地吵。我看那些老婆也會吵得夠瞧的；那麼一來，吵的聲音就更厲害了。可是人家都說所羅門是自古以來頂聰明的人。我始終不信那一套。爲什麼呢？一個聰明人哪會願意一天到晚住在那麼個吱吱喳喳、吵吵鬧鬧的鬼地方呢？不會的——他怎麼也不會願意受那個罪。一個聰明人寧願蓋個鍋爐工廠，當他想要歇一歇時，還可以把那鍋爐工廠關了呢！」

「噢，他反正就是最聰明的人，因爲這是寡婦告訴我的，她親口告訴我的。」

「寡婦怎麼說，我可不管，反正所羅門不是個聰明人。他有些事情真是太胡鬧，我一輩子也沒見過。你可知道硬把一個小孩砍成兩半的事嗎？❷」

「我知道，寡婦把這事兒全給我說過。」

「那就好了！那還不是世界上最糊塗的主意嗎？你瞧瞧這件事吧！那兒有個樹樁，那兒——那就算是一個女人吧；你在這兒——就算是另外那個女人吧，我是所羅門，這裡是一塊錢的票子，就算是那個小孩吧。你們倆都說這張票子是自己的，我該怎麼辦呢？我是不是應該出去問問

❶ 所羅門是兩、三千年前的以色列一位有名的賢明國王。據《舊約．列王紀上》第十一章第三節說，他有妃七百，嬪三百。

❷ 見《舊約．列王紀上》第三章第十六至第二十八節。這故事說明所羅門斷案的英明機智。

鄰居們，打聽這張票子到底是誰的，回來就把它完整而健全地交給正確的一個，只要有點腦筋的人不都會這麼辦嗎？不，我偏要拿起這張票子來，啪啦一下子把它撕成兩半，這一半給你，那一半給那個女人。所羅門就硬要拿孩子也這麼做。現在我要問你：那半張鈔票能幹嘛？什麼也不能買。那麼半個孩子有什麼用？就是拿一百萬個殘缺的孩子給我，我也不稀罕。」

「哼，吉姆，這裡面的妙處你全沒弄明白——眞糟糕，你簡直差了十萬八千里。」

「誰？我？去你的吧！別跟我說你那套妙處吧。我覺得我要是看出有什麼道理，就知道那是有道理；像那麼胡搞的事兒，簡直是糊塗透了。人家爭的又不是半個孩子，爭的是整個孩子嘛；誰要是以爲他可以拿半個孩子給人家，叫他別爲了整個孩子爭吵，這種糊塗蟲就會遇到下雨天都不懂得進屋裡來躲一躲。別跟我提所羅門了吧，哈克，他這人我算是看透了底兒。」

「可是我跟你說，你沒把這裡面的關鍵弄明白。」

「什麼關鍵不關鍵！我看，是我明白的事兒我都明白。你知道，眞正的道理還得往下邊去找——這裡面的道理還深著哪。你得看所羅門是在哪種人家生長的。你先拿一個只有一兩個孩子的人來說吧：這個人肯不肯隨便把孩子糟蹋掉？不，他絕不會，他知道怎麼疼孩子。可是你要拿個有五百來萬個孩子滿屋亂跑的人來說，那可就不一樣了。他這種人把孩子砍成兩半，就像砍一隻貓似的。他還有的是。孩子多一兩個，少一兩個，對所羅門反正沒關係，該死的東西！」

我從來沒見過這麼一個黑人。只要他腦袋裡裝進了一個想法，那就簡直沒法子再弄出來。他是我所見的黑人裡頭，對於所羅門印象最壞的一個。

於是，我就先撇開了所羅門，接下去說別的國王的故事。我告訴他，好多年以前，路易十六在法國讓人砍了頭，還說到他的孩子，本是法國皇太子，應該做國王的，可是人家把他抓起來關在牢裡，還有人說他就死在那兒。

「可憐的孩子。」

「但是也有人說他是逃到美國來了。」

「那很好！可是他一定會覺得挺孤單的——這兒又沒有什麼國王，是不是，哈克？」

「是的。」

「那他可就找不到什麼事情做了，他還有什麼可做的呢？」

「唉，我也不知道。他們逃出來的那些人，有的當了警察，有的教人說法國話。」

「咦，哈克，法國人還不是跟我們說一樣的話嗎？」

「不，吉姆；他們說的話你全聽不懂——連一個字都聽不懂。」

「哎喲，那可要我的命了！那是怎麼回事呀？」

「我也不知道；反正是那樣。我從一本書上學了一些。要是有人上你這兒來，跟你說巴來—鳥—法朗塞！那你覺得怎麼樣？」

「我什麼也不會覺得；那我就一下子給他的腦袋砸開——那是說，要是他不是白人的話，我可不願什麼黑人那麼罵我。」

「咦，那並不是罵你呀！那不過是問，你會說法語嗎？」

「噢，那麼，他爲什麼不說清楚呢？」

「噢，他是說得很清楚呀！法國人的說法就是這樣。」

「哼，那眞是可笑極了，我可不要再聽這種鬼話了，這簡直是莫名其妙。」
「我問你，吉姆；貓是不是像我們一樣說話？」
「不，不一樣。」
「好，牛呢？」
「不，牛也不一樣。」
「貓說話像牛一樣嗎？牛說話像貓一樣嗎？」
「不，都不一樣。」
「它們說話不一樣，那是挺自然、挺合適的事，是不是？」
「當然。」
「貓和牛跟我們說不一樣的話，那不也是挺自然、挺合適的事嗎？」
「唔，那是很對很對的。」
「好啦，那麼，一個法國人跟我們說不一樣的話，爲什麼就不自然、不合適呢？你好好給我說個道理！」
「貓是人嗎，哈克？」
「不是。」
「好了，那麼，貓就沒什麼道理要說人話。牛是人嗎？要不牛是貓嗎？」
「不是，它不是人，也不是貓。」
「好了，那麼，它就用不著說他們倆的話呀！那麼法國人是人嗎？」

「是呀！」

「好了，那還說個屁！那他爲什麼不說人話呢？請你回答我這點！」

我知道老跟他說也沒用！你想教會一個黑人講道理，那可眞沒辦法，所以我就算了。

15 一個不該開的玩笑

我們估計還要三天三夜就可以漂到開羅，那地方在伊利諾州的南端，俄亥俄河就在那兒流進密西西比河，我們就是要上那地方去。我們打算到那兒就把木筏賣掉，搭上輪船，順著俄亥俄河往上游走，到那些不准蓄黑奴的自由州去，以後就不用提心弔膽了。

第二天夜裡，偏又有大霧來了，我們開到一個舟子上去，打算把木筏拴住，因爲在霧裡是無法行走的；可是我把舟子往前面划過去，拿著纜索想拴木筏時，誰知那兒什麼都沒有，只有一些小矮樹可以拴一下。我把纜索拴在陡岸邊上一棵小樹上，可是那兒有一股急流，木筏讓它轟隆一聲沖下來，勁頭挺大，把那棵小樹連根拔了出來，又往下面沖去。我瞧見大霧團團地圍上來，弄得我又著急，又害怕，好像覺得有半分鐘連動都不敢動彈一下——隨後就瞧不見木筏了，簡直連二十碼遠都看不見。我跳上小舟，跑到船尾上拿起槳來，用力往後划了一下，可是它動也不動。原來是我慌慌張張，忘了解開繩索了。我站起來想把繩子解掉，可是我太著急，兩手直顫抖，幾乎完全不聽使喚了。

剛一划開，我就追木筏去了，我用盡全力拚命划，一直順著那沙洲而下。這段倒還很順當，可是那沙洲還不到六十碼長，我剛一漂過它下面那一頭，就像箭似地射到一大片白茫茫的霧中，簡直像個死人似的，東西南北全都摸不清了。

我心想，再拿槳划可不行了，首先我知道那麼一來，就得撞到岸上，或是撞到沙洲還是什麼的；我只好老老實實坐著往下漂，可是在這激盪的水面上，硬要擱著兩隻手不動，可眞是個叫人怪著急的事。我一邊大喊了幾聲，一邊側耳傾聽。隨後在下面遠遠的地方，我聽見有一陣輕微的聲音，馬上就把我的精神鼓起來了。我拚命趕過去，豎著耳朵仔細聽，希望再聽到那個聲音。等我又聽到一聲的時候，我才知道我並不是正向著那兒走，原來是向著它右邊哪。再過一會兒，我又划向它的左邊了——並且也沒趕上多少，因爲我一直在飛快地左一下，右一下拐著彎兒往前划，可是那聲音卻總是在前面。

我眞希望那傻瓜能想起敲個洋鐵盆子，一直地敲，可是他根本就沒那麼做，他老是喊一喊又停一停，最叫我傷腦筋的就是當中聽不見喊聲的時候。唉，我用力地往前划，馬上又聽見了喊聲，可是這回聲音卻跑到了我的後頭。這下子可眞把我弄迷糊了。那準是別人在喊吧，要不就是我掉過頭來了。

我把槳放下來。我又聽見喊聲了，它還在我後頭，可是又換了地方；那聲音不斷地傳過來，可是也不斷地換地方，我不斷地答應著，直到後來，它又跑到我前邊去了；我知道急流已經把我沖到下游去了，只要那是吉姆的聲音，而不是別的撐木筏的人，那就好了。我在霧裡一點也分不清聲音是誰的，因爲在大霧裡的東西不管什麼看起來和實際上不同，聽起來也不同。

喊聲還是沒有停，過了一分鐘後，我撲通一下子撞到下面的陡岸上，那上面長著一些大樹，都像是煙霧似的鬼影一樣；急流把我沖到左邊，撞上一堆斷枝殘幹，打得它們嘩啦嘩啦地響。

過了兩秒鐘，四處又是白霧茫茫的，什麼聲音也沒有。這時候我就坐著一點也不動，聽著自己的心砰砰地跳，恐怕它跳了一百下，我也沒換一口氣。

這時候我就只好聽天由命了，我知道那是怎麼回事。那個陡岸是個島，吉姆沖到島那一邊去了。那並不是一個十分鐘就能漂過去的沙洲。那上面的大樹林是一個大島上才有的，這個島也許有五、六哩長，半哩多寬。

我一聲不響，豎著耳朵，約莫有十五分鐘的樣子。不用說，我一個勁兒往下漂，每一小時得漂四、五哩；可是誰也想不到漂得那麼快。不，你只會覺得自己只是靜靜躺在水面；要是有一根水裡伸出來的樹樁偶爾讓你瞧見一眼的話，那你也萬想不到自己漂得多快，反倒會突然倒吸一口氣想著，我的天哪！瞧那根樹樁往下沖得多快呀！你要是以爲夜裡一個人在大霧裡漂著，並不像那麼可怕，也不那麼悶得慌的話，你就來試一回吧——那你就知道這種滋味了。

後來，差不多隔了半小時，我每隔一會兒就叫幾聲；最後我聽見在遙遠的地方有回答的聲音，就想法子跟上去，可是老找不著，隨後我一下子就知道我是沖到沙洲當中了，因爲我在兩邊都模模糊糊稍微瞧見一些沙洲的影子——有時候當中只有一條挺窄的水路，還有些沙洲我連瞧都瞧不見，但我又知道它們的存在，因爲我聽得見急流把岸邊上垂著的那些小樹和亂七八糟的東西沖得嘩嘩響的聲音。噢，我在這些沙洲當中漂下去，沒多久就聽不見喊聲了；我反正只跟了一會兒就算了，因爲這簡直比追鬼火還難。一輩子也沒見過一個聲音像這樣前後左右地躲人，老是換地方，又換得那麼快。

有四、五回我都不得不趕緊從岸邊上把船撐開，才不至於撞到岸邊；我猜木筏也一定是時時碰到岸上，要不然它就會漂得更遠了，根本就聽不見它的聲音了——它比我漂得稍微快一點兒。

過了一會兒，我好像又漂到寬闊的大河裡了，可是我哪兒也聽不見一點喊叫的聲音。我估計吉姆也許是碰在沉木上，一下子完蛋了。我已經十分疲倦了，所以我就躺在小舟裡，心想算了，隨它去吧！我當然並不想睡覺，可是我睏得簡直熬不下去了；所以我就想著還是打個小盹兒吧！

可是後來我看不只打一個小盹兒，因爲當我醒來的時候，天上的星光已經在閃爍了，濃霧也全散了，我正飛快地順著一個大河灣子往下沖，船尾朝前。起先我還不知道自己在哪兒，我還當是在作夢哪，等我把事情慢慢地想起來的時候，又像是已經過了一個星期似的，模模糊糊地只剩下一點影子了。

這條大河簡直寬得嚇死人，兩邊岸上都有著高密的大樹林子，在星光底下瞧著，簡直就是一堵結結實實的厚牆。我朝下游遠遠地一望，瞧見水面上有個小黑影。我追了上去，可是等我追上了，原來什麼都不是，又追了上去，後來又是一個，這回我才追對了——正是我們那個木筏。

當我趕到的時候，看見吉姆正坐在那兒，腦袋伏在兩膝當中睡著了，他的右手還擱在掌舵的槳上。另外那支槳已經撞掉了，木筏上撒滿了亂七八糟的樹葉、樹枝和爛泥。這麼看來，它也是經過了一番凶險的。

我把舟子拴住，就在吉姆眼前躺在木筏上，打了個哈欠，把拳頭對著吉姆伸出去，說：

「喂，吉姆，我睡著了嗎？你怎麼不把我叫起來呀？」

「我的老天爺，是你嗎，哈克？原來你還活著——你並沒有淹死呀——你又回來了嗎？這要是眞的，可實在太好了，寶貝兒，要是眞的可太好了。讓我瞧瞧你吧，孩子，讓我摸摸你吧！眞的，你沒死！你又回來了，高高興興，結結實實的，還是和從前的哈克一模一樣——一模一樣，哎呀，眞是謝天謝地！」

「你怎麼啦，吉姆？你喝醉了吧？」

「喝醉了？你說我喝醉了？我還有機會喝酒呢？」

「好了，那麼，你幹嘛胡說八道呀？」

「哪有胡說八道？」

「你還不明白？哼，你剛才不是說我回來了，還說了些這種莫名其妙的話，好像我是上哪兒去過嗎？」

「哈克——哈克．費恩，你抬起頭來瞧著我；抬起頭來瞧著我。你難道壓根兒就沒上哪兒去過嗎？」

「上哪兒去過？噢，你這到底是什麼意思呀？我哪兒都沒去過，我能到什麼地方呀？」

「咦，你瞧，大爺，一定有什麼不對勁。我還是我嗎？要不然我是誰呢？我是在這兒嗎？要不然我在哪兒呢？我得把這個弄明白才行。」

「噢，我看你是在這兒，這倒沒問題，可是我覺得你簡直是個昏頭昏腦的老糊塗蟲，吉姆。」

「我？我是糊塗蟲？好吧，那我要問問你，你不是坐了小舟把木筏上的繩索拿去，要把它拴在沙洲上嗎？」

「沒有，沒那事兒。什麼沙洲？我根本就沒瞧見什麼沙洲。」

「你沒瞧見沙洲？咦，不是你拴的繩鬆開了，木筏嘩啦一下往大河下面沖下來，把你和小舟都甩在後面的大霧裡了嗎？」

「什麼大霧？」

「噢，就是那大霧呀！整夜沒散的大霧呀！你不是還直喊，我不是也直喊過嗎？一直喊到我們讓那些島給弄迷糊了，結果咱倆一個迷了路兒，還有一個也跟迷了路兒一樣，簡直連自己到底在哪兒都摸不清了，不是嗎？我不是撞到了許多島上，受過一陣活罪，差點兒給淹死嗎？你說這能假得了嗎，大爺——這能假得了嗎？你給我說清楚吧！」

「哎呀，這可太莫名其妙了，我簡直摸不著頭腦，吉姆。什麼大霧呀，小島呀，受活罪呀，還有這些那些的，我都根本沒瞧見。我一直跟你在這兒坐了一整夜，和你聊天，一直聊到十分鐘前才睡著了，我看我大概也睡著了。這麼一會兒的工夫，你絕不會是喝醉了，那麼你當然是在作夢。」

「眞是活見鬼，我怎麼能在十分鐘裡夢見這麼多事呀？」

「噢，算了吧，你當然是夢見的，因爲你說的那些事沒一樣是眞的。」

「可是，哈克，這些事都是清清楚楚的，我覺……」

「不管怎麼清楚，那也不相干，反正全沒那回事兒。我知道，因爲我一直待在這兒。」

吉姆有五分鐘一直沒說話，光坐在那兒沈思。後來他說：

「得啦，那麼，我看我眞是夢見了這些事，哈克，可是我這輩子要是作過比這再眞的夢就算怪了。我也從來沒作過什麼夢，把我累得這樣。」

「啊，得啦，那沒什麼，因爲有時候作夢也跟別的事兒一樣累人。可是這回這個夢實在了不起；告訴我整個夢吧，吉姆。」

於是吉姆就說開了，他把整個實際情形一五一十地給我說了一遍，全是照實在情形說的，不過還添油加醋地瞎扯了一些就是了。然後他就說他得琢磨琢磨，把這個夢給「解一解」，因爲這個夢可能是老天爺給我們下的警告。他說第一個沙洲指的是個要給我們行點好的吉人，可是急流就指的是個要把我們從吉人那兒拖開的人。喊聲就是指我們常要聽到的警告，如果我們不竭力把這些警告的意思弄清楚的話，它們就不但不能替我們消災除難，還得給我們招災惹禍。後來那許多沙洲指的是我們得跟那些不好惹的人和各式各樣的小人鬧些口角是非，可是我們只要當心不管別人的閒事，不跟人家頂嘴，不惹他們生氣，我們就能逢凶化吉，從大霧裡鑽出去，又回到那開朗的大河裡，那就是指那些不買賣黑奴的自由州，往後也就不會再有什麼災難了。

當我上木筏以後，天色已經被烏雲遮蓋得漆黑，可是現在烏雲又散開了。

「啊，對啦，說到這兒，你都解得很好，吉姆，」我說：「可是這些東西又是指什麼呢？」我指著木筏上那些樹葉和亂七八糟的髒東西，還有那支撞拆了的槳。這時候可以看得清清楚楚了。

吉姆瞧瞧那些一塌糊塗的東西，再瞧瞧我，又回過去瞧瞧那些東西。他腦子裡讓那個夢牢牢地占據了，他好像一時簡直擺脫不掉，沒法子再想起實實在在的事情，可是等他明白過來之後，他就瞪著眼睛瞧著我，繃著臉一點也不笑，說：

「這些東西指的是什麼？我來告訴你吧！我因為拚命地划木筏，又大聲喊你，簡直快累死了，後來我睏得打瞌睡的時候，我因為你不見了，眞是傷心透頂，我就連我自己和木筏要出什麼意外都懶得管它，就那麼睡了。後來我一醒過來，瞧見你平平安安地回來了，我就掉下眼淚來，簡直恨不得跪下來親你的腳，因為我簡直謝天謝地，高興極了。可是你就光想著怎麼扯個謊來作弄老吉姆。這些亂七八糟的東西都是廢物；廢物就是那些往朋友頭上抹爛泥巴、讓他們丟臉的人。」

他說完就慢慢地站起來走到小木棚跟前，再也沒說什麼就走進去。我想他已經受夠了。這下子可眞叫我覺得自己太缺德，我簡直恨不得俯下來去親親他的腳，好叫他收回那些話。

足足過了十五分鐘，我才鼓起勇氣來，打定主意去向一個黑人低頭認罪；可是我到底是那麼做了，後來我一輩子也沒有為這件事情後悔過。我再也不作弄他了，我要是早知道這會逗得他這麼傷心，那我就連一回也不會那麼胡鬧了。

16 開羅在哪裡？

我們幾乎睡了一整天，到了晚上才出發；我們在距離不遠的地方跟在一個長得嚇人的木筏後面，那木筏在河裡漂下去，簡直像一個遊行隊伍那麼長。它每邊都有四支長槳，所以我們估計那上面載的人恐怕有三十來個那麼多。木筏上有五個大木棚，彼此離得很遠，木筏當中還燒著一堆火，兩頭都有一根挺高的旗竿，實在是派頭十足。要是在這種木筏上當個夥計，那才神氣呢！

我們一直往下漂，漂到了一個大河灣裡；這時候夜裡的天色越來越黑，天氣也悶熱起來了。大河寬得很，兩邊都長著密密的樹林，像兩道牆似的；你簡直難得瞧見那些樹林有個缺口，也瞧不見有亮光。我們談到開羅，可是摸不清我們到了那兒的時候，是不是會認得那地方。我說我們恐怕會認不出來，因為我們聽說那地方只有十幾戶人家，要是碰巧他們沒點燈，那我們怎麼會知道是走過一個小市鎮呢？吉姆說那兒有兩條大河匯合，總會看得出來。可是我說我們也許會想著那是走過一個島下面，又漂進了原來那條大河裡。這麼一來，就弄得吉姆心裡有些不安——我也是一樣。於是當前就出了個問題——怎麼辦？我說，我們再瞧見有亮光的地方就向岸邊划過去，告訴人家說爸在後面，駕著一隻做買賣的商船跟著，說他幹這一行還是個生手，想要打聽打聽開羅離這兒有多遠。吉姆覺得這個主意很好，所以我們就一面抽菸，一面聊著這件事情等著機會。

現在唯一的辦法就是注意瞧著，別叫這個小鎮走過了還不知道。吉姆說他準會瞧見那地方，因爲他一瞧見開羅，馬上就會成爲自由人。要是錯過了，就要再回到蓄奴的地方，往後就沒有自由的希望了。他每隔一會兒就跳起來說：

「就在這兒！」

可是那並不是開羅。那是鬼火，或是螢光蟲；於是他又坐下來像以前那樣眼巴巴地期望著。吉姆說，他馬上就要得到自由了，這簡直使他渾身顫抖發熱。哎，老實說，我聽見他說這話，也弄得渾身連顫抖帶發熱了，因爲我腦子裡也漸漸想起他的確是快要自由了——那怨誰呢？哎，就是怨我呀。我不管怎麼樣，也沒法兒讓我的良心安靜下來。我心裡爲了這件事情煩得要命，簡直弄得站也不是，坐也不是；我簡直不能在一個地方好好待著。在這時候以前，我腦子裡從來沒有在這上面轉過念頭，根本不知道我幹的事情有多麼嚴重。可是現在問題來了，並且老擺不開，這更叫我內心如焚。我老想給我自己說明這事情並不能怨我，因爲我並沒有叫吉姆從他的合法主人那兒逃跑；可是怎麼也不行，我的良心每回都出來說話：「可是你明明知道他是要逃出去找自由，你本來可以划上岸去，告訴別人嘛！」的確不錯——我怎麼也沒法子推卸責任。爲難的地方就在這兒。良心對我說：「那倒楣的華森小姐有什麼事對不起你呢？你就睜著眼睛看著她的黑奴從你面前跑掉，連一句話都不說嗎？這個可憐的女人究竟怎麼得罪了你，叫你對她這麼昧良心呢？噢，她想教你會唸書，她想教你學禮貌，她想盡種種辦法，反正是要對你好，她就是這樣對你的呀！」

我簡直覺得自己太沒良心、太不要臉了，恨不得死了還好些。我在木筏上心慌意亂地蹀來蹀去，老在心裡責罵自己；吉姆也在心慌意亂地蹀來蹀去，從我身邊走過。我們倆都沉不住氣。每回他興高采烈地轉過身來說：「那不就是開羅嗎？」我聽了就覺得好像是身上中了一槍，心想那如果眞是開羅，我看我眞得難受死了。

我在心裡暗自盤算著的時候，吉姆卻一直高聲地說話。他說的是到了自由州頭一件要做什麼事，他說他要拚命存錢，連一分錢也不花，存夠了就到華森小姐老家附近的那個莊子上去，把他的老婆從那兒贖回來，隨後他倆就可以一起幹活，把兩個孩子也贖回來。要是他們的主人不肯賣，他們就找個反對蓄奴的人去把他們的孩子偷來。

聽了他這些話，眞叫我心裡涼了半截。要是在從前，他一輩子也不敢說這種話。你瞧他剛一覺得快自由了，馬上就變得多麼厲害。有句古話說得眞不錯：「黑奴不知足，得寸又進尺。」我心想，這就是我不用腦筋的結果。眼前就有這麼個黑人，他差不多要算是我幫著逃掉的，現在他乾脆就說要把他的孩子們偷回來——這兩個孩子的主人，我可連認都不認得，人家根本就沒有惹過我呀！

我聽著吉姆說這種話，眞是難受，他這種打算實在是太不要臉了。我的內心煎熬得令我難受，後來我就對它說：「別再纏我了吧——現在還來得及——再瞧見有亮光，我就划上岸去告發他。」這麼一來，我馬上就覺得輕鬆愉快，簡直輕盈得像一根鵝毛似的？於是我的煩惱全都沒有了。我仔細望著岸上，想找到燈光，這時候我眞快活得像是在心裡唱歌似的。不一會兒，就看見一道亮光。

吉姆歡歡喜喜地喊道：「我們平安無事了，哈克，我們平安無事了！快跳起來立個正，敬個禮吧！那就是開羅鎭那好地方，終歸到了，這回我一定沒弄錯！」

我說：「我先駕著小舟過去瞧瞧吧，吉姆。你知道，也許還不對哩。」

他一下就跳過去，把小舟準備好了，還把他那件舊大衣鋪在船板上讓我坐，再把槳交給我；我撐出去的時候，他又說：

「過不了一會兒，我就會高興得大嚷起來了，我會說，這全是仗著哈克幫忙；現在我是個自由人了，要不是有了哈克，我是得不到自由的，全靠哈克幫忙。吉姆一輩子也忘不了你，哈克；你眞是吉姆有生以來最好的朋友呀；現在老吉姆也就只有你這麼一個朋友了。」

我正要往岸上划，急急忙忙的想去告發他；可是他一說這些話，我就好像是整個洩了氣似的。這以後我就往前划慢了，我簡直不大明白自己划出來了究竟是高興不高興。

我划出了五十碼的時候，吉姆說：

「你走了，可靠的老朋友，哈克，白人會對老吉姆講信用的就只有你這麼一個哩！」

我眞是難過極了。可是我說，我非這麼幹不可！這是無法避免的。正在這時候，有一隻小船過來了，裡面有兩個人帶著槍，他們都停下來，我也停住了。他們倆有一個說：

「那兒是什麼？」

「是半截木筏。」我說。「你也是那上面的人嗎？」

「是的，先生。」

「那上面還有人嗎？」

「只有一個，先生。」

「噢，今天晚上河灣子上頭那邊跑掉了五個黑奴。你那個人是白人還是黑人？」

我沒有馬上就回答。我想要趕快說，可是說不出來。我稍停了一會兒，很想鼓起勇氣說出來，可是我沒有那份膽量！連隻兔子的膽量都趕不上。我知道自己軟化下來了，所以我就乾脆打消了那個主意，脫口而出地說：

「他是白人。」

「我看咱們還是親自去瞧瞧吧！」

「我也希望你們去瞧瞧才好，」我說，「因爲那上面是我爸，也許你們會幫我把那木筏划到岸上去。他生病了——媽和瑪麗．愛恩也生病了。」

「啊，我們可是很忙，孩子。可是我看我們還是不能不去，好吧，用力划，我們趕快去吧。」

我拚命划我的短槳，他們也使勁划他們的槳。我們划了一、兩下之後，我就說：

「爸一定會非常感謝你們，我敢說。我求人家幫我把木筏拖向岸邊去，大夥兒都不幹，可是我一人又拖不動。」

「噢，那眞是太沒良心了。也奇怪，眞是。喂，孩子，你爸爸害的是什麼病？」

「害的是……呃——是……唉，沒什麼要緊。」

他們停手不划了。這時候離木筏已經挺近了。其中有一個人說：

「孩子，你在撒謊。你爸到底害的是什麼病？你得老老實實回答，那麼說對你還要好一點。」

「我老實說吧，先生，我老實說吧，眞的——可是您別走開，我求您。他害的是……是……

先生，你們只要划到前面，我把纜繩扔過來，你們就用不著靠近這木筏了！求您幫幫忙吧。」

「往後退吧，約翰，往後退！」有一個說。他們就把船划著往後退，「快划開點兒，孩子——划到背風那邊去。眞糟糕，我看恐怕已經讓風給刮過來了。你爸害了天花，你分明知道得清清楚楚。你幹嘛不老實告訴我們？你打算讓它四處傳染嗎？」

「唉，」我哭哭啼啼地說，「我本來都老實的告訴人家，可是人家就乾脆不管我們了。」

「可憐的孩子，原來是這麼回事。我們也替你難受，可是我們……我們可不願意染上天花，你知道吧！你聽我說，我告訴你怎麼辦吧！你可千萬別打算靠自己的力量靠岸，要不然你就會鬧得雞飛狗跳。你得往下漂個二十來哩，就會到大河左手邊一個鎮上。那時候早就出太陽了，你求人幫忙的時候，就跟他們說你家裡的人都在打擺子。可別再那麼傻，讓人家猜出是怎麼回事。我們這是幫你的忙；那麼你就從我們這兒划出二十哩去吧，好孩子聽話。你要是往那有亮的地方上岸，一點好處也沒有——那不過是個木廠。喂，我猜你父親是挺窮的，我看他也遇上了倒楣的運氣。我這兒把一個二十塊錢的金幣擱在這塊板子上，你等它浮過來就把它拿著。我把你甩下，心裡實在覺得過意不去，可是，天哪！跟天花鬧著玩可是不行呀，你懂不懂？」

「別忙放手，派克，」另外那個人說，「我這兒也拿出二十塊錢，請你給我擱在板子上。再見吧，孩子；你就照派克先生告訴你的辦法去做吧，準保你沒錯。」

「那準沒錯，好孩子——再見，再見。你要是瞧見跑掉的黑奴，你就叫人幫幫忙，把他們抓住，那你還可以賺點錢哩。」

「再見，先生，」我說：「我只要有辦法，絕不會讓跑掉的黑奴從我身邊溜走。」

他們走開了，我也就回到木筏上，心裡覺得很內疚，因爲我明知這事做錯了，我知道我想學會把事情做對是辦不到的，一個人從小就沒學好，後來自然也就沒出息——一遇到難處，就沒有一股力量給他撐腰，叫他把事情做好，結果他就認輸了。後來我想了一會兒，在心裡對自己說，別忙，假如你做對了，把吉姆交了出去，那你難道會比現在覺得好受嗎？不，我說，我也會難受——也會像現在一樣難受。那麼，得啦，我說，要是把事情做對反而要惹許多麻煩，把事情做錯又毫不費勁，並且代價都是一樣，那你幹嘛還要去學會把事情做對呢？這可把我弄迷糊了。我沒法兒回答這個問題。所以我就想著還是不再爲這事情傷腦筋吧！從此以後，凡事都看當時怎麼辦方便，就怎麼辦好了。

我走到小木棚裡，可是吉姆不在那兒。我四處看了一遍，他都不在。我就叫一聲：「吉姆！」

「我在這兒，哈克。他們走遠了嗎？別大聲說話啊！」

他泡在河裡，藏在後頭那支槳底下，只把鼻子露在

外面。我告訴他說，他們已經走遠了，他才爬到木筏上來。他說：

「剛才你們幾個說的話我全聽見，我溜到河裡去了，要是他們到木筏上來，我就打算浮到岸上去。等他們走了，我再浮回來。可是天哪，你可把他們哄得眞妙呀，哈克！實在對付得太妙了！眞的，孩子看你眞把老吉姆給救了——老吉姆絕不會忘記你的恩惠，寶貝兒。」

隨後我們就談到那幾十塊錢。這下子可眞是撈到不少——每人二十塊哪。吉姆說現在我們可以搭輪船坐統艙，有了這些錢，我們在自由州裡愛上多遠的地方就可以上多遠的地方去。他說再在木筏上走二十哩並不算遠，可是他還是希望我們已經到了那兒。

天快亮的時候，我們就靠了岸，吉姆非常仔細地把木筏藏起來。後來他又忙了一整天，把東西收拾起來，打成一捆一捆，什麼都準備好了，只等離開木筏。

那天夜裡十點鐘，我們瞧見大河下游左邊河灣子那兒有一座小鎮的燈光。

我駕著小舟上那兒去打聽打聽。不一會兒，我就發現河裡有一個人坐著小船，正在放排鉤魚線。我慢慢划過去問他：

「先生，那地方是開羅嗎？」

「開羅？不是。你簡直是個大傻瓜。」

「那是個什麼鎮呢，先生？」

「你要是想要知道，那你就自個兒去打聽吧！你要是不知趣，只要再在這兒跟我煩半分鐘麻煩，那你可就得自討苦吃了。」

我又划到木筏那兒。吉姆大失所望，可我說不要緊，我想再下去的一個地方就是開羅了。

天亮以前，我們又走過一個市鎮，我又打算過去瞧瞧；可那兒地勢挺高，所以我就沒有去。吉姆說，開羅附近沒有高地。我倒忘記這點了。我們在離左邊河岸挺近的一個沙洲那兒藏了這一天。我心裡漸漸起了一個疑問。吉姆也是一樣。我說：

「說不定那天晚上我們在大霧裡走過了開羅吧！」

他說：「我們別談這個吧，哈克。可憐的黑人是不會走好運的。我老在疑惑那條響尾蛇皮帶給我們的晦氣還沒有完呢！」

「我眞恨不得壓根兒就沒有瞧見過那塊蛇皮，吉姆——要是從來就沒看它一眼多好。」

「那不能怨你，哈克；你是不知道呀！你別埋怨自己了吧！」

天大亮的時候，一看靠岸這邊是俄亥俄河清亮的水，一點也不錯，外面那一邊還照舊是那條渾河的黃泥漿水！原來是早就走過開羅了。

我們把這事大談了一陣。捨身登陸是不行的；我們當然也不能把木筏朝上游划。沒法子，只好等著天黑，再駕著小舟往回走再碰碰運氣。所以我們就在白楊樹叢裡睡了一整天大覺，好把精神恢復過來再賣勁兒，誰知天黑的時候我們跑回木筏那兒一看，小舟不見了！

我們愣了老半天，一句話也沒說。我們實在說不出什麼話來。我們倆都很明白，這還是那條響尾蛇皮在作怪了；那還談它幹嘛？那只有使我們埋怨，結果又準會再惹些晦氣——一直降臨到我們靜著不動時才停止。

後來我們又商量該怎麼辦，結果還是想不出別的辦法，只好再駕著木筏往下漂，找個機會買隻小舟再往回走。我們並不打算照爸的辦法，趁著沒人的時候就去「借」人家的小舟，因爲那麼一來，就會惹得人家來追我們。

於是天黑之後，我們又駕著木筏走開了。

蛇皮叫我們倒了這麼多楣，要是還有人不相信擺弄蛇皮是一件傻事，那他把這本書再往下看，瞧瞧它還給我們帶來了多少禍事，就會相信了。

買小舟的地方是在靠岸停著木筏的河邊，可是我們並沒有瞧見什麼木筏停著，所以我們就一直往前面漂了三個多鐘頭，唉，偏巧這天夜裡變得格外陰沉漆黑，這簡直差不多是和下霧一樣糟糕的事。河裡是什麼樣子，你也不知道，遠近也看不清楚。後來到了深夜，非常清靜的時候，忽然來了一艘上游輪船。我們趕緊把提燈點著，以爲它會瞧得見。上游的船通常都不會靠近我們走；它們總是跑到一邊，順著沙洲走，專找暗礁下面的靜水，可是到了這種黑夜裡，它們就拚命跟大河作對，硬頂著急流一個勁兒往上拱。

我們聽得見它轟隆轟隆地開過來，可是一直到它開到了跟前才把它看清楚。它對準了我們駛過來。它們時常這樣想要試試能靠多近走過還不會撞上木筏，有時候，輪船上的大輪盤啃掉木筏上一支槳，駕駛員就伸出頭來哈哈大笑，覺得他幹得挺帥。這回它就這麼對直開過來了，我們說它是想來「刮我們的鬍子」，可是它簡直像是一點也不閃開。那艘輪船很大，來勢又猛，那樣子就像是一團黑雲，四周圍有一排排的螢光蟲似的，可是突然它一下子就在眼前出現了，簡直大得嚇死人，前面有一長排敞開的鍋爐門，像燒紅的牙齒似的發出火光，它那大得要命的船頭和保險檔子一直伸到我們的頭頂上來了。船上有人向我們叫嚷了一聲，還叮叮噹噹響了一陣停止機器的鈴子，又有人亂叫亂罵，還有一陣放汽的聲音——於是吉姆就往木筏一邊鑽到水裡，我也從另外一邊跳了下去，這時候，輪船就對準了木筏衝過去，把它撞得粉碎了。

我往水底下鑽——還打算夠著河底，因爲船上有一個三十呎長的大輪盤要從我身上輾過去，我得讓開一點，別擋住它才行。我一向能在水底下待一分鐘的工夫；這回我估計是待了一分半鐘。隨後我就一下子往水面上猛撞上來，因爲我簡直憋得要命了。我冒出頭來，一直到胳肢窩那兒，再把鼻子裡的水擠出來，嘴裡也噴出了幾口，河水當然是流得挺猛的；那隻輪船當然也只停了十來秒鐘，又開動機器往上走了，因爲他們根本就沒有把木筏上的人當一回事；所以這時候它就橫衝直撞地往大河上面開過去了，消失在黑暗中，我卻還聽得見它的機聲。

我大聲嚷著找吉姆，叫了十幾聲，可是根本沒聽見回音；於是我一面「踩水」，一面抓住一塊碰到我身上的木板，推著它往岸上浮過去。可是我左望右望總算看出了河水是向左岸流的，這就是說，我恰好在一股橫流裡；所以我就改變方向，朝那邊浮過去了。

那是一道足有兩哩長的橫流，所以我浮過去花了許多工夫。我找了個妥當地方靠岸，隨後就爬到岸上去了。我只能瞧見眼前一截短路，可是我在那滿難走的路上一直摸索著往前走了四、五百碼遠，後來猛不提防走到了一撞雙排的舊式大木屋跟前。我正想從旁邊繞過去，躲開這地方，可是有一大群狗跳出來，汪汪地對著我狂吠不已，我就知道只好站住不動了。

17 認識格蘭傑弗特這家人

過了一分鐘，有個人連頭都不伸出來，從窗戶裡向著外面說：

「別叫了吧，小子們！那是誰？」

「是我。」

「我是誰呀？」

「喬治．傑克遜，先生。」

「你來幹嘛？」

「我不幹嘛，先生。我只要從這兒走過去，可是這些狗不讓我走。」

「這麼深更半夜的時候，你在這兒偷偷摸摸地要幹嘛──嘿？」

「先生，我並沒有走來走去，我是從船上掉進水裡的。」

「啊，是這麼回事，眞的嗎？誰把火點起來吧！你說你叫什麼名字？」

「喬治．傑克遜，先生。我還是個小孩兒哩。」

「喂，你說的要是實話，那你就用不著害怕──誰也不會傷害你。可是你千萬別動；就在原地站著吧！快去把巴布和湯姆叫醒，你們誰去，還得把槍拿來。喬治．傑克遜，有人和你一道嗎？」

「沒有，先生，就我一人。」

這時候我聽見屋裡有人走動，還瞧見有燈光。那個人大聲喊道：

「快把這盞燈拿走，貝西，妳這老糊塗蛋——妳怎麼這麼沒腦筋呀？把它擱在大門後面的地板上。巴布，你和湯姆要是準備好了，就趕快到各人的崗位上去吧！」

「全準備好了。」

「那麼，喬治．傑克遜，你認識謝伯遜他們嗎？」

「不認識，先生；我從來沒聽說過。」

「好，這也許是實話，也許靠不住。喂，準備好，往前走吧，喬治．傑克遜。你可得注意，千萬別忙——慢慢地慢慢地走過來。要是有人跟你在一塊兒，叫他在後面待著——他要是露面，我們就要開槍打死他。好吧，你過來。慢慢地走，你自己把門推開——只許推開一點兒，能鑽得進就行了，聽見了嗎？」

我走的並不快；就是想快也快不起來。我一回只邁一個慢步，走得一點兒響聲也沒有，不過我覺得可以聽得見自己的心跳。那些狗也和人一樣，不聲不響，可是它們在我背後不遠的地方跟著。等我走到那三步木頭台階的時候，就聽見裡面的人開鎖，還把門栓卸下，把門閂抽開。我用手按住門，一點兒一點兒推開，後來就有人說，「好，這就行了——把腦袋伸進來吧！」我照這麼辦了，可是我猜想他們也許要把我的腦袋砍下來。

蠟燭是擱在地板上的，他們都在注視著我，我也望著他們，這樣過了十幾秒鐘：三個大漢拿槍對著我，老實說，這眞把我嚇死了；年紀最大的一個大概有六十來歲，頭髮都花白了；另外那兩個大概有三十多歲——他們模樣都長得不錯——還有那位極和藹的頭髮灰白的老太太，她背後還有兩個年輕的女子，我不大瞧得清楚。那位老先生說：

「喂，我看是不成問題了，進來吧！」

我剛一進去，那位老先生馬上就把門鎖上，還加上門栓，揮上門閂，再叫那兩個年輕人帶著槍往裡走，隨後他們全都走進一間大客廳，那裡面地板上舖著一塊布條編的新地毯；他們在一個屋角裡站在一起，那地方離前面那些窗戶挺遠——這一邊是沒有窗戶的。他們舉起蠟燭，把我仔仔細細看了一陣，大家都說：「嗯，他的確不是謝伯遜家的——他的樣子一點兒也不像謝伯遜家的。」隨後老頭兒就說他要搜一搜我身上有沒有武器，叫我別見怪，因爲他這並沒有什麼惡意——這不過是要弄個清楚。所以他也就沒有往我口袋裡搜，只用手在衣服外面摸摸罷了，就說是不成問題。他叫我自由自在，不要見外，還要我把自己的事情通通說一遍；可是那老太太說：

「哎呀，天哪，索爾，這可憐的孩子渾身都濕透了，而且他的肚子一定也餓了呀！」

「妳說得對，瑞奇爾——我忘了。」

「貝西（是個女黑奴），」於是老太太就說：「妳趕快去給他弄點吃的東西來，眞可憐啊！妳們一個去把勃克叫醒，叫他……啊，他上這兒來了。勃克，你把這個小客人領去，替他把濕衣服脫下來，再把你的乾衣服拿兩件給他換上吧！」

看樣子，勃克和我年紀差不多——大概是十三、四歲左右，不過他長得個子比我大一點。他身上只穿了一件襯衫，頭髮亂蓬蓬的。他打著哈欠走過來，一面用一隻拳頭揉著眼睛，另外那隻手拖著一枝槍。他說：

「沒有謝伯遜家的人上這兒來嗎？」

他們說沒有，剛才是一場虛驚。

「哼，」他說，「要是來了幾個的話，那我看我準能打中一個。」

他們大夥兒都笑了，巴布說：

「噢，勃克，你來得這麼慢，那恐怕他們早把我們的頭皮剝掉了。」

「唉，誰也沒有去叫我呀，眞是豈有此理。你們總是欺壓我，我簡直沒機會出頭。」

「不要緊，勃克，好孩子，」老頭兒說，「你遲早會出頭的，往後機會多著呢，你別著急。現在你先去吧，你媽媽叫你做的事，你快去做吧！」

我們上樓去，到了他的屋子裡，他就替我拿出他的一件粗布襯衫、一件短上衣和一條褲子來，我都穿上了。我正在穿衣服的時候，他問我叫什麼名字，可是我還沒有來得及答腔，他就給我說起他前天在樹林裡捉到一隻喜鵲和一隻小兔子的事，後來又問我，當蠟燭滅了的時候，摩西在什麼地方。我回答我不知道；我從前壓根兒沒聽說過。

「那麼，你猜猜。」他說。

「我從前根本沒聽說過，那叫我怎麼猜呢？」我說。

「可是你隨便猜猜總行呀，是不是？眞是太好猜了。」

「哪支蠟燭？」我問。「唉，隨便哪支都行。」他說。

「那我可不知道他在什麼地方，」我說，「他到底在哪兒呢？」

「哎，在漆黑的地方呀！他可不就在那兒！」

「那麼，你既然知道他在什麼地方，幹嘛還要來問我？」

「唉，這是個謎呀，你連這都不懂嗎？喂，你打算在這兒待多久？你乾脆老在這兒待下去吧！你在這兒可是痛快極了——現在又不用上學。你有狗嗎？我有一隻狗——它會跳到河裡去，把你啣下去的小木頭片叨出來。你喜歡在禮拜天把頭髮梳得光溜溜的嗎？有好些個這種無聊的事兒，你愛幹嘛？我簡直不喜歡這一套，可是媽偏要叫我做這些事。這條舊褲子真糟糕！我還是把它穿上，唉，還是別穿，挺熱的。你全穿好了嗎？好極了。走吧，夥計。」

涼的玉米麵包、涼的牛肉、奶油和乳酪——這就是他們在樓下預備要給我吃的，我可是一輩子還沒見過比這更好的東西啊！勃克和他媽，還有其餘那些人都抽玉米杆菸斗，只除了那女黑奴，她沒有在那兒，還有那兩個年輕的女人。他們都一面抽菸，一面談話，我也一面吃，一面談話。那兩個年輕的女人身上都搭著披肩，長髮披在背後。每人都問了我一些話，我告訴他們說，爸爸和我和全家人原來都住在阿肯色州南邊一個小農場上，我姊姊瑪麗·愛恩和別人私奔了，她跟人家結了婚就再也沒有音訊了，比爾去找他們，結果他也從此就沒有消息了，湯姆和莫特都死了，後來就只剩下我和爸兩人，他遭了那許多倒楣事兒，結果窮得精光，所以他死了之後，我就只好拿著他剩下來的一點破東西出門，因爲那農場並不是我們自己的，我買了一張統艙票，搭船往上游來，誰知又掉到河裡了，我就是這樣上這兒來的。於是他們就說只要我願意的話，我儘可以把他們那兒當作自己的家，愛住多久就住多久。這時候天快大亮了，大夥兒都去睡覺了，我就跟勃克睡，到第二天早上一醒來，眞糟糕，我把自己的名字忘了。我在床上躺了個把鐘頭，老想記起來，後來勃克醒過來了，我就問他：

「你識字嗎，勃克？」
「會。」他說。
「我敢說你準不知道我的名字是哪個字。」我說。
「我敢說你這可難不住我，我知道。」他說。
「好吧，」我說，「你說說看。」
「喬麥的喬，自治的治，清潔的潔，克服的克，孫子的孫——怎麼樣？」他說。
「好，」我說，「你說對了，我還當你說不出呢。我的名字這幾個字倒是不算稀奇，挺容易認——不用細想，一下子就說出來了。」
我心裡把它悄悄記住，因為說不定回頭會有人叫我說這幾個字，所以我就得把它背熟，一口氣說得出來，好像是說慣了似的。
這家人可眞是好極了，房子也呱呱叫。我從前在鄉下可是壓根兒沒見過這麼好的房子，也沒有這種派頭。前面的門上並沒有鐵門子，也沒有釘著鹿皮帶子的木頭門閂，那上面裝著能轉的銅把手，就跟城裡的房子一樣。他們那客廳裡沒有擺床鋪，連個床鋪的影子都沒有，可是城裡倒有好些客廳裡擺著床鋪呢！那兒有一個很大的壁爐，底下是磚鋪的，他們往這些磚上潑水，還拿另外一塊磚去磨，總把它弄得乾乾淨淨、通紅通紅的。有時候他們還拿一種名叫西班牙赭色的顏料在磚上洗刷，就跟城裡人的辦法一樣。他們還有很大的黃銅柴火架，哪怕擱上一根大木料也放得下。壁爐板當中擺著一座鐘，鐘上的玻璃門下半截畫著一幅小鎮的圖畫，那當中有一塊圓圓的地方，算是太陽，你可以瞧見鐘擺在那後面擺動。這個鐘滴答滴答地響，眞是好聽極了！有時候來了個小販，把它擦得很乾淨，使它看來永遠完整如新，它就會噹噹噹地連敲一百五十下，才累得不再響了。人家給它修好了還不要錢哩。

這個鐘兩邊還有一對外國鸚鵡，好像是石膏那類東西做的，上面塗著大紅大綠的顏色。有一隻鸚鵡旁邊擺著一隻陶土製的貓，另外那一隻旁邊有一隻陶土製的狗，你用手在那上面一按，它們就吱吱地叫，可是並不張開嘴，也不做出什麼特別的樣子，也不顯出高興的神氣。它們是從底下叫出聲音來的。這些東西背後有兩把野火雞毛的大扇子撐開擺著。屋子當中的桌子上有一個很可愛的陶料盤子，那裡面擺著一些蘋果、橙子、桃子和葡萄，堆得挺高，這些東西都比眞的還要紅得多，黃得多，漂亮得多，可是那到底不是眞的，因爲你看得出有些地方外面掉了一層，露出底子來，那也許是白粉什麼的。

這張桌子上鋪著一塊漂亮的油布，那上面畫著一隻紅藍的、展開翅膀的老鷹，周圍還畫了好些花樣。他們說那是從費城老遠買來的。另外還有些書，放在桌子的四個角上，堆得整整齊齊。有一本是全家合用的《聖經》，裡面有許多圖畫。還有一本是《天路歷程》，裡面講述一個不聲不響地離開家裡出遠門的人。我有時候翻開來，唸了很多頁，覺得這本書的內容很有趣，可是卻很艱澀。另外還有一本是《友誼的獻禮》，裡面盡是些漂亮的東西和詩歌；可是我沒有唸那裡面的詩歌。另外還有一本是亨利·克萊❶的演說集，有一本是葛恩博士的《家庭醫藥須知》，裡面說的是人病了或是死了該怎麼辦，說得挺仔細。另外還有一本讚美詩集和許多別的書。屋子還擺

❶ 亨利·克萊（Henry Glay，一七七七～一八五二），美國國會議員和演說家。

著一些很考究的搖椅，都是一點毛病沒有的！並不是像一隻舊籃子那樣地凹下去。

他們還在牆上掛了一些圖畫——主要都是些華盛頓和拉斐德❷的畫像，還有些打仗的圖，還有《高原上的瑪麗》❸，還有一張叫做《簽署獨立宣言》。還有幾張他們叫做鉛筆畫，都是一個死了的女兒在她還只有十五歲的時候自己畫的。這幾張畫跟我從前看到過的隨便什麼圖畫都不一樣——參半是比普通的畫顏色較深些。有一幅畫了一個女人穿著一件舊的黑衣服，腰身很纖細束了一條腰帶，袖子很大，好像一顆包心菜似的，頭上戴著一頂杓子式的大黑帽，蒙著一塊黑面紗，腳踝又白又細，纏著黑帶子，腳上穿著一雙小得像鑿刀的黑鞋子，她站在一棵垂柳底下，右臂支著身子靠在一塊墓碑上，顯出一副傷心的樣子，另外那隻手在身邊垂下來，拿著一條雪白手巾和一個手袋；這張圖畫底下寫著：「哎，我難道永遠不能再與你相見了嗎？」另外一張畫的是一位年輕的女孩，她把滿頭的頭髮一直往頭頂上梳，就在那兒用一把梳子把它往前面一捲，挽成一個結，活像個椅子靠背似的，她用手巾摀著嘴哭，另外一隻手托著一隻兩腳朝天仰著的死鳥；這張圖畫底下寫著：「哎，我再也聽不見你那悅耳的歌聲了。」還有一張畫的是一位年輕的女孩

---

❷拉斐德（Marquid de La Fayette，一七五七～一八三四），法國將軍和政治家，對美國獨立曾出過不少的力。

❸《高原上的瑪麗》是蘇格蘭詩人羅伯特·彭斯（Robert Burns，一七五九～一七九六）的兩個情人，名字都叫瑪麗。一個是瑪麗·肯貝爾（Mary Campbell），一個是瑪麗·莫里遜（Mary Morison）。

在窗前抬頭望著月亮，眼淚順著臉蛋兒直往下流；她手裡拿著一封攤開的信，信封上有一邊還露著封口的黑火漆；她把一個帶鏈子的小金盒使勁按在嘴上，這張圖畫底下寫著：「你已經棄我而去了嗎？哎，你竟棄我而去了。」我看這些圖畫都挺好，可是不知怎麼的，我好像不大喜歡它們，因爲要是我心情不好時看了這些，我一定會更難受。

她死了，大夥兒都覺得可惜，因爲她還打算要畫許多這樣的圖畫，沒有畫出來，光從她已經畫出來的圖畫，誰都看得出大家因爲她死了受到很大的損失。可是我覺得像她這種性格的人，大概在墳場裡還要痛快些。她病倒的時候，正在畫一幅畫，人家說這是她畫得最好的，她每天每夜都在禱告，祈求上天讓她多活幾天，把這張圖畫完成再死，可是她終歸還是沒有如願。這張畫裡畫的是個穿白長袍的年輕少女，站在一座橋的欄杆上，準備要跳水，她把頭髮都披在背上，仰首望著月亮，眼淚順著臉上直往下流；她有兩隻胳臂抱在胸前，兩隻胳臂往前面伸出去，還有兩隻向上舉起，朝著月亮——她原是打算要看看到底哪兩隻胳臂看起來最合適，再把別的胳臂通通擦掉；可是我剛才說過，她還沒有決定是哪一雙手時就去世了。現在她家裡的人把這張圖畫掛在她的床頭，每逢她的生日，他們就在那上面掛上一些花。平常他們都拿一塊小簾布把它遮起來。這張畫裡那個年輕少女的臉長得很可愛，可惜胳臂太多，我覺得她的樣子簡直像隻蜘蛛。

這個小女孩在世的時候有一本剪貼簿，她常把《長老會觀察報》上登的一些訃文、意外新聞和修行受苦的故事剪下來貼在那裡面，並且還獨出心裁地寫些詩附在後面。那些詩都很生動。有一個男孩子名叫史蒂芬·都林·博茲掉到井裡淹死了，她就爲他寫了這麼一首詩：

〈悼已故史蒂芬．都林．博茲〉

薄命青年史蒂芬，
　問你是否因病亡？
親人是否為痛哭，
　弔客可曾把心傷？

史蒂芬命非如此，
　少年夭折實無端；
親人圍灑傷心淚，
　實與疾病並無關。

未曾患過百日咳，
　亦無痲疹起紅斑；
英名埋沒真可嘆，
　但與雜症不相干。

蓬鬆鬈髮好頭顱，
　未因失戀而痛苦，
未曾患過腸胃病，
　佼佼少年非病夫。

薄命少年傷心史，
　且請含淚聽我講。
不慎失足墜深井，
　靈魂出竅升天堂。

井中撈出把水擠，
　只惜施救已太晚；
靈魂升天真快樂，
　仙界逍遙不復返。

愛梅琳・格蘭傑弗特還不到十四歲，就能做出這麼好的詩，她要是不死，將來還說不定有多麼了不起哩！勃克說她能不加思索出口成章地作詩。她根本就不用花工夫想一想。她一下子就能寫出一行來，要是想不出押韻的字，就把它擦掉，馬上另外寫一句，再往下寫。她不管作什麼詩都行：隨便你叫她作首詩來說什麼事情，她都能做，只要是傷心事就行。每逢有男人死了，或是女人死了，或是孩子死了，她是不等人家屍體涼下來，就當場把「吊唁詩」寫好。她把那種詩叫做「吊唁詩」。街坊們都說醫生是最先到，愛梅琳跟著就來了，再往後才是殯儀館的人——殯儀館的人從來沒有愛梅琳來得快，只有一次趕在她前頭，當時她爲了要押死者的名字惠斯勒那個「勒」字的韻，耽擱了一些工夫。從此以後，她就變了樣；她根本沒有害過什麼病，可是不知怎麼的，她一天比一天瘦下來，沒多久就死了。可憐的女孩啊，有好幾回因爲她那些圖畫弄得我心裡難受，使我對她不大高興，我就無可奈何也上樓去，到她從前住過的那個屋子裡，拿出她那本可憐的舊剪貼簿來，看看那裡面的東西。

這一家人我全都喜歡，不管是死了的或是活著的都一樣，我可不願意讓我們當中發生任何誤會。可憐的愛梅琳在世的時候，凡是死了人，她就要給他們作詩，現在她死了，沒有人給她作首詩，似乎是不大對；所以我就打算拚命絞腦汁，自己做一、兩首，可是不知怎麼的，我好像無論如何也作不成。他們把愛梅琳的屋子收拾得整整齊齊，漂漂亮亮，所有的

東西都像她在世的時候那樣，全照她的意思安排著，誰也不在那兒睡覺。她家儘管有許多黑奴，老太太偏要親自照料這間屋子，她時常在那兒做針線活，唸《聖經》也多半是在那兒唸。

啊，剛才我還談到那客廳，那些窗戶上都掛著簾子，白色的簾子上印著圖畫，畫的是一些城堡，牆上一直到地都長滿了藤子，還有牛羊到河邊來喝水。另外還有一架舊的大鋼琴，我猜那裡面一定有許多洋鐵盤子，可以敲出清脆的聲音來，我最喜歡聽年輕女孩們唱「最後的金鏈斷了」和她們在鋼琴上奏出「布拉格之戰」的曲子，那眞是再美沒有了。所有屋子裡的牆上都是抹過灰漿的，差不多每間屋裡都舖著地毯，整個房子外面都刷過白灰。

那是一所雙排的房子，中間留著很寬闊的空間，不過上面仍有頂蓬把這前後屋子連接起來，有時候他們中午就把桌子擺在那兒，那地方可眞是涼爽舒適，簡直沒法子再好了。飲食也很好，並且還多得嚇死人哩！

18 兩大家族的爭鬥

你知道吧，格蘭傑弗特上校是一位紳士。他渾身上下都是紳士派頭；他的家人也都是一樣。照俗話說，他的出身挺好，這對一個人是很有價值的，就跟對一匹馬一樣，這話是道格拉斯寡婦說的；從來沒有誰否認過她是我們那個鎮上最高貴的一流人物；爸也老愛說這話，雖然他自己就像阿貓、阿狗一樣，沒有什麼身分。格蘭傑弗特上校個子很高，身材很瘦，皮膚是黑裡透白，全身找不出一點紅潤的影子；他每天早上都把他那張瘦臉刮得乾乾淨淨，他的嘴唇很薄，鼻孔狹長，鼻梁高聳，眉毛很密，他的眼睛很黑，看起來很深的樣子，好像是從兩個黑洞裡對你望著，簡直可以那麼說吧！他的額頭高闊，頭髮又黑又直披在肩膀上。他雙手又瘦又長，他天天都穿一件乾淨的襯衫和一套白麻布做的外套，白得簡直叫你一看就覺得刺眼；每到星期日，他就穿上一件帶銅鈕釦的藍色燕尾服。他帶著一根包著銀把手的紅木手杖。他並沒有輕浮的神氣，一點也沒有，他也從來不大聲說話。他對人挺和氣，要多好有多好——這是你可以感覺得出的，你知道吧，所以你也就自然跟他親近。有時候他微笑時，你會覺得他的樣子非常可愛；要是他把腰一挺，像根旗竿似地筆直站著，皺起眉毛瞪著眼，像閃電似地發出一股怒氣來，那你就恨不得先往樹上一爬，再來看看到底是怎麼回事。他從來不告訴人家要循規蹈矩——只要他在場，誰都是規規矩矩的。人們都喜歡和他在一起；他的笑容常駐就像明朗的天氣。他要是變成一大堆烏雲的話，那就得有一會兒工夫像天昏地暗的樣子，這麼一來，也就足夠了；一定有一個星期不會再有人頑皮了。

每天早上他和老太太下樓來的時候，全家人都會站起來，向他們問好，非等他們坐下，誰也不敢坐。然後湯姆和巴布就到那放著大酒瓶的架子那兒，調一杯苦味的酒送給他，他把它端在手裡，等著湯姆和巴布的酒也斟滿了之後，他們倆就鞠躬說：

「我們給爸媽請安。」他倆也就微微地點點頭，說聲謝謝，隨後他們三人就一齊喝酒，巴布和湯姆又在他們的酒杯底下剩下的糖和那一點點威士忌酒或是蘋果酒上加一點水，拿給我和勃克，我們倆也就把它喝下去，給兩位老人家請安。

巴布是老大，湯姆是老二——身材都很高，長得也很帥，寬寬的肩膀，古銅色的面孔，頭髮又長又黑，眼睛也是烏黑的。他們從頭到腳穿著一身白麻布衣服，跟老先生一樣，頭上戴的是寬邊巴拿馬草帽。

再就是夏洛蒂小姐；她有二十五歲，很高大，有點傲，派頭十足，要是沒有誰惹她，她倒是要多好有多好；誰要是把她惹火了，她那副臉色可是夠瞧的，就像她父親一樣，眞能把你嚇得站都站不穩。還有，她長得很漂亮。

她的妹妹蘇菲亞也很漂亮，可跟她不一樣。她溫和可愛像隻鴿子似的，年紀才二十歲。

每個人都專有黑奴伺候著——連勃克都有。我那個黑奴簡直是逍遙自在，舒服透了，因爲我不慣要人家來替我做事情，可是勃克的黑奴一天到晚老是忙得不可開交。

現在這一家人只有這些了，可是從前還多幾個——有三個兒子都讓人家打死了；還有死了的愛梅琳。老先生有許多田地和一百多個黑奴。有時候有好些人騎著馬從附近十幾哩外上那兒來，住上五、六天，大夥兒到外面去吃喝玩耍，到河裡去划船，白天在樹林裡跳舞和野餐，晚上在家裡開舞會。這些人大半都是這家人的親戚。男人家都帶著槍來。我跟你說吧，那種排場實在是講究透了。

離那兒不遠的地方另外還有一夥富人——一共有五、六家——多半都姓謝伯遜。他們和格蘭傑弗特這一族是一樣的派頭大，出身好，又有錢，又神氣。謝伯遜和格蘭傑弗特這兩家人在同一個輪船碼頭上船下船，那地方我們這所房子有兩哩多遠，所以有時候我跟我們這邊的人到那兒去，常常看見那兒有距離謝伯遜家的人，騎著駿馬。

有一天勃克和我在樹林子裡打獵，忽然聽見一匹馬跑過來。我們正要穿過這條路。勃克說：

「快！跑到樹林子去！」

我們照這麼做了，偷偷地從樹縫中往樹林外面看。不一會兒就有一個很神氣的青年人騎了馬順著那條路飛奔過去，他很輕捷地騎在馬上，看起來完全他像是一個軍人。他鞍前佩了一枝槍。我從前看見過他。這就是年輕的哈尼．謝伯遜。我聽見勃克的槍在我耳邊放出去，哈尼的帽子就從他頭上掉下去了。他拿起槍來，掉轉馬頭一直

朝我們藏著的地方跑。可是我們並沒有等著他來。我們撒開腿就穿過樹林跑掉了。樹林並不叢密，所以我總往肩膀後面望一望，好避開子彈，有兩回我都看見哈尼把槍對準了勃克放；後來他就像來的時候一樣，騎著馬跑開了——我猜是去找回他的帽子，可是我沒看見。我們一直飛奔地回到家裡。老先生的眼睛亮了一下——我看那主要是表示歡喜——隨後他臉上就平靜了一些，他用溫和的口氣說：「我不喜歡你躲在樹叢後面放槍。孩子，你幹嘛不大膽走到路上去呢？」

「謝伯遜家的人可不那麼做，他們常常暗算別人。」

勃克在說這件事情的時候，夏洛蒂小姐仰著頭，像個女王似的，氣得鼻孔直動，眼睛直眨。勃克的兩個哥哥顯出陰沉沉的神氣，可是一句話也不說。蘇菲亞臉色卻變得慘白，可是後來她聽說那小伙子沒有受傷，臉色又恢復過來了。

後來我把勃克帶到外面，到樹底下那些裝玉米的小木棚子旁邊，那兒沒有別人，我馬上就問他：「你剛才打算把他打死嗎，勃克？」

「噢，可不是嘛！」

「他有什麼事得罪你了？」

「他嗎？他什麼事也沒有得罪過我。」

「咦，那你爲什麼要打死他呢？」

「哼，沒有爲什麼——那不過是世仇罷了。」

「什麼叫世仇？」

「噢，你是在哪兒長大的？難道你連世仇都不知道嗎？」

「從來沒聽說過——你快告訴我吧！」

「好吧，」勃克說，「世仇是這麼回事：有一個人跟另一個人吵架，把他殺死了；那個人的兄弟又把他殺掉了；然後兩家的堂兄弟們也插進來了——後來每個人都殺光了，世仇的武鬥才算完結。可是這整個過程慢得很，要花很長的工夫。」

「你們這個世仇也打過很久了嗎，勃克？」

「唔，我敢說是不少時候了！三十年前就開始了，反正差不多有那麼久吧！那時候兩家為一點事情吵起來了，後來就打了一場官司；官司打下來，有一個輸了，他就乾脆把那個贏了官司的人一槍打死——當然，他是要這麼做的。誰也會這麼做。」

「他們究竟為了什麼事吵架，勃克——是為了爭地嗎？」

「我猜也許是——我不知道。」

「那麼，是誰開槍打死人呢？是格蘭傑弗特家的，還是謝伯遜家的呢？」

「天啊，我怎麼會知道？那麼多年以前的事情呀！」

「誰也不知道嗎？」

「啊，不，我猜爸爸知道，還有些別的老年人也知道；可是他們現在都不知道當初到底是為什麼事吵起架來的。」

「已經打死了許多人嗎，勃克？」

「是呀；我們常常有出殯的。可是他們也不一定每回都能要人的命。爸身上就有幾顆大子彈沒取出來；可是他不在乎，因為子彈又不重。巴布也讓人家用獵刀刺了幾處，湯姆也受過一、兩回傷。」

「今年打死過什麼人沒有，勃克？」

「有；我們死了一個，他們也死了一個。差不多在三個月以前，我那十四歲的堂兄弟博德在河那邊騎著馬穿過樹林，他眞是傻得要命，什麼傢伙也沒帶，後來走到一個安靜地方，他就聽見後面有一匹馬跑過來，還瞧見老包爾狄．謝伯遜手裡拿著槍跟在後面追，白髮在空中飛舞著；博德並沒有跳下馬找個地方藏起來，他想著可以跑得比那老頭兒快；這下子他們就賽開了，一前一後，一直跑了五哩多路，那老頭兒還是越追越近；後來博德一看跑也沒用，他就站住了，還轉過身來向著那老頭兒，好讓子彈打在前面，你知道吧，結果那老頭兒就騎過來把他一槍打倒了。可是他這回走了運也沒有歡喜多久，因爲還不到一個禮拜，我們這邊的人又把他幹掉了。」

「我看這老頭兒是個膽小鬼，勃克。」

「我看他才不算膽小鬼。他們謝伯遜家的人沒有一個是膽小鬼——一個也沒有。格蘭傑弗特家的人也沒有一個不是好漢。噢，那老頭兒有一天跟三個格蘭傑弗特家的人爭鬥，騎著馬足足戰了一個半小時，結果還是他贏了。他們都是騎著馬的：他跳下馬來，躲在一小堆木頭後面，還把馬也攞在他前面來擋子彈；可是格蘭傑弗特家這三個人都沒下馬，他們圍著老頭兒跳來跳去，啪啦啪啦對著他拼命放槍，他也啪啦啪啦向他們拼命地打。他和他的馬回去的時候都淌著血，瘸著腿，可是格蘭傑弗特家這三位還得叫人抬回去——有一個打死了，還有一個第二天就死了。沒有的事，老兄；誰要是想找膽小鬼，可別白費工夫上謝伯遜家那些人當中去找，因爲他們根本就不出這種沒出息的人。」

第二個星期日，我們都上教堂去作禮拜，有三哩來遠，大夥兒都是騎馬去的。男人都把槍帶去了，勃克也帶著，他們把槍夾在兩腿當中，或是靠牆擱在順手的地方。謝伯遜家的人也是這樣。講道那一套是怪討厭的——全是說什麼友愛嘍，還有這類無聊的話；可是大夥兒都說牧師講道講得好，他們回家的時候，還一路談著這個，盡說什麼誠心誠意信上帝嘍，多做好事嘍，還有什麼上帝的無窮恩惠嘍，命中天數嘍，說了一大堆，我簡直弄不清楚，反正我覺得這要算是我一輩子沒碰到過的最討厭的星期日了。

午飯後一小時，大夥兒都東一個西一個地在打瞌睡，有的在椅子上靠著，有的在自己屋裡，這麼一來，就有些悶得慌。勃克和他的狗躺在太陽底下草地上，睡得挺酣。我就上樓去到我們的屋裡，也打算睡個小覺。我瞧見那漂亮的蘇菲亞小姐站在她的房門口，那就在我們的屋子隔壁；她領著我上她屋裡去，把門輕輕關上了，問我是不是喜歡她，我說喜歡；她又問我能不能幫她做點事情，不跟別人說，我說行。於是她就說她把《聖經》忘掉了，丟在教堂裡的座位上，夾在兩本書的中間，她叫我悄悄溜出去替她拿回來，並且不對別人提起這件事。我說行。於是我就溜出去，悄悄順著大路往教堂走；教堂裡一個人也沒有，只有一、兩隻豬，因為教堂的門並沒有鎖；豬在夏天貪圖涼快，很喜歡在那木條子釘的地板上睡覺。你要是留神的話，上教堂的人差不多都是萬不得已才去的，豬可就不一樣。

我心想，這事有點奇怪；一個女孩怎麼會為了一本《聖經》這麼著急，這實在不近情理。所以我就把它甩了一下，果然掉出一張小紙條，上面用鉛筆寫了「兩點半」三個字。我又在書裡搜了一陣，可是什麼也找不出其他來。我簡直莫名其妙，所以我就把那張紙條再夾在書裡，等我回去走到樓上，蘇菲亞小姐正站在她房門口等著我哪。她把我拉到屋裡，關上了門；隨後她就打開書來，找到了那張紙條，她一唸那上面的字馬上就顯出很高興的樣子；還沒等我來得及想一想，她就一把抱住我吻了我一下，還說我是世上最好的孩子，叫我別跟人家說。她臉上紅了一陣，眼睛也發亮，這簡直使她漂亮透了。我大吃一驚，可是我剛喘過氣來，就問她那紙條上寫的是什麼，她就問我看過沒有，我說沒看過，她又問我認不認得手寫的字，我就告訴她：「不認得，只能認粗筆劃的。」她就說那紙條沒什麼，只是個書籤，給她標明的地方，隨後她就叫我出去玩。

我出門走到河邊上，心裡琢磨著這件事情，不一會兒就看見我那黑奴在後面跟著我過來了。後來我們走到看不見那所房子的時候，他往四處望了一下，隨後就跑過來說：

「喬治少爺，您要是願意到沼澤邊，我可以讓您看一大堆水花蛇。」

我心想，這可真是奇怪得很；昨天他就這麼說過。他總該知道誰也不會那麼喜歡水花蛇，哪兒還會特地去看呀？他到底要耍什麼花樣呢？所以我就說：

「好吧！你領頭走。」

我跟著走了半哩路；後來他就往沼澤裡走過去，在齊踝骨的水裡又走了半哩遠。我們走到了一小塊平地，那兒是乾的，還長了很多喬木、灌木、長春藤。他說：

「喬治少爺，您對直往前走幾步，水花蛇就在那兒。我從前看過，現在不想再看了。」

他說完馬上就踩著泥漿水走開，一會兒就被樹林擋住了。我摸索著往那裡面走了一段，走到一塊像臥室那麼大的小小空地上，那地方四周圍都垂著藤子，我看見有一個人在那兒睡著了——哎呀，天哪，原來是我的老吉姆！

我把他叫醒，我還當是他一見我就會大吃一驚，可是他並不覺得奇怪。他高興得要命，差點兒嚷起來了，可是他並沒有吃驚。他說那天夜裡他跟在我後面游過來，一直聽見我叫他的名字，可是不敢回答，因爲他怕人家把他也撈起來，又叫他去當奴隸。他說：

「我受了一點傷，游不了你那麼快，所以到後來我就落在你後面相當遠了。你上了岸，我還想著可以追得上，用不著向你大聲嚷，可是我一看見那所房子，就把腳步放慢了。我離得太遠，聽不見他們跟你說了些什麼話——我害怕那些狗；可是後來又什麼聲音都沒有了，我知道你已經進了屋，所以就往樹林裡走等天亮。第二天一清早，有幾個黑人到田裡工作，打我那兒過，他們就帶我到這裡來，因爲這兒隔著一片水，狗不會找到我，每天晚上他們都送東西給我吃，還把你的情況告訴我。」

「你怎麼不早點叫我的傑克領著我到這兒來呢，吉姆？」

「哈克，我們還沒辦法的時候，我就來打攪你，那有什麼好處？現在可行了。我一有機會就買了些鍋子和盤子和吃的東西，到了晚上還把那木筏修理修理，後來……」

「哪個木筏，吉姆？」

「還是我們原有的那個木筏呀！」

「你難道是說我們原來那個木筏並沒撞碎嗎？」

「是呀，沒撞碎。它倒是撞壞了不少地方——有一頭是遭殃了，可是並沒出多大毛病，不過我們的東西差不多丟光了。要是我們在水裡沒潛那麼深，在水底下沒游那麼遠，夜裡不是那麼黑，我們又沒有嚇得要命，不像大夥兒說的那麼傻的話，那我們本是可以瞧見那木筏的。可是我們沒瞧見倒也好，因爲現在又修得好好的，差不多像新的一樣，並且樣樣東西都添置了新的，總算把原來的給補上了。」

「喂，吉姆，你到底是怎麼弄到那木筏的——你是把它撈上來的嗎？」

「我在這樹林裡，怎麼去撈呀？不是我撈的。有幾個黑人瞧見它在這大河灣裡離這兒不遠的地方讓沉在河裡的樹幹掛住了，他們就把它弄到一個小灣子裡，在一些柳樹當中藏起來，後來他們互相爭著要這木筏，結果就讓我聽見了，所以我就馬上告訴他們，這木筏原是咱們倆的，他們隨便哪個也不該得，這麼一來，他們才不再爭吵了；我又問他們是不是打算搶一個年輕白人的東西，挨一頓鞭子？後來我就給他們每人一毛錢，他們簡直高興透了，還說他們希望再有木筏漂過來，好讓他們再發發財哩。他們對我好極了，這些黑人，隨便我讓他們幫我做什麼，我都用不著說兩遍，寶貝兒。那個傑克是個很好的黑人，而且也很聰明。」

「是的，他實在很聰明。他壓根兒沒告訴我，是你在這兒；他只是叫我過來，他要讓我看一大堆水花蛇。要是出了什麼事情，他也不會受連累。他盡可以說他根本沒瞧見我們在一起，而且這是實話。」

第二天的事，我不打算多談。我看還是簡簡單單說一下算了吧！差不多在天亮的時候，我就醒來了，本打算翻個身再睡一覺，可是一看那麼清靜——好像是誰也沒有一點動靜似的。平常可不是這樣。後來我又發現勃克已經起身跑出去。這麼一來，我也就起來了，心裡覺得奇怪，於是我就跑下樓去——到處都沒有人；簡直清靜得什麼似的。外面也是一樣。我心想，這是怎麼回事呢？後來我走到木柴堆旁邊，才碰見我那傑克，我就問他：

「這到底是怎麼回事？」

「您還不知道嗎，喬治少爺？」

「是呀，」我說，「我不知道。」

「噢，蘇菲亞小姐跑掉了！她是夜裡什麼時候跑掉的——誰也不知道；她是跑出去跟哈尼·謝伯遜那小伙子結婚，你知道嗎——至少他們都是這樣猜的。她家裡的人大概在半個鐘頭以前才知道——也許還早一點——我跟你說吧，他們可眞是一點兒工夫也沒耽擱。他們趕緊把槍和馬都找齊，那一股勁兒你可是一輩子也沒見過！女人也出去把親戚都叫起來，索爾老爺和他那幾個少爺拿起槍、騎著馬就順著河邊上那條大路往上面跑，打算去截住那個年輕人，把他打死，不讓他跟蘇菲亞小姐跑過河去。我猜這下子可要大幹一場了。」

「勃克沒把我叫醒就走了。」

「唉，我看他可不會把你叫醒！他們不想把你也牽扯進去的。勃克少爺把槍裡裝滿了子彈，說他非去抓個謝伯遜家的人回來不可，要他的命也得幹。噢，我看他們那邊的人一定不少，他只要一得手，管保能抓一個回來。」

我順著河邊的大路拼命往上頭跑。後來我就聽見了槍響。等我看得見輪船靠岸的地方那個木廠和那堆木頭的時候，我就在大樹底下小心地走過去，後來才找到了一個好地方，於是我就爬到一棵白楊樹的支幹交叉處上，在上面看個究竟，那裡一個子彈也打不到。在這棵樹的前面堆著一排四呎高的木材，起先我還打算藏在那後面；可是我也許幸虧沒有那麼做。

有四、五個人騎著馬，在那木廠前面的空地上打轉，馬的吼聲和人的呼喊聲混在一起，他們正想朝著碼頭邊的兩個孩子放槍，可是他們打不到這兩個人。他們這幾個只要有一個人在那堆木頭靠河的那邊一露面，馬上就得挨子彈。那兩個孩子背靠背蹲在那堆木頭後面，所以把兩邊都守住了。

一會兒那幾個人就不在那兒跳來跳去圍著轉，也不嚷叫了。他們騎著馬開始往木廠那邊跑；這下子那兩個孩子就有一個站起來，從那排木頭上面瞄準了一槍，把那幾個人打中了一個，打得他從馬鞍子上滾下來。另外那幾個人一齊跳下馬來，搶救打傷了的那個，把他抬到木廠裡去；這時候那兩個孩子就趁機會溜掉了。他們趁他們不注意時往我藏著的那棵樹這兒走到半路上。後來那幾個人就看見他們了，跟著就跳上馬去，拼命地追過來。他們越追越近，可是那也沒什麼用處，因爲那兩個孩子跑得很早，已經把他們甩在後面老遠；他們跑到我那棵樹前面的木柴堆那兒，溜到背後藏起來，這下子他們又占了上風。那兩個孩子有一個就是勃克，另外那個是苗條的年輕小伙子，大概十九歲左右。

那幾個人在那兒轉來轉去亂闖了一陣，就騎著馬跑開了。他們剛跑不見，我就大聲向勃克嚷，讓他知道。起先他一聽我從樹上向他嚷，簡直莫名其妙。他可眞是嚇了一大跳。他叫我仔細看著，那幾個人要是再過來，就趕快告訴他。他說他們準是要什麼鬼花樣去了——待不多久還要回來。我很不願意在那樹上待著，可是又不敢下來。後來勃克連哭帶罵，說他和他的叔伯哥哥喬（這就是另外那個年輕小伙子）一定能把這天的本錢撈回來。他說他父親和兩個哥哥都讓人家打死了，敵人那邊也打死了兩、三個。說是謝伯遜家的人打下埋伏，叫他父親和哥哥上了當。勃克說他父親和哥哥應該等著親戚一起來——謝伯遜家的人太多了，他們招架不住。我問他哈尼那小伙子和蘇菲亞小姐怎麼樣。他說他們已經過河，沒有危險了。

我聽了這個消息很高興；可是勃克為了那天開槍沒把哈尼打死就氣得要命，便大嚷起來——那聲音我眞是一輩子沒聽見過。

後來突然一下子，砰！砰！砰！砰！有三、四支槍響了、那幾個人鑽過樹林又繞回來了，他們沒有騎馬，從後面打過來了！這兩個孩子趕緊往河裡跳——他們倆都受傷了——他們順著河水往下游的時候，那些人還在河邊上跟著跑，一面向著他們開槍，一面大聲嚷：「打死他們，打死他們！」

這簡直叫我難過得要命，我差點兒從樹上掉下來了。我可不打算把那時候出的事全說一遍——要是說多了，我心裡又要受不了。那天晚上我要是沒有上岸去瞧見這些事兒，那該多好。這些事在我腦子裡一輩子也別想忘掉——有好些回我都夢見了。

我老在樹上待著不敢動，一直到天快黑的時候才下來。

有一陣子，我還會隱隱聽見在樹林裡有槍響；還有兩回我看見一小隊人騎著馬拿著槍從木廠那兒飛跑過去；所以我就猜想這場大亂子還沒完結。我簡直喪氣透了，於是，我就打定主意，再也不走近那所房子，因為我總覺得這件事得怨我惹了禍。我猜那張紙條上寫的是叫蘇菲亞小姐兩點半的時候，到什麼地方去跟哈尼碰頭，一同私奔；我覺得我應該把那張紙條的事告訴她父親，還應該把她那副鬼頭鬼腦的樣子也告訴他，那麼他說不定就會把她鎖起來，根本也就不會出這場嚇死人的大亂子了。

我從樹上下來之後，順著河邊悄悄地走了一程，後來就瞧見那兩個孩子的屍體在水邊躺著，我就用力地拖，終歸把他們拖到岸上；隨後我把他們的臉蓋起來，完了就儘快地跑開。還哭了一會兒，因爲他對我實在太好了。

這時候天剛黑。我根本沒走近那所房子，就穿過樹林，往沼澤那兒走。可是吉姆並不在那個島上，所以我就趕緊往小灣子那兒走，從那些柳樹當中鑽過去，急得要命地想馬上往木筏上一跳，趕快離開這個可怕的地方。誰知木筏也不見了！天啊，這下子可把我嚇壞了！有好一會兒，我簡直喘不上氣來。後來我大叫一聲。離我不到二十五呎的地方有一個聲音說：

「我的天啊！是你嗎，寶貝兒？可別再出聲。」

這是吉姆的聲音——我一輩子也沒聽見過這麼好聽的聲音。我順著河岸走了幾步，就上了木筏，吉姆一把捉住我，使勁摟著我，他看見我回來，簡直高興極了。他說：

「老天爺保佑你，孩子，這回我又當你準是死了哩。傑克上這兒來過；他說他猜你是讓人家開槍打死了，因爲你再也沒回去；所以我這會兒正打算把木筏撐往小灣子口那兒等傑克告訴我說你的確是死了。天啊，你又回來了，我可眞高興極了，寶貝兒。」

「好吧——這倒是很好；他們找不到我，就會當我被人家打死，在河裡漂下去了——水上那兒還有件事情更會叫他們這麼想哩——現在你可千萬別耽誤工夫，吉姆，趁早撐到大河裡去，越快越好。」

一直到木筏往下水走到離那兒兩哩的地方，到了密西西比河當中，我才放了心。隨後我們就把信號燈掛起來，我想這下子算是得到自由，脫離危險了。我從昨天起就沒有吃過一口東西，所以吉姆就拿出一些玉米餅和乳酪來，還有豬肉和包心菜和青菜——吃的東西只要做得好，那就再好吃沒有了——我一面吃著晚飯，我們倆就只管聊天，眞是痛快極了。我擺脫了那些世仇的事，簡直高興得要命，吉姆離開了那個沼澤，也是一樣高興。我們說，把木筏當作家，到底是最好不過，哪兒也比不上。別的地方都顯得很拘束和狹小，但木筏上就不是那樣。你坐在木筏上，就覺得很自由、很痛快和舒服。

19 公爵和法國太子到木筏上

兩、三個晝夜過去了；我看還不如說是漂過去的，因為那幾天幾夜平平靜靜、順順當當、痛痛快快地就溜過去了。我們的時間是這麼消磨的：大河到了下面這段非常寬——有時候有一哩半寬；我們每天夜裡趕路，白天就靠岸藏起來；一到天色快亮的時候，就不再往前走，把木筏拴住——差不多每回都在一個沖積洲底下的靜止水面的地方；再去砍些白楊樹和柳樹，把木筏蓋起來。隨後我們就把釣繩放下水去。完了我們又溜下河去浮水，好提提精神，涼快涼快；隨後我們就在水齊膝蓋深的細沙河底上坐下等著白天的來臨。這時四處都沒有一點聲音——簡直清靜極——就像全世界都睡著了似的，只有蛤蟆也許有時候咯咯地亂叫幾聲。朝水面上往遠處看過去，首先看到的是一條模糊的線——那就是河對岸的樹林；別的什麼也看不清楚；隨後天上有了一塊灰白的地方；再往後那白色的地方就往四周圍擴大了；這下子老遠的河面上的顏色也變得柔和起來，成了灰色，不再一片漆黑了；你可以看見一些小黑點在遠遠的地方飄動——那是平底的貨運船什麼的；還有一條一條的黑色長線——那就是木筏；有時候你可以聽見一支長槳吱嘎吱嘎的響聲，或是嘈雜的人聲；四處還非常清靜，所以老遠的聲音都能傳過來；過一會兒，你又可以看見水面上有一道紋路，你從這道紋路的樣子就可以知道在流得很急的河底下有一棵沉樹，河水在那上面沖過就分開了，結果就弄成那麼一條紋路；過後你又看見水面上的霧散開，東方變得通紅，河裡也映得通紅，你還可以望見對岸樹林邊有一所小木屋，大概是個木廠吧，那恐怕是那些騙子蓋的，你隨便從哪兒放一條狗都能鑽進去；隨後一陣爽快的微風吹起來了，從對岸輕輕地向著你吹過來，眞涼快，眞清爽，氣味也很香，很好聞的，因爲那邊有好些樹木和花兒；可是有時候並不是這樣，因爲有人到處扔下了一些死魚，像長嘴魚什麼的，那簡直臭得要命。後來天就大亮了，一切都在陽光底下露出笑臉，那些唱歌的鳥兒可眞唱得起勁呀！

這時候冒出一點煙火是不會有誰注意的，所以我們就從釣鉤上取下幾條魚來，做一頓熱呼呼的早餐來吃。完了我們就望著河裡那一片清靜的景致，懶洋洋地待著，後來待著待著就睡著了。睡一陣又醒過來，睜開眼睛瞧瞧是被什麼給鬧醒的，也許就看見一艘輪船喀哧喀哧地響著，在很遠地沿著對岸向上游開過來，你根本看不清楚它的機輪是在兩邊還是在船尾上；約莫再隔了一小時，什麼也聽不見，什麼也看不見——只有一片寂靜。後來你又看見一隻木筏在很遠的地方，那上面也許有一個才出來駕木筏的毛頭小子在那兒劈柴火，因爲他們老愛在木筏上做這種活兒；你會看見斧頭一閃亮，就砍下來——你什麼也聽不見；回頭你又看見那斧頭往上一舉，等它舉到那個人頭上的時候，你才聽見「卡嚓」一聲響！這聲音過了那麼久才從水面上傳過來。我們就這麼懶洋洋地把一天的工夫混過去，總是仔細聽著，可是什麼也聽不見。有一回下了大霧，那些過路的木筏和船隻上都敲著洋鐵盆子，叫輪船別撞著它們。若有一隻平底船或是一隻木筏從近處走過的時候，我們簡直可以很清楚地聽得見他們嘻笑講話的聲音，可是我們看不見他們的影子，這可眞叫你渾身起雞皮疙瘩，就好像鬼怪在半空中亂嚷似的。吉姆他一定知道那是鬼怪；可是我說：

「不對，鬼怪不會說：『這鬼霧可眞可惡。』」

一到夜裡，我們就趕快撐出來；我們把木筏差不多撐到河當中的時候，就隨它的便了，河水愛叫它往哪兒漂，就讓它漂到哪兒；隨後我們就點起菸斗來，把兩條腿伸到水裡攪著，東拉西扯地說個沒完——只要蚊子不咬我們，那我們不分晝夜都是全身脫光——勃克家裡的人替我做的新衣服太講究了，穿著很不舒服，並且我壓根兒就是不愛穿衣服的。

有時候，很長的時間光只我們倆就把那整個一條大河占住了。遠遠地隔著水，有河岸和小島；也許還有一點兒小小的火光，那是木棚子裡點的蠟燭；有時候在水面上也可以看見一、兩顆小小的火光——那是木筏上或是平底船上的，你知道吧；也許你還可以聽見拉提琴或是唱歌的聲音從一隻木筏上飄過來。在木筏上過日子可眞是好玩。我們頭頂上就是天空，滿天都是星星，我們時常仰著躺在木筏上，望著那些星星，還談論著它們到底是人造的還是天生就這樣的。吉姆說一定是人造的，我說一定是天生的；我看，要是造那麼多星星，不知花多少工夫。吉姆說月亮會生蛋，可以生出那些星星；唔，這倒是好像有點兒道理，所以我也就沒說什麼反對的話，因爲我看見過一隻蛤蟆生的蛋就差不多有那麼多，那麼月亮生那些星星當然是可以的。我們還時常看天上掉下來的流星，瞧著它們閃著一道光往下掉。吉姆說那一定是壞了的蛋，從窩裡被甩出來的。

一夜總有一、兩回，我們會看見一艘輪船在一片漆黑當中溜過去，過一會兒就從煙囪裡吐出一大團火光來，這些火光就像下雨似地掉在河裡，那才眞是好看；隨後就拐個彎，它那些亮光也就像眼睛那麼一眨就不見了，船上的嘈雜聲音也聽不見了，結果河裡又安靜下來，等輪船走了很久之後，它掀起的浪才沖到我們這兒來，把木筏震盪了一下，這以後又不知要過多久，聽不見什麼聲音，只除了蛤蟆什麼的也許會叫一叫。

午夜過後，岸上的人都睡覺了，這下子岸上就有兩、三個鐘頭是漆黑的——那些木棚子的窗戶裡再也不見亮光了。這些亮光就是我們的鐘——再看到頭一處亮光的時候，那就是早晨快到了，我們就趕快找個隱藏的地方，馬上靠岸把木筏拴起來。

有一天早上，差不多快天亮時，我找到一隻小船，划過一道窄水，到了大河岸上——只有二百碼之遠——再順著一條小河溝，在兩邊的柏樹林當中往上面划了一哩路，想去瞧瞧能不能找到一些楊莓。後來我正走過一個地方，那兒有一條像是牛走的小路橫過小河溝，忽然有兩人從這條小路上撒開腿拚命地跑過來。我想這下子可完蛋了，因為只要有誰追什麼人，我總以為是在追我——不然就是在追吉姆。我正打算趕快從那兒溜掉，可是他們已經離我很近了，大聲喊著求我救救他們的性命——說他們並沒犯什麼罪，可是人家偏要追他們——說後面有些人和狗追過來了。他們想要直接往小船上跳，可是我說：

「你們別急，我還沒聽見狗和人的聲音；你們還來得及鑽過矮樹林子，往小溪上面走一會兒；再從那兒下水，然後踄水到我這兒，再爬上船來！那麼一來，那些狗就聞不出味道，找不到你們了。」

他們照這麼做了，等他們一上船，我馬上就往我們那個沖積洲開溜，只過了幾分鐘，我們就聽見那些狗和人老遠地過來了，大聲在叫嚷。我們聽見他們向小溪那邊跑過來，可是瞧不見他們；他們似乎是在那兒站住了，瞎找了一陣；後來我們一直往前走，越走越遠，就根本聽不見他們的聲音了；等我們把一哩長的樹林甩到後面，划到了河裡的時候，什麼聲音也沒有了，於是我們就划過去，到了沖積洲那邊，藏在白楊樹下，平安無事了。

這兩個傢伙有一個大概有七十多歲，也許還要大一些，長著灰白的絡腮鬍子，戴著一頂扁了的舊垂邊帽，身上穿著一件沾滿油污的藍羊毛衫和一條破舊的粗藍布褲子，褲腳套在長統靴裡，束著一副手織的吊帶——不對，他的吊帶只剩下一邊了。他有一件粗藍布的舊燕尾服搭在胳臂上，那上面釘著很漂亮的銅質鈕釦；他們倆都帶著一個龐大的、鼓蓬蓬的破絨氈手提包。

另外那個傢伙大概有三十歲左右，穿得也差不多一樣寒傖。吃過早餐，我們都在那兒休息休息，聊聊天，誰知第一件我們發覺的事，就是這兩個傢伙竟然彼此並不認識。

「你闖了什麼禍？」禿頭的問另外那一個傢伙。

「噢，我在那兒賣一種能去牙垢的藥——靈倒是挺靈，可是往往把牙磁也連帶地弄下來——我早點溜掉就好了，不該在那兒多待了一夜，後來我正在往外逃，恰好在鎮上這半邊的小路上碰見你，你說他們在後面追上來了，求我幫你想個辦法跑掉。我就告訴你說，我自己恐怕也保不住要遭殃，乾脆就跟你一塊兒逃吧！就是這麼一回事——你呢？」

「噢，我在那兒開佈道會宣傳戒酒，做了一個禮拜，女人們無論大小老少，全都熱烈歡迎我，因爲我把那些酒鬼罵得狗血淋頭，眞不含糊，結果我倒是賺了不少錢，一個晚上就能得到五、六塊大洋——每人一毛錢，孩子們和黑人都免費——這生意做得很順利，後來不知怎麼的，昨天晚上有謠言傳開了，說我自己老是偷偷地喝酒解悶。今天早上有個黑奴把我叫醒，告訴我說，大夥兒正在悄悄地開會，把狗和馬都預備齊了，他們一會兒就會過來，讓我先跑半個鐘頭，他們再追過來，要把我追上，他們要是抓住了我，就要把我抹上柏油，黏上雞毛，叫我騎在棍子上活受罪❶，準沒錯。我沒等吃早飯就溜之大吉——肚子也不餓了。」

「老頭兒，」年輕的那個說，「我看咱們倆正好配成一對，在一塊兒幹；你看怎麼樣？」

「我不反對，你幹的是哪一行——主要的？」

「我的本行是在報館裡當印刷工人，也做點成藥生意；還當演員——專演悲劇，你知道吧；如果機會來的時候，也搞一搞催眠術，摸摸骨相。有時候還在學校裡教教唱歌和地理這兩門功課，換換口味。還有時候也演說——啊，我幹的事可多呢——什麼方便，我就做什麼，所以也算不上什麼工作。你是幹哪一行的？」

「我年輕的時候給人看病，做了滿久。按摩是我頂呱呱的手藝——專治毒瘤和中風那些毛病；要是有人跟我一道，替我把人家的底細弄清楚，那我算命也算得挺靈。傳教也是我的本行，我可以在野外開佈道會，還能到處講道。」

待了一會兒，他倆都沒做聲。後來那個年輕人嘆了一口氣說：

「哎，眞倒楣！」

「你幹嘛唉聲嘆氣？」禿頭問他。

「我眞想不到淪落到這種地步，竟然墮落到跟這些人混到一起，想起來好不傷心。」他說著就拿一塊破布擦拭起眼角來。

「你這不知好歹的傢伙，跟我在一起還不夠好的？」禿頭毫不客氣，挺驕傲地說。

❶ 這是美國的一種私刑。

「不錯，現在的確是夠好的；我也只配跟你們這些人在一起；從前我那麼高貴，誰叫我淪落到這種地步？全怨我自己。我絕不怪你們，朋友們——絕不能；我誰也不怪，全是我活該。讓這冷酷的世界拚命對我下毒手吧；可是有件事我可以知道——反正總會有個地方有我一塊墳地。這世界儘管照過去一樣橫行霸道，把我的一切都剝奪乾淨——我的親人、財產，什麼都給搶光，可是總搶不掉我的墳地。遲早有一天，我會上那兒去躺下，把什麼都忘掉，那時候我這顆破碎的心就可以無憂無慮了。」他還是不住地擦眼睛。

「你那什麼破碎的心呀！」禿頭說，「你拿你那顆破碎的心向我們發什麼牢騷呀？我們又沒得罪你。」

「是呀，我也知道你們沒得罪我。我並不是埋怨你們，朋友們。是我把自己的身分降低了——是呀，只怪我自己。我現在受罪並不冤枉——一點也不冤枉——我並不叫苦。」

「你從什麼地位降低下來的？你原先到底是什麼身分？」

「唉，說出來你也不會相信；到處都沒人信哪——算了吧——反正沒什麼關係。其實我出身的秘密……」

「你出身的秘密？你難道是說……」

「朋友們，」那個年輕人一本正經地說，「我把這個秘密說給你們聽吧，因爲我覺得我還可以信得過你們。照合法的名分，我是個公爵哩！」

吉姆一聽這話，眼珠兒都鼓出來了，我想我自己大概也是一樣。

隨後，禿頭就說：「噢！你說的是眞話嗎？」

「眞的。我的曾祖父是布利吉華德公爵的長子，他爲了要呼吸新鮮的自由空氣，在上世紀末年逃到美國來了；他在這裡結了婚，後來他死了，留下一個兒子，他自己的父親也差不多同時去世了。這位已故公爵的次子奪取了爵位和遺產——可是卻把這個眞正的公爵置之不顧了。我就是那個兒子的後裔——我就是名正言順的布利吉華德公爵，現在我可流落到這兒來了，舉目無親，高貴的身分讓人奪去了，而且還被人追趕，被這個冷酷的世界嘲笑著，一身穿得破破爛爛，累得要命，帶著一顆破碎的心，現在淪落到木筏討生活，變成了這些人的同伴！」

吉姆似乎很可憐他，我也是一樣。我們想要安慰安慰他，可是他說那也沒多大好處，這樣也不會使他覺得安慰，他說如果我們有心承認他的身分，那麼他就會很舒服了；我們就說願意承認他，只要他告訴我們怎麼做。他說我們對他說話時，應該一面鞠躬，一面說「殿下」或是「公爵」或是「爵爺」——哪怕我們直接稱他「布利吉華德」，他也不在乎，因爲那好歹總是個爵位的稱呼，而不是個姓名；他還說吃飯的時候，我們總得有個人伺候著他，他叫我們做什麼，就得替他做什麼。

這都很容易，所以我們就照辦了。吃飯的時候，吉姆從頭到尾都站在他身邊伺候著，老

是說「殿下您請吃點這個，吃點那個，好嗎？這類的話，一看就知道這是使他非常高興的。

可是那老頭兒後來就不大做聲了——他沒有多少話說，看著我們對公爵那麼巴結，他就顯得不大痛快。他好像有他的心事。所以後來到了下午，過了一陣，他就說：

「喂，不吉利滑頭，我真是替你難過極了，可是像你那麼倒楣的還不只你一人哩。」

「是嗎？」

「眞的，不只你一人。從一個高貴的地位被冤枉透頂地讓人給拉下來的，可不光只有你一個人哩。」

「哎呀！」

「說起身世的秘密，也不光只有你一人才有啊！」天啊，他也哭起來了。

「哭什麼！你這是什麼意思？」

「不吉利滑頭，你這人靠得住嗎？」老頭兒說著，還有點兒哭聲。

「靠不住不得好死！」他拉住老頭兒的手，使勁擰著，「你有什麼身世的秘密，快說吧！」

「不吉利滑頭，我就是原先的法國皇太子呀！」

說實話，這回吉姆和我可眞睜大眼睛望著他了。

隨後，公爵就說：「你是什麼？」

「眞的，我的朋友，一點也不假——你現在親眼望著的就是那可憐的失蹤了的皇太子，魯衣十七❷，也就是魯衣十六和瑪莉．安東尼的兒子。」

「你呀！瞧瞧你都這把年紀啦！不對！你大概是說你是從前查理曼❸吧；你至少也應該有六、七百歲了。」

「我是吃苦太多才變成這樣的，不吉利滑頭，我吃的苦頭太多了；我吃了這麼多年的苦，頭髮也有些白了，未老先衰，頭頂也禿了。眞的，你們眼前看見的，穿著這身粗藍布衣服、倒楣透頂、到處流浪、充軍在外、讓人家踩在腳底下吃盡苦頭，的的確確就是合法的法國國王哩。」

說著說著，他又哭起來，傷心得要命，我和吉姆看了都很難過，簡直不知道怎麼辦才好——我們又覺得很高興，很得意，很情願叫他跟我們在一起。所以我們也插嘴了，就像剛才對公爵那樣，想要安慰安慰他。可是他說那是枉然，除非乾脆死掉，一了百了，不會有什麼別的辦法能對他有什麼好處；不過他說要是人家能照他的身分對待他，和他說話的時候就跪下右腳，還稱他「陛下」，吃飯的時候先伺候著他吃，在他面前非等他叫坐下就不坐，那麼他心裡就能想得開，覺得舒服一點。於是吉姆和我就對他叫起陛下來，替他做這做那，他不叫我們坐下，我們就一直站著。這對他的好處可是大極了，他也就顯得又高興，又舒服。可是公爵對他可有點吃醋，我們對國王那麼恭恭敬敬，伺候周到，他就顯出很不滿意的神氣；儘管是這樣，國王對他還是表示非常要好，他說他的父親對公爵的曾祖父和所有別的不吉利滑頭公爵都很看得起，常讓他們到宮裡

❷ 指路易十七（Louis XVIII，一七八五～一七九五）：法國王太子。

❸ 查理曼（Charlemagne，七四二～八一四）：西羅馬皇帝。

去；可是公爵還是很不高興的待了老半天，後來國王才說：

「不吉利滑頭，咱們在這木筏上說不定要待很久，那麼你這樣陰陽怪氣有什麼好處呢？這只能弄得大家都不痛快。我生下來不是一個公爵，那不能怨我，你生下來不是一個國王，也不能怨你——那又何必這麼難受呢？你不管遭到什麼境況，都得隨遇而安，我就愛這麼說——這就是我的信條。咱們碰到這兒來了，也並不壞呀——吃的東西有的是，日子也過得逍遙自在——得啦，咱們拉拉手吧，公爵，大夥兒交個朋友好了。」

公爵便這麼做了，吉姆和我看了都很高興。這麼一來，所有的彆扭都消除了，我們一看就覺得很痛快，因爲木筏上要是大夥兒不和好，那可是晦氣的事，在木筏上，誰也希望人人都滿意，自己覺得對勁，對別人也和和氣氣，這比什麼都要緊。

沒有多久，我就心裡有數，看準了這兩個撒謊的傢伙壓根兒不是什麼國王，也不是什麼公爵，只不過是兩個無賴的騙子手罷了。可是我什麼也沒說，故意裝做不知道，自己心裡明白就是了，這是最好的辦法，因爲這樣才可以避免口舌，也不會惹出什麼麻煩來。他們讓我們把他們叫做國王和公爵，我也不反對，因爲這樣可以過著和睦的日子，這話也用不著告訴吉姆，所以我就沒有跟他說。我要是沒有從爸那兒學到過什麼的話，那至少也學會了跟這種人鬼混，最好的辦法就是讓他們愛怎麼樣就怎麼樣，別招惹他們。

20 皇家人物在巴克維爾

他們問了我們許多事情；想要知道我們爲什麼把木筏蓋起來，白天不趕路，偏要那麼藏著——吉姆是個逃跑的黑奴嗎？我說：「哎呀，天啊！逃跑的黑奴還有往南方逃的嗎❶？」當然不會嘍，他們也認爲是不會的。我可還得把事情說出一番道理來，所以我就說：

「我是在密蘇里州派克郡出生的，老家就住在那兒，可是後來家裡的人全死了，只剩下我和爸和我弟弟艾克。爸就想著他還是乾脆離開那地方，到下游去跟貝恩叔叔一起過日子，我叔叔在奧爾良下面四十四哩的地戶河邊上有一塊巴掌大的地。爸很窮，還欠了些賬，所以他把賬務還清了之後，就什麼也沒有了，只剩下十六塊錢和我們的黑奴吉姆。我們靠這點錢要想走出一千四百哩去，那不管是坐統艙或是怎麼辦都是不行的。好了，後來河水漲起來，爸就碰到一點好運氣；他撈著了這半截兒木筏；所以我們就想著可以乘這木筏上奧爾良去。可是爸的時運不長，有天夜裡一艘輪船從木筏前面的一個犄角撞過去，結果我們全都翻到水裡，鑽到機輪底下去了，吉姆和我浮上來了，總算沒事，可是爸喝醉了，艾克還只有四歲，所以他們就再也沒浮出來了。唉，這

❶ 當時美國南部的大農場地主都蓄黑奴北方是工業地區，工業資本家爲了本身的利益，是主張廢除蓄奴制的，所以黑人只有由南方往北方逃。

以後一、兩天裡，我們可夠麻煩了，因爲人家老是坐著小船划過來，想從我手裡把吉姆奪過去，偏說他們一定知道他是個逃跑的黑奴。這下子我們白天就不往前划了，只有在夜裡人家才比較不會來找麻煩。」

「讓我來想個辦法，好在白天也能趕路，要是咱們願意走的話。我來仔細想想——我來打個主意對付這個吧！今天就隨它去，因爲我們當然不用打算在白天走過下面那個小鎮——那也許不大妥當。」公爵說。

快到晚上的時候，天色慢慢暗起來，看樣子像要下雨；強烈的電光不斷的從天空中閃下來，樹葉也抖動起來了——一眼就能看出，來勢是挺凶的。於是公爵和國王就跑去檢查我們那小木棚去了，他們要瞧瞧床鋪怎麼樣了。我的鋪是個草墊——比吉姆的好一點，他的鋪是個棒子皮做的墊子；這種墊子裡面總會摻著玉蜀黍的穗軸，你躺在上面就會刺得你發痛；你要是翻個身，那些乾糠殼就會劈啪地響，好像你是在一堆乾樹葉上打滾似的，那沙沙的聲音響得很厲害，簡直就能把你鬧醒。公爵認爲他可以睡我的鋪，可是國王說那不行。

「據我看，咱倆身分不同，這總該能使你知道，糠殼的鋪給我睡是不大合適的。殿下還是自己睡糠殼的鋪吧！」國王說。

吉姆和我又著急得要命，怕的是他們倆又要吵起來，所以公爵一讓步，我們都覺得很高興。

公爵他說：

「我眞是命中注定了一輩子該受罪，老讓人家的鐵蹄子踩在頭上，把我踩到爛泥裡。我當年那種自高自大的脾氣，早讓這倒楣的運氣給磨掉了；我讓你，我讓你，我認輸！只怨我的命不好。我現在是孑然一身，孤零零地在這世界上鬼混！那就讓我來受罪吧！我受得了。」

一到天色很黑的時候，我們馬上就撐開木筏走了。國王叫我們好好地駕著木筏在河當中走，先別忙著點燈，且等往那小鎮下面走遠一點再說。一會兒我們就瞧見了那一小堆燈光——這就是那個小鎮，你知道吧——我們從那兒溜過去，再往下走了半哩來遠，沒出什麼事。後來我們到了那小鎮下面四分之三哩的地方，就把我們的信號提燈掛起來；約莫十點鐘的時候，就下起雨來了，又是風，又是雨，又打雷，又打閃，簡直凶透了。於是國王就叫我們倆在外面守著，一直守到天氣好轉的時候；隨後他和公爵就爬到小木棚裡去睡覺了。底下就該我輪班，一直要守到十二點，可是我哪怕有個舖位，也不會打算睡覺，因為誰也不能在一個星期裡天天都看見這種大風大雨，怎麼也不會有這種機會——天哪，大風尖叫著一陣吹過去，那股勁兒可真夠瞧的！每過一兩秒鐘，就會有一道閃電，把前後左右半哩以內的一片白浪照得通明，這時候你就會透過那大雨瞧見那些小島上好像是塵土滿處飛似的，那些樹也讓大風刮得東歪西倒，接著就是嘩地一聲——轟隆！轟隆！轟隆隆、轟隆隆、轟隆、轟隆、轟隆——雷就這麼越響越遠，後來就不響了——一會兒又是閃光一閃，跟著又是一陣響得要命的劈雷。有時候大浪差點兒把我捲到河裡去，可是我反正沒穿衣服，也就滿不在乎。我們並沒有撞上沉在水裡的樹幹，出什麼亂子，閃電在四周直發亮，我們看得見那些樹幹，來得及東躲西躲，讓開它們。

我輪的是半夜裡的班，你知道吧，可是那時候我實在睏得很，所以吉姆就說他願意替我守前一半的時間，他總是待我這樣好，吉姆這個老好人。我爬到小木棚裡去，可是國王和公爵的腿橫七豎八地亂擺著，根本沒有我睡的地方，所以我就躺在外面——我並不怕雨，因為天氣很暖和，波浪這時候也不怎麼大了。

可是到了兩點鐘左右，風浪又大起來了，吉姆正打算叫醒我；可是他又改變了主意，因為他估計風浪還不算太大，不至於對我有什麼危險，可是他猜錯了，因為過了一會兒就猛一下子來了個很大的浪花，把我捲到河裡去了。吉姆差點兒笑死了。他是個很愛哈哈大笑的黑人，簡直是誰也趕不上。

我接著輪班，吉姆就躺下便鼾聲呼呼地睡著了；後來暴風雨又停止了，我瞧見第一個木棚子裡出現亮光，馬上就把他叫醒，我們又把木筏划到可以掩藏的地方，混過這一天。

吃過早飯，國王就拿出一副舊的紙牌來，他和公爵打了一會兒「大七點」，每局賭五分錢輸贏。後來他們玩膩了，合計著要「訂出個活動的計畫」，這是照他們的說法。公爵就到他那氈子手提包裡去找，取出好些小張的傳單，大聲唸起來。

有一張傳單上印著「巴黎久負盛名的阿蒙．德．蒙達邦博士訂於某月某日在某某地方『演講骨相學』，入場費每人一角，並「出售骨相圖解，每張二角五分。」公爵說那就是他本人。在另外一張傳單上，則印著他是「來自倫敦朱里巷大戲院、環球馳名的莎士比亞悲劇名演員小加利克。」在別的傳單上，他還有許多別的名字，幹過許多別的了不起的事情，譬如拿「風水靈杖」測出地下的泉水和黃金，還會耍「驅邪避妖」等等把戲。

過了一會兒，他就說：

「可是最美的還是登台獻藝。皇上，您上過戲台嗎？」

「沒有。」國王說。

「那麼，落難國王，保管您不出三天，一定能登台大顯身手。」公爵說，「咱們再到了一個像樣的鎮上，就租一個會場來演《查理三世》裡面的鬥劍和《羅密歐與茱麗葉》❷裡面那『陽台情話』的一場。你看怎麼樣？」

「不吉利滑頭，凡是能賺錢的事，我不管什麼都願意做，只要做得到；可是你瞧，我對演戲是一竅不通呀，就連看也沒看過幾回。我爸在宮裡常叫戲班子來演戲，但那時候我還太小。你看還能把我教會嗎？」

「容易得很！」

「好吧！反正我倒想搞點新鮮玩意兒，心裡簡直有點發癢。咱們馬上就動手吧！」

於是公爵就跟他說明羅密歐是誰，茱麗葉是誰，還說他自己向來演慣了羅密歐，所以國王演茱麗葉就行了。

「可是，公爵，茱麗葉既然是個那麼年輕的女孩，我這麼個光頭和滿臉的白鬍子，扮起她來恐怕會太古怪吧！」

「不要緊，你別著急；這些鄉下佬根本就不會想到這個。並且你要知道，你得化裝登台，化了裝，那簡直就是天上地下，完全兩樣了，茱麗葉還沒去睡覺，站在陽台上賞月，她穿著睡衣，戴著有縐褶的睡帽。這裡就是這幕戲用的戲裝。」

---

❷《查理三世》和《羅密歐與茱麗葉》都是莎士比亞的名劇。

他取出兩、三套窗帘花布做的衣服，他說這是查理三世和另一個人穿的仲估❸時代的盔甲，另外還拿出了一件很長的白棉布睡衣和一頂帶縐褶的睡帽。國王很高興；於是公爵就拿出戲本子來，把那幾段唸了一遍，他唸得神氣十足，一面還裝模做樣地邁著大步轉來轉去，表演戲裡的情節，教國王應該怎麼演；後來他就把書交給國王，叫他把他那部分台詞背熟。

大河灣下面三哩來遠，有一個巴掌大的小市鎮，吃過午飯，公爵說他想出了一個主意，往後可以在白天走動，同時不會對吉姆有危險；所以他就說要到那小鎮上去辦這件事情。國王說他也要去，看看能不能撈到個什麼。我們的咖啡喝完了，所以吉姆就說我最好是跟他們坐著小舟一道去，買些回來。

我們到那兒一看，根本就沒有人，一點兒動靜也沒有。街上是空的，死氣沉沉，像星期日似的。我們在一個後院裡看見一個有病的黑人在那兒曬太陽，他說所有的人，除了太小的、太老的、或是病得太厲害的，大夥兒都上兩哩來遠的樹林裡參加野外佈道會去了。國王把路線打聽清楚，說他要上那兒去，把那佈道會好好擺弄一下，他說我也可以跟著去。

公爵說他要找的是個印刷所。我們找到了一處；那地方極小，在一個木匠舖子的樓上——五木匠和印刷所的人都上佈道會聽講去了，門都沒有鎖。那是個很髒又亂的地方，牆上到處都是一塊一塊的油墨，還貼滿了許多傳單，上面印著一些馬和逃跑的黑人。公爵把上衣脫掉，他說這下

---

❸「中古」的訛音。

子可有辦法了。

於是，我跟國王就往外走，上野外佈道會那兒去了。

我們走了半個鐘頭才到那兒，走得直淌汗，因爲天氣簡直熱得要命。會場上近乎有一千人，都是從周圍二十哩來的。樹林裡擠滿了許多牲口和大車，那些牲口一面在大車上的木槽裡吃東西，一面跺著蹄子把蒼蠅攆走。還有一些支起幾根棍子、蓋上樹枝的棚子，做小買賣的就在裡面賣檸檬水和薑餅，還有一堆堆的西瓜和青皮玉米這類吃的東西。

講道也是在這種棚子底下，不過講道的棚子比較大一點，容得下一群一群的人。凳子都是用木頭外面砍下來的木片做的，圓的那一面鑽了一些洞，把木棍子釘進去，就算是凳子的腿。那些凳子都沒有靠背。講道的牧師們在那些棚子的一頭，站在很高的講台上。女人們戴著遮太陽的帽子；有些穿著棉毛料的褂子，有些穿著柳條布的，還有少數年輕女孩穿的是印花布。有些年輕男人赤著腳，有些小孩除了一件粗麻布襯衫之外，什麼也沒穿。有些老太婆在織毛線衣服，有些年輕小伙子在悄悄地跟小姐們調情。

在我們所到的第一個棚子裡，牧師正在領著大夥兒唱一首讚美詩。他領頭唱了兩行，大夥兒都跟著唱，聽起來很有點兒派頭，唱的人也很多，他們唱得響亮極了，隨後他又唱出兩行來讓他們跟著唱——就這麼一直唱下去。這些人越來越有精神，唱的聲音也越來越大；唱到最後，有些人就像在哼，有些人就像在吼。

後來牧師就開始講道，並且是一本正經地講，他在講台上走來走去，一會兒往這邊走，一會兒往那邊走，回頭又在講台前面把腰往下彎，他的胳臂和身子一直不停地晃動，他說的話都是使盡了勁頭嚷出來的，他過不了一會兒又把《聖經》舉起一下，攤開來好像是左轉右轉地遞給大夥兒看，一面大聲嚷著：「這就是荒野中的銅蛇！大家請看一看，就可以保全性命！」❹大夥兒就一齊大聲嚷道：「榮耀啊——阿——阿——門！」他又往下講，台下的人又呻吟起來，還說著：「阿門！阿門。」

「啊，快到新教友的凳子❺上來跪下吧！罪孽深重的人們，來吧！（阿門！）跛腳的、殘廢的、瞎眼的人們，來吧！（阿門！）窮困無依的、受盡恥辱的人們，來吧！（阿——阿　門！）一切受夠了折磨、玷污了靈魂的受苦難的人們，都來吧——帶著你們那受了創傷的靈魂來吧！帶著你們那懺悔的心來吧！穿著那一身破爛、帶著罪惡和骯髒來吧！洗罪的聖水是隨便取用的，天堂的大門是敞開的——啊，快進來安息吧！」（阿——阿——門！榮耀啊，榮耀啊，哈利路亞❻！哈利路亞！）

如此這般地一直吼下去。你再也聽不清楚牧師到底說的是什麼話，因爲大夥兒那麼大聲嚷叫實在把人弄暈了。到處都有些人在人群當中站起來，用盡氣力往前面擠，擠到新教友懺悔的凳子

---

❹ 照《舊約．民數記》第二十一章第八、九兩節的說法，摩西遵照上帝的吩咐。製了一條銅蛇，掛在杆子上，凡被蛇咬的人，一望這銅蛇，就可以活。這命裡是牧師用這個故事做比喻，勸人信賴上帝。

❺ 宗教集會中專供初信教的人跪著悔罪的前排凳子叫做「新教友的凳子」。

❻ 基督教徒對上帝的讚詞。

那兒去，大夥兒滿臉都淌著眼淚；等到懺悔的人通通到了那兒，集到一塊的時候，他們就高唱起聖歌來，大聲地嚷，撲倒在那草墊上，簡直是瘋瘋癲癲的樣子。

後來，突然一下，我看見國王跑過去了，你聽得出他的聲音比誰的都大；隨後他一股勁兒衝到講台上，牧師請他給大夥兒講話，他便講了。他告訴人家說，他是個海盜——在印度洋上當過三十年海盜——他船上那一幫人在那年春天打過一仗，打死了不少人，他就回老家來，打算再招麼人馬，謝天謝地，昨天晚上他讓人搶光了，從一條輪船上讓人攆上岸來，一分錢也沒有了，他說他遭了這一劫倒很高興；這是他一輩子碰到最值得慶祝的事情，因爲他現在已經改邪歸正了，這一輩子還是第一次覺得快樂哩；他雖然窮到這個地步，還是決定馬上就動身，一路想辦法對付過去，要回到印度洋上，把他以後的日子都用來規勸其餘的海盜，叫他們也走上正路；因爲他和那個大洋上所有的海盜都熟識，做這件事比誰都強；雖然他沒有錢，要上那兒去得費很久的時間，可是他反正還是要去，他每回把一個海盜勸得改邪歸正，就要對他說：「你不用謝謝我，別當我有什麼功勞吧；這全是歸功於巴克維爾的野外佈道會那些親愛的人們，他們眞是人類的親兄弟和大恩人，還有在那兒講道的那位親愛的牧師，他眞是海盜難得碰到的眞

心朋友啊！」

他說完就哭起來了，大夥兒也都陪著他哭。隨後就有人大聲嚷道：「替他募點捐款吧！」馬上就有五、六個人掏出錢來拋過去，可是又有人大聲地說：「讓他本人拿著帽子到大家面前走一圈，親自收錢吧！」大夥兒都附和著，連牧師也這麼說。

於是國王就拿著帽子在人群當中走了一遍，一面擦著眼睛，一面祝賀人家，恭維人家，謝謝人家對老遠的那些可憐的海盜這麼好；過不了一會兒就有些很漂亮的女孩滿臉淌著眼淚跑過來問他能不能讓她們親一親，作個紀念；他總是讓她們親；有些女孩他就摟著親上五、六次——後來還有人請他在那兒住一個星期，大夥兒都想要他住在自己家裡，說是他們覺得那是很光榮的事情；可是他說因爲那天已經是佈道會的最後一天，他再待下去也不能對大夥兒有什麼好處，並且他還很著急，要趕快上印度洋去感化那些海盜們。

等我們回到木筏上的時候，他把捐來的錢算了一下，總共有八十七元七毛五分錢。另外他還順手拿來三加侖的威士忌酒，這是他穿過樹林往回走的時候，在一輛大車底下偷來的。國王說，整個合計起來，他幹傳教這一行隨便哪一天都沒有那天撈到手的多。他說空口說白話是不行的，要叫一個佈道會上當，普通人和海盜比起來，那可是小巫見大巫呢！

公爵本來還以爲他的成績不錯，後來國王把他的事一吹，公爵就再也不那麼想了。他在那個印刷所裡給幾個莊稼人排了版，印了兩份東西——賣馬的廣告——得了四塊錢。另外他還替他的報紙數了值得十塊錢的廣告費，他說他們要是先給錢，他就可以作價四塊錢替他們把廣告登出去——於是他們就把錢交給他了。報紙的定價是兩塊錢一年，可是他叫人家先給錢，照半塊錢一份收了三個訂戶的款，他們打算照老規矩，拿木柴和洋蔥折價，可是他說他剛把這個生意頂下來，已經拚命把定報的價錢降低，打算把這個報辦下去，收點現錢進來。他還排了一首小詩，那是他自己動腦筋作的——一共有三節！這首詩的調兒倒還好聽，並且有點悲傷的味道——題目是：「**好吧，冷酷的世界，搗碎這顆傷透了的心吧！**」——他把這首詩全排好了，準備在報紙上印出來，他說這是不另外收費的。結果他弄到了九元五角，還說這是他規規矩矩幹了一整天的活賺來的。

後來他又把他印的另外一件東西拿給我們看，他說這是分文不拿的，因爲這是爲了我們自己才印的。那上面印著一個逃跑黑奴的相片，這黑奴的肩膀上用一根木棍背著一個包袱，底下印著「**懸賞二百元**」。那上面印的話說的都是吉姆，簡直把他描寫得一點也不差。這張東西說他是去年冬天從新奧爾良下面四十哩的聖賈克種植場上逃出來的，大概是上北方去了，誰把他抓到送回原主，就能領到這份獎金和一路的開支。

公爵說：「好吧，過了今晚，咱們要是願意的話，就可以白天趕路了。只要看見有人過來，咱們就用一根繩子把吉姆手腳綁起來，擱在小木棚裡，拿這張傳單給人家看，說我們在大河上游抓到了他，可是因爲太窮，搭不起輪船，所以就從朋友那兒賒賬，弄到這個小木筏，坐著到下面去領這筆獎金。要是給吉姆套上手銬，用鐵鏈子鎖上，也許顯得更像樣些，可是那麼一來，又跟咱們說自己怎麼窮那套鬼話不對了。那簡直會像是戴上了講究的手飾似的。還是繩子比較合適——咱們要做得恰到好處，合乎戲台上的所謂『三一律』❼才行。」

我們都說公爵十分機靈，往後白天趕路再也不會有什麼麻煩了。我們估計那天晚上可以走出不少哩去，把那個小鎮甩得老遠，鎮上的人儘管爲了公爵在那印刷所裡幹的好事鬧翻了天，那也礙不著我們的事；再往後，要是我們願意的話，我們可以一帆風順拚命往前衝了。

我們悄悄地藏著，一聲不響；直到將近十點鐘，才把木筏撐出去，然後我們就遠遠地躲開那小鎮，偷偷地溜過去，一直到完全看不見那地方，才把提燈掛起來。

早上四點鐘吉姆叫我輪班守望的時候，他說：

「哈克，你看咱們這一路下去，還會再碰上什麼國王嗎？」

「不會吧，」我說，「我猜是不會的。」

「唉，那就好了，」他說，「一兩個國王我倒不在乎，可是那也就足夠了。這個國王已經夠胡鬧的，公爵也差不多。」

我知道吉姆一直都在打算叫國王說法國話，好讓他聽聽法國話到底像什麼樣子，可是國王說他住在美國太久了，又經歷了這麼多倒楣事，所以他早把法國話忘了。

---

❼「三一律」是十七世紀歐洲劇作家遵守過的時間、場所、情節三者本身必須一致的法則。

21 大街上的醉鬼

太陽早已升上來了，可是我們還是一個勁兒往前走，並沒有靠岸。一會兒國王和公爵出來了，樣子都顯得無精打采；可是等他們跳下河去游了一會兒泳，就完全清醒了。吃完早飯之後，國王在木筏的一個角落坐下來，脫掉靴子，捲起褲腳，把兩條腿伸到水裡泡著，好舒暢；隨後他又點起菸斗，努力背他那《羅密歐與茱麗葉》的台詞。等他練得很熟了的時候，他就跟公爵倆在一塊兒排練起來。公爵不得不一遍又一遍地教，要教會他把每段話都說對，他還叫他嘆氣，把手按在胸口上，過了一會兒，他就說他演得很不錯了；他說：「不過你可千萬別那麼粗聲粗氣地叫『羅密歐！』像牛叫似的——你得小聲地叫，要顯得有氣沒力，嬌滴滴的，就像這樣——『羅——密——歐！』這才對啊，因爲茱麗葉是個很可愛且嬌生慣養的女孩，你知道吧，所以她絕不會像頭公驢似地敞開嗓子叫喚。」後來他們就把公爵用橡木板子做的兩把長劍開始演習鬥劍、公爵管叫自己查理三世；他們在木筏上東跳西蹦打來打去，看上去神氣十足。一會兒國王摔進水裡了，他們就歇了一會，又談從前

他們在這條大河上碰到過的各式各樣驚險的事情。吃完午飯，公爵說：

「喂，加貝皇上❶，咱們可得把這齣戲演得呱呱叫，你知道吧，所以我看咱們得添上點什麼才行。咱們得準備點什麼花樣，要是台下叫咱們『再來一個』，就好拿去應付。」

「什麼叫『菜來一棵』呀，不吉利滑頭？」公爵告訴了他，隨後又說：「我可以給他們跳個高原舞或水手舞來應付他們，你呢——呃，讓我想想看——啊，有了有了——你就唸一段哈姆雷特的獨白吧！」

「哈姆雷特的什麼？」

「哈姆雷特的獨白，你知道吧；莎士比亞的戲裡最有名的一篇啊，那可眞高雅、眞高雅呀！總能把滿場觀衆都迷住。我這本書裡沒有這一段——我只帶著一本——可是我想我憑腦子裡記住的還能湊得起來。我來溜躂一會兒，看看能不能從我的腦海裡把它召喚回來吧！」

於是他就來回地走起來，一面走，一面想，過不了一會兒就使勁皺一皺眉頭；隨後他又把眉毛往上一揚；一會兒他又伸手指住腦門子，一顛一顛地往後退兩步，哼哼似地叫兩聲，隨後他又嘆口氣，一會兒他又裝做掉眼淚的樣子。看他那副神氣，眞是妙透了。過了一會兒，他想起來了。他叫我們注意聽，緊跟著他就擺出一副非常高貴的姿勢，把一條腿邁到前面，兩隻胳臂往上伸開，頭往背後翹起，望著天上，隨後他就拉開嗓子亂嚷起來，還軋得牙齒直響；反正他唸這段獨白，從頭到尾都是大聲地吼，裝腔做勢，挺起胸膛，簡直把我一輩子看過的戲全都賽過了。那

---

❶「加貝」是法王路易十六世和他的祖先的姓。

段獨白是這樣的——他教國王唸的時候，我就也很容易的學會了：

活著呢，還是死去？這就是那把出了鞘的短劍，
它使人生成為無窮的苦難；
因為誰又情願負著愁苦的重擔，除非等到伯南森林真的開到丹西寧，
如果不是因為對於死後未知的遭遇所懷的恐懼
暗殺了無辜的睡眠，
大自然的第二條慣常的過程，
使我們寧可投出惡運的毒箭，
也不願逃到我們所不得而知的其他痛苦中以求解脫。
這就是我們必須停滯不前的原因。
你就這麼敲門把鄧肯叫活了吧！我真希望你能夠；
因為誰又情願忍受人間的鞭撻和嘲笑，
豪強的欺壓，傲慢者的無禮凌辱，
訴訟的拖延，和他的痛苦所能帶來的最後安息，
在荒涼死寂的子夜裡，墓場洞開，鬼魅野遊，
它們披著習俗規定的青色喪服，
但是由於那一切旅客都一去不返的神秘之鄉，

向著人問噴出散布疫癘的毒氣，
被那種族的觀念注定了的命運，正和寓言裡那隻可憐的貓，
被憂愁顧慮蓋上了一層不健康的色彩，
所有低壓在我們屋頂上的陰雲，
也因為這個緣故改變了它們飄行的方向，
而失去了行動的聲名。
這個千古長眠是應該虔誠祈求的。可是，美麗的奧菲里亞，妳得變通些吧！
不要張閉妳那大而笨的大理石嘴巴，
快到修女院去吧——快去！❷

老頭兒也喜歡這段獨白，沒多久他就背熟了，簡直唸得呱呱叫。他好像天生就會這一套似的；他練習起來，練得興奮的時候，瞧他拚命背那段台詞，急得扯開嗓子大喊大叫，把身子往後直仰的那副神氣，眞是好玩透了。

我們剛碰上一個機會，公爵馬上就印了些戲報；從那以後，我們又往前漂了兩、三天，這時

---

❷這是「公爵」憑他的記憶瞎湊的一段「哈姆雷特獨白」，與原劇的獨白全不相符。他在這段「獨白」裡到處弄得詞句顚倒，謬誤百出，並且還把莎士比亞另一悲劇的台詞胡湊了一些進來，以至於不知所云，非常可笑。

候木筏上簡直成了非常熱鬧的地方，因為一天到晚盡是鬥劍和排演——這是公爵用的名詞——簡直沒完沒了。有天早晨，我們到了阿肯色州下邊，在一個大河灣裡看見一個巴掌大的小鎮；於是我們就在上游不到一哩的地方靠了岸，把木筏拴在一條小河溝口上，那兒兩邊長滿了密綠的柏樹，把這條溪遮蓋得像一個山洞似的；除了吉姆一人留在木筏上，我們都坐上小舟，往那小鎮上去，瞧瞧那兒有沒有表演的機會。

我們碰到的運氣倒是很不錯，那天下午就有一個馬戲團要在那兒表演，已經有些鄉下人開始來到了，有的坐著各式各樣東歪西倒的老式馬車，有的是騎了馬來的。馬戲班不等天黑就要離開那兒，所以我們的戲正好有機會上演。公爵就把法院的大廳租下來作戲場，我們就到各處去貼戲報。那單子上面是這麼說的——

莎士比亞名劇重演！

美不勝收！

只演一晚！

環球馳名悲劇名角，

倫敦未里巷大戲院明星**小大衛．加利克**

倫敦匹考第里布丁巷白教堂區皇家草市大戲院

大陸各皇家戲院

明星**老艾德門．啓因**

合演莎士比亞名劇《**羅密歐與茱麗葉**》中之

「**陽台情話**」一場

演技絕倫！非同凡響！

羅密歐……………………………………………………………加利克先生

茱麗葉……………………………………………………………啓因先生

全班演員助演！

全新服裝、全新布景、全新道具！

同場演出：

名劇《**查理三世**》中之「**鬥劍**」場面

絕技奇觀、驚心動魄！

查理三世…………………………………………………………加利克先生

李治蒙……………………………………………………………啓因先生

特別加演：

哈姆雷特之不朽獨白！

由名演員**啓因**演出！

曾在巴黎連續演出三百場！
茲因有緊急邀聘，須赴歐洲表演，
只演一晚！
入場券每張二角五分；童僕每人只收一角。

之後，我們就到鎮上各處閒逛。商店和住宅差不多都是些東歪西倒、乾透了的木架舊房屋，壓根兒就沒有上過漆，這些房屋都是用短柱子支起的，離地三、四呎高，這是爲了河裡漲水的時候不被水淹。那些住家的房子周圍都有小園子，可是他們好像簡直沒有在那裡面種什麼東西，只有些風茄兒和向日葵，還有一堆堆的爐灰和一些翹起的破靴破鞋、破瓶子和破布，還有些用壞了的洋鐵傢伙。圍牆是各式各樣的木板拼湊而釘起來的；都是東歪西倒，那上面的門大概都只剩下一個合葉了——還是皮子做的。有些圍牆不知什麼時候曾經刷過灰漿，可是公爵說看樣子那恐怕還是哥倫布時代的東西。那些園地裡差不多都有豬跑進去，可是人們總是把它們往外攆。

商店通通在一條街道上。門前都支著白色的土製布篷，鄉下人就把他們的馬拴在布篷柱子上。布篷底下擺著一些盛貨的空箱子，一天到晚總有些無業遊民坐在上面，拿巴羅刀在箱子上削著玩；一面嚼菸葉，一面張著大嘴，打哈欠，伸懶腰——眞是些道地的無賴。他們都戴著黃草帽，差不多有雨傘那麼大，可是都不穿上衣，也不穿背心；他們彼此稱呼不是比爾就是勃克，再不就是漢克、喬和安迪什麼的，聊起天來總是懶洋洋、慢吞吞的，還夾著許多罵人的俚語。這種無賴可眞多，每根布篷柱子旁邊都倚一個，差不多總是把手插在褲腰袋裡，除了伸手拿些菸來咀嚼，或是抓癢的時候。人家聽見他們聊來聊去的老是這些話：

「漢克，拿些菸來給我嚼吧！」

「不行；我只剩下一口了，你跟比爾要吧！」

也許比爾給他一點，也許他撒謊，說他一口也沒有了。這些無賴當中有些傢伙簡直一輩子窮得精光，一個錢也沒有，他們嚼的菸也沒有一口是自己的。他們老是找別人借菸來嚼；他們跟一個傢伙說：「我希望你借一口菸給我嚼，傑克，剛才我把自己最後剩下的一口拿給貝恩．湯姆遜了。」——這種話簡直每回都撒謊；要不是陌生人，誰也騙不過；傑克可不是陌生人，所以他就說：「你給了他一口菸，眞的嗎？你妹妹的情人也給過他吧！萊夫．白克納，你先把你跟我借去的那些菸還我，那我再借給你一、兩噸都行，並且還不要你的利息。」

「唉，我有一回的確是還過你幾口呀！」

「對，你是還過——大概是六口吧！你借去的是鋪子買來的上等菸葉，而你還給我卻是劣等菸葉。」

鋪子買來的是整塊的黑色菸餅，可是這些傢伙多半都是把生菸葉捲起來嚼。他們跟別人借口菸來嚼的時候，不用小刀把它割開來，乾脆就把菸餅放在牙齒當中，一面用牙齒咬，一面拿手使勁揪菸餅，把它撕成兩半；有時候菸餅的主人把那傢伙咬剩的一塊接過手來，不免覺得有些可惜，便用挖苦的口氣說：「喂，把你咬下的那塊給我，你乾脆把這塊拿去嚼吧！」

所有的街道和巷弄滿地都是泥；除了泥就什麼也沒有了——那些泥簡直像柏油一樣黑，有些地方差不多有一呎多深，隨便哪兒也都有兩、三吋。那些豬到處轉來轉去，哼呀哼地直叫。你可以看到一隻滿身稀泥的母豬帶著一窩小豬懶洋洋地順著大街走過來，一翻身就在當街躺下，過路的人還得繞著道躲開它，它就伸開腿來，閉上眼睛，甩著耳朵，讓小豬們吃奶，它那樣子倒是很快活，活像是有報酬可拿似的。過了一會兒，你就會聽見一個無賴大聲嚷起來：「噓！去吧，快上去咬它，虎子！」於是那母豬就會爬起來，一面尖聲大叫，叫得嚇死人，它每隻耳朵都被一兩隻狗咬住不放，另外還有好幾十隻追過來，這時候你就會看見所有的無賴都站起來看熱鬧，一直看到瞧不見這場把戲才肯干休，他們對著這件開心事哈哈大笑，聽了這陣鬧翻了天的叫聲，都顯出一股非常痛快的神氣。完了他們又各回原位，直到有了狗打架，才又提起勁來。什麼事都不能像狗打架那樣叫他們起勁，使他們渾身覺得痛快——除非是把松節油澆在一隻野狗身上，點火燒起來，或是在它尾巴上拴上一只洋鐵盤子，瞧著它被火燒死或力竭倒地，他們才覺得更有趣。

河邊上有些房子伸出河面，往前面倒，像彎下腰去鞠躬似的，快要塌了。那裡面住的人都搬出去了。另外還有些房子，一只犄角底下的河岸塌掉了，那只犄角就懸在空中。這種房子裡面還有人住著，可是那是很危險的，因爲有時候，一回就能塌下像房子那麼寬的一條陸地。有時候，一條四、五百碼寬的河岸開始塌下去，只要一個夏天就會全部塌到河裡去了。像那樣的小鎮會繼續不斷地向後移，因爲這條大河老是在侵蝕它。

那天離中午越近，街上的大車和馬就越聚越多。一家一家的人就從鄉下把午飯帶來在馬車裡吃。有不少的人在喝威士忌酒，我看見了三起打架事件。後來有人大聲喊起來：

「老波格斯來了！從鄉下趕到這兒來，照老規矩一月過一回酒癮，夥計們，他來了！」

所有的無賴都覺得高興，我猜他們一定常拿波格斯開玩笑開慣了。他們當中有一個說：

「看他這回打算把誰臭罵一頓。他要是把這二十年來他想罵倒的人全都罵倒了的話，他現在也該挺有名氣了。」另外有個傢伙說：「我倒希望波格斯嚇唬嚇唬我，因爲那麼一來，我就知道我一千年也不會死了。」

波格斯騎著馬飛快地猛衝過來，一面像印江❸人那麼大吼大叫；他衝大夥兒直嚷：

「喂，快讓開！我是來打仗的，棺材快要漲價了！」

他是喝醉了酒，騎在馬上，一副搖搖擺擺的樣子，他已經有五十多歲，臉色通紅。大夥兒都衝著他嚷，衝著他笑，還咒罵他，他便回罵人家，說是一會兒輪到他們的時候，他自然會來收拾他們，把他們都幹掉，可是現在他沒工夫，因爲他是到鎮上來要老舍朋上校的命的，他的宗旨是：「先吃肉，再喝幾口湯。」

他看見了我，便騎著馬跑過來說：

「你這孩子是從哪裡來的？你打算找死嗎？」

說完他又往前跑。我嚇了一跳，可是有個人說：

「他說這話並沒安什麼壞心眼，他一喝醉了就常常這麼胡鬧。他是阿肯色心眼最好的一個老糊塗蛋——不管他醉了沒有，他一輩子也沒傷害過誰。」

波格斯騎著馬一直跑到鎮上最大的一個舖子前面，把頭低下去，從布棚底下往裡面看，一面大聲嚷：「舍朋，你給我滾出來！老子讓你騙光了，你出來跟老子見見面吧！我就是來找你這壞

---

❸「印第安人」的訛音。

蛋的，今天我可得要你的命，不胡說！」

他不斷地向舍朋挑釁，把他罵得狗血淋頭，凡是他嘴裡說得出的，什麼都罵盡了；整條街上都擠滿了人，大夥兒都聽著他罵，一面笑，一面起鬨。一會兒就有一個大概五十五歲神氣凜然的人從店裡走出來——他在那個鎮上穿得比誰都講究得多——圍著看熱鬧的人就往兩邊退，給他讓路。他從從容容、慢吞吞地對波格斯說：「你這一套我實在聽膩了，可是我再忍耐一會兒，到一點鐘再說吧！只到一點鐘，你記住——再久可就不行了。過了那時候，只要你再罵我一句，那就不管你跑到多遠去，我也得把你找到。」

說完他就轉身進去了。那些看熱鬧的人顯得冷靜多了；誰也不動一動，笑聲也沒有了。波格斯騎著馬走開，他一路在街上跑，一直不停地拚命拉開嗓子大嚷大叫，臭罵舍朋；一會兒他又回來了，在那舖子前面站住，還是罵個沒完。有幾個人圍住他，想叫他住口，可是他偏不肯：人家告訴他說，再過十五分鐘就到一點，他非得回去不可——他得馬上就走才行。可是這也沒有多大效力。他拼命地罵，還把帽子扔到稀泥裡，騎著馬在上面走過，一會兒又瘋瘋癲癲地在街上一陣衝過去，灰白的頭髮在後面飄著。凡是能找到機會勸他的人都竭力去哄著他跳下馬，然後把他關起來，使他靜下來。可是一點也沒有用——他又在街上飛快地衝回來，把舍朋再罵了一頓。一會兒有個人說：「去把他女兒找來吧！快點，去叫他女兒來：有時候他倒是肯聽她的話。要說有人勸得住這個瘋子，那可只有她才行。」

於是就有人跑去找她。我往街那頭走了一截就站住了。過了幾分鐘，波格斯又過來了，可是沒有騎馬。他光著頭歪歪倒倒地向著我走過來，兩邊都有個朋友攙著他的胳臂，催著他趕快走開。他不聲不響，臉上的神氣可是挺不自在，他並沒有賴著不肯走，反而一個勁兒直往前衝。有個人大聲地喊了一聲：「波格斯！」

我抬頭往那邊看是誰在叫，原來就是那個舍朋上校。他在街上站著，一點也不動，右手舉起一支手槍——他並沒有瞄準，只舉著槍把槍筒朝天上翹起。一眨眼的工夫，我又看見一個年輕女孩飛跑過來，還有兩個男人和她一道。波格斯和那攙著他的兩個人轉過身來，瞧瞧是誰在叫他，那兩個人一看見手槍，就跳到旁邊一閃，這時候槍筒就慢慢地放下來，穩穩地舉平了——兩根槍筒上的扳機都扳開了。波格斯把雙手往上一舉，一面說：「啊，天哪，可別開槍！」「砰！」一槍放出去，他就一歪一倒地往後退了兩步，一面把手在空中亂抓——「砰！」又是一槍，他就往後一仰，笨重地倒在地上，兩隻胳臂朝兩邊攤開了。那個年輕女孩慘叫了一聲，飛跑過來，一下子撲倒在她父親身上，一面哭，一面說：「啊，他把他打死了，他把他打死了！」看熱鬧的那一群人在他們四面圍攏上來，大夥兒擁擠著伸長了脖子，都想看看，裡面的人卻把他們往回擠，一面還大聲嚷：「讓開點，讓開點！讓他透透氣，讓他透透氣呀！」

舍朋上校把手槍往地上一扔，轉過身就走開了。

他們把波格斯抬到一個小藥房裡，看熱鬧的人還是照樣在四面八方拚命擠，整個鎮上的人都跟上來了。我趕快跑過去，在窗戶那兒找到了一個好地方，離他很近，可以往屋子裡看得見。他們把他放在地上，拿一本很大的《聖經》墊著他的腦袋，另外又揭開一本蓋在他胸口上；可是他們先把他的襯衫撕開，我就望見槍彈穿過的傷口。他喘了十幾口很長的氣，吸進氣去的時候把那本《聖經》掀得挺高，吐出氣來的時候又讓它落下來——過了這一陣，他就乖乖地躺著；他死了。隨後他們就把他女兒從他身上拉開，她還是大哭大叫，讓他們拖著走開了。她大概有十六歲，長得很漂亮，很秀氣，可是臉色慘白，顯出一副嚇壞了的神情。

唔，過了不久，全鎮的人都到那兒來了，大夥兒鑽來鑽去，你推我，我推你，東推西擠，拚命往窗戶這兒擠過來，想要看一眼。可是已經占住了地方的人都不肯讓開，他們背後的人不住地說：「嘿，你們這些傢伙，總該看夠了吧；你們老在那兒不動，不讓別人有機會瞧瞧，實在太沒道理，太不公平了；人家也跟你們一樣，有權利看一看嘛！」

不少的人還嘴罵那些人，所以我就溜出來了，怕的是要出亂子。滿街都是人，個個都很緊張。親眼看見過舍朋開槍打死人的，個個都在跟別人說剛才出事的經過，每個人前後左右都圍上了一大堆人，伸長了脖子聽著。有個瘦長個子、頭髮很長的人，後腦袋瓜上戴著一頂高統白皮帽子，手裡拿著一根彎柄的手杖，在地上劃出波格斯站過的地點和舍朋站過的地點，大夥兒緊跟著他從這兒轉到那兒，仔細看著他的一舉一動，連連點頭，表示他們明白他的意思；他們還稍微彎下腰去，把雙手放在大腿上，仔細望著他用手杖在地上畫出那兩個地方；他畫完就在舍朋站過的地方挺直身子站者，眉頭一皺，還把帽子邊兒往下拉到眉毛那兒，大嚷一聲：「波格斯！」跟著就舉起手杖，又把它慢慢地瞄平了，一面叫了一聲「砰！」就一歪一倒地往後退了兩步，又叫一聲「砰！」就往後一仰，倒在地上。看見過這回事的人都說他做得像透了；都說原來出事的情形恰好就是那樣。於是就有十多個人拿出酒瓶來，請他喝了一頓。

唉，後來有人說該把舍朋抓來用私刑幹掉。大夥兒馬上都跟著這麼說；於是他們就走開了，一個個都像瘋子似地亂叫亂嚷，碰到晾衣服的繩子就拉下來，預備拿它去絞死舍朋。

22 私刑會碰到釘子

他們一窩蜂似地朝著舍朋家裡湧去，一路大嚷大叫，就像印第安人那樣，什麼都得讓路，要不就得讓他們撞倒，踩成肉醬，那股凶勁兒可真叫人看了害怕。孩子們都在這群亂糟糟的人前面拚命跑，一個個尖聲直叫，都想躲開，一路上每個窗戶裡都擠滿了好些女人們的頭，每棵樹都爬上了一些黑孩子，還有好些男男女女的黑人從圍牆後面往外看，等到這群人快到他們跟前的時候，他們又馬上散開，退到老遠。有許多女人們和小女孩都哭起來，哭得很傷心，像是差點兒嚇死了。

他們湧到舍朋家裡的木樁圍牆前面，密密層層地拼命擠在那兒，那陣嘈雜的聲音簡直弄得你不知自己心裡在想什麼。那是一個二十呎寬的小院子。有人便大聲嚷起來：「把圍牆拆掉！把圍牆拆掉！」於是，砸的砸、拉的拉、撞的撞，大夥兒一齊動手拆起來，鬧得乒乒乓乓直響，後來圍牆就一下子垮下來，前面那一道牆似的人群就像潮水那樣湧進去了。

正在這時候，舍朋出來了，手裡拿著一支雙筒的槍，走到屋子前面的小門道頂上，非常鎮靜、從從容容、一聲不響地穩穩站住。亂七八糟的聲音馬上就停止了，像潮水那樣往前湧的人群也退下來了。

舍朋一聲不響——只在那兒站著，望著底下。那股肅靜的情形簡直叫人渾身起雞皮疙瘩，很不舒服。舍朋用眼睛慢慢地把那群人掃了一遍，讓他的眼光碰到的人都想把眼睛瞪得比他更凶，可是辦不到，結果他們把眼睛往下看，顯出一副見不得人的樣子。後來過了不久，舍朋冷笑了一聲，這當然不是痛快的笑，笑得使你覺得好像是在吃著帶沙子的麵包一樣。

隨後，他就擺出一副很瞧不起人的樣子，慢慢地說：

「你們居然也打算用私刑治人的死罪！眞是笑話。你們以爲自己有那麼大的膽子，來私刑拷打一個好漢的命呀！難道因爲你們敢於隨便欺負那些外地來的無親無友、無家可歸的可憐的女人，給她們抹上柏油、貼上雞毛，這就使你們自以爲有膽量來收拾一個好漢嗎？噢，一個好漢哪怕落到一萬個你們這種沒出息的傢伙手裡，也沒有危險——只要是在白天，只要你們不是在他背後的話。

「你們這些人我還不明白嗎？我簡直把你們看透了。我是在南方生的，在南方長大的，後來又在北方住過多年，所以各地的普通人我都知道得很清楚。普通的人都是膽小鬼。在北方，隨便誰願意欺負這種沒出息的人，他都不敢抵抗，只好回到家裡去禱告，央求上帝賞他一副奴才骨頭，好讓他能受氣。在南方，有一個人就在白天單槍匹馬地截住過一輛坐滿了人的定班大馬車，把他們全給搶了。你們的報紙總把你們稱爲一個勇敢的民族，你們聽慣了這種恭維的話，也就居

然自以爲的確比別人勇敢——實際上你們只不過是跟人家一樣，並不比他們更勇敢。你們的陪審團爲什麼不把殺人犯判絞刑呢？就是因爲他們害怕兇手的朋友會在背後、會在暗中開槍打死他們——那些人的確是會那麼幹的。

「所以他們就常常把人開釋無罪，後來有一個好漢在夜裡帶著一百個戴假面具的膽小鬼跟在背後，才跑去把那壞蛋私刑處死。你們的錯誤就是沒有帶一個有點膽子的人來；這是一個錯誤，另外還有一個錯誤，就是你們沒有在天黑的時候來，假面具也沒有戴。你們只帶來半個有點膽子的人——勃克．哈克納斯，那不是嗎——剛才要不是他叫你們那麼幹的話，你們恐怕就不會管這閒事，早就溜掉了。

「你們本是不願意來的。普通的人都不愛找麻煩，冒危險。你們就是不愛找麻煩，冒危險。可是只要有半個有點膽子的人——像勃克．哈克納斯那樣——嚷一嚷：『用私刑幹掉他！用私刑幹掉他！』你們就不敢洩氣——怕的是讓人家看出你們的眞面目——一群膽小鬼——所以你們就大嚷大叫一陣，跟在那半個有點膽子的人屁股後面，氣勢洶洶地跑過來，發誓說要做些了不起的事。天下最可憐的就是一群烏合之衆，軍隊就是這麼回事——烏合之衆。他們打起仗來，不是靠他們自己天生的勇氣，而是仗著人多，仗著有長官，才有勇氣打仗。可是一群烏合之衆沒有一個有膽子的人領頭，那就連可憐都說不上了。現在你們唯一的辦法就是夾著尾巴回家去，老老實實蹲在洞裡。要是眞打算用私刑把誰處死的話，那就得照南方的辦法，在黑夜裡幹才行，並且來的時候，還得戴著假面具，還得找個有膽子的人一道來。現在你們趕快滾開吧——把你們那半個好漢也帶走。」——他一面這麼說，一面把槍往上一舉，從左胳臂那兒閃過，還把扳機也拉開了。

那群人突然像潮水似地往後猛退，隨後就七零八落地拼命朝四面八方飛跑，連勃克·哈克納斯也顯出一副垂頭喪氣的樣子，跟在人群後面走了。我要是願意待在那兒，本是可以不動的，可是我也不願意待下去。

我跑到馬戲班那兒，在後面蕩來蕩去，等看守的人走過去了，就從帳棚底下鑽進去。我帶著那二十塊金元，另外有點零錢，可是我覺得還是留著好些，因爲我離了家跑到這麼遠的地方來，像那樣在陌生人當中混，說不定馬上就會使用到這些錢。反正多加小心爲妙。要是實在沒有別的辦法，非花錢去看馬戲不可，我也並不反對，可是花冤枉錢去看，那就沒有什麼好處。

那馬戲班可眞是呱呱叫。他們全體騎著馬進場的時候，眞是好看極了；簡直是一輩子也沒見過。他們都是一對一對地進來，一男一女，並排騎著馬，男人都只穿汗衫和汗褲，既不穿鞋，又沒馬鐙，都把雙手叉在大腿上，隨隨便便、逍遙自在的——一定有二十來個——女的每個都很漂亮，簡直美極了，就像一群道地的眞皇后似的，她們都穿著很講究的衣裳，要值好幾百萬塊錢，四周都鑲著鑽石。那個場面可眞是好看，我一輩子都沒見過這麼好玩的把戲。後來他們又一個個在馬背上站起來，圍著場裡的圓圈自然地打轉，那些男人都顯得很魁梧，很瀟灑，身子也很直，他們的頭老是一上一下地動，上面靠近帳棚的頂，像燕子飛似地兜圈子，女的個個都穿著玫瑰花瓣似的衣裳，在屁股那兒撒開，又輕又軟地飄著，樣子活像一把可愛的陽傘。

隨後他們越跑越快，個個都跳舞起來，兩隻腳輪流伸到空中，馬也越來越把身子歪得厲害，領班的圍著當中那根柱子直轉，一面把鞭子抽得啪啦啪啦地響，一面大聲嚷著：「嗨！——嗨！」小丑就在他背後跟著說些逗笑的話，一會兒那些騎馬的都把韁繩撒開，女的個個都彎著手指頭按在腰上，男的個個都把胳臂叉在胸前，於是那些馬就更加歪起身子，拚命快跑，跑得多有勁啊！隨後他們一個個跳下馬來，跳到當中那個圓圈裡，行一個最討人歡喜的鞠躬，跟著就蹦蹦跳跳地出去了，於是大夥兒都瘋狂地拍起手來。

他們在這場馬戲當中，從頭到尾演的都是些了不起的把戲；那小丑一直都在拚命逗笑，差點兒把人都笑死了。領班的只要一開口給他說句話；他一眨眼工夫就拿一句誰也想不出的俏皮話頂回去；到底他怎麼能想得出那麼多俏皮話來，並且來得那麼快，那麼順順溜溜，我實在猜不透。噢，要叫我想可是一年也想不出來。過了一會兒，有個醉鬼要上場子裡面去——說他要騎馬；說他騎得比那班演員更精彩。他們就跟他吵起來，不讓他進去，可是他偏不聽那一套，於是整個的表演就停住了。大夥兒就取笑他，跟他開玩笑，這下子可把他氣瘋了，他就跳跳蹦蹦地大鬧起來，他這一鬧，就把大夥兒鬧煩了，有好些人都從座位上跑下來，一窩蜂朝場子當中擁過去，一面說：「打倒他！把他拋出去！」有一兩個女人還尖聲叫喊起來。

這時候，領班就跟大夥兒說了幾句話，他說他希望不要引起糾紛，只要那個人不再鬧，他要是覺得自己能在馬背上待得穩，那就讓他騎一騎也行。大夥兒就哈哈大笑，都說好吧，於是那個人就爬到馬背上去了。他剛一爬上去，那匹馬就左衝右撞，亂跳亂蹦，兩個馬戲班裡的人拚命揪著馬籠頭，想把它拉住，那個醉漢就死死地抱住馬脖子不放，馬跳一下，他就雙腳都甩到半空裡，全場的人都站起來大吼，笑得直掉眼淚。後來那兩個馬戲班裡的人費盡了九牛二虎之力，還是讓那匹馬掙脫了，結果它就撒開腿拚命地跑，圍著當中的圓圈直轉，背上趴著那個醉鬼，死死地抱住它的脖子，一會兒這條腿差點兒從這邊落到地下，一會兒那條腿又要從那邊掉下來，大夥兒都看得發狂地大笑。可是我並不覺得好玩；我看見他那麼危險，嚇得渾身直哆嗦。可是過了一會兒，他用力一掙，就在馬上坐起來了，他揪住韁繩，左歪右倒；緊跟著他又一下子跳起來，扔掉韁繩，站在馬背上了！那個馬也跑得更有勁，簡直像是著了大火的房子那麼猛。他乾脆就站在馬背上，輕飄飄地兜著圈子，那樣子挺自在、挺痛快，好像他一輩子沒喝醉過似的——後來他又把衣服脫掉往下扔。他隨脫隨丟，快得要命，衣服就像是滿天飛似的，他總共脫了十七套。完了他又清清楚楚地在你眼前，細長的身材，漂漂亮亮的，穿得再鮮艷、再好看不過了，你一輩子也沒見過那樣，他拿鞭子使勁打那匹馬，打得它拚命地跑——最後，他就跳下來，鞠一個躬，一跳一跳地上更衣室去了；這眞是使大夥兒驚訝，快樂得喊叫起來了。

　　這下子領班的才明白他上了當，我看他可眞是難得看到的一個頂難爲情的領班哩。噢，那原來是他自己班子裡的人呀！其實剛才開的那個玩笑，完全是他自己想出來的主意，可是他根本就沒有讓誰知道。我讓他這麼哄了一下，心裡覺得很不好意思，可是要叫我耍他那套把戲，我可不幹，哪怕給我一千塊錢也不行。我不知道是怎麼回事，也許還有別的馬戲班比那個更棒，可是我還沒碰到過。反正我是覺得那就夠好了；隨便我在哪兒再碰到它，我每回都要光顧它一下。

　　那天晚上我們的戲也上演了，可是只到了十一、二個人——剛夠應付開支。他們總是胡亂地狂笑，簡直把公爵氣瘋了，反正沒等戲演完，大夥兒就全都走光了，只剩下一個睡著了的小孩兒。於是公爵就說這些阿肯色的大傻瓜看不懂莎士比亞；他猜想，他們要看的是低級趣味的喜劇——也許是比低級趣味的喜劇更糟糕的東西。他說他可以猜出他們的嗜好了。所以第二天早上，他就弄到幾張大包皮紙和一點黑油墨，寫了幾張戲報，張貼在整個村子裡。那張戲報上說：

環球馳名悲劇明星

倫敦及歐洲大陸各大戲院名演員

小大衛·加利克！

與老艾德門·啓因！

主演驚人悲劇

「國王的駝豹」！

又名「皇家奇物」！

在本鎮法院大廳上演！

只演三晚！

入場券每張五角。

廣告底下寫著最大的一行字：

婦女、兒童恕不招待！

「現在，」他說，「要是這行字還不能吸引他們，那就算我沒有摸到阿肯色的脾胃！」

23 國王們的無賴

他和國王整天忙著把戲台搭起來，還裝了一道幕，安置一排蠟燭做腳光；當天晚上，戲場裡立刻就擠滿了人。等到戲場裡的觀衆擠得不能再擠的時候，公爵就丟下守門的事兒。往後面繞過去，走上戲台，站在幕布前面，說了一番簡單的話，極力稱讚這齣悲劇，說那是從來沒見過的最驚心動魄的好戲；接著他又把這齣悲劇吹了一陣，還替這裡面扮演主角的老艾德門·啓因說了一些捧場的話；後來他把大家說得興致挺高，一心只等著看好戲了，便把幕拉開，國王馬上就光著身子，四肢著地，神氣十足地爬出來了；他渾身都畫了一圈一圈的條紋，五顏六色，像天上的彩虹一樣，挺好看的。還有——別管他還有些什麼化裝的花樣吧；反正是非常滑稽，可是好玩得要命。大夥兒一看，差點兒笑死了，後來國王在台上左跳右蹦，跳夠了以後，就一跳一蹦地退到後台去了，這時候大夥兒就大聲吼起來，拚命鼓掌，拚命起鬨，呵呵大笑，一直鬧到他再出場來，又表演了一遍，完了之後，他們又叫他再做了一回。噢，這個老笨蛋做的那些怪相，可眞能

叫一條牛看了都要笑起來哩。

隨後公爵就把幕布放下，向觀衆們鞠了一躬，宣布這齣大悲劇只能再演兩夜，因為他們已經和倫敦訂了約，要在朱里巷大戲院演出，戲票都已經通通賣光了，所以他們急於要上那兒去，不能多耽擱；他說完了又向大夥兒鞠了一躬，說是他們如果覺得他的確叫大夥兒們看得有趣而滿意，他很希望大家向朋友們介紹介紹，請他們也來看看，那他是非常感激他們的。

有許多人大聲嚷起來：

「怎麼，這就完了嗎？別的什麼也沒有了嗎？」

公爵說沒有別的了。這下子可熱鬧開了。大夥兒都嚷：「上當了！」於是就氣瘋了似地站起來，要往戲台那兒衝過去，找那兩位悲劇名角算帳。可是有一個樣子很瀟灑的大個子跳到一條長凳上，大聲嚷道：

「別動！你們聽我說句話。」他們就停下來聽。「咱們是上當了——上了個大當。可是我覺得咱們可不能讓全鎮的人看咱們的笑話，老給人家尋開心。那可不行。咱們得從這兒悄悄地走出去，替這齣戲捧捧場，好叫這鎮上其餘的人也都來上一下當！那麼一來，大夥兒就半斤八兩了。這個辦法妙不妙？」（「這可眞是妙透了！法官說得對！」大夥兒都這麼嚷。）「那麼，好吧——上當的事兒一字不提。大夥兒回家去，勸別人通通來看看這齣悲劇吧！」

於是，第二天，你可以聽到那個鎮上人們在談這齣戲多麼了不起。那天晚上又是全場客滿，我們又用同樣的一套把戲讓觀衆們大叫上當。我跟國王和公爵回到木筏上，一同吃了晚飯；後來到了半夜裡，他們就叫吉姆和我把木筏退出小河溝，划到大河當中漂下去，漂到下面兩哩的地方靠了岸，隱藏起來。

第三天晚上，戲場還是滿座——這回並不是新觀衆，還是頭兩天晚上來過的一些人。我在門口站在公爵身邊，我看見每個往裡面去的人口袋裡都裝得鼓鼓的，衣服裡面都包著什麼東西——我還看出了那並不是什麼香東西，絕不是。我聞出了很濃的臭雞蛋的氣味，還有爛白菜什麼的；要是有人偷偷地帶死貓進去，我也看得出，一定瞞不過我；算來他們帶進去的有六十四隻哩。我鑽進場裡去了一會兒，可是各式各樣的臭味實在太多，我簡直受不了。後來那裡面的人擠得沒法兒再擠了，公爵就拿了兩毛五分錢給一個人，叫他替他守一會兒門，隨後他就繞過去往戲台的門那兒走，我在他背後跟著。

可是，我們剛一拐彎，到了漆黑的地方，他就說：

「趕快走，離開這些房子，然後往木筏那兒拚命跑，就像有鬼在背後追你似的！」

我就那麼辦了，他也一同跑。我們同時上了木筏，還不到兩秒鐘，我們就順著大河往下漂了，河裡一片漆黑，一點聲音也沒有，我們把木筏斜著往河當中划過去，誰也不聲不響。我猜想著國王一定是讓觀衆們給抓住了，在那兒受活罪，可是並沒有那回事，過了一會兒，他就從那小木棚裡爬出來，說：

「喂，這回咱們這老花樣還叫座嗎，公爵？」原來他根本就沒到鎮上去。

我們往那個村子下面一直漂了十哩，才敢點燈。後來我們吃晚餐，國王和公爵說起他們對付那些人的妙法，笑得差點兒把骨頭都笑散了。公爵說：

「都是些笨蛋，傻瓜！我看準了頭一場的人不會作聲，讓鎮上沒看的人也來上當；我也知道第三天晚上他們會暗算我們，一心想著這下子該輪到他們來收拾我們了。哼，的確是輪到他們了，我倒情願打個賭，看他們怎樣報復。我眞想知道他們怎樣抓住機會。只要他們願意，臨時來一次野餐也好——他們帶的糧食可不少哩！」

他們這兩個壞蛋在那三天晚上一共騙到了四百六十五塊錢。我從來沒見過那麼多的錢，眞夠用車輪來裝的。

後來他們睡著了，打起鼾來，吉姆就說：

「哈克，他們這些國王就像這樣胡搞，你覺得奇怪不奇怪？」

「不，」我說，「沒什麼奇怪的。」

「爲什麼不奇怪呢，哈克？」

「噢，就是不奇怪嘛，這種人天生就是這樣，我猜他們都是差不多的。」

「可是，哈克，我們這些國王可都是道地的壞蛋；他們的確就是這種傢伙；簡直是道道地地的壞蛋。」

「是呀，我說的就是這個意思；依我看，所有的國王差不多都是壞蛋。」

「眞的嗎？」

「你只要在書上看到一回——你就明白了。你瞧亨利八世吧；要是和他比起來，咱們這一位可眞是像個主日學校的校長哩。再看看查理二世吧，還有路易十四、詹姆士二世、愛德華二世、理查三世，還有其他的人；除了這些，還有他們那些撒克遜七王國的國王，古時候都是到處橫衝直闖，鬧得天翻地覆。唉，你眞該瞧瞧老亨利八世在他年輕的時候，眞是風流。每天總得娶一個新媳婦，第二天早上就把她的頭砍掉。他幹這種事，簡直滿不在乎，好像是叫人給他送雞蛋來似的。他說：『把納爾．肯因弄來吧！』他們就把她弄來了。第二天早上，『砍掉她的腦袋吧！』他們就把她的頭砍掉了。他又說：『把潔恩．秀爾弄來吧！』她馬上就來了。第二天早上，『砍掉她的腦袋吧！』——他們又把她的頭砍掉了。『搖搖鈴鐺把費爾．露莎夢叫來吧！』露莎夢一聽見鈴鐺響就來了。第二天早上，『砍掉她的腦袋吧！』他還叫她們個個都在每天晚上給他說個故事；他一直就是這麼做，後來他照這個辦法一共弄到了一千零一個故事❶；他就把這些故事編成一本書，管它叫做《末日書》❷——這個名字倒不錯，總算把來由交代清楚了。吉姆，你不知道國王們是些什麼人，我可知道；我們這兒這個老壞蛋要算是我在歷史上碰到過的一個最清白的國王了。哈，亨利忽然轉了個念頭，要在我們美國惹出一點亂子來。他怎麼辦呢——先出個布告嗎？給我們一個準備的機會嗎？不。他忽然一下子就把波士頓海港裡那些船上的茶葉全給倒在海裡，還提出一個獨立宣言向人家挑戰。這就是他的作風——他反正老是叫人家措手不及。他疑心他的父親威靈頓公爵。哎，他怎麼辦呢？是不是揭發他？不——把他丟在一大桶酒裡面給淹死了，就像淹一隻貓似的。假如有人在他待著的地方把錢隨便丟下的話——他怎麼辦呢？順手就給拿走了。假如他跟人家訂了合同幹什麼事情，你把錢付給他了，可是沒坐在那兒盯著他做那件事情——他怎麼辦？他一定不照那麼辦。要是他一張開嘴——那怎麼樣？他要是不閉嘴，那就每回

---

❶ 這是哈克胡扯，因爲《一千零一夜》（即《天方夜譚》）是阿拉伯的故事。

❷ 這也是胡扯——《末日書》是十一世紀末期作成的英格蘭土地清丈冊，完全是另一回事。

都要撒個謊。亨利就是這個壞蟲❸；我們要是跟他在一道，不跟我們這個國王的話，那他就會把這個鎮上騙得更慘，比我們這個國王還要厲害得多。我並不是說我們這兒盡是老好人，因爲事情明擺著，你只要一看，就知道他們並不是好東西；可是比起那個老王八蛋來，他們可實在是算不了什麼。我說了半天，不過是這麼個意思：國王就是國王，你得將就點才行。總歸起來說，他們都是一群無賴，他們就是這樣教養大的。」

「可是，哈克，我們這一位實在有一股氣味，夠嗆鼻子呀！」

「噢，他們都是一樣的，吉姆。我們可管不著國王有什麼氣味不氣味的；自古以來，誰也拿他們沒辦法。」

「說起這個公爵，他有些地方倒好像做得不錯。」

「是的，公爵是有點不同，可也差不了多少。我們這個照一個公爵來說，實在是夠壞的了。他喝醉了的時候，哪個近視眼也分不出他是公爵還是國王哩！」

「唉，哈克，不管怎麼說，我反正不希望再有別的國王和公爵跟我們在一起了。」

「我也是這麼個想法，吉姆。可是我們已經把他們惹到身上來了，那就得記住他們是什麼身分，只好將就一點。有時候我眞想聽到沒有國王的國家。」

我要是告訴吉姆說，這兩個傢伙並不是眞正的國王和公爵，那有什麼用處呢？那可是一點好處也沒有；還有呢，我已經說過：你根本就分不出是眞是假。

---

❸ 以上這些話也是哈克信口開河說的，所以把許多歷史事實和人物混在一起。

後來我睡著了，到了該我輪班的時候，吉姆並沒有叫我。他常常這樣做的。天剛一亮，我就醒了，那時候他坐在那兒，把頭埋在膝蓋當中，自個兒直唉聲嘆氣，直傷心。我故意不睬，便裝做沒看見。我知道那是怎麼回事。他正在想著他遙遠的老婆、孩子，他們都在大河上游，他心裡難受，在想家哩；因爲他一輩子從來沒離開過家，我相信他惦記著家裡人，也是跟白人一樣的。這好像有點奇怪，可是我猜是這樣。一到晚上，他心想我睡著了，就老是這麼唉聲嘆氣、這麼傷心，一直說：「可憐的伊麗莎白！可憐的強尼！眞傷心呀！我看我這輩子再也見不到你們了，再也見不到了！」吉姆倒是個好心腸的黑人哩。

可是這回我不知怎麼的，跟他聊起他的老婆孩子來了；後來他就說：

「這回叫我這麼難受，是因爲我剛才聽見那邊岸上響了一聲，好像是打人，又像是猛一下關門的聲音，這就叫我想起從前脾氣不好，對我那小伊麗莎白挺凶的情形。那時她不過四歲，還害了一場嚴重猩紅熱；後來她的病總算好了，有一天她在一邊站著，我對她說：

「『關上門吧！』

「她沒有關；光是站著，好像是對著我笑。這可把我氣壞了。我就大聲對她嚷，我說：

「『妳聽見了沒有？快把門關上！』

「她還是依舊站著，抬起頭來望著我笑。我簡直快氣炸了！我說：『哼，我非叫妳聽話不可！』我一面這麼說，一面在她臉上使勁打了個耳光，打得她趴倒在地上。隨後我就上另外一間屋子裡去，在那兒待了十分鐘，等我回來一看，那扇門依然開著，那孩子站在門檻上，望著腳底下，哭得很傷心，眼淚直往下流。噢，我可是氣得要命！我正想去揍那孩子，可是正巧在這時候——那扇門是朝裡面開的——正巧在這時候，一陣風刮過來，把門『砰』的一下關上了，從那孩子背後關過去，砰！天哪，那孩子可再也不動了！我嚇得差點兒斷了氣，我只覺得眞是——眞是——我簡直說不上心裡是股什麼滋味。我迷迷糊糊地跑出去，渾身哆嗦著，東歪西倒地摸到那扇門那兒，輕輕地、慢慢地把它打開，悄悄地把頭伸到那孩子後面去瞧，噢，忽然一下子我就說，哎呀！我拚命嚷了這麼一聲。她可是再也不動彈了！啊，哈克，我急得要哭出來了，我把她抱起來就說：『啊，可憐的小寶貝！全能的上帝也許會饒恕可憐的老吉姆吧，可是他自己一輩子也不會原諒他自己了！』啊，哈克，她完全成了個聾子和啞巴，耳朵聾了，話也不會說了——我對她可眞狠心呀！」

24 國王又成了牧師

第二天，快天黑時，我們在大河當中一個長著柳樹的小沖積洲下面靠了岸，河兩邊都有個村落，公爵和國王就打起商量來，想騙那兩個小鎮。吉姆就跟公爵說，他希望只要幾個鐘頭的工夫，因爲他讓繩子捆著，在小木棚裡待一整天，實在是太難受，太惱人。你瞧，我們上岸的時候，把他一人留在那兒，就得給他捆上，要不然有別人來瞧見他一人在那兒，沒有拴繩子，那他就不像個逃跑的黑奴了，你明白吧！於是公爵就說整天捆著繩子躺著，也的確是有點難受，他得想個主意，不叫他再吃這個苦頭。

公爵這個人是非常聰明的，他一會兒就想出辦法來了。他把李爾王的化裝給吉姆穿上——那是一件做簾子用的花布做的長袍，還有一副白馬尾做的假頭髮和大鬍子，然後他又拿演戲化裝用的顏料給吉姆臉上、手上、耳朵上、脖子上通通塗上一層死人樣的灰藍色，就像是個淹死了九天的人似的。他要不是我從來沒見過的一個挺嚇死人的活鬼，那才怪哩。隨後公

爵就在一塊木牌上寫了這麼一句話：

有病的阿拉伯人——不發神經病的時候是不要緊的。

他把這塊木牌釘在一根木條上面，把木條豎在小木棚前面四、五呎的地方，吉姆倒是很滿意。他說像原先那樣拴著繩子，天天躺著，說不定要躺上一、兩年，每回聽見一點聲音，還嚇得渾身直哆嗦，現在這樣可是強得多了。公爵叫他儘管隨隨便便，自自在在，要是有人來管閒事，他就從小木棚裡跳出來，鬧一鬧，拉開嗓子吼一、兩聲像個野獸似的，那麼他想人家就會趕緊躲開，再也不管他了。這個說法倒是很合理，可是要碰到一個普通人的話，那他就不用等他吼起來，早就嚇跑了。噢，他還不光是像個死人，那樣子實在比死人還可怕得多哩。

這兩個壞蛋還打算再試試「皇家奇物」，因爲這個把戲挺能賺錢，可是他們估計這不大妥當，因爲這時候也許消息已經傳到下游來了。他們一時想不出什麼稱心的好主意；所以後來公爵就說他打算躺下來想一、兩個鐘頭，仔細琢磨琢磨，看是不是能夠想出個辦法，在阿肯色這個村落上撈一把。國王就說他打算根本不想什麼主意就到另外那個村落上去碰碰運氣，靠老天爺指引他走上發財的路——我看他大概說的是靠魔鬼幫忙吧！

我們在上回靠岸的地方都買了些現成的衣服；這時候國王把他的穿上了，他還叫我也穿上我的。我當然就穿上了。國王的衣服全是黑的，他倒是顯得很神氣，很有派頭。從前我根本不知道衣服還能改變人的樣子。噢，他原先簡直像個惡形惡狀的老滑頭；可是現在他把那頂白獺皮新帽子一摘，鞠個躬，笑一笑，可眞顯得神氣十足，滿像個善人的樣子，你簡直會說他是一直從方舟裡出來的，也許他就是利未狄克老先生❶哩。吉姆把小舟打掃乾淨，我把槳預備好了。有一艘大輪船靠岸停著，離得老遠，在大河上游一個碼頭下面，從這個小鎭往上去有三哩來地——在那兒裝貨，待了兩個鐘頭了。國王說：

「我既然穿得這麼講究，我看還不如說是從聖路易或是辛辛那提下來的，再不然就說是個別的地方也行。哈克貝利，往輪船那兒划吧！咱們就搭輪船到村落去。」

我用不著他吩咐第二遍，當然願意去開一開搭輪船的洋葷。我在那村落上游半哩地靠了岸，然後在靜水裡順著陡岸往前漂。過了一會兒，我們就碰見一個很體面的鄉下小伙子，坐在一塊木頭上，擦著臉上的汗，因爲天氣非常暖和；他身邊放著兩個氈子做的大手提包。

「快向岸上划過去吧！」國王說。我就划過去了，「小伙子，你要上哪兒去呀？」

「要上輪船；到奧爾良去。」

「到我們船上來吧！」國王說，「稍等一會兒，我這傭人會幫你把手提包拿上來。你跳上岸去幫幫這位先生的忙吧，阿道弗斯。」——我知道這是指我。

我就照他的吩咐做了，隨後我們三個就再往前去。那小伙子很感謝我們；他說天氣那麼熱，

---

❶ 據說太古時代洪水泛濫時，善人挪亞和他的家屬坐了方舟得免於難，事見《舊約．創世紀》第七章。「利未狄克」是《舊約．利未記》的訛音，《利未記》原是《舊約》的篇名，記載著信奉上帝的人應該遵奉的法則，但哈克把它當成了一個人，而且把它與挪亞混爲一談了。

他拿著那兩個手提包趕路，實在是費力得很。他問國王要上什麼地方去，國王就告訴他說，他是從大河上面下來的，今天早上在另外那個村子上了岸，現在要往上游幾哩的地方去，到那兒一個農莊上找一個朋友。那年輕人說：

「我剛才瞧見您的時候，起先我還想著：『這是威爾克斯先生，準沒錯，他來得差不多正是時候哩。』可是後來我又說：『不對，我看這不是他，要不然他不會往大河上面划。』您不是他吧，對不對？」

「不是，我叫布洛格——艾利山大．布洛格——艾利山大．布洛格牧師，我想我得說明一下，因為我是給上帝當差的。可是我還是替威爾克斯先生難過，他沒趕上時候，也許錯過什麼機會了——但願他沒耽誤什麼事。」

「啊，他來遲了倒不會得不到財產，因為他還是照樣可以拿到手，可是他沒趕上親自給他兄弟彼得送終——這個他也許並不在乎，這種事誰也說不清——可是他卻希望在臨死之前和他見一面，誰要是能讓他見到他哥哥，即使是世間的任何東西他都心甘情願地送給他；這三個星期他壓根兒沒談過別的事情；自從他們小時候分手以後，他一直就沒見過他哥哥——他和他兄弟威廉也沒見過面——那就是又聾又啞的那個——威廉也不過三十多歲哩。只有彼得和喬治到這邊來了，喬治是個結了婚的兄弟；他和他老婆去年都死了。現在就只剩下哈爾威和威廉這兩弟兄；我剛才說過，他們都沒趕得上到這裡來。」

「曾有人去通知他們嗎？」

「啊，有的；那是一、兩個月以前，彼得剛剛病倒的時候；因為那時候彼得說，他好像覺得自己這回的病不會好了。你知道吧，他年紀很大了，喬治的女兒又太年輕，除了紅頭髮的瑪麗·潔恩，都不能常在身邊陪著他；所以自從喬治和他老婆死了以後，他就覺得有點寂寞，簡直不大想活下去。他盼望著要見哈爾威——他也想見見威廉——因爲他這種人心腸很軟，一提起寫遺囑，他就受不了。他臨死留下了一封信給哈爾威，他說那封信裡說明了他的錢藏在什麼地方，又說他希望把其餘的財產分給喬治的女兒，讓她們好過日子——因爲喬治死後，什麼也沒留下來。人家叫他寫遺囑，他就只寫了這麼一封信。」

「你猜哈爾威爲什麼沒來呢？他住在什麼地方？」

「啊，他在英國哪——在舍斐爾德——在那兒傳教——從來沒到過美國。抽不出空——並且他還說不定根本沒接到這封信，你知道吧！」

「太可惜了，可憐的人啊，他沒活下來和他的弟兄們見見面，實在是太可惜了。你說你要上奧爾良去嗎？」

「是呀，不過我還不光只是上那兒去哩。下星期三，我還要搭船上里約熱內盧去，我叔叔住在那兒。」

「你這趟出門走得眞遠哩！不過一路上的景色一定很好，我希望我也能到那裡去。瑪麗·潔恩是最大的女孩嗎？其餘那幾個多大年紀了？」

「瑪麗·潔恩十九歲，蘇珊十五歲，瓊納大約十四歲——她就是最喜歡做事，嘴有點兔唇的那個。」

「可憐的孩子們！就這樣無依無靠，被遺留在這冷冰冰的人間。」

「噢，她們總算還不太倒楣哩。彼得老先生有許多朋友，他們不會讓她們受欺負。有霍布生，他是浸禮會的牧師；還有洛特．荷斐執事，貝恩．勒克和阿布納．舍克爾福德，還有萊維．貝爾律師；還有羅賓遜醫生，還有他們的太太，還有巴特萊寡婦，還有——嗯，多得很哪；不過這些人都是和彼得最要好的，他寫家信的時候，常愛提到他們：所以哈爾威到這裡來的時候，也就知道上哪兒去找朋友。」

哎，那老頭兒問這問那，問個沒完，差不多叫那小伙子把心裡裝著的事情全都掏出來了。他要是沒把那個倒楣鎮上的每個人每件事情通通問到，那才怪哪，他把威爾克斯一家的事全都問了個一清二楚；還問到彼得幹的是哪一行——他是開硝皮廠的；還問到喬治幹什麼——他是開木匠鋪的；還問到哈爾威幹什麼——他是個反對國教的牧師；另外還問了許多其他的問題。後來他就說：

「你幹嘛要往上游走那麼老遠，去搭那艘輪船呢？」

「因爲那是艘往奧爾良去的大汽船；我本來還擔心它不會在那兒停靠哩。這種船吃水太深的時候，你打招呼，它也不會停的。要是辛辛那提的船，那就可以叫它停，可是這艘船是聖路易的。」

「彼得．威爾克斯家境不壞吧？」

「啊，當然是很有錢的。他有田地、有房子，人家估計他還有三、四千塊現金，但不知藏在哪兒。」

「你說他是什麼時候死的？」

「我沒說這個，不過他是昨天晚上死的。」
「明天出殯吧，大概是？」
「是的，大概在中午。」
「唉，這實在是太可惜；可是咱們遲早都有一死。所以人人都得作個準備才行，那就沒什麼難受了。」
「對啦，先生，最好是那樣，我媽從前就常愛說這句話。」
我們划到了那艘輪船那兒的時候，船上差不多已經裝完了貨，過了一會兒船就開走了。國王根本就不提上船的事，所以我終歸還是沒有過到搭輪船的癮。輪船開走之後，國王叫我再往上游划了一哩來地，划到一個僻靜地方，他就上了岸，對我說：
「現在你趕快往回划，馬上就去把公爵接到這兒來，還得帶著那只氈子的新提包。他要是早已到對岸那邊去了的話，你就划過去把他找來。你叫他不管怎樣都得來。好吧，快走。」
我可是猜透了他打算幹什麼；不過我當然一聲不響。我把公爵接過來之後，我們就把小舟藏起來，隨後他們就在一塊木頭上坐下，國王把一切情形都告訴了他，就像那年輕人說的一樣——一字不漏。他說這些話的時候，從頭到尾還學著英國人的腔調，像他這麼個笨蛋總算學得滿像。我模仿不出他那個樣子，所以我也就乾脆不打算學他；可是他的確說得很動聽。後來他說：
「你扮個聾子和啞巴行不行，不吉利滑頭？」
公爵說，儘管放心讓他去扮，他說他在戲台上扮過聾子和啞巴。於是，他們就等著下一艘輪船過來。

大約在下午過了一半的時候，有兩隻小船過來了，可是都不是從上游老遠開來的，後來終歸有了一艘大船，他們就對它打了招呼。船上把小舟放過來，我們就上了大船。這艘船是從辛辛那提來的，他們聽說我們只要搭四、五哩地，簡直氣得要命，把我們罵了一頓，還說不肯讓我們上岸。可是國王一點也不著急。他說：

「只要搭船的先生們出得起錢，走一哩給一塊大洋，叫你們派小艇接送，那你們輪船上也就划算，可以讓他們搭船吧，是不是？」

於是，他們就和氣起來，說是不成問題；我們到了那個村莊的時候，他們就用小艇送我們上了岸。岸上有二十多個人看見小艇過來，就一齊跑到河邊來了。後來，國王就說：

「你們有誰能告訴我，彼得．威爾克斯先生住在什麼地方嗎？」他們彼此望了一眼，又點點頭，好像是說：「我說對了沒有？」

隨後，他們當中就有一個人很和氣、很斯文地說：

「眞對不起，先生，我們現在只能告訴您，昨天晚上他住在什麼地方。」

一眨眼的工夫，這無賴的老傢伙簡直就支撐不住了，他一下子倒在那個人身上，把下巴靠在人家肩膀上、在他背後把臉朝下哭起來，一面說：

「哎呀，哎呀，苦命的兄弟啊——想不到就死了，我們沒來得及見他一面了。啊，這實在太傷心、太傷心了！」

他接著就轉過身去，哭著臉伸手向公爵作了許多莫名其妙的手勢，結果這傢伙也扔下手提包，嗚嗚地哭了起來。這兩個大騙子呀，他們要不是最無賴的傢伙才怪哩，這種壞蛋我眞是一輩子沒見過。

那些人都圍攏上來對他們表示同情，說了許多安慰他們的話，還替他們把手提包背上山去，讓這兩個傢伙靠在他們肩上哭，他們一路和國王他兄弟臨死的情形，國王再比手畫腳把這些事告訴公爵一遍，於是他們倆又爲這位剛死的硝皮廠老板哭得傷心透了，就好像十二門徒都死光了似的。歐，我要是見過這種事情的話，那我簡直就不算是人了——這種卑鄙的事，簡直把整個人類的臉都丟盡了！

25 信口雌黃、醜態百出

不過兩分鐘，消息就傳遍了全鎭，你可以看見大家從四面八方飛跑過來，有些人還在一邊跑一邊穿衣服。一下子，我們就讓一大堆人圍住了，腳步的聲音簡直像軍隊進行一樣。家家戶戶，窗戶裡和大門口院子裡都擠滿了人，過不了一會兒，就有人在矮牆上探頭問：

「是他們兩位來了嗎？」

於是跟著這伙人一起跑的人當中就會有人回答說：

「錯不了！」

我們到了威爾克斯家門前的時候，前面那條街上擠滿了人，三個女孩都在門口站著。瑪麗．潔恩果然是紅頭髮，可是這倒沒關係，她還是漂亮得要命，她臉上和眼睛裡都高興得發出光彩，因爲她一見伯伯和叔叔來了，眞是歡喜透了。國王把胳臂伸開，瑪麗．潔恩就跳過去抱住他，那個有兔唇的女孩就跳過去抱住公爵，這下子可眞熱鬧開了！大夥兒看見他們終歸見了面，那麼痛

快，每個人，至少是女人們，都高興得差點兒淌下眼淚來了。

後來國王悄悄地把公爵推了一把——我瞧見他這麼做的——接著他就向周圍望了一下，瞧見了棺材，在一個角落裡放在兩把椅子上，隨後他和公爵各人用一隻胳臂彼此挽住肩膀，拿另外那隻手遮著眼睛，一本正經地慢慢走過去，大夥兒都往後退，給他們讓路，一切嘈雜的聲音全都停住了，有些人「噓」了一聲，男人家就通通摘下帽子，低下頭來，於是就鴉雀無聲，連一根針掉在地上都聽得見。他們倆走到棺材旁，彎下腰去，朝棺材裡面望了一眼，接著就哇哇地大哭起來，那哭聲差不多在奧爾良都可以聽見；隨後他們又彼此抱住脖子，把下巴貼在對方的肩膀上；這下子他們就打開「自來水」，流了三、四分鐘，我一輩子也沒見過兩個男子漢哭得這麼凶。噢，你聽著吧，大夥兒全都哭起來了，那屋子裡讓眼淚把滿地都弄濕了，我一輩子也沒見過這種樣子。後來他們倆就有一個走到棺材這一邊，另一個走到那一邊，他們跪在地上，把前額伏在棺材上，假裝悄悄地禱告。他們這一來可把那些人都弄得難受極了，那樣子你上哪兒也看不到；大夥兒都忍不住了，乾脆就大聲哭起來——那幾個可憐的女孩也是這樣，差不多每個女人都跑到女孩跟前去，一句話也不說，一本正經地親她的額頭，還把手按在她們的頭上，淌著眼淚，仰起頭來朝天上望，然後又哇哇地哭起來，一面抽抽噎噎地哭，一面擦著眼淚走開，讓緊挨著的女人也能來這麼一套。這眞是叫人噁心的事情，我一輩子都沒見過。

後來國王站起來，往前走了幾步，拚命做作了一番，挺傷心地跟大家說了一段話，他一把鼻涕一把眼淚地說著，滿嘴瞎扯一陣，他說他和那可憐的兄弟死掉了弟兄，他們從四千哩外老遠趕來，沒趕上在他去世以前見見面，實在是一件傷心的事情，可是大家對他們這番同情和聖潔的眼淚卻給他們的傷心事添了一股甜蜜的滋味，把它變成了一件神聖的事情，所以他和他兄弟都是打從心坎裡感激大家，因為他嘴裡說不出來，說得出的話太沒有勁、太缺乏熱情了，他說了一大套這種不要臉的廢話，簡直叫人噁心透了；後來他裝出誠心誠意的樣子，哭哭啼啼地說了一聲「阿門」收場，說完又拉開嗓子，哇哇地哭得死去活來。

他的話剛說完，那一群人裡就有個離得遠點的人唱起讚美詩，大夥兒都拚命大聲地跟著唱，這陣歌聲叫你聽了心裡熱呼呼的，覺得很痛快，就像是作完了禮拜散會的時候那樣。唱歌果然是一件好事；我聽完那一套哄人的廢話之後，覺得從來沒見過唱歌的聲音像這般振奮人心，也沒有這樣實在，這樣好聽。

隨後國王又信口說開了，他說他和他的侄女們很希望這家最要好的朋友們今天晚上能有幾位留下來和他們一起吃晚飯，幫忙料理後事，他說他的兄弟躺在那兒。要是會說話，他一定知道應該請那幾位，因為那些人的名字是和他最親近的，他常在信裡提到他們；所以他現在也就要請這幾位，那就是——霍布生牧師，洛特．荷斐執事，貝恩．勒克先生，還有阿布納．舍克爾福德，萊維．貝爾，還有羅賓遜醫生，和他們的太太，還有巴特萊寡婦。

霍布生牧師和羅賓遜醫生一同到鎮上很遠的地方做他們的拿手事去了——我的意思是說，醫生正在送一個病人到陰間，牧師幫著給他指路去了。貝爾律師出遠門到路易斯維爾出差去了。可是其餘幾位都在場，所以他們都過來和國王握手向他道謝和他寒暄，隨後他們又和公爵拉手，可是一句話也不說，公爵做了各式各樣的手勢，嘴裡老是「咯——咯——咯——咯」地說個不停，就像個不會說話的孩子一樣，他們就老是陪著笑臉，點點頭，活像一群傻子似的。

於是國王又打開話匣子說下去，故意提到鎮上一些人和狗的名字，打聽他們的消息，差不多個個都問到了，並且還提到這鎮上從前什麼時候發生過的許多小事情，或是喬治家裡的事，或是關於彼得的事。他總是裝出那是彼得寫信告訴他的，可是這明明是撒謊：他說的這些事情沒有一樣不是他從我們划到輪船上去的那個年輕傻瓜那兒打聽出來的。

後來瑪麗．潔恩把她伯父臨死的時候留下的那封信拿出來，國王就接過來大聲地唸，一面還哭得很傷心。那信裡說要把這所住宅和三千塊金幣留給那三個女孩：把那個生意挺好的硝皮廠和值約七千元的幾所別的房子和地產，還有三千塊金幣，都給哈爾威和威廉，還說明了那六千塊金幣在地窖裡什麼地方藏著。於是這兩個騙子就說他們要去把這筆錢拿出來，公公道道、光明正大地處理；他們叫我拿一支蠟燭跟著去。我們到了地窖裡，就把門關上，他們找到了那一袋錢，就把它倒在地上，那才眞是叫人看了眼睛發亮哩，全是些滿地光亮奪目的金幣。噢，國王的眼睛直發亮，那股神氣呀！他在公爵肩膀上拍了一下，說：

「啊，這可眞是比什麼都棒呀！啊，我看再沒有比這更棒的了！噢，不吉利，這該賽過了『皇家奇物』吧，是不是？」

公爵也說的確不錯。他們把那些金幣抓在手裡，再讓它們從手指縫裡溜到地上，掉得叮鈴叮鈴地響；於是國王說：

「光說空話沒用；不吉利，咱倆冒充死富翁的兄弟，代表他家裡留在國外的繼承人，眞是拿手得很。這個運氣是相信天命的結果。歸根究底，還是這麼辦最好。什麼辦法我都試過，再沒有比這更好的了。」

有了這一大堆錢，我想差不多誰也會心滿意足，相信數目不錯；可是他們偏不信，非數一數不放心。所以他們就數了，結果少了四百一十五塊。國王說：

「眞混蛋，不知道他把那四百一十五塊錢拿去幹嘛去了？」

他們爲這件事著急了一會兒，到處搜尋了一陣。後來公爵說：

「唉，他害病害得不輕，大概是他弄錯了——我猜就是這麼回事。最好是隨它去，不提這回事。少這幾個錢咱們不在乎。」

「啊，廢話，咱們倒是不在乎。這點錢我根本不放在眼裡——我是在想著錢數不符的問題。你要知道，咱們得做得公公道道，光明正大，叫大夥兒看著呀！咱們得把這些錢扛上去，當衆點清數目——那就沒什麼顯得可疑的了。可是你要知道，死人既然說是有六千塊錢，咱們就不能……」

「別說了，」公爵說，「咱們把錢數湊齊吧！」他就掏起腰包來，掏出了一些金幣。

「公爵，這可是個妙不可言的好主意呀——你這腦筋可眞是靈活透了，」國王說，「咱們那『皇家奇物』老把戲可不是又幫了咱們的大忙！」他也掏起腰包來，掏出了一些金幣，一堆一堆地擺在地上。

這麼一來，他們差點把腰包掏空了，總算湊足了那六千塊錢，一個也不少。

「嘿，」公爵說，「我還有個好主意。咱們到上面去，把錢數完了，就交給那幾個女孩。」

「我的天哪，眞有你的，公爵，讓我摟你一下吧！這麼個高明透頂的主意，眞是誰也想不出呀！你這腦筋實在是呱呱叫，我一輩子沒見過。啊，這當然是絕頂的妙計，一定沒錯。她們要是愛犯疑心的話，這下子就讓她們再去犯吧——這一定能把她們哄住了。」

我們到了上面的時候，大夥兒都衝桌子跟前圍攏來，國王就把錢數了一數，擺成一堆一堆，每一堆是三百塊——規規矩矩地擺了二十堆。人人都瞧著眼饞，直舔舌頭。隨後他們又把那些錢抓到口袋裡裝著，這下子我就瞧見國王又擺出一副挺神氣的樣子，給大夥兒說了一番話。他說：

「各位親友，那邊躺著的我這位可憐的兄弟，對他身後留在人間爲他傷心的人是很慷慨的。這幾個死了父母、無依無靠的可憐的好孩子，他都很愛護她們，他對她們是很慷慨的。是的，凡是了解他的人都知道，他要不是擔心他親愛的兄弟威廉和我感到委屈的話，那對她們就會更加慷慨。各位，對不對？這是不成問題的，我心裡很明白。那麼，在眼前這種時候，做弟兄的要是不成全他這番好心腸，那還算什麼弟兄呢？假如在眼前這種時候，眼看著他所心疼的可憐的好孩子，我們還打算把她們的錢搶過去——是呀，搶過去——那還算什麼叔伯呢？我要是了解威廉的話——我相信是了解他的——他呀——好，我還是問問他吧！」他轉過身去，拿雙手向著公爵做了許多手勢，公爵呆頭呆腦地望著他，望了一陣，後來突然一下子，他好像是明白了他的意思，就向國王跳過來，高興得「咕咕」地直嚷，把他摟了十幾回才放手。隨後國王就說：「我本來就知道嘛！我看這總可以叫大夥兒相信，他對這件事情是怎麼個想法。來吧，瑪麗．潔恩、蘇珊，瓊納，把錢拿去吧——通通拿去。這是那邊躺著的那位老輩子送給妳們的，他雖然死了，還是會高興的。」

瑪麗．潔恩就往他跟前去，蘇珊，和兔唇都跑到公爵那兒，跟著又摟呀、親呀，那股親熱方式我眞沒見過。大夥兒都含著滿眶的眼淚圍攏來，和這兩個騙子握手，差點兒把他們的手都拉掉了，他們老是一面說：

「你們這兩位好心腸的人呀——多了不起——怎麼這麼好呀！」

後來，所有的人又談起死者來了，都說他怎麼怎麼好，他死了多麼可惜，和這一類的話；再待了一會兒，就有一個面孔冷峻的大個子從外面擠進來，站在一邊聽著望著，一聲不響；也沒有人和他說話，因爲國王的話還沒有說完，他們都忙著聽哩。國王正在說——他有一段話說開了頭，正說到了一半——

「……他們都是死者特別要好的朋友。所以今天晚上就邀請他們吃晚飯；可是明天我們可得請大家都來——個個都來；因爲他對大家都很尊重，都很喜歡，所以他這場傷禮當然應該請大家都參加才行。」

他這麼稀里糊塗地老說個沒完，自己好像還很得意，他說不上幾句又提起他那「傷禮」，後來公爵實在聽得忍耐不住了；於是他就在一小張紙上寫了幾個字，「喪禮，你這老糊塗蛋！」他把紙條摺起來，一面「咕咕」地叫，一面從別人頭上給他遞過去。國王接過來看了一下，就把它塞到口袋裡，說：「可憐的威廉啊，他雖然是個殘廢人，心裡始終是誠懇的。他叫我邀請大家都來參加出殯——叫我對大家表示歡迎。可是他用不著操這份心——我正在歡迎大家來哪。」

於是他又從從容容地瞎扯下去，過不了一會兒又說出他那「傷禮」來，和起先說的一樣。說到第三遍的時候，他就說：

「我說『傷禮』，並不是因爲這是個普通的名詞，這個名詞的確不通用——平常都說『喪禮』——我說『傷禮』，是因爲這個名詞才正確。現在『喪禮』這兩個字在英國已經不通用了——算是是作廢了。現在我們在英國都說『傷禮』。『傷禮』的確是比較好一些，因爲它把我們所要表達的意思說得清楚多了。『傷』字是希臘文的『人』字和希伯萊文的『易』字拼成的❶；人是指吊喪和送殯的人，易就是太陽，代表晴朗的天氣，『傷禮』就是吊喪和送殯的人挑一個好日子，很傷心地給死者送葬的意思。所以『傷禮』就是出殯的典禮，你知道吧！」

他眞是我一輩子沒見過最壞的壞蛋呀！哼，那個面孔冷峻的人對著他哈哈大笑起來了。大夥兒都嚇了一跳。大夥兒都說：「咦，醫生你怎麼啦？」阿布納．舍克爾福德說：

「噢，羅賓遜，你還沒聽見這個消息嗎？這就是哈爾威．威爾克斯呀！」

國王便熱心地笑著，把手伸過來說：

「這位原來是我那可憐的兄弟的好朋友，當醫生的嗎？我……」

「你的手可別碰我！」醫生說，「你這像英國人，是不是？我從來沒聽見過學得這麼糟糕的。你是彼得．威爾克斯的哥哥！你是個騙子罷了！」

好傢伙，大夥兒多埋怨啊！他們都圍攏醫生身邊，極力叫他平靜下來，極力向他解釋，告訴他說哈爾威已經說了許多事情證明他的確是哈爾威，大家的名字他都知道，連狗的名字他也知道，他們苦苦地央求他，千萬別傷哈爾威的感情，別叫那三個女孩傷心，還說了些這類的話。可是都枉費口舌了，他大發脾氣，說是誰要想冒充英國人，可是英國話又學得那麼糟，那就分明是個騙子，是撒謊的。那幾個可憐的女孩摟著國王的脖子直哭；後來醫生突然一下子向著她們說話

---

❶「國王」信口開河地瞎編了兩個字的頭尾，冒充希臘文和希伯萊文。

了。他說：

「我是妳們父親的朋友，也是妳們的朋友，我這個朋友是對妳們最誠懇的，很願意保護妳們，不叫妳們上當，不叫妳們遭殃，現在我以朋友的資格提醒妳們，千萬別理這個壞蛋，快跟他斷絕關係，他是個什麼也不懂的流氓，他說的什麼希臘文和希伯萊文，其實都是胡說八道。他這種騙子是最容易識破的——他在別處打聽了一大堆空空洞洞的名字和事情，就上這兒來騙來，他們也就真把這些當成證明，這些糊里糊塗的朋友們見識也不夠，他們都算是幫了這個騙子的忙，叫妳們大上其當。瑪麗．潔恩．威爾克斯，妳知道我是妳的朋友，並且還是個沒有私心的朋友。妳可千萬聽我的話，快把這個流氓攆出去——我懇求妳這麼做。行不行？」

瑪麗．潔恩挺直了身子，嘿，她可眞漂亮呀！她說：

「這就是我的回答。」她提起那一袋錢放在國王手裡，說：「請您把這六千塊錢拿去，替我們姊妹三人跟人家投資做買賣，您愛怎麼辦就怎麼辦吧，也用不著還給我們。」

隨後她在一邊摟著國王，蘇珊和兔唇在另外一邊摟著他。大夥兒都拍掌，還在地上跺腳，跺得像打雷那麼響，這時候國王就把頭抬得高高的很得意地笑著。醫生說：

「好吧！這事情我可不管了，可是我警告你們大家，很快就會有這麼一天，你們只要一想起今天這種情形，就會覺得不是滋味。」他說完便走了。

「好吧，醫生，」國王嘲笑著他說：「我們會想法子勸她們來請您的。」這一說把大夥兒都逗得哈哈大笑，他們都說這一句眞是把他挖苦得夠嗆。

26 偷了國王騙來的錢

後來大家都走了，國王就問瑪麗．潔恩有沒有多餘的房間，她說她有一個空房間，可以給威廉叔叔住，她自己的臥房比較大一點，她願意讓給哈爾威伯父住，她可以上她妹妹的房裡去，睡在一張小床上，閣樓上有一間小屋子，裡面擺著一張小床。國王說把那間小屋子給他的跟班住就行了——這指的就是我。

於是瑪麗．潔恩就把我們帶上樓去，她領著我們看她們的房間，都很樸素，很精緻。她說她的衣服和一些別的東西在屋子裡擱著，要是哈爾威伯父覺得不方便，她可以拿出去，可是他說那並不礙事。衣服是順著牆掛著的，前面還有一道花布做的簾子，一直垂直落下。有一個角落擺著一個馬尾編的舊箱子，另外一個角落擺著一只吉他盒子，屋子裡還到處擺著各式各樣的小玩意兒和小擺設，就像小女孩們裝飾屋子用的那些東西。國王說擺著這些東西，更加顯得樸素，更加有趣，所以還是不要動它。公爵的房間小得很，可是也夠好的，連我那

小屋子也不錯。

那天晚上擺了很豐富的一桌菜席，男男女女，大家坐在一起吃，我就站在國王和公爵背後，伺候他們，那些黑人就伺候著其餘的人。瑪麗．潔恩坐在桌子主位，蘇珊坐在她旁邊，潔恩說麵包怎麼怎麼難吃，果醬怎麼怎麼糟糕，炸雞又怎麼怎麼沒味道，炸得不脆——盡是這些廢話，女人們說這些，藉以激起人家說些恭維話，大家都知道什麼都是呱呱叫的，當然也就這麼說——他們說：「妳們的麵包怎麼烘得這麼黃、這麼漂亮呢？」「天哪，妳們這種泡菜是從哪兒來的？」反正是這套假惺惺的敷衍話，你知道吧！吃飯的時候，人家總愛說這些。

大夥兒吃完了的時候，我和兔唇就在廚房裡吃點殘湯剩菜，別人就幫著那些黑人收拾東西，兔唇一個勁兒直問我英國的事情，眞糟糕，有時眞叫我覺得招架不住，滿容易讓她問出毛病來。她說：

「你見過國王嗎？」

「誰？威廉四世嗎？噢，那還用說——他上我們那禮拜堂去作禮拜哩。」我知道他早就死了，可是我不說穿。所以我一說他上我們教堂裡去，她就問：

「怎麼——常去嗎？」

「是呀——常去。他的座位跟我們的正對面——在講壇的另外一邊。」

「我想他大概是住在倫敦吧？」

「啊，對啦！他不住倫敦還能住哪兒？」

「可是你住在舍斐爾德呀！」

我知道這下子糟了。我只好假裝著讓雞骨頭卡住了嗓子，藉此拖延時間，好想一想怎麼下台。後來我就說：「我是說他在舍斐爾德的時候，就常上我們那教堂去。只有在夏天，他才上那兒去洗海水浴。」

「咦，你說得眞奇怪——舍斐爾德並不在海邊呀！」

「咦，誰說它在海邊了？」

「咦，你說的呀！」

「我可沒說這話。」

「你說了！」

「我沒說。」

「你說了。」

「我壓根兒沒說這種話。」

「那麼，你說什麼？」

「我說的是他來洗海水浴——我就是這樣說。」

「噢，那麼，你們那地方既不在海邊上，他又怎麼能洗海水浴呢？」

「妳聽我說嘛，」我說：「妳見過國會泉水嗎？」

「見過。」

「好，那麼妳可曾親自到國會議院去取過這水嗎？」

「啊，當然不會去。」

「對啦，威廉四世也就用不著到海邊上去，就可以洗海水浴。」
「那麼，他怎麼洗呢？」
「就像這兒的人弄到國會泉水一樣！用桶子提的。在舍斐爾德的皇宮裡，裝著火爐，他要把水燒熱才行。要是在海裡，那可沒法子把那麼多水都燒開，他們沒有那種設備。」
「啊，我明白了。你要是先說明這個，那就可以省點口舌。」
她一說這話，我就知道我又敷衍過去了，所以我就覺得很舒服，而且高興。隨後她又問：
「你也上教堂去嗎？」
「是呀——常去。」
「你坐在哪兒？」
「誰的座位上？」
「噢，當然是在我們的座位上呀！」
「噢，我們的——你的哈爾威伯父的。」
「他的座位？他要座位幹嘛？」
「要座位坐呀！你當他要座位幹嘛？」
「啊，我還以爲他在講壇上哩。」
糟糕，我忘記他是個牧師了。我知道我又露了馬腳，所以我讓雞骨頭卡住嗓子，想了一想。然後我就說：
「笑話，妳當教堂裡只有一個牧師嗎？」

「咦，牧師多了有什麼用？」

「怎麼——在國王面前講道還能只有一個牧師？我從來沒見過妳這種傻女孩。至少有十七個哩。」

「十七個！天啊！噢，我可不會去聽那一長串。哪怕我永遠不得升天，我也不幹。那不是要講一個星期嗎？」

「胡說，他們並不是個個都在一天講道呀——一天只有一個人講。」

「那麼，其餘那些牧師做什麼事？」

「啊，沒有多少事情做。到處隨便走走，遞遞捐款的盤子——做些零碎事情，可是他們通常什麼也不做。」

「那麼，要他們幹嘛？」

「他們是裝場面的嘛！難道妳什麼都不懂嗎？」

「哼，這種傻事我可不想要懂得。英國人對待傭人怎麼樣？是不是比我們這兒對黑人好一點？」

「不！傭人在那兒簡直是一錢不值，他們對傭人眞是連狗都不如。」

「他們也給傭人放假嗎？像我們這兒似的，譬如聖誕節到新年放一個星期，還有七月四號國慶紀念日。」

「啊，聽我說吧！光憑這個，人家就知道妳準是沒到過英國。唉——唉，瓊納，他們一年到頭連一天的假都沒有呀；一輩子也不能去看馬戲，也不能進戲院，或是看黑人的表演，哪兒也不能去。」

「不作禮拜嗎？」

「不作。」

「可是你不是常上教堂嗎？」

糟糕，我又讓她問住了。我忘了我是那老頭兒的傭人，可是我馬上就動起腦筋，想出了一個理由，說是跟班和普通傭人不一樣，不管他願不意願意，都非得上教堂不可，還得跟著主人坐在一起，因爲那是法律規定的。可是我撒得不靈巧，所以我說完之後，她還是不滿意。她說：

「說老實話，你是不是撒了一大堆謊呀？」

「我說的全是實話。」我說。

「一句謊話也沒有嗎？」

「一句謊話也沒有，全是實話。」我說。

「把手按在這本書上，賭個咒吧！」

我一看那不過是一本字典，並不是《聖經》，所以我就把手按在那上面，賭了個咒。於是，她就稍微滿意一點了，她說：

「這下子你的話有些我是相信了；可是，天哪，還有些我怎麼也不相信。」

這時候瑪麗．潔恩剛巧走進廚房裡來，後面還跟著蘇珊。「哪些話妳還不相信呢，瓊妹？」潔恩說：「妳對他說這種話，未免不大妥當，也太不客氣了；他是在這兒做客，離自己的親人老遠呀，人家要是這麼對妳，妳會樂意嗎？」

「瑪麗姊，妳老是這樣——人家還沒受什麼委屈，妳就老愛先來幫著解圍。我又沒得罪他。我猜他說了些胡扯的話，我就說我不能全都相信；我說的就是這樣，別的一點兒也沒多說。我想這麼一句不相干的話，他是不會見怪的，是不是？」

「我不管是一點兒還是兩點兒，反正他是在我們家裡做客，妳對他這麼說就太不客氣。妳要是處在他這個地位的話，那妳聽了這種話也會覺得難爲情吧！所以妳就不應該對別人說什麼話，弄得人家難爲情。」

「噢，瑪麗姊，他說……」

「不管他說什麼，都不相干——問題不在這個。最要緊的是妳對他要客客氣氣，不能說些不順耳的話，惹得人家想起自己不在老家，不跟自己的親人在一起。」

我心裡想，這麼好的女孩，我怎麼能睜著眼睛看著那老壞蛋把她的錢搶掉不管！

隨後蘇珊也連忙插進嘴來，信不信由你，她也把小缺嘴罵得狗血淋頭！

我心裡想，這又是個好心的女孩，我也打算讓他去搶她的錢，睜著眼睛不管！

瑪麗．潔恩又把那小缺嘴訓了一頓，接著她又輕言細語地勸了她一陣——她老愛這樣做；等她說完了的時候，可憐的缺嘴簡直就一點兒也不敢強嘴了。所以她就哇哇地哭起來。

「那麼，好吧，」她那兩個姊姊說：「妳乾脆給他賠個不是吧！」

她也就照辦了，她賠不是還賠得眞嘴甜哩！她說的那些話眞叫人聽了舒服；我簡直恨不得給她撒一千句謊，好讓她再給我賠一回不是哪。

我心想，瞧這個小傻子，我竟也打算裝聾裝瞎，偏讓那傢伙去搶掉她的錢呀！等她給我賠完了不是的時候，她們姊妹三個就一齊設法叫我心裡舒服，覺得是和好朋友在一起。我實在覺得自己太不像話，也太不要臉了，所以我心裡想，這下子可打定主意了，我豁著這條命也得把那些錢弄回來才行。

於是我就溜出去了——我說是睡覺去，其實是想著先不急著睡。等我離開了她們，只剩下自己一人的時候，我又把這件事情在心裡盤算起來。我心想，能不能悄悄地去找那個醫生，把那兩個騙子揭穿呢？不——那可不行。他也許會說出是誰告訴他的，那麼國王和公爵就會狠狠地收拾我。我悄悄地告訴瑪麗．潔恩行不行呢？不行——我不敢那麼做。她臉上準會露出來，叫他們看出毛病；錢在他們手裡，他們馬上就會溜出去，把錢帶走。她要是上外面去請人來幫忙，那我估計還不等這件事情了結，我就會弄得脫不了手。不行！只有一個辦法，別的全都行不通。我得想法子把那些錢偷出來；並且還得用個很巧妙的辦法去偷，叫他們不會疑心是我幹的。他們在這兒走了好運，非得等他們把這家人和這個鎮上耍到底，他們是不會走的，所以我還來得及找機會下手。我要把它偷出來藏起；後來等我到了大河下游的時候，我就可以給瑪麗．潔恩寫封信來，告訴她錢在什麼地方藏著。可是我只要能下手，最好是今天晚上就把錢弄出來，因爲那醫生儘管假裝說過他不管這件事了，其實未必就當眞不管，他說不定還會把他們嚇跑哩！

所以我就想，我得先上他們屋子裡去找一找。樓上走廊是漆黑的，可是我還是找到了公爵的房間，就用兩隻手到處摸，可是我想起了國王大概不會讓別人保管那些錢，非得放在自己手邊不行，所以我就上他屋裡去，到處亂找一陣。可是我想沒有蠟燭是不行的，要是點起蠟燭來找，我當然又不敢。所以我想我就得另外想個辦法——藏起來偷聽他們說話。正好在這時候，我聽見他們的腳步走過來了，我就打算鑽到床底下去，我伸手去摸床，可是床並沒有在我所想著的地方；偏巧我碰著瑪麗．潔恩掛著擋衣服的那道布簾子，於是我就一腳跳到那後面，在那些長衣服當中藏起來，不聲不響地在那兒站著。

他們進來，把門關上了，公爵的第一著就是彎下腰去，往床底下看了一下。這下子我倒很高興，剛才我想摸那床舖，幸虧沒有摸著。可是，你知道吧，你要是打算偷聽什麼秘密，那你就自自然然會想要藏在床底下。他們倆坐下來，國王就說：

「噢，究竟是怎麼回事？你不該這麼早就把話打斷，硬叫我走開呀，因為咱們先上樓來，讓他們在下面有機會嘀咕咱們，還不如待在底下，多哄著大夥兒說些哀悼死人的話哩。」

「唉，是這麼回事，國王。我心裡老不踏實，老覺得不對勁。那個醫生總讓我放心不下。我想要知道你打算怎麼辦。我也有個主意，我覺得還很不錯呢！」

「你有個什麼主意，公爵？」

「我看咱們最好是還不到清早三點鐘就從這兒溜出去，拿著咱們已經到手的這一份趁早往大河下游跑。尤其是因為這筆錢來得這麼容易——咱們本來當然是估計要偷回來的，可是人家偏要把它交還給咱們，簡直可以說是天上掉下來的。我是主張趁早收場，趕快溜掉。」

這可真叫我著急了。要是在一、兩個鐘頭以前的話，也許這件事還可以有所補救，可是這時候我一聽這話就很失望。國王生著氣說：

「什麼！不把別的產業全賣掉就走？好好的八、九千塊錢的產業，只等著咱們撈到手，咱們可偏要把它丟在這兒，像兩個大傻瓜似地一個勁兒走開——這些產業還都是呱呱叫的、挺好賣的東西哩。」

公爵還是咕嚕咕嚕地直抱怨；他說那一口袋金幣就夠了，不願意再往下搞——不願意把那幾個孤兒所有的東西全給搶光。

「咦，你怎麼這麼說！」國王說，「除了這點錢以外，咱們什麼也不會搶掉她們的。倒楣的是買到這些產業的人；因爲只要弄清楚了這些產業不歸咱們所有——咱們溜掉之後，人家馬上就明白了——那麼這些買賣就作爲無效，賣掉的也就全都得歸還原主。這幾個孤兒還能把房子拿回來，她們有了房子也就夠了，她們都還年輕，而且都很靈敏，一定可以賺錢過日子。她們倒是不會吃苦的。唉，你想想吧——成千成萬的人都沒有她們這麼好的光景哩。天地良心，她們可不會有什麼可抱怨的。」

國王把他說得迷迷糊糊，所以他後來終歸還是同意了，就說好吧，可是他還是說在這兒待下去實在是荒唐透頂，還有那醫生老釘著他們。可是國王說：

「那醫生算個什麼東西！咱們怕他幹嘛？鎮上那些傻瓜們不是全給咱們撐腰了嗎？不管在哪個鎮上，有了這麼多人撐腰還不夠嗎？」

於是他們又準備下樓去。公爵說：「我看咱們的錢藏的地方不大好。」

這倒叫我很高興。我本來正在想，恐怕一點線索都找不著哩。國王說：「爲什麼？」

「因爲瑪麗．潔恩往後就穿上孝服，你要知道，她首先就會吩咐收拾這個屋子的黑奴把這些衣服裝到箱子裡收起來，你想一個黑奴見了錢，還能不順手撈幾個嗎？」

「公爵，你的腦筋又清楚了。」國王說；於是他就走過來，在那布簾子底下摸了一陣，那兒離我站著的地方只有兩、三呎遠。我緊貼著牆，憋住氣，可是嚇得直哆嗦，我心裡在想，要是他們這兩個傢伙抓住了我，不知會對我說些什麼話，我還拚命盤算著，要是眞讓他們抓著了，又該怎麼辦才好。可是我還沒來得及把這個念頭想到一半，國王就把那口袋找著了，他根本沒想到我就在他身邊。他們拿著那口袋，把它從鵝絨褥子底下的草墊子當頭一條裂口裡塞進去，再往裡面塞進去一、二呎深，把它藏在稻草裡面，說是這下可妥當了，因爲黑奴來鋪床，只把鵝絨褥子收拾收拾，草墊子要兩年才翻曬一回，所以現在再也沒有被偷的危險性了。

可是我卻知道這是靠不住的。他們下樓去還沒有走到半路上，我就把那口袋取出來了。我摸索著上了樓，到我那小屋子裡，先把它藏在那兒，再找個機會放到更妥當的地方去。我想最好是把它藏到這所房子外面一個什麼地方，因爲他們要是發現這一口袋的錢不見了，就會滿屋到處去搜：這個我可清楚得很。後來我就上床睡覺，衣服還穿在身上，可是我哪怕是想睡，也睡不著，因爲我急著要把這件事情辦妥。待了一會兒，我就聽見國王和公爵上樓來了。於是我就從小床上滾下來，把下巴靠著梯子頂上，等著看有沒有什麼動靜。但是沒有聽到什麼。

因此，我就一直等了很久，等到深夜的聲音全沒有了，清早的聲音還沒有開始的時候，隨後我就溜下樓去。

27 金幣歸棺材裡的彼得

我悄悄地走到他們門口，聽了一會兒；他們都在打呼嚕。於是我就踮著腳尖往前走，一直走到樓下。四處都沒什麼聲音。我從餐廳的門縫裡偷偷地看了一眼，看見守靈的人全都在椅子上睡著了。這扇門是通往客廳的，屍體就放在那裡；兩間屋子裡都點著蠟燭。我一直走過去，客廳的大門也是開著的；可是我一看客廳裡一個人也沒有，只有停著彼得的屍體；於是我就趕快從棺材旁邊溜過去，可是前門鎖上了，鑰匙又沒在那兒。正在這時候，我聽見背後有人下樓來了。我趕快跑到客廳裡，往四處望了一下，發現只有棺材裡可以藏得下那袋錢。棺材蓋並沒有完全覆上，還留出大約一呎，裡面露著死人的面孔，上面還蒙著一塊濕布，身上穿著壽衣。我便把錢袋塞到棺材蓋下面，正好擱在他雙手交叉的地方下面一點，這下子我簡直嚇得渾身直打冷顫，因爲他那雙手是冰涼的。我擱好之後，就從客廳那邊跑回來，藏在門背後。

過來的人是瑪麗．潔恩。她輕輕地走到棺材跟前，跪下來望著棺內，隨後她拿起手巾來摀住眼睛，我就知道她哭起來了，不過她的背是朝著我這邊的，所以我聽不見她的哭聲。這時，我往外面溜，走過餐廳的時候，我想應該弄清楚，那些守靈的人的確沒有看見我才行；所以我又從那條裂縫裡望了一下，結果總算什麼也沒有。他們都沒有動靜。

我悄悄地回去爬到床上，心裡滿愁悵，因爲我爲這件事情費了那麼多心，冒了那麼大的危險，結果卻弄成了這樣，實在叫人難受。我心想，要是那些錢能在那兒，沒有人動它，那就好了，因爲我們只要到了大河下游一、二百哩地，我就可以寫信回來給瑪麗·潔恩，她就可以把棺材挖出來，拿到這袋錢；可是事情不會這麼如意；人家給棺材蓋上螺絲釘的時候，就難免要發現這袋錢。那麼一來，就會再落到國王手裡，那就不知要到什麼時候，他才會讓別人找到機會把那些錢再從他那兒偷出來。我當然很想再溜下樓去，把錢從棺材裡取出來，可是我不敢這麼做。現在天色慢慢地亮起來了，過不了多久，守靈的人就會醒過來，說不定我就被他們瞧見——人家一看我手裡拿著六千塊錢，那是誰也沒叫我保管的，我可怎麼洗得清呀！我心裡琢磨著，我可不願意把自己攪在這種事情裡面，弄得脫不了手。

第一天早上我下樓去的時候，客廳已經關上了門，守靈的人都不在了。在場的只有這家裡的人和巴特萊寡婦，還有我們這一伙人。我瞧了瞧他們的臉色，想看看是不是出了什麼事，可是我摸不清楚。

快到中午的時候，殯儀館的老板帶著一個助手來了，他們把棺材抬到客廳當中，放在兩把椅子上面，然後又把我們的椅子通通擺成一排一排，還從鄰居人家借了一些來，把客廳、餐廳和門道裡都擺滿了。我看見棺材蓋還是像原先那麼擺著，可是有那麼多人在場，我就不敢走過去往棺材裡面望一望。

隨後外面的人就一排排地擠進來，那兩個騙子和三個女孩在近棺材的前排座位上坐下了，接著有半個鐘頭的工夫，客人們排成單行，在屋裡慢慢地繞著走，一個個低下頭來，向死人的臉上望一會兒，有的人還掉了眼淚；四周清靜而且嚴肅，只有那三個女孩和那兩個騙子拿手巾摀著眼睛，低著頭，有時候還抽抽噎噎地哭一兩聲。屋裡什麼聲音也沒有，只聽見大夥兒的腳擦著地板的聲音，還有擦鼻涕的聲音——一到辦喪事的地方，人家就老愛擦鼻涕，除了在教堂裡，不管在什麼地方都沒有在這兒擦得多。

後來屋裡擠滿了人的時候，那位殯儀館老板就戴著他那雙黑手套，悄悄地、輕手輕腳地在屋裡來回走動，把場面好好地打點打點，給客人和所有的事情都安排得整整齊齊，舒舒服服，他一點聲音都沒弄出來，就像一隻貓似的。他一句話也不說；只管到處指揮客人，來遲了的他拉著人家擠進來，還叫別人給他們讓開一條路，他做這些事，都只靠點點頭，擺擺手，並不說話。然後他才走過去，貼著牆站著。我一輩子也沒見過他這麼個輕手輕腳、溜來溜去、偷偷摸摸的人；他臉上一點笑容也沒有，活像一條火腿。

他們借來了一架風琴——是有毛病的；什麼都弄好了的時候，就有個年輕的女人坐下來彈琴，那聲音簡直是嘰嘰地叫、嘎嘎地響，大夥兒都跟著她唱起來，照我的想法，只有彼得才有福氣，樂得清閒。隨後霍布生牧師就開始說話了，他一本正經地說得很慢；可是地窖裡馬上就有一陣汪汪的叫聲，那種鬧得要命的聲音，簡直是一輩子難得聽到；其實也不過是一隻狗，可是它實在叫得嚇死人，並且還一個勁兒叫個不停，牧師先生就只好站在棺材跟前等著——那一陣叫聲簡直鬧得你不知自己心裡在想什麼。那實在是彆扭得很，大夥兒都顯得有些手足無措。可是只待了一會兒，他們就看見那個長腿的殯儀館老板向著牧師做了個手勢，好像是說：「你別著急——這事情交給我吧！」於是他就彎下腰，沿著牆壁，到牆角轉了一個彎，只有他的肩膀露在大夥兒頭上。他就這樣往外溜，那陣汪汪大叫的聲音一直沒有停，越來越吵得要命；後來他在客廳裡順著兩面的牆走到了盡頭，就鑽進地窖不見了。接著，只過了兩秒鐘，我們就聽見了一下用力打狗的聲音，那隻狗拚命叫了一兩聲，隨後就完全安靜下來了；接著牧師又從剛才說到半截的地方一本正經地接著往下說。再過了一兩分鐘，那個殯儀館老板的背和肩膀又沿著牆走過來了；他像這樣一個勁兒往前走，走過了三面的牆，然後就站直身子、把雙手掩在嘴上面，從人家頭上向著牧師伸出脖子，用沙啞的聲音悄悄地說：「它抓住了一隻老鼠！」隨後他又彎下腰去，順著牆走回原來的地方。你可以看得出他的報告使大家很滿意，因為他們當然希望知道是怎麼回事。做這種小事並不要花什麼本錢，但也就是這些小事能使人讓別人看得起，討人歡喜。像這位殯儀館老板那樣的人，這鎮上再沒有誰比他更受歡迎了。

唔，喪禮的講道講得很動聽，只是太冗長了，令人聽得有些疲倦而厭煩；隨後國王又來了一套，說的還是他那老一套的廢話，最後這套把戲總算是做完了，殯儀館老板就拿著螺絲刀往棺材跟前悄悄地走過來。這時候我真是急得要命，直睜著眼睛盯著他。可是他一點也不多事，只輕輕地把棺材蓋上往上推正了，就旋上螺絲釘，把蓋子釘得很緊。這下子我可愣住了！我不知道那些錢在不在那裡面。於是我心想要是有人悄悄地把那袋錢偷掉了呢？我現在怎麼知道到底該不該給瑪麗·潔恩寫信呢？要是她把棺材挖出來，結果什麼也沒找到，那她會對我怎麼個想法呢？糟糕，我心想，說不定人家會捉拿我，把我關到牢裡，所以我還不如瞞住這回事，假裝不知道，根本不寫什麼信吧！這事情現在簡直弄得糟糕透了，我本想把一件壞事變成好事，結果反而弄巧成拙，我眞後悔不該多管閒事，這件事情眞是晦氣透了！

他們把死人埋了，我們就回家來，於是我又仔細看人家的臉色——我不由得要看，心裡簡直是七上八下，可是什麼事也沒有；我從他們臉上什麼也沒看出來。

那天晚上國王到處去串門，一張甜嘴說得人人都很高興，使人家都很喜歡跟他交朋友；他放出空氣，叫人家相信他在英國的那一伙教友都挺著急，盼著他快回去，所以他不能不趕快把這裡的遺產處理一下，趁早回老家去。他說他這麼匆忙，實在抱歉得很，大夥兒也覺得難過；他們都希望他能多住些時候，可是他們又說他們也知道那是辦不到的事。他說他和威廉當然要把那幾個侄女都帶回老家去，大夥兒一聽這話，個個都很高興，因為那麼一來，這幾個女孩就常在親人身邊，一定會照應得很好，女孩們也很高興——這下子可把她們逗得滿心歡喜，簡直忘記她們在人間遇到過什麼倒楣事了，她們都叫國王愛怎麼辦就怎麼辦，儘管趕快把產業賣掉，她們說走就走。她們這幾個可憐蟲那麼高興，那麼快活，我看著她們上人家的大當，受人家的欺哄，眞是心痛，可是我又想不出妥當的辦法，不敢插嘴說話，因為這樣太危險了。

哈，國王果然馬上就動手了，他貼出佈告拍賣那所房子、那些黑奴和所有的產業——在出殯過後兩天舉行；可是誰要是願意預先私自來買，那也可以。
就在出殯過後的第二天，大約在中午的時候，那幾個女孩的高興情緒就遭到了第一次打擊。那天有兩個黑人販子來了，國王就按公道的價錢把那幾個黑人賣給他們，換了一張三天的期票，於是他們就走了，那兩個小黑奴被賣到大河上游的孟斐斯去，他們的母親卻被賣到下游的奧爾良去。我想她們那幾個女孩和他們那幾個黑人簡直傷心得要命；他們哭成一團，那副傷心的樣子，眞叫我看了心裡直發酸。那幾個女孩說，她們連做夢也從沒想到過要把這一家人拆散，也沒想到會把他們從這鎭上賣到別處去。我親眼瞧見那幾個可憐又難受得要命的女孩和黑人彼此摟著脖子直哭，那種淒慘的情形我一輩子也忘不了。我要不是知道這個買賣終歸會無效，那幾個黑人過一、兩個星期就要回家來的話，我想我一定會受不了，一定會脫口而出，告發我們那兩個壞蛋。
這事情在鎭上也引起了一些風波，有許多人仗義直言了，他們說像這樣把母子活活地拆散，實在做得太不像話。這樣的批評那兩個騙子覺得丟臉；可是那老混蛋還是獨斷獨行，不管公爵怎麼說或怎麼做，他都不理睬。公爵心裡可實在是七上八下，著急得要命哩！
第二天是拍賣的日期。早上將近天亮的時候，國王和公爵跑到樓上來，把我叫醒，我一看他們的臉色，就知道是出事了。國王說：
「你前天晚上到我房裡去了嗎？」
「沒有，陛下。」——除了我們這一伙，沒有外人在場的時候，我總是這麼稱呼他。
「你昨天或是昨天晚上去過嗎？」
「沒有，陛下。」

「嘿，老實說呀——可別撒謊。」

「是在老實說呀，陛下，我給您說的全是實話。自從瑪麗．潔恩小姐領著您和公爵到那兒去看那個房間之後，我就一直沒走近一步。」

公爵說：

「你看見別人進去過嗎？」

「沒有，殿下，我確實記得是沒看見誰進去過。」

「你別急，好好地想想看。」

我考慮了一下，想到了一個妙計，就說：

「啊，我看見那些黑人進去過好幾次。」

他們倆都嚇了一跳似乎想不到會有這樣的事情似的，隨後又像是早就料到了似的。

接著，公爵說：

「怎麼，他們都進去過嗎？」

「不——至少他們不是一起進去——我是說，我記得從來沒看見他們一起從裡面出來，只有那麼一回。」

「嘿！那是哪一回？」

「是我們出殯那天。在早上，那時候並不算太早，因爲我睡得很晚才起來。我正要下樓梯去，就瞧見了他們。」

「好吧，往下說，往下說呀！他們做什麼事情？他們有些什麼舉動？」

「他們什麼也沒幹。據我看，他們並沒多大行動。他們輕輕地踞著腳尖走開了；所以我很容易看出他們在那屋裡，是想著陛下已經起來，給您收拾屋子去的，要不就是要做點別的事情；可是他們一看您還沒起來，所以就想著只要還沒把您吵醒，就希望趕快溜出來，免得把您吵醒，自找麻煩。」

「哎呀，這事情可糟了！」國王說。他們倆都顯得很難過，不知怎麼辦。他們站在那兒，想了一陣，一面直抓腦袋，後來公爵呵呵地笑了幾聲，說：

「那些黑人耍這一手可眞是妙透了，誰也賽不過他們。他們還假裝不願意離開這地方，顯出很難過的樣子！我還相信他們當眞是難受哪，你也相信，大夥兒都相信了。可別再給我說黑人沒有演戲的天才了吧。噢，他們耍這一手可實在耍得好，誰都得上當。依我看，簡直可以靠他們發個財哩。我要是有本錢，有個戲院的話，只要請到這麼個戲班子，就比什麼都強了——咱們可偏要把他們當破銅爛鐵賣掉，賣那幾個錢也不過夠買一包菸的。可不是嗎，就連這包菸眼前還抽不到呢。嘿，那包菸在哪兒——那張期票？」

「在銀行裡等著咱們去取款哩！你猜那筆錢還能在什麼地方？」

「噢，那倒可以放心了，謝天謝地。」

我就畏畏縮縮地說：

「出了什麼麻煩嗎？」

國王轉過身來向著我，挺凶地嚷道：

「不關你的事！不許你瞎猜，少管閒事吧！最好是管管自己的事情——要是你也有什麼事操心的話，你只要在這鎮上待一天，就別忘了這個！聽見了嗎？」

隨後，他又對公爵說：

「咱們只好啞巴吃黃連，根本不提這回事，不開口爲妙。」

當他們走下樓時，公爵又呵呵地笑著說：

「只圖賣得快，不求多賺錢！，這個買賣可眞是做得好——是呀！」

國王呲牙瞪眼地向他罵開了：

「我想法子趕快把他們賣掉，原是要把事情弄好呀！要是這趟買賣屁也沒有撈到，還落個賠本，什麼也帶不走，那能全怨我不對嗎？你的錯難道比我小嗎？」

「噢，要是聽我的話，他們就還在這兒待著，咱們可早就溜掉了。」

國王又拚命找些勉強說得過去的道理頂了幾句，跟著就轉過身來，又拿我來出氣。他給我那張期票，叫我到錢行拿錢，並且埋怨我看見那些黑人從他屋裡出來，那麼鬼鬼祟祟，不該不來告訴他，所以就把我罵了個狗血淋頭——他說隨便哪個傻瓜也會知道事情不對頭。後來他又把他自己咒罵了一會兒，說那全是因爲那晚他不該睡得那麼遲，起得那麼晚，還說他往後一輩子也不那麼做了。他們就這麼吵著嘴走開，我把這件事情全推到那些黑奴身上，可是對那些黑奴又沒什麼害處，這一來可叫我高興極了。

28 貪得無饜沒有好下場

過了一會兒，天就亮了。於是我就走下梯子，再往樓下去；可是當我走過那幾個女孩門口的時候，房門是開著的，我瞧見瑪麗·潔恩坐在她那個馬尾編的舊箱子旁邊，敞開箱子，本來在那兒往裡面裝東西——準備到英國去。可是這時候她把一件疊好的長袍放在腿上，沒有再往下收拾，雙手摀著臉哭了起來。我看她這樣，簡直難受得要命，當然，誰看了也會難受的。

我便走進去說：

「瑪麗·潔恩小姐，您看見人家有了困難就受不了，我也是一樣——我總是這樣。您這是怎麼回事，告訴我吧！」

於是，她就說了。果然是爲了那些黑奴——我早就猜透了。她說到英國去本是很美的事情，可是這麼一來差不多把她的興致全都打掉了，她知道那個母親和她的孩子們一輩子也不能再見面，就不相信自己到了英國怎麼還能快活起來——於是她又放聲大哭，哭得更傷心了，她揮著雙手痛哭地說：

「啊，天啊，天啊，他們母子從此就不能再見

面了，想起來多難過呀！」

「可是他們會再見面——頂多兩個禮拜的工夫——我知道的！」我說。

天啊，我連想都沒有想就說出口來了！我還沒來得及動彈一下，她就伸手摟住我的脖子，直叫我再說一遍，再說一遍，再說一遍！

我知道我說得太冒失，說得太過火了，一下子不好拐彎。我要求她讓我想一想；她就坐在那兒等著，看起來她有些興奮，使臉龐更加美麗了，有點緊張，急著想知道這件事，她又顯得有點兒快活和放心，就像是個剛拔掉了牙的人似的。於是我就在心裡琢磨起來了。我這麼想，我猜一個人覺得左右爲難的時候，要是乾脆說出實話來，大概是免不了冒很大的危險，雖然我還沒有這種經驗，說不定不是這樣；不過我反正覺得好像是這樣，但是，照目前這情形看來還是說實話來的好。我得放在心裡，等往後再多想一想才行，因爲這事情實在太特別，太不平常了。我從來沒見過這樣的事。後來我終歸打定了主意，要碰碰運氣，我這回乾脆說實話，雖然這麼一來，簡直就有點像是坐在一桶火藥上面，又把它點著，看看自己到底會讓它轟到哪兒去。於是我就說：

「瑪麗．潔恩小姐，鄉下不遠您有沒有什麼熟地方，可以去待三、四天？」

「有；羅斯洛普先生家裡就行。幹什麼？」

「您先別管是幹什麼。我要是跟您說清楚，我怎麼知道那些黑人還可以再見面——不過兩個星期的工夫——就在這所房子裡——並且還證明我是怎麼知道的——那您可以上羅斯洛普先生家裡去住上四天嗎？」

「四天！」她說，「住一年也行呀！」

「好吧，」我說，「您只要這麼說就行了——我聽了您這句話就很放心，這比別人用嘴親《聖經》發誓還強哪。」她笑一笑，臉漲紅了，那樣子眞美。我就說：「您要是不在乎的話，我就把門關起來——還得門上。」

我把門扣好，就回來重新坐下，接著說：

「您可別嚷嚷。您得好好坐著，像個男子漢一樣聽我說。我得把實話告訴您，瑪麗小姐，您可得拿出幾分勇氣來才行呀，因爲這件事情很糟糕，聽起來會叫人傷心，可是我又不能不說。您這兩位叔伯根本就不是什麼叔伯；他們是兩個騙子——道地的壞蛋。好了，最糟的事情已經說過了，別的話您聽了不會怎麼難受的。」

這些話當然使她大吃一驚，嚇得什麼似的；可是我總算是度過了難關，所以就只顧一個勁兒往下說，她那雙眼睛一直在發亮，越聽越出神，我一五一十地什麼都給她說了，先說我們怎麼碰到那個趕輪船的傻小子，一直說到她在大門口往國王懷裡撲，讓他親了十六、七次的光景——她聽到這兒，便跳起來，滿臉漲紅有如晚霞似的紅暈。她說：

「這個畜生！走吧，一分鐘也不能耽誤——一秒鐘也不行——咱們得把他們塗上柏油，貼上雞毛，扔到河裡去！」

我說：

「當然嘍。可是您難道是說不先上羅斯洛普先生家裡去一趟就動手嗎？還是……」

「啊，」她說，「我是怎麼想的呀！」她說了又坐下來，「你別管我說的話吧——千萬別怪我冒失——你不會怪我吧，是不是？」她把她那隻細嫩的手按在我手上，簡直叫我覺得有一股說不出的滋味，於是我就說我寧死也不會怪她。「我根本沒想一想，因為我一下子氣極了。」她說，「好，你再往下說吧，我再也不那麼動氣了。你告訴我怎麼辦，你怎麼說，我就怎麼做。」

「噢，」我說，「他們這兩個騙子可是不好惹，我現在很為難，不管情願不情願，好歹還得跟他們再趕一段路才行——我還是不告訴您為什麼吧！您要是把他們給揭穿了，這鎮上的人就會把我從他們手裡救出來，那麼我當然是很高興嘍；可是另外還有您不認識的一個人，他可就得遭大殃。我們也得救救他才行，對不對？當然嘍！那麼，我們就先別揭穿他們吧！」

我一面說著這些話，心裡又有了一個好主意。我知道這下子我也許能使我自己和吉姆擺脫那兩個騙子：讓人家把他們關起來，我們就好走開了。可是我不願意在白天駕著木筏走，要是有人問話，那上面除了我自己就沒人回應，所以我不願意這個計畫太早進行，要等到今天晚上很晚的時候才行。

我說：「瑪麗．潔恩小姐，我給您說咱們怎麼辦吧，您還不必在羅斯洛普先生家待那麼久。他家有多遠？」

「差不多有四哩吧——就在這個鎮後面的鄉下。」

「好，那就行了。現在您快上那兒去，一直藏到今天晚上九點或是九點半，到那時候您就叫他們送您回家來——只說是您想起了一件什麼事情。您要是在十一點以前到了家，就在這窗戶裡點上一支蠟燭，我要是沒上這兒來，您就等到十一點，要是那時候我還不來，那就是我已經走了，離開了這兒，沒有危險了。到那時候您就出來，把這消息到處傳開，把這兩個騙子關起來。」

「好，」她說，「我就這麼做吧！」

「要是事情不湊巧，我沒有走掉，跟他們一起讓人家抓住了，您可得出來作證，說我最先把這事全跟您說過了，您可得拚命幫我說話呀！」

「幫你說話！那當然不成問題。我絕不會讓他們叫你受委屈，連一根頭髮都不許他們碰一碰！」她說話時鼻孔動了一下，眼珠很銳利地望著。

「要是我走了，就不能在這兒證明這兩個流氓不是您叔伯。」我說：「哪怕是在這兒，我也不敢說話。反正我可以發誓，他們的確是壞蛋和騙子，我只能做這麼多；不過我把這個點破，也還是有點好處。另外還有些人，做起證人來比我還有效力，並且人家還不會像我那樣馬上叫人起疑心。我告訴您怎麼去找到他們吧！您給我一支鉛筆和一張紙。您瞧——『皇家奇物，布利克斯維爾。』您把它收起來，可別弄丟了。要是法庭上要人證明這兩個傢伙的行爲，您就讓他們派人到布利克斯維爾去，說是演『皇家奇物』的人已經抓到了，需要找幾個證人——瑪麗小姐，不到一會兒，那整個鎮上的人就會到這兒來了。他們還會怒氣沖沖地跑來哩。」

我想這時候我們已經把什麼都安排好了。於是我就說：

「您儘管讓拍賣照常進行著，不用著急。這回的拍賣因爲預告的時間太短，不管是誰買了東西，也得在拍賣之後過一整天工夫才會付款，那兩個壞蛋也非得等拿到錢不會走開；照咱們這麼安排好了，這回拍賣就會落空，他們休想拿到錢。這正和他們賣掉那些黑人一樣——那種買賣是不算數的，那些黑人過不了幾天就會回來。哼，他們現在還不能收到賣黑人的錢——他們可眞走頭無路，瑪麗小姐。」

「好吧，」她說，「現在我先到樓下去吃早餐，吃完就一直往羅斯洛普先生家裡去。」

「好傢伙，這個辦法可不妙，瑪麗．潔恩小姐，」我說，「一點也不好；您得在吃早餐以前去才行。」

「爲什麼？」

「您猜我到底爲什麼要叫您上那兒去呢，瑪麗小姐？」

「噢，我根本就沒想過——現在想起來，也還是莫名其妙。到底是爲什麼？」

「哎，那就是因爲您不是他們那種臉皮厚的人。我瞧您那臉上簡直比書本還清楚，心裡有什麼事，很容易讓人看出來。人家只要坐下來瞧一眼，那就像看一本印著大字的書似的，馬上就看透了。您想想看，要是您去見了您那兩位叔伯的面，他們給您親嘴問好的時候，您能沉得住氣，不會……」

「得啦，得啦，別說了吧！好，我不等吃早餐就走——我很樂意去。我那兩個妹妹，我就讓她們在家裡待著，跟那兩個傢伙敷衍一下吧？」

「好；您不用擔心她們。她們倆還得將就著多待一會兒才行。要是妳們全都走掉，他們恐怕就會疑心出了問題。我勸您不用見他們的面，也別跟您的妹妹碰頭，這鎮上的人，您全得躲開；要是有街坊問您，今兒早上您那兩位叔伯怎麼樣，您臉上就會露出馬腳來。那可不行，您得趁早走，瑪麗．潔恩小姐姐，他們那些人全讓我來對付吧！我會告訴蘇珊小姐，叫她替您問候兩位叔伯，我就說您要休息休息，換換地方，到朋友家裡去了，只耽擱幾個鐘頭，今天晚上或是明天清早就回來。」

「說我去看朋友是可以的，我可不願意叫她們替我問好。」

「好吧，那麼，不問就不問吧！」

我給她這麼說，倒是很對——這並沒什麼害處。這不過是一件小事，一點也不麻煩；在大河下頭這帶地方，就是要靠耍點兒這樣的小花招，才能把事情做得最順手；這可以使瑪麗．潔恩覺得舒服，又不用花什麼本錢。隨後我就說：「還有一件事情——那袋錢。」

「噢，錢在他們手裡了；我一想起那些錢落到他們手裡的經過，實在叫我覺得自己太糊塗了。」

「不對，這事情您可想錯了，錢並不在他們手裡。」

「那麼，到底是在誰那裡呢？」

「我要是知道就好了，可是我實在不知道。本來我已經拿到手了，因爲我從他們那兒偷出來了；我是偷來還給您的，我知道藏在什麼地方，可是我恐怕現在不在那兒了。我難受得要命，瑪麗．潔恩小姐，我再也不能比這更難受了，可是我本來是要儘量幫忙，我是實心實意的。我差點讓人抓住了，所以我剛找到一個地方，就只好順手把那袋錢往裡一塞，趕快跑掉——那可不是個好地方哩。」

「啊，你別再埋怨自己了吧——這太不應該了，我也不能讓你埋怨自己——你是無可奈何，那不能怪你。你究竟把它藏在哪兒呢？」

我不願意惹她再想起她的傷心事；我要是給她說明那袋錢放在什麼地方，就會使她想起那個屍體躺在棺材裡，肚子上放著那袋錢，這話我當時好像很難說出口來。所以我待了一會兒，什麼話也沒有話。後來我才說：

「瑪麗．潔恩小姐，您要是能讓我暫時不說，我想還是不告訴您的好；可是我可以寫在一張紙上，您要是願意看，就可以在您到羅斯洛先生家裡去的路上，在路上看。您覺得這樣行不行？」

「啊，那也好。」

於是，我就寫了這麼幾句話：「我把它放在棺材裡。昨天深夜裡您在那邊哭的時候，錢就在棺材裡放著。那時候我躲在門背後，替您難過得要命哩，瑪麗．潔恩小姐。」

我一想起夜裡她一個人在那裡哭，那兩個騙子就在她家裡住著，叫她丟臉，還搶她的錢財，我的眼睛就濕了：我把這張紙條疊起來，交給她的時候，我看見她也快掉下眼淚了；於是她就緊握著我的手，使勁抖著，說：「再見。你告訴我的事情，我一定會照辦；我要是不能跟你再見面，我一輩子也忘不了你，我一定會時時刻刻想起你，還要替你祝福哩！」說完，她就走了。

好傢伙，替我祝福呢！我想她要是知道我是個什麼人的話，就得找個更合她身分的人才行。可是我敢說她還是照樣會替我祝福——她就是這種人嘛。只要她腦子裡轉了個念頭，她簡直會有膽量替猶大❶祝福哩——我猜她是敢做敢當的。你愛怎麼說就怎麼說吧，可是照我看來，她是頂有膽量的，像她那樣的女孩，我從來沒見過，依我看，她簡直是膽量十足。這種話聽起來好像是恭維她，其實不然。再說到漂亮的話——還有心眼好的話——她也把別的女孩全都賽過了。我從

---

❶猶大是耶穌的門徒之一，他得了耶穌的仇人一些銀子，就把耶穌出賣了。

那回看見她走出那個門去以後，就沒有再見過她；是的，我從那以後就沒見過她，可是我後來常常想起她，我看眞不知有多少百萬次了，我老想起她說要替我祝福的話，要是我覺得我替她祝福也能有什麼好處的話，那我哪怕要命也得替她祝福哩。

我想瑪麗．潔恩是從後門跑出去的，因爲誰也沒有瞧見她走。

當我碰到蘇珊和缺嘴的時候，就說：

「妳們有時候過河去看那邊的朋友，他們都叫什麼名字？」

她們說：

「有好幾家人哩；不過多半是去找羅斯普洛克多他們一家人。」

「就是這個人家，」我說，「我差點忘了。瑪麗．潔恩小姐叫我告訴妳們，她匆匆忙忙過河到那兒去了——他們家有人病了。」

「是誰？」

「我不知道；至少是我忘了吧，可是我想那大概是……」

「天哪，我想那該不是漢娜吧？」

「我說起來也怪難受，」我說，「可是偏巧就是漢娜。」

「我的老天爺，上星期她還很好哪！她的病很厲害嗎？」

「她那病可別提有多麼厲害了。瑪麗．潔恩小姐說，她家裡人守著她坐了個整夜，他們說她恐怕活不到幾個鐘頭了。」

「哎呀，這可怎麼好呀！她到底得了什麼病呢？」

我一下子想不起什麼合適的病症名稱來，就說：

「扁桃腺發炎。」

「扁桃腺發炎！誰要是害了扁桃腺發炎，人家根本用不著守著他坐一整夜的。」

「用不著，是不是？你們要知道，這種扁桃腺發炎可非得叫人守著坐一整夜不行。這種病不同。這是一種新的，瑪麗．潔恩小姐說。」

「怎麼叫一種新的？」

「因爲還有其他併發症。」

「什麼呢？」

「呃，痲疹、百日咳、丹毒、肺病，還有黃疸病、腦膜炎，我可說不完。」

「天哪！這還叫做扁桃腺發炎嗎？」

「瑪麗．潔恩小姐是這麼說的。」

「噢，他們管這種病還叫做扁桃腺發炎，那到底是爲什麼？」

「咦，就因爲那本來是扁桃腺嘛！她的病是由扁桃腺起頭的。」

「哼，這可是講不通。要是有人踢傷了腳趾，中了毒，摔到井裡，摔斷了脖子，腦漿也跑出來，別人過來問他是怎麼死的，有個傻瓜就說：『他是踢傷了腳趾頭死的。』這話難道說得過去嗎？不行。你說的這些話也是狗屁不通。那個病招人不招？」

「噢，你可眞問得好。我問妳，一個耙掛人不掛──要是在黑暗裡？妳一碰它就得掛上一個齒兒，要不就得掛在別的齒兒上，是不是？妳一走就把整個的耙全拖著走了，總不能帶著那一個齒兒走開，對不對？哼，這種病就好像一個耙似的，可以那麼說吧——並且這個耙的本事還眞不小，妳只要一惹上它，就脫不了手。」

「噢，我看這可眞糟糕。」缺嘴說，「我快去找哈爾威伯父，給他說……」

「啊，對啦，」我說，「要是我的話，也得去告訴他。當然得找他才行。我準得馬上就去給他說。」

「咦，幹嘛要那麼著急？」

「妳只要想一下，也許就會明白。妳那伯伯和叔叔不是非得趕快回英國去不可嗎？妳想他們還會那麼自私，只顧自己先走，把妳們留下來，叫妳們自己去嗎？妳當然知道他們會等著妳們嘍。這倒是挺好。妳那哈爾威伯父是個牧師，對不對？那麼，好了，難道一個當牧師的，還能為了叫輪船上面的管事或是大輪船上的管事讓瑪麗・潔恩小姐上船，就對他們說假話嗎？妳當然知道他不會騙人。那麼，他到底怎麼辦呢？啊，他會說：『這事情眞不湊巧，我那教堂裡的事情就只好讓別人勉強應付下去了，因為我的侄女也許染上了很厲害的傳染病，我當伯父的應該照顧她，只好在這兒待著，等三個月的工夫，才知道她到底是不是染上了這個病。』可是這倒不要緊，妳要是覺得應該告訴妳那哈爾威伯父的話，那妳……」

「見鬼，我們還不趕快上英國去過快活日子，偏要老在這兒待下去，等著看瑪麗・潔恩是不是染上了這個病嗎？噢，你眞是在說傻話。」

「可是不管怎麼樣，妳還是找幾個街坊說說這個事情好點吧！」

「唉，聽你說出這種話！你簡直是天生的傻瓜，誰也賽不過你。你難道還不知道他們會去跟伯父說嗎？現在沒別的辦法，只好是根本就不跟誰提這回事。」
「啊，也許妳這話有理——對啦，我猜妳說得對。」
「可是我想咱們應該給哈爾威伯父說說，姊姊出門去了，要耽擱一會兒，免得他擔心，對不對？」
「是呀，瑪麗．潔恩小姐要妳們告訴他。她說：『叫她們替我問候哈爾威伯父和威廉叔叔，替我親親他們，說我過河去看看。』——咦，當初妳那彼得伯父很看得起的那個很有錢的朋友姓什麼來著？我是說的那個……」
「啊，你說的大概是阿普索普斯，是不是？」
「當然嘍！這名字眞是討厭，不知怎麼的，有時候簡直想不起來。對啦，她說叫妳就說她過河去找阿普索普斯那一家人，請他們在拍賣的時候千萬要到場，好把這所房子買下來，因爲她想著她那彼得伯父要是在世的話，一定會覺得讓他們買到，比落到別人手裡強；她打算釘住他們，非等著他們答應過來不可，她自己要是不太累的話，今天就會回來，要是太累呢，反正明天早上也會回來。她說，千萬別提起普洛克多這家人，光說阿普索普斯夫妻倆就行了——這麼說本來是實話，因爲她的確是上他們家去勸他們買這所房子；我知道，因爲她親自對我這麼說交代。」
「好吧！」她們說完了，就出去向叔伯們問好，還親親他們，把她們的姊姊過河去的事情告訴他們。
現在什麼事都弄妥當了。那兩個女孩不會說什麼了，因爲她們想要到英國去；國王和公爵也情願瑪麗．潔恩到遠處去找人來買房子，免得她跟羅賓遜醫生在一塊兒。我心裡很高興；我估計這一招做得挺帥——我想哪怕是湯姆．索亞也不見得能想出更好的主意來。當然他還能多插些花招進去，可是我對這個不大在行，因爲從小就沒有人教過我這一套。

那天下午天快黑的時候，他們在廣場上舉行拍賣，大夥兒一隊又一隊地擁過來，那老頭兒也親自到場，站在拍賣人身邊，裝出一本正經的樣子，有時候他還引著《聖經》插嘴說一兩句話，反正都是那假仁假義的一套，公爵也到處咯咯咯地直嚷，拚命逗著人家對他表示同情，趁這機會大出風頭。

後來拍賣終歸完結了，什麼東西都賣掉了——只剩下墳地裡一小塊地皮。他們也想把那個也賣出去——我一輩子沒見過像國王這麼貪得無饜的傢伙，他是什麼都要吞掉才甘心。哈，他們正在拍賣這塊地皮的時候，有一艘輪船靠岸了，不過兩分鐘的工夫，就有一群人往這兒跑，大夥兒連嚷帶叫，哈哈大笑，拚命逗樂，大聲喊著：

「你們的對頭來了！現在老彼得．威爾克斯有兩對繼承人了——你掏出錢來，隨你給哪一對吧！」

29 趁著大風大雨溜掉

他們帶來了一位相貌十分和善的老先生，還有一個長得不錯較年輕的，他右手用繃帶吊著。哎呀，大夥兒大叫大笑，鬧得眞凶，並且還鬧個不停。我可是一點也不覺得好笑，我猜要叫國王和公爵覺得有趣，也不大容易。我還以爲他們臉上會嚇白了哩。可是不，他們臉上一點兒也不發白。公爵根本不露出馬腳來，好像完全沒那回事，還照樣咯咯咯地叫著到處轉來轉去，很快活、很滿意的樣子，咧著個嘴，活像一把咕嚕咕嚕倒出酸牛乳來的壺；國王呢，他一個勁兒睜開眼睛盯著那才來的兩個人，顯出一副替他們難受的樣子，好像他看見世界上居然有這種騙子和壞蛋，把他氣得肚子發痛似的。啊，他可裝得眞像呀！許多有身分的角色都靠攏國王身邊來，讓他知道他們是站在他這一邊的。剛來到的那位老先生簡直弄得莫名其妙。過了一會兒，他就說起話來了，我馬上就聽出他的口音的確是像個英國人的口音——不像國王那樣，雖然國王也學得很像。

我背不出那位老先生的話，也學不出他那種口

音：可是他轉過身去向著那一群人，好像是這麼說的：「這事情眞叫我大吃一驚，我實在沒有料到；說老實話，我承認我現在突如其來地遭到這種事情，又趕上心情不好，簡直應付不了；因爲我兄弟和我碰到了倒楣的事；他摔斷了胳臂，我們的行李昨天晚上又讓人家弄錯了，丟在大河上游的一個小鎭上。我是彼得．威爾克斯的兄弟哈爾威，這是他的弟弟威廉，他耳朵聽不見，又不會說話——現在他只剩下一隻手可以活動，就連比手勢也不大做得好了。我們說是什麼人，就是什麼人；只要過一兩天，等我們取到行李的時候，我就能證明了，可是我現在不願意多講話，且等那時候再說吧，我要上旅館裡去等著。」

於是他和新來的那個啞巴就走開了。

國王又大笑起來，大聲嚷道：

「摔斷了胳臂——倒是裝得很像，是不是？要當一個騙子，也該學學怎樣比手勢，這麼一來就可以混過去了，眞省事。行李也弄丟了！遇到眼前這種情形，這個說法實在是妙透了——而且主意也想得挺聰明呀！」

他說完又笑了一會兒，大夥兒也跟著笑，只有三、四個人，也許是五、六個人沒有笑。這幾個人當中有一個是那位醫生；另外有一位是個有身分的紳士，他手裡提著一個氈製的老式旅行袋，剛從輪船上下來，他低聲和醫生談著話，他們還時常地把國王望一眼，又點點頭——那是萊維．貝爾，他就是上路易斯維爾去了的那個律師；另外還有一位是個粗壯結實的大個子，他是跟著大夥兒一起過來的，剛才聽著那位老先生說的話，現在又在聽國王說。國王說完之後，這個壯漢馬上就說：

「嘿，你聽著，你要是哈爾威．威爾克斯的話，請問你是什麼時候到這鎮上來的？」

「出殯的前一天，朋友。」國王說。

「你是那天什麼時候到的呢？」

「下午——大概在太陽下山之前一兩個鐘頭。」

「你是怎麼來的？」

「我是從辛辛那提搭蘇珊．鮑威爾輪船下來的。」

「那麼，你幹嘛在那天早上跑到上游那個碼頭那兒去呢——坐著一隻小船？」

「那天早上我根本沒到上面那個碼頭那兒去呀！」

「你這是撒謊。」

有幾個人跑來，要求他不要對一個當牧師的老人家這麼說話。

「什麼牧師，見鬼，他是個壞蛋，是個騙子。那天早上他是在上游那個碼頭。我就住在那邊，對不對？哼，那時候我就在那兒，他也在那兒。我看見他在那兒。他坐著一隻小船過來的，船上還有狄姆．柯林斯和一個小孩子。」

醫生馬上就接著問他：

「海因斯，你要是再看見那個孩子的話，是不是還能認識他呢？」

「我想是能認識的，可是我不知道究竟怎麼樣。嘿，他不就在那兒嗎？我一點也不費力就認出他來了。」

他伸手指著的就是我。

醫生說：「各位鄰居，新來的那兩個是不是騙子，我不知道；可是這兩個傢伙要不是的話，那我簡直就算是白痴了，乾脆說吧！我覺得咱們應該注意，別讓他們跑掉，等咱們先把這件事情調查清楚再說吧。來吧，海因斯；來吧，各位鄰居。咱們把這兩個傢伙帶到旅舍裡去，叫他們和剛來的那兩個人對證，我看那就用不著打破沙鍋問到底，就能看得出一點眉目來。」

大夥兒一聽這話，倒挺高興，可是國王的朋友們聽了也許不大痛快；過後我們大家都動身了。那時候太陽快下山了。醫生抓著我的手走，他倒是很和氣，但就是絕不放鬆我的手。

我們都到了旅館的一個大房間裡，點上了幾支蠟燭，再把新來的那兩個人找來。

醫生首先說：

「我也不願意故意為難這兩個人，可是我實在覺得他們是騙子，也許他們還有同黨在這裡，咱們還一點也不知道哩。要是有的話，那些同黨會不會把彼得．威爾克斯留下來的那一袋金幣弄走呢？這不是不可能的事情。這兩個人要不是騙子的話，他們就不會不肯讓我們派人去把那些錢拿過來，暫時歸我們保管著，且等他們證明了沒問題的時候再說——你們看這話對不對？」

大夥兒都贊成這麼做。所以我覺得他們一起頭就把我們這一夥盯得很緊。可是國王只顯出一副愁眉苦臉的神情說：

「先生們，我也希望錢還在，因為我絕不打算阻擋大家調查這件倒楣的事，給它公開地、徹底地、公公道道地弄個明白；可是，眞糟糕，那些錢已經不在了：你們儘管派人去看，只要你們樂意那麼做的話。」

「那麼，放在哪兒呢？」

「啊，我侄女把它交給我，要我替她保管的時候，我就接過來塞到我床上的草墊子裡面，因爲我們在這兒只能待幾天，就不打算存到銀行裡去，我想那床墊應該很安全，我以爲那些黑奴和我們英國的傭人一樣，都是很誠實的。想不到那些黑人一到第二天早上，就趁我下樓去的時候，把它偷走了；我把他們賣掉的時候，還不知道錢不在了，所以他們就痛痛快快地通通拿走了。各位，我這個傭人可以作證。」

醫生和另外幾個人都說：「胡說八道！」我看誰也不大相信他的話。有一個人問我是不是看見黑奴把錢偷走。我說沒看見，不過我看見他們從那屋子裡偷偷地出來，趕快跑開；我壓根兒沒想到會出什麼事，只當是他們害怕吵醒我的主人，就想要趕快走開，免得他生他們的氣。人家就只問了我這麼一下。隨後那醫生突然轉過身來問我：

「你也是英國人嗎？」

我說是的；他和另外幾個人就哈哈大笑起來，說：「瞎扯！」

隨後他們就開始進行各方面的調查，我們就讓他們翻來覆去地盤問，問了一個鐘頭又一個鐘頭，誰也不提吃晚飯的話，好像是在連想都不往那上面想似的——他們就是這麼一個勁兒問了又問；這可眞是叫人頭痛的事情，一輩子沒見過。他們叫國王說他的來歷，再叫那位老先生把他的來歷也說一說，除了那些有成見的傻瓜，誰都聽得出那位老先生說的是實話；國王說的是謊話。過了一會兒，他們就把我叫過去，讓我說一說我所知道的事情。國王斜起眼睛很狡猾地望了我一眼，我就知道說些什麼話才不會出毛病。我從舍斐爾德說起，說到我們在那兒生活情形，還把關於英國的威爾克斯這家人的事情說了一大套，又說了些別的話；可是我還沒說多久，那醫生就笑起來了。

萊維．貝爾律師說：

「你坐下吧，傻孩子，我要是你，就不會這麼花心思，撒這麼大的謊。我看你撒謊還不內行，說起話來不大順口；你還得練習練習才行。你說得太不周全了。」

他這些恭維話我倒不在乎，可是他總算饒了我，這倒使我很高興。

醫生又開口要說些話，他轉過身來說：

「萊維．貝爾，你要是起先就在鎮上的話……」

國王馬上打斷他的話，伸出手去，說：

「啊，這位原先就是我那可憐的兄弟常常寫信提到的老朋友嗎？」

律師便和他握了手，露出笑臉，顯得很高興的樣子。他們倆就聊了一會兒，隨後又跑到一邊去，悄悄地說話；後來律師就大聲地說：

「這麼辦就妥當了。我把你的狀子和你兄弟的一起遞上，那麼一來，他們就會知道這事情沒問題了。」

於是他們就找來一張紙和一支筆，國王就坐下來，把頭歪到一邊，咬著舌頭，一聲不響地瞎畫了一些字；隨後他們又把筆交給公爵——這下子公爵才第一次顯出了一副不自在的樣子。可是他接過筆來，也寫了幾句話。然後律師就轉過身去，對那位新來的老先生說：

「請你和你兄弟也寫一兩行，簽上名字吧！」

這位老先生寫了一些字，可是誰也不認識。律師大吃一驚，他說：

「噢，這可叫我傷腦筋了。」——他從口袋裡掏出許出舊信來，仔細看了一陣，再看看那老頭兒的字，又看看那兩個人的字；然後他就說：們這些舊信是哈爾威．威爾克斯寫來的，現在這兒有這兩個人的筆跡，誰也看得出這些信不是他們寫的。」（國王和公爵一看自己中了律師的圈套，就顯出上了當的一副窘相。）「這兒還有這位老先生寫的字，誰都很容易看得出，那些信也不是他寫的——說實在話，他畫的那些根本就不能算是什麼字。這兒還有幾封信，是……」

新來的那位老先生說：

「請你讓我解釋一下，行不行？誰也不認識我寫的字，只有我這個兄弟認識——所以他老是替我抄寫。你手裡那些信是他抄的，不是我寫的。」

「啊！」律師說，「這事倒是眞稀罕。我這兒還有幾封威廉寫來的信哩；那麼，你要是可以叫他寫一兩行的話，我們就可以比……」

「他不能用左手寫字呀，」那位老先生說，「他現在要是能用右手寫的話，你就會看得出他的信和我的信都是他一人寫的。請你把我們兩人的信都看看吧——都是一個人的筆跡。」

律師對了一對，就說：

「我想的確是這樣——哪怕不是一樣，反正總有許多相像的地方，我從前簡直沒看出來，現在看起來就像得多了。得啦，得啦，得啦！我還以爲馬上就有了解決問題的線索，誰知這麼一來，又差不多是落空了。可是不管怎樣，有一點是證明了——這兩個傢伙都不是威克斯家裡的人。」——他一面說，一面向著國王和公爵那邊搖搖頭。

噢，你猜怎麼了？那個傻頭傻腦的老糊塗蛋直到這時候還不服輸，他就是不甘休，說這個測驗做得不公道，說他的兄弟威廉是個最缺德、最愛開玩笑的傢伙，他根本就沒打算認眞寫——威廉剛一動筆在紙上寫字，他就看出他又要開玩笑了。他就這樣勁頭十足，一直哇啦哇啦往下說，說到後來，簡直連他自己都快要相信他說的話了。

可是，過了一會兒，那位新來的老先生就打斷了他的話，說：

「我想出了一個辦法。這兒有哪一位幫過忙，替我的兄……替那位才去世的彼得・威爾克斯下葬嗎？」

「是我們，」有人說，「是我和阿布・特爾納給他入殮的。我們倆都在這兒。」

於是，這個老頭兒就轉過臉去對國王說：

「這位先生也許可以告訴我，他胸前刺了什麼花紋吧？」

這麼突如其來地一問，可眞把國王問住了，他不得不趕緊提起精神來對付，要不然他就會像河邊上讓大水沖掉了根基的河岸似的，轟隆一聲垮下去了；哼，你瞧，像這樣讓人家冷不防地提出這麼個傷腦筋的問題，那可眞是誰都招架不住，因爲他怎麼會知道那個人身上刺著什麼東西呢？他臉色有點發白；這是不由自主的；屋裡簡直沒有人出聲，大夥兒都往前面彎過腰去，瞪著眼睛望著他。我心想，這下子他可得認輸了——再瞎扯也白搭。啊，你猜怎麼了？說起來眞叫人不相信，他可就是不甘休。我猜他是打算一直編下去，等他把人家都累壞了的時候，他們就會陸續地走散，然後他和公爵就可以脫身，溜之大吉了。

反正他就坐在那兒，過了一會兒，他笑起來，說：

「嘿！這個問題可眞難回答呀，是不是？哼，我就偏知道，先生。我可以告訴你，他胸前刺了什麼。那不過是個小小的、細細的藍色箭頭——刺的就是這個；你要不仔細看，還看不見哩。你說對不對呀——嘿？」

噢，像這個老壞蛋這麼死不要臉的，我可眞是一輩子沒見過。新來的那位老先生興沖沖地轉過身去向著阿布．特爾納和他的夥伴，他眼睛裡直發亮，看樣子他大概是以爲這回可把國王抓到手了，他說：

「喂——你們都聽見他說的話了吧！彼得．威爾克斯胸前有這樣的記號嗎？」

他們倆一齊開口，說：

「我們沒瞧見這樣的記號。」

「好了！」老先生說，「你們在他胸前看見的是一個小小的、模模糊糊的『彼』字，還有個『白』字（這個『白』字，在他還年輕的時候就不用了），還有個『威』字，每兩個字中間還夾著個點子，是這樣：『彼．白．威』。」——他一面說，一面就在一張紙上這麼畫出來，「你們說吧，是不是看見這麼幾個字？」

「沒有，我們沒看見，我們根本就什麼記號都沒看見。」那兩個人又一齊開口說。

噢，這下子大夥兒可不耐煩了，他們都大聲嚷起來：

「他們這一幫東西全是騙子！咱們把他們按到水裡去，灌他們！咱們把他們淹死算了！要不就叫他們坐木棒遊街！」大夥兒一齊嚷叫，那陣吼聲可眞嚇死人。

但律師跳到桌子上，大聲叫著說：

「各位——各——位！聽我說一句話——只說一句——請你們聽一聽呀！現在還有一個辦

法——咱作去把屍首挖出來看看。」

這可叫大夥兒高興了。

「對呀！」他們都嚷起來，馬上就要動身，可是律師和醫生大聲叫著說：

「別忙，別忙！抓住這四個人和這個小孩，把他們帶著一起去吧，」

「我們就這麼辦！」他們都嚷著說：「我們要是找不到那些記號的話，那就要把這一夥兒全都處私刑了！」

說老實話，這下子可把我嚇壞了。可是你要知道，我簡直沒法子擺脫。他們把我們都抓得很緊，拽著我們一道走，一直往墳地那兒去，那地方得往大河下游走一哩半，全鎮上的人都跟上來了，因為我們鬧得聲音很大，那時候還不過是晚上九點鐘哩！

我們走過我們那所房子的時候，我就後悔不該叫瑪麗．潔恩到別處去，因為這時候我要是向她使個眼色的話，她馬上就會跑過來救我，揭穿那兩個壞蛋的罪狀。

我們一窩蜂似地順著河邊的大路往下走，像野貓似地一直往前衝，這時候，天上又起了一片黑雲，電光也閃起來了，風也刮得樹葉子直哆嗦，這就叫人更害怕了。這回出的亂子可真是嚇死人，真危險極了，我一輩子沒碰到過，我好像嚇掉了魂似的，什麼事情都跟我原來打算的不一樣；本來我還以為什麼都安排好了，只要我高興，就可以自由自在地看熱鬧，要是碰到什麼緊急關頭，還有瑪麗．潔恩給我撐腰，把我放走，現在可不行，我簡直是無依無靠，除了指望死人身上刺的那些花紋救救命，就只好等著憑空送死。要是他們一看沒那種記號的話……

我簡直就不敢往下想，可是不知怎麼的，心裡又偏要想這個，別的什麼也不能想。天色越來越黑，這時候要想從這群人當中溜掉，本來是很好的機會；可是那個粗壯的大個子抓著我的手腕不放——海因斯——誰想從他手裡逃掉，簡直就像是打算擺脫歌利亞❶一樣。他興頭十足，一個勁兒抓著我往前走，我還得跑步才跟得上。

他們到了墳地那兒的時候，就像一窩蜂似地擁進去，像潮水似地把墳地給淹了。他們趕到墳墓跟前一看，要用的鏟子差不多有一百倍那麼多，可就是誰也沒想到帶個提燈。可是他們馬上就靠閃電的光動手挖起來，一面派人跑出半哩地去，到最近的人家去借提燈。

於是他們拚命地挖個不停，這時候簡直黑得要命，雨也下起來了，風也刮得呼呼的、颼颼的，電光也不住地閃著，雷聲轟隆轟隆地響；可是他們那些人一心一意地做這件事，根本就不注意；一會兒，你什麼都能看見，那一群人裡每個人的臉都看得清清楚楚，還能看見一鏟一鏟的土從那座墳裡掀上來，一會兒，一切又都讓那一團漆黑蓋住，你就什麼也看不見了。

後來他們終於把棺材弄出來了，於是就動手旋開螺絲釘，打開棺材蓋，這時候大夥兒又拚命亂鑽，你擠我，我推你，都想鑽到裡面去看一眼，這種情形眞是少見；又趕上那麼黑的時候，實在叫人害怕。海因斯抓著我的手腕拚命地奔過去，簡直使我痛得要命，他的興頭挺大，直是喘氣，我猜他根本就把我忘記得一乾二淨了。

突然一下，閃電像水閘裡放出來的水似的，發出一道白光，於是有人大聲嚷起來：

---

❶《聖經》上的一個氣力特別大的巨人，見《舊約．撒母耳記》上篇第十七章第二十三至第五十四節。

「哎呀哈，眞是怪事，那袋金幣在他胸前擱著哩！」

海因斯也和別人一樣，大叫了一聲，他放開了我的手腕，拚命往前擠，要擠到裡面去看一眼；我馬上趁那一團漆黑撒腿就跑，趕快溜到大路上去，跑得那股快勁兒，誰也想不到。路上只有我一個人，我簡直像飛似地跑開了——一路跑著，除了那一片黑和一陣一陣的閃電，還有那絲絲的雨，颼颼的風，響得嚇人的劈雷，另外就只有我一個人了；一點也不假，我簡直是在往前飛！

我跑到鎭上的時候，一看那大風大雨當中，誰也不在外面，所以我也就不找背街繞著走，乾脆順著大街一直跑；後來快到我們那所房子前面的時候，我就盯著眼睛向它望過去。裡面沒有亮光；整個房子是漆黑的——這使我覺得很難過，也很失望，我也不知道那是爲什麼。可是後來我正要跑過那前面的時候，瑪麗·潔恩的窗戶裡突然閃出一道光來！我的心猛跳起來，好像要撞碎似的；一眨眼的工夫，那所房子和一切東西馬上又在黑暗當中甩在我背後，從此再也不會到我眼前來了。她實在是我從來沒見過的很好的女孩，也是很有膽量的。

我剛走到那個小鎭上游一點，一看能夠望見那個沖積洲的時候，就睜大了眼睛在河邊仔細找，要借個小船，後來閃電剛一照出一隻沒有鎖上鏈子的船，我就馬上把它抓到手，撐出去了。那是個小船，只拴著一根繩子。沖積洲離河岸很遠，在大河當中，可是我一點也沒耽誤工夫；後來我划到了木筏那兒，簡直累得要命，要是我敢耽誤一下的話，眞恨不得躺下來喘口氣才好。可是我一直沒有歇。我一跳上木筏，就大聲嚷起來：

「快出來，吉姆，解開木筏！謝天謝地，我們總算把他們甩開了！」

吉姆連忙鑽出來，他簡直高興得什麼似的，伸開雙手向我撲過來；可是我在閃電底下望了他一眼，我的心簡直蹦到嘴裡來了，我嚇得往後一仰，掉進水裡；因爲我忘了他穿著老李爾王的衣服，活像個淹死人的阿拉伯人，這下子差點兒把我的心肝都嚇掉了，嚇得連魂都出了竅。可是吉姆把我撈了上來，他見我回來了，又擺脫了國王和公爵，覺得很高興極了，所以又要摟我，給我祝福，可是我說：

「別忙，等吃早餐的時候再說吧！趕快解開，讓木筏漂下去吧！」

只一眨眼的工夫，我們就順著大河漂下去了，這下子我們又自由了，大河上只有我們倆在一起，誰也不來搗麻煩，這可實在是痛快。我高興得跳躍起來，亂蹦了好幾回——簡直是不由自主；可是我跳到第三下的時候，就聽見一個很熟悉的聲音，我馬上就倒吸著氣，聽著等著；果然不錯，電光又在水面上一閃的時候，就看見他們過來了！他們正在拚命划槳，划得那小船吱吱嘎嘎地直叫喚！原來又是國王和公爵。

我猛一下倒在木板上，只好認命；我拚命忍住，才沒哭出聲音來。

30 黃金救了壞蛋的命

他們上了木筏的時候，國王就向我撲過來，揪住我的衣領推著我便說：

「你打算扔下我們逃走，是不是，你這小畜生！跟我們在一塊兒待膩了吧，嘿？」

我說：「不是，陛下，我們沒那個意思——求您別這樣吧，陛下！」

「那麼，趕快說吧，你到底打算怎麼做，要不然我就把你的五臟六腑全給掏出來！」

「我老老實實把什麼都告訴您吧，陛下，全照實在的說。抓住我的那個人對我不錯，他不住地說他有個兒子跟我一般大，去年死了，他說他眼看著這麼個小孩弄到這種危險的地步，心裡很難受；後來他們突然看到那些金子，吃了一驚，大夥兒都往棺材那兒擠過去，這時候他就把我放了，還悄悄地說：『快跑吧，要不然他們一定會把你絞死！』於是我就溜掉了。我在那兒待著好像沒有什麼好處——我一點辦法也沒有，只要能跑掉，當然不願意讓人家把我絞死。所以我就一直跑個不停，後來才找到了小船；我上了木筏的時候，就叫吉姆趕快划開，要不然人家還能抓到我，把我絞死。我還說恐怕您和公爵已經沒命了，我簡直難受得要死，吉姆也是一樣；後來我們看見你們來了，真是非常高興；您可以問吉姆，看我是不是那麼說的。」

吉姆說的確是那樣；國王就叫他住口，還說：「啊，真是，這一套編得倒是挺像呀！」於是他又揪著我直推搡，還說他打算乾脆把我溺死。可是公爵說：

「放了這孩子吧，你這老糊塗蛋！要是你的話，還不是一樣會溜掉嗎？你逃命的時候，打聽過他的下落沒有？我記得你根本就沒提到過人家。」

於是，國王才撒了手，他又把那個小鎮和鎮上的人罵開了。可是公爵說：

「喂，你還不如把你自己臭罵一頓哪，因爲最該挨罵的就是你。自始自終你就沒幹過一件有腦筋的事，只有後來那麼滿不在乎地厚著臉皮，說出那個憑空想出來的什麼藍色箭頭的記號，倒是挺妙。那實在是聰明——眞是妙透了；咱們就靠那一招才救了命。因爲要不是那麼一來，他們就會把我們看管起來，等到他們那兩個英國人的行李來了的時候——然後呢——就得坐牢，準沒錯！可是你耍了那一手，就把他們逗到墳地上去了，那一口袋金子又幫了我們一個更大的忙；因爲那些吃了一驚的傻瓜們要不是撒開了手，拚命跑過去看的話，咱們今天晚上就得繫著那條絞索睡覺——那還管保是挺結實的一條領帶哩——繫的工夫也很長，咱們也許不願意繫那麼久吧！」

他們待了一會兒沒做聲——心裡在想事。後來國王心不在焉似地說：

「哼！咱們還當是那些黑奴偷去了哩！」

這可說得我膽戰心驚了！

「是呀，」公爵說，他說得挺慢，一字一板，還帶幾分挖苦的口氣，「咱——們——那麼想來著呀！」

過了半分來鐘，國王慢吞吞地說：

「至少我是那麼想的。」

公爵也慢吞吞地說：

「瞎說，我才是那麼想來著哩！」

國王有點兒冒火了，他說：

「嘿，不吉利滑頭，你這到底是什麼意思？」

公爵便立刻回答說：

「既然問到了這一步，那你也許可以讓我問一問，你又是什麼意思呢？」

「呸！」國王挺挖苦地說：「我怎麼知道呀——也許你是睡著了在做夢，根本不知道自己幹了什麼事吧！」

這下子，公爵就大發脾氣了，他說：

「啊，你別再裝蒜，老說這些廢話吧；你當我是個大傻瓜嗎？你還以爲我不知道是誰把那些錢藏到棺材裡去了嗎？」

「是呀，先生！我知道你的確知道是誰幹的，因爲那就是你自己呀！」

「撒謊！」公爵馬上撲過去把他揪住。

國王大聲嚷了起來：

「你鬆手吧！別掐住我的脖子呀！就算我沒說吧！」

公爵說：

「哼，你得先承認是你把那些錢藏在那兒，打算哪一天把

我甩開，再回來把它挖出來，一個人獨吞。」

「你先別忙，公爵——我只要你回答我一句話，規規矩矩地說；你要是沒有把錢藏在那兒，你只要說一聲，我一定相信你，並且把我剛才說的話全部收回。」

「你這老混蛋，那不是我幹的，你也知道。嘿，現在你總算清楚了！」

「得啦，得啦，我相信你。可是我還要再問你一下——你可千萬別生氣呀！你心裡是不是打算過要把那些錢偷走，把它藏起來？」

公爵沈默了一會兒，後來他才說：

「噢，我是不是那麼打算過，那沒什麼關係；反正我總沒有那麼幹。你可是不但心裡打定那個主意，並且還那麼幹了呀！」

「公爵，我要是做了那件事，我就不得好死，這是實話。我並不否認我打算過要那麼幹，因為我的確是起過那個心，可是你——不，我是說別人——搶先下手了。」

「放屁！明明是你幹的，你非得承認是你幹的不可，要不然我就……」

國王嗓子裡咯咯咯咯地響起來了，隨後他氣喘呼呼地說：

「饒了我吧！我承認了！」

我聽見他說出這句話，心裡很高興；這使我比剛才的心情安定得多了。

於是，公爵才撒了手，說：

「你要是再不認賬，我就淹死你。你在那兒坐著，像個小娃娃似地哭臉、倒是不錯——你做了那種不要臉的事，哭一哭是應該的。我一輩子沒見過你這種狠心的老壞蛋，居然要把什麼都獨吞掉——我還一直相信你，把你當成我自己的父親一樣哩。你聽見人家把這件事情栽到那些可憐的黑奴頭上，一點也不在乎，偏不替他們說一句話申申冤，我看你應該知道害臊呀！現在想起來眞可笑，我怎麼那麼傻，居然相信那些瞎話。你這該死的東西，現在我明白你當初爲什麼那麼熱心，要把那袋錢裡缺少的數目湊足——你爲的是要把我演『皇家奇物』和別處掙來的錢全都弄出來，一手把它通通撈去呀！」

國王還在抽抽噎噎，他挺膽小地說：

「咦，公爵，是你自己提議要湊足錢數呀；又不是我說的。」

「不許再說了！我可不要再聽你胡說八道！」公爵說，「現在你知道你得了個什麼報應了吧！人家把自己的錢都拿回去了，還把咱們的錢也通通弄走了，只剩下一兩塊錢了。快去睡你的吧，你往後再鬧虧空，可不許虧到我頭上來，你這一輩子都得記住這個才行！」

於是，國王就賊頭賊腦地鑽到木棚裡去，拿起酒來解悶，待了一會兒，公爵也拿起他的酒瓶喝開了；所以只過了半個多鐘頭，他們倆又親熱得像什麼似的，他們醉得越凶，就越是親熱，後來就摟在一起，打著呼嚕睡著了。他們倆都喝得挺醉，可是我看出國王並沒有醉得人事不省，似乎還沒忘記他藏錢的冤情。這倒使我心裡很自在，也很滿意。不用說，當他們打起呼嚕來的時候，我們就嘮嘮叨叨地聊了半天，我把什麼都告訴吉姆了。

31 禱告可不能撒謊

我們往下游趕了好幾天路，再也不敢在哪個鎮上靠岸了；一直順著大河往下划。後來我們就到了南方天氣挺暖和的地方，離老家很遠了。我們漸漸遇到一些長著西班牙青苔的樹，那種青苔從樹枝上垂下來，就像灰色的長鬍子一樣。我還是頭一次看見樹上長這種青苔，這使樹林顯得一副陰沉可怕的樣子。於是那兩個騙子就想著他們已脫離了險境，又到那些村子去騙起人來了。

他們一起頭就來了個宣傳戒酒的演說；可是賺到的錢還不夠他們倆喝個醉。隨後他們又在另外一個村鎮上開辦了一個跳舞學校；可是他們對跳舞並不比一隻袋鼠更內行；所以他們剛剛亂蹦了兩下，大夥兒就跑過來，跟著他們慌慌張張地從鎮上跑掉了。還有一回，他們打算教演說，可是還沒說上多大工夫，聽眾就站起來，把他們臭罵了一頓，罵得他們趕快溜走了。另外他們還搞過傳教和催眠術，搞過治病和算命，各種花樣都耍了一下；可是他們好像一點也不走運。所以後來他們簡直就窮透了，只好躺在木筏上，隨它往下漂，心裡老在想呀想呀，半天都不說一句話，一直是那副愁眉苦臉、走頭無路的樣子。

後來他們又改了花招，在木棚裡交頭接耳地打商量，悄悄地說些私話，一連說上兩、三個鐘頭。吉姆和我都有點兒提心弔膽。我們看著那光景，覺得挺不順眼。我們猜想他們準是在那兒商量什麼更不像話的鬼主意。我們倆猜來猜去，後來猜著他們一定要打算闖進什麼人家裡或是舖子裡去偷東西，要不然就是想要做造假鈔票的勾當，反正是這類事情。所以我們簡直給嚇壞了，兩人打好商量，無論什麼不跟他們幹這些壞事情，只要稍有一點機會，就把他們悄悄地甩掉，溜之大吉，把他們甩在後面。後來，有一天大清早，我們在一個叫做派克斯維爾的破破爛爛的小村鎮下游兩哩來地，找到一個挺妥當的好地方，把木筏藏起來，國王就上了岸，他叫我們藏在那兒等著，讓他到鎮上去探聽探聽消息，看那兒是不是有人聽到了「皇家奇物」的風聲。（「你是說，要找個人家，好下手偷東西呀！」我心想：「可是等你偷完了，再回到這兒來，可就不知道我和吉姆和這木筏上哪兒去了──那時候你就慢慢去想吧！」）他說要是到了中午，他還不回來，公爵和我就知道那是沒出什麼麻煩，我們就要跟著到鎮上去。

於是我們就在那兒待著。公爵挺心煩，走來走去，急得要命，老是板著面孔，顯出挺不開心的樣子。他不管什麼事都罵我們，我們好像什麼事都做得不對；不管什麼小事情，他都要挑錯。不用說，他又是在打壞主意了。後來到了中午，還不見國王回來，我就高興得要命；好歹總算又可以活動活動了──說不定還不光是活動的機會，另外還能讓我碰上那個機會。於是我和公爵就往村鎮上去，在那兒到處去找國王，找了一會兒，就在一個下等的小酒店裡後頭的一個屋子裡把他找到了。他喝得醉醺醺的，有好些無賴在欺負他，拿他開心，他也拚命地罵，直嚇唬人家，他醉得什麼似的，連走路都走不動了，簡直對他們一點兒辦法都沒有。公爵就罵起他來了，說他是個老糊塗蛋，國王也還嘴罵他，他們正罵得起勁的時候，我就溜了出來，撒開腿拚命地跑，像一隻鹿似地順著河邊的大路一直往前飛跑，因爲我知道我們的機會到了，我打定了主意，要叫他們多久也別打算找到我和吉姆。我跑到那兒的時候，連氣都喘不過來，可是心裡高興極了，於是我就大聲喊起來：

「把木筏解開吧，吉姆；我們這下子可好了！」

可是沒有人答應，也沒有人從木棚裡出來。吉姆不見了！我使勁嚷了一聲——後來又嚷了一聲——又嚷了一聲，我又到樹林裡東跑西跑，一面大聲地吼，尖聲地叫喊；可是全沒用——老吉姆不見了。於是我就坐下來哭了；我實在忍不住哭，可是我不能一直在那兒坐著不動。過了一會兒，我就走到大路上去了，心裡考慮著該怎麼辦才好，後來我碰到一個小孩在路上走，問他是不是看見過一個怪模怪樣的黑人，穿著怎樣怎樣的衣服的，他說：

「看見過。」

「上哪兒去了？」我說。

「到下面賽拉斯・斐爾普斯家裡去了，離這兒有兩哩地。他是個逃跑的黑奴，他們把他抓到了。你在找他嗎？」

「我才不找他哩！一、兩個鐘頭以前，我在樹林裡碰到他，他說我要是嚷嚷的話，他就要挖出我的心肝來——他叫我躺下，在那兒待著；我就那麼做了。從那時候起一直就待在那兒，不敢出來。」

「好了，」他說，「你再也用不著害怕他了，因爲他們已經把他抓住了。他是從南方什麼地方逃來的。」

「他們把他抓到了，眞是好運氣。」

「噢，那還用說！人家懸了兩百塊錢的賞要捉拿他。這簡直就像是在大路上白撿到一筆錢似的。」

「是呀，一點不錯——我要是大一些的話，也可以得這筆錢哩；我本是先看見他的。到底是誰逮住他的？」

「是個老頭兒——別地方來的人——他只賣了四十塊錢，就把這個黑人的賞格賣給人家了，因爲他急於要到大河上游去，不能久等。噢，你想想看！要是我呀，哪怕要等七年，我也情願等著。」

「當然嘍，我也是這麼想，」我說，「可是他賣得那麼便宜，說不定那份懸賞根本就不過是值那幾個錢吧，也許這裡還有點兒不清不楚的地方哩。」

「可是那絕沒問題——簡直是再清楚沒有了。我親眼看見那張懸賞的傳單。那上面把他什麼都說得清清楚楚，一點也不差——就像是給他畫了一張像似的，還說了他是從什麼農場逃出來的，是從新奧爾良那下面逃來的吧。絕沒問題，這筆投機生意一定不會有什麼差錯。嘿，給我一口菸葉子嚼一嚼，行不行？」

我根本就沒有菸葉子，所以他就走了。我跑到木筏上，在木棚裡坐下來琢磨，可是我簡直想不出什麼主意來。我一直把頭都想痛了，可是終歸想不

出辦法來解決這件倒楣事。跑了這麼遠的路，我們還伺候了他們這兩個王八蛋這麼久，到頭來落了個一場空，什麼都完蛋了，因爲他們居然有這麼黑的心腸，要這種卑鄙手段來害吉姆，只爲了那四十塊臭錢，就讓他又當一輩子奴隸，並且還叫他流落到外鄉。

我心裡想過一下，吉姆要是非當奴隸不可的話，那還不如在老家當個奴隸，和自己一家人在一起過日子，比在外面要多到千倍百倍，所以我最好還是給湯姆．索亞寫個信去，叫他告訴華森小姐，吉姆在什麼地方。可是我馬上又打消了這個念頭，這有兩個原因：她會因爲吉姆從她那兒逃掉，覺得他很混蛋和忘恩負義，所以她一定會生氣，並且很討厭他，結果她就會馬上又把他賣到大河下游來，要是不那麼辦的話，大夥兒也當然會瞧不起一個忘恩負義的黑人，他們一天到晚都會使吉姆覺得難堪，那麼他也就會覺得挺彆扭，沒臉見人。並且還得爲我自己設想一下呀！大夥兒馬上就會把消息到處傳開，說我哈克．費恩幫助了一個黑人找自由；那麼我要是再有一天見到那個鎮上的什麼人，我就會覺得自己丟了臉，只好跪在地上給人家告饒。事情就是這樣：一個人做了不光彩的事，他可又擔當不起，直怕挨罵。老想著只要能瞞住別人，那就不算丟人。我爲難的地方恰好就在這裡。我越琢磨這件事情，良心上就越是受到折磨，我也就越覺得自己太壞，覺得晦氣和難受。後來我猛然一下子想起，那個可憐的女人壓根兒沒什麼對不起我的地方，我可偏要把她的黑奴偷走，現在分明是老天爺打了我一個耳光，讓我知道我做的壞事一直都有天上的神看著，眼前的事就是要叫我明白，老天爺是時常睜開眼睛的，他只能讓那種壞事做到這個地步，絕不會讓它再進行下去；我一想到這些，簡直就嚇得要命，差點當場倒在地上了。於是我心裡想著，自己從小長大，本來就專學會了做壞事，所以那也不能怎麼怪我，我拚命想這麼把自己的罪過減輕一點，可是心裡老不踏實，一直有個什麼東西在對我說：「本來有主日學校，你可以去上學，你要上了主日學校的話，人家就會教你，誰要是像你那樣，做出拐逃黑人的事來，就得到陰間去下油鍋。」

想到這裡，我直打顫。於是我就很想安下心來禱告，看是不是還能改邪歸正，做個好孩子。所以我就跪下了。可是心裡偏想不出禱告的詞兒來。爲什麼想不出呢？要想隱瞞上帝，那是不行的。連我自己也瞞不住呀！我分明知道是爲什麼想不出禱告的詞兒來。那是因爲我心眼不好；因爲我不是光明正大，因爲我還在耍滑頭。我表面上假裝著要改邪歸正，可是心裡還在捨不得對那件頂壞的事撒手。我想叫我嘴裡說要做規規矩矩的事和清清白白的事，寫信給那黑奴的主人，告訴她說他在什麼地方，可是我自己心裡有數，明知那是假話，上帝也知道。禱告可不能撒謊呀，這一點我總算是弄清楚了。

所以我心裡很苦惱，簡直苦惱得要命，不知怎麼才好。後來我終歸想出了一個主意，我就說，我還是寫信去吧——寫完了再看能不能禱告得成。哈，那才眞奇怪哪，我馬上就輕鬆得像一根雞毛似的，什麼苦惱都沒有了。於是我就拿一張紙和一枝鉛筆，很興奮地坐下來寫：

華森小姐，您那逃掉的黑奴吉姆跑到大河下游這兒來了，他在派克斯維爾下面兩哩來地，斐爾普斯先生抓到他了，您要是派人帶著賞金來取人，他就會交還給您。

我馬上就覺得很痛快，好像自己身上什麼罪過都洗乾淨了似的，我心裡像這樣高興，一輩子還是頭一回哩；現在我知道我可以禱告了，可是我並沒有馬上就禱告，我把那張信擱下，坐在那兒想心思——我想著我這麼做多麼好，還想到我差點走入迷途，下了地獄。就這麼一直往下想。後來不知不覺地想起了我們順著大河往下來的這段路上的情形；我總是看見吉姆就在眼前似的：想起了白天，也想起了夜裡，有時候想起了月亮底下，有時候想起了大風大雨，還有我們一直往下漂，一面聊天、一面唱歌、一面哈哈大笑的情形。可是不知怎麼的，我好像找不出哪一點來，可以叫我狠起心來對他，反倒老是叫我想起他的好處。我老是看見他自己輪完了班，接著又替我輪班，並不把我叫醒，爲的是好讓我照樣睡下去；又看見他在我從大霧裡回來的時候，那副高興的樣子，還有在上游那回兩族世仇的地方，我上那沼澤裡再去找他的時候，他又是多麼歡喜，還想起一些這類的事情；他老是叫我「寶貝兒」，老是對我那麼親熱，只要是他想得起的事，他總是拚命照顧我，他的好處眞是說不完，後來我又想起那一回，我告訴那兩個人說我們木筏上有人害天花，結果就救了吉姆，他感激得什麼似的，說我是老吉姆在世界上最好的朋友，還說他現在就只有我這麼一個朋友了，想到這裡，我恰好轉過頭來，一眼就瞧見了那張信。

這件事情眞叫人左右爲難。我把那張信拾起來，拿在手裡。我渾身哆嗦起來了，因爲我得打

定主意，在兩條路當中選定一條，永遠不能反悔，這是我看得很清楚的。我琢磨了一會兒，好像連氣都不敢出似的，隨後才對自己說：

「好吧，那麼，下地獄就下地獄吧！」——接著我就一下子把它撕掉了。

起這種念頭，說這種話，都是糟糕的事兒，可是這句話還是說出來了。我還眞是說了就算數，從此以後就再也不打算改邪歸正了。我把這件事情整個丟在腦後，乾脆打定主意再走邪路，這才合乎我的身分，因爲我從小就學會了這一套，幹好事我倒不在行。現在第一步，我打算去想辦法，再把吉姆偷出來，叫他脫離奴隸生活；我要是想得出更壞的事情，那我也會要做；因爲反正是一不做，二不休，我還不如乾脆就幹它個痛快吧！

於是我就開動腦筋，想著怎麼才能達到目的，心裡翻來覆去地盤算了好些主意；後來終歸想好了一個妥當的辦法。隨後我就把大河下游一點的一個長滿了樹的小島打量清楚，等天剛一黑，我就駕著木筏溜出去，封到那兒，再把它藏起來，做完了就睡覺了。我睡了一通夜，第二天清早天還不亮，我就起來，吃了早餐，再把我那身現成的新衣服穿上，還找了些別的衣服和零碎東西，捆成一個包袱，隨後就駕著小船，划到河邊上去。我琢磨出斐爾普斯住的地方，就在那下游上了岸；我把那個包袱藏在樹林裡，再把小船裝滿了水，又放進一些石頭，把它沉到水裡，等往後用得著它的時候，還可以找得到，那是在河邊上一個機器鋸木廠下面四、五百碼的地方。

隨後我就順著大路往上走，走過那鋸木廠的時候，看見那上面掛著一塊招牌，上面寫著「**斐爾普斯鋸木廠**」，後來我再往前走了二、三百碼，走到那些村子跟前的時候，就老是睜著眼睛到處看，可是那時候雖然天已經大亮了，我卻什麼人也沒瞧見。可是我並不在乎，因爲這時候我還不願意看見什麼人，只要把這帶地方弄清楚就行了。按照我的計畫，我要裝做從上游那個村子走來的樣子，不像是大河下面來的。所以我只看了一下，就朝著鎮上一直往前跑。哈，一到那兒，我看到頭一個人就是公爵。他在貼「皇家奇物」的廣告——又是連演三晚——像上次一樣。他們眞是臉皮厚呀，這兩個騙子！我和他撞了個對面，來不及躲開。他顯出大吃一驚的神情，說：

「咦！你從哪兒來的？」隨後他就好像是很高興、很關心的樣子說：「木筏在哪兒——筏了個好地方藏起來了嗎？」

我說：「噢，我正想問您哩，殿下。」

這麼一來，他就顯得不大痛快了。

「你怎麼會想起來問我呀？」他說。

「是這麼回事，」我說，「昨天我看見國王在那個小酒店裡，我就想，他醉成那個樣子，還得好幾個鐘頭才會醒過來，這會兒還不能帶他回去；所以我就到鎮上到處去遛達，混時間等他醒來。那時候有個人走過來，出了一毛錢，叫我幫他划一個小船過河去，再從對岸帶一隻綿羊過來，於是我就跟他去了：可是我們把那隻羊往船上拉的時候，那個人叫我抓住繩子，他自己到羊背後去攆著它走，結果因爲羊的力氣太大，一下子就掙脫了繩子跑掉了，我們就在後面追它。我們沒有帶獵狗，所以就只好在鄉下追著它到處跑，一直追到天黑，叫它累得跑不動了，才把它逮住；這下子我們才將它划過河來，我就往下頭跑去找木筏。我跑到那兒一看，木筏不見了，我就想：『他們準是闖了禍，只好走開；他們把我的黑人也帶走了，我可只有這麼一個黑人哩，現在我流落在這無親無友的地方，什麼家當都沒有了，別的東西也沒有，簡直沒法子混飯吃了。所以我就坐在地上哭起來。我整夜在樹林裡睡覺。可說了半天，木筏到底上哪兒去了？還有吉姆——可憐的吉姆呀！」

「我要知道才怪哩——我說的是木筏的下落。那個老糊塗蛋做了一筆買賣，賺到四十塊錢，咱們在那小酒店裡找到他的時候，那些無賴已經和他賭了一陣半塊錢的輸贏，弄得他除了付掉的酒錢之外，輸得一個錢也沒有了；昨天晚上直到深夜我才把他弄回去，結果一看木筏已經不見了，我們就說：『那個小壞蛋把我們甩下，偷了我們的木筏溜之大吉，往大河下頭跑掉了。』」

「我總不會甩掉我那個黑人呀，是不是？我在世界上就只有那麼一個黑人，那是我唯一的家當啊！」

「我們壓根兒沒想到這個。老實說，我覺得我們已經把他當成我們的黑人了；是呀，我們的確是把他當成我們的——天知道，我們被他累得也夠了。所以我們一看木筏不見了，我們又窮得一個錢也沒有，簡直就想不出什麼辦法，只好把『皇家奇物』拿出來再試一試看。我一直就在到處遊蕩，一口酒也喝不到，嘴裡乾得像個火藥筒子似的。你那一毛錢在哪兒？拿給我吧！」

我的錢還不少，所以就給了他一毛錢，可是我央求他拿去買點吃的東西，也好分給我一點，我說我只有那一毛錢，並且從昨天起就沒吃過東西。他可是一聲不響。隔了一會兒他才轉過身來對我說：

「你猜那個黑人會洩我們的底嗎？他要是這樣的話，我們就要剝了他的皮！」

「他怎麼能洩我們的底呢？他不是已經逃跑了嗎？」

「沒有啊！那個老糊塗蛋把他賣掉了，他根本沒分錢給我，早把它花光了。」

「把他賣掉了？」我一面說，一面就哭起來了，「噢，那是我的黑人啊，錢也該是我的。他在哪兒？我要我的黑人。」

「算了吧，乾脆告訴你，反正你那黑人弄不回來了——你別哭了吧！你聽著——你想想看，你敢不敢洩我們的底？我要是相信你才怪哩！哼，你要是膽敢告我們的話……」

他沒往下說，可是他眼光眞可怕，我從來沒見過。我還是抽抽噎噎地繼續哭，一面說：

「我並不打算洩誰的底；我根本也沒工夫去洩；我得趕快到別處去找我那個黑人。」

他顯得有點心煩，站在那兒，把一些傳單搭在胳臂上，讓風吹得亂飄，一面在想心思，一面皺著眉頭。後來他才說：

「我要告訴你一個消息。我們在這兒得待三天。只要你答應不洩我們的底，也不讓那黑人說出去，我就可以告訴你上哪兒去找他。」

於是我就答應了，他又說：

「有個莊稼人叫做賽拉斯．斐——」他說到這兒就停住了。你明白吧，他本來想打算跟我說實話；可是他這麼一停住，又猶豫起來，我就猜出他是改變了主意。果然不錯，他不敢相信我；想要讓我在這三天當中一定不會來打攪他們。所以過了一會兒，他就說：

「把他買過去的那個人叫做阿布蘭姆．福斯特——阿布蘭姆．紀．福斯特——他住在這個村鎭後面四十哩的地方，在上拉斐德去的那條路上。」

「好吧，」我說，「我有三天工夫能走這些路，今天下午我就動身。」

「啊，那可不行，你現在就得走才好；千萬別耽擱吧！路上還得少說廢話。你乾脆就閉住嘴，一聲不響地對直往前走，那你就不會把我們攪在一起惹出禍來了，聽見了嗎？」

他這麼吩咐我，正合我意，我本來就是故意逗著他這麼說。我要自由自在地進行我的計畫，沒有人管我才行。

「那麼，你就快走吧，」他說：「你見到福斯特先生，隨便怎麼說都行。也許你能叫他相信吉姆的確是你的黑人——有些傻瓜並不要你拿證件出來看——至少，我聽說南方這帶地方是有這種糊塗蟲。你去跟他說，傳單和賞金都是假的，再跟他解釋一下，說不定他會相信你的話。快走吧，你愛跟他怎麼說就怎麼說，可是你千萬得記住，從這兒上那兒去，路上可不許胡說八道。」

於是我就走了，一直往村子後面的鄉下走。一點也沒有往回看，因爲我總覺得好像他在盯著我。不過我知道我可以叫他盯個夠，等他眼睛累了就不會再盯我了。我一直往鄉下走，走了一哩多路才停住；過後，我就穿過樹林，再往斐爾普斯住的地方繞回來。我想我還是不要因爲遲疑而耽擱了，乾脆馬上就動手進行我的計畫才好，因爲我要先去封住吉姆那張嘴，且等那兩個傢伙走了再說。我實在不願意跟他們這種人糾纏不清。他們做的事，我簡直是看夠了，我很想乾乾脆脆地甩開他們。

32 改名換姓

我趕到那兒的時候，四周都很清靜，像個星期日似的，天氣很熱，也很晴朗；農夫們都已上田裡工作了；空中有好些蟲子和蒼蠅，嗡嗡地叫，使那兒顯得更寂寞，好像什麼人都死光了似的；有時候一陣微風吹過來，吹得樹葉子沙沙地響，那就會使你覺得很淒涼，覺得好像有幽靈在那兒悄悄說話——死了多年的幽靈——你還老想著他們在談你哪。一般說來，這種情況眞使人情願自己也死了才好，一死也就一了百了。

斐爾普斯住家的地方是個小小的、巴掌大的植棉農場，這種地方都是差不多的。一個兩畝地的院子，有一道木柵欄圍著；還有一些鋸下來的木樁豎著擺成的一道梯階，那些木樁一個比一個高，好像一些高矮不同的木桶子似的，人家可以從這上面翻過柵欄，女人家要騎上馬背的時候，還可以拿它們墊腳；那個大院子裡還有一堆堆半死不活的草皮，可是差不多全是光光的，什麼也沒有長，就像一頂磨掉了絨毛的舊帽子似的；有一幢兩間的大木頭房

子，那是專給白人住的——這幢房子是砍得方方正正的木頭蓋起來的，木頭上的細縫都用泥巴或是大灰漿堵上了，那一條一條的泥巴，從前不知什麼時候還刷過一道白灰；還有一間圓木頭搭成的廚房，它和那幢房子當中，有一道又大又寬的走廊連起來，這道走廊兩邊是敞著的，可是上面有頂棚；廚房後面有一間木頭搭的燻肉的屋子，燻肉的屋子後面有三間一排的黑人住的小木頭棚子；緊靠著後面的柵欄，還有一間孤孤單單的小屋子，另外一邊還有些下房；那間小屋子旁邊放著一只漏灰桶和一口大鍋，那是做肥皂用的：廚房門口擺著一條長凳，還有一桶水和一把瓢；有一隻狗在太陽地裡睡著了；別處還有一些狗也在睡覺；老遠的一個角落裡長著三棵遮蔭的樹；靠近柵欄有一個地方，長著一堆一堆的醋栗子和野莓的小樹；柵欄外面有一塊菜園和西瓜地；再過去就是棉花田，棉花田再過去就是樹林。

我繞到後面，從那浸灰桶旁邊的梯階翻過柵欄，朝著廚房走過去。我往前走了幾步，就聽見一架織布機隱隱約約的叫聲，高一陣低一陣，像哭聲似的；這下子我可眞是恨不得自己死了還好些！因爲那實在是全世界叫人聽了最覺得淒涼的聲音了。

我對直往前走，心裡並沒有打定主意，只好聽天由命，且等事到臨頭，再靠老天爺保佑，讓我能說出幾句合適的話來對付過去；因爲我已經看出來了，只要我聽天由命，老天爺就每回都幫我的忙，讓我嘴裡能說出合適的話來。

我走到半路的時候，那些狗就一隻隻地站起，向我撲過來；我當然就站住了，把臉對著它們，站著不動。這下子它們就汪汪地叫起來，那可眞是嚇死人！一轉眼的工夫，我就好像是成了個車輪的軸，可以這麼說吧——四周圍的狗就像是一根根的車條似的——它們有十四、五隻，把我團團圍住，伸出脖子對著我直吠直叫；還有別的狗也跑過來了；四處的狗都趕到這兒來，有的是從柵欄外面跳進來的，有的是從房子後面鑽出來的。

有一個女黑人從廚房裡飛跑出來，手裡拿著一根擀麵杖，大聲嚷起來：「滾開！小虎子你這畜生！你也滾，小花！去，去，混蛋！」於是她就把這隻揍一棍，那隻揍一棍，打得它們一面叫喚，一面跑開，別的狗也跟著散了。可是它們當中有一半馬上又跑回來，圍著我直擺尾巴，對我親熱起來。狗倒是沒什麼壞心眼的。

那個女人後面走出一個小黑女孩和兩個小黑男孩，他們身上除了麻布襯衫，什麼也沒有穿，一個個都拉住媽媽的衣裳，從她背後偷偷地望著我，滿害躁的樣子，這種孩子反正老是這樣。這時候有一個白種女人從屋子裡跑出來，她大約有四十五歲到五十歲的樣子，光著頭，手裡拿著紡錘；她後面也跟著她那些白種孩子，舉動和那些小黑孩子一樣。她滿臉笑容，簡直高興得不得了的樣子——她說：「原來是你呀，終歸來了！可不是嗎？」

我來不及想一想，就脫口而出地說了一聲：「是呀，大媽。」

她把我拉住，用力地摟我；跟著又把我雙手握住，拉了又拉，她眼睛裡迸出眼淚來，順著臉蛋往下流；她把我摟一陣又拉一陣手，似乎那樣還不夠親熱，嘴裡不住地說：「我還以爲你很像你媽，可是我看你不怎麼像；可是，天哪，我才不管這些哩，我看見你可眞高興呀！哎呀，哎呀，我簡直像是能把你一口吞到肚裡去！孩子們，這就是你們的湯姆表哥——快給他問好吧！」

可是他們都馬上低下頭去，把手指頭塞到嘴裡，藏到她背後去。於是她又趕快往下說：

「麗西，快去給他做一頓溫熱的早飯吧——咦，你是不是在船上吃過早飯了？」

我說我在船上吃過了。於是她就牽著我的手，動身往屋裡去，孩子們都在後面緊跟著。我們到了屋裡的時候，她就叫我坐在一把木條釘成的椅子上，她自己卻坐了一張小矮凳在我對面，握著我的兩隻手，說：

「現在我可以把你看得仔細了；唉，天啊，這些年來，我總在盼著看到你，眞不知想過多少回，現在總算看到了！這回我們盼著你來，已經等了兩、三天。什麼事情把你耽誤了？是不是船擱淺了？」

「是呀，大媽——船……」

「別叫我大媽呀——你叫我莎莉阿姨吧！船在哪兒擱淺的？」

我可不知道怎麼說才對，因爲我根本不知道那隻船究竟應該從大河下游往上開，還是從上游往下開。可是我向來愛隨便瞎猜；這回我就猜著船是往上游開的——從下游開到奧爾良去。可是這麼一猜，還是沒有多大用處；因爲大河下游那一段的淺灘叫什麼名字，我都不知道。我看得捏造一個淺攤才行，要不然就得說是我把輪船擱淺的那個灘的名字忘記了——再不然——這時候我忽然想出了一個主意，就把它說出來了：

「那還不是因爲擱淺——擱淺倒只耽誤了一會兒工夫。我們船上有一個汽缸蓋炸掉了。」

「哎呀，老天爺！傷了人嗎？」

「沒傷人，只炸死了一個黑奴。」

「啊，總算走運；因爲有時候是要傷人的。兩年前聖誕節那天，你賽拉斯姨父從新奧爾良乘拉里·盧克那隻舊船上來，那回就炸掉一個汽缸蓋，有一個人給炸成了殘廢。我好像記得他後來死掉了。他還是個浸禮教徒哩！你賽拉斯姨父認識一個住在巴東．盧什的人家，他們跟那個人家裡很熟。對啦，我現在想起來，他的確是死了。他那傷口腐爛了，長了毒瘡，醫生只好給他鋸掉那條腿。可是結果還是沒有救活他。不錯，是長了毒瘡——一點也不錯。他渾身發青，死的時候還希望將來能得到了光榮的復活哩！他們說他那樣子真叫人看了難受。你姨父每天都到鎮上去接你。今天又去了，還不過個把鐘頭；說不定馬上就會回來。你準是在路上碰見了他，是不是？他是個上年紀的人，手裡拿著個……」

「沒有，莎莉阿姨，我沒碰見什麼人。船是天亮的時候靠岸的，我把行李放在碼頭上的擺渡船裡，就到鎮上到處逛了一陣，又溜到鄉下，晃了一陣，免得到這兒太早了；所以我是走後面繞著來的。」

「你把行李交給誰了？」

「誰也沒交。」

「噢，傻孩子，那可要給人家偷走了！」

「我藏的地方很好，我看不會讓誰偷掉。」我說。

「那麼大清早，你怎麼就在船上吃了飯呢？」

這一問可問得真有點慘，可是我馬上就說：

「船長看見我站著沒事，便叫我最好是先吃點東西再上岸，所以他就把我們帶到船艙，跟船上的職員一塊吃早飯，他給我吃了合胃口的東西。」

我越來越慌張，簡直連話都聽不清楚了。我心裡老在那些孩子們身上轉念頭，真想把他們引到一邊去，在外面逗著他們說出一些底細，才好弄清楚我到底是誰。可是我一直找不出機會來，因爲斐爾普斯太太老在問個沒完沒了，話還說得很快。過了一會兒，她問了些話，簡直弄得我渾身都發冷，因爲她說：

「可是咱們老把這些話說個沒完，你還沒提到姊姊，她家裡的人一個也沒提到呀。好吧，我先歇會兒嘴，讓你把話匣子打開吧！你乾脆把什麼都告訴我——給我說說他們大夥兒的事情——個個都得說到才行；他們怎麼樣，都在幹什麼，還有他們叫你給我說什麼話；你不管想到什麼，都說給我聽聽吧！」

噢，我知道這下子我又慘了——簡直是沒法子下台。老天爺一直都幫我的忙，總算沒出問題，現在我可成了一隻擱淺的船，怎麼也走不動了。我知道再那麼瞎對付下去是不行的——我非舉手投降不可。於是我心裡就想，這下子又逼到了絕路，只好硬著頭皮說實話了。我正張開嘴來要說，可是她突然拉住我，趕緊把我推到床背後，說：

「他回來了！你把頭低下一點兒——對，那樣就行了；他看不見你。你可千萬別作聲，不讓他知道你來了，我要給他開個玩笑。孩子們，你們也不許多嘴呀！」

我知道這下子可不好辦了。可是光著急也沒用；只好悄悄地待著，等天上打下雷來的時候，沉住氣熬過那一關，再沒有別的辦法了。

那位老先生進來的時候，我剛好看了他一眼；隨後床鋪就把他擋住了。

斐爾普斯太太一下子向他跳過去，說：

「他來了嗎？」

「沒有。」她的丈夫說。

「老──天──爺呀！」她說，「他到底出了什麼事呢？」

「我猜不出，」老先生說，「說老實話，我簡直是擔心得要命。」

「擔心！」她說，「我簡直快急瘋了！他一定是已經到了，你在路上跟他錯過了吧！我準知道是這麼的──好像是有神仙給我報了信似的。」

「噢，莎莉，我絕不會在路上和他錯過──這妳總該知道呀。」

「可是，哎呀，哎呀，姊姊可要埋怨我們了！他準是來了！你準是把他錯過了。他……」

「啊，別再折磨我了吧，我心裡已經夠難受了，我簡直摸不清這到底是怎麼回事。我實在是想不出什麼辦法了，說老實話，我簡直嚇壞了。要說他已經來了，那是不會有的事，因為他要是來了，我就絕不會和他錯過。莎莉，這事眞糟糕透了──實在是糟糕──準是輪船出事了！」

「嘿，賽拉斯！你往外面瞧瞧！就在那大路上！是不是有人過來了？」

他跑到床當頭的窗戶那兒去，這就中了斐爾普斯太太的計，給了她一個機會。她趕快到床鋪這一頭，彎下腰來，拽了我一把，我就出來了；後來斐爾普斯先生從窗戶那兒轉過身來，她就堆著笑臉站著，滿面紅光，紅得就像一所著了火的房子似的，我呆頭呆腦地站在她身邊，渾身直冒汗。那位老先生瞪著眼睛看，一面問：

「咦，這是誰？」

「你猜是誰？」

「我猜不出，他到底是誰呀？」

「這就是湯姆．索亞！」

天啊，我差點兒鑽到地板縫裡去了！可是我簡直連換個花招都來不及了，那位老先生抓住我的手直拉，搖個沒完，那女人就一直在旁邊跳來跳去駁哈哈大笑，一面還老是嚷，眞是高興極了；後來他們倆都拚命向我開火問這問那，把席德、瑪麗和那一家裡別的人的情形通通問到了。

可是要說他們高興的話，那跟我那股高興勁兒比起來，眞是算不了什麼；因爲我就像再生到世上來似的，好容易知道了自己究竟是誰，眞是高興透了。好傢伙，他們一直釘住我問了兩個鐘頭；後來我簡直把嘴都說乾了，實在不能再說下去了，我把我家裡的事——我是說索亞那一家的事——可眞說得不少，比六個索亞家裡的事還說得多哩。我把我們那隻船在白河口上炸掉汽缸蓋的情形說得有眉有眼，還說我們花了三天才把它修好。這倒說得很像，一點兒沒露馬腳；因爲他們還眞相信要三天才能修好哩。我要是說炸掉的是個螺絲帽的話，他們也還是會相信的。

這時候我一方面覺得非常痛快，一方面又很著急。冒充湯姆．索亞是很痛快、很自在的，我一直都覺得又痛快，又自在，後來一聽有艘輪船順著大河往下嗚叫起來，我就覺得事情不妙了。於是我就想，假如湯姆．索亞就是搭這艘船下來了，那怎麼辦呢？假如他說不定在什麼時候走進這兒來，還沒等我來得及對他使個眼色叫他別作聲，他就把我的名字叫出來，那又怎麼辦呢？

哼，我可不能讓這事情弄到這個地步；那是絕對不行的。我得順著大路往上走，在半道上截住他。所以我就對他們說，我要到鎮上去，把行李取回來。那位老先生很願意跟我一道去，可是我說不用，我自己會趕馬車，請他不用爲我的事費心。

33 皇家人物的悲慘下場

於是我就駕著大車往鎭上去，剛走到半路，我就看見對面有一輛大車過來了，果然不錯，那正是湯姆．索亞。我就停了車，等他過來，我喊了一聲：「站住！」他的車就挨著我的車停住了，他把嘴張得挺大，像一口箱子似的，就那樣愣了很久；他嘴裡嚥了兩、三回唾沫，像個嗓子非常乾的人似的，後來他才說：

「我從來沒什麼事對不起你呀！你也是知道的。那麼，你幹嘛要還魂來纏我呢？」

「我並不是還魂——我根本就沒到陰間去呀！」我說。

他聽見我的聲音，好像心裡踏實了一點，可是他還是不大放心。他說：

「你可千萬別跟我開玩笑，因爲我也不會開你的玩笑。說實話，你眞不是個鬼嗎？」

「說實話，我不是鬼。」我說。

「好吧——我……我……呃，這麼說當然就應該沒問題了；可是我好像弄不清楚這到底是怎麼回事。我問

你，難道你壓根兒就沒被人家弄死嗎？」

「沒有！我根本沒被誰弄死！那是我要他們的花招。你要是不相信就過來摸摸我！」

他眞的上我車裡來，摸了我一下，這才使他放了心，他又和我見了面，眞是快活極了，簡直不知如何是好。他馬上就想要知道一切經過，因爲那是一段了不起的冒險經歷，又很神秘，並且還恰好合他的脾胃。可是我說，先別談那個，往後再說吧；我就叫他那個趕車的等一等，我們把車子趕開了一點，我就把我那爲難的情形告訴他，問他認爲該怎麼辦才好。他說，讓他好好地想一想，別打攪他。於是他就想了又想，過了一會兒，他就說：

「不成問題；我想出辦法來了。把我的箱子搬到你車上去，就說是你的，你再趕著車回去，路上慢慢地多磨菇一會兒，你琢磨著該什麼時候到家就什麼時候到吧！我自個兒再到鎭上兜一圈，從那兒再往這邊走，等你到了之後一刻鐘或是半個鐘頭，我再趕來，我剛到的時候，你就裝做不認識我好了。」

「好吧！可是先別急。另外還有一件事情——這件事除了我誰也不知道。那就是，這兒有個黑人，我打算把他救出來，不叫他再當奴隸了，他的名字叫做吉姆——就是華森老小姐的吉姆。」我說。

「什麼！啊，吉姆在……」

他沒往下說，心裡考慮起來了。我就說：

「我知道你要怎麼說。你會說這是卑鄙、下流的事情。可是那又有什麼關係呢？我根本就是下流的，我打算去把他救出來，請你保守秘密，不要聲張。行不行？」

他的眼睛突然一亮，他說：

「我要幫你的忙，把他偷出來！」

我一聽這話，好像挨了一槍似的，簡直沒有力，這眞是最叫人吃驚的話，我一輩子沒聽見過——說老實話，我覺得湯姆．索亞的身分都降低了。不過我不能相信他這句話。湯姆．索亞竟會幫黑人逃跑呀！

「啊，別胡說了！」我說，「你在開玩笑吧！」

「我可不是開玩笑。」

「那麼，好吧！」我說，「不管你是不是開玩笑，反正你要是聽見人家說起一個逃跑的黑人，可千萬要記住，就說你不知道這件事，我也不知道這件事。」

隨後他就把他的箱子搬到我車上來，於是我們倆就坐上車子，各人走各人的路了。可是我因爲心裡太高興，又在想心思，當然就忘了慢慢地趕車，結果我到家就到得太快，不像是趕了那麼遠的路。那位老先生正在門口，他說：

「嘿，這可眞了不起呀！誰想得到這匹母馬居然有這麼大本事？可惜沒把它的時間記下來。它還簡直沒出汗哪——連一根毛也沒有濕呀！眞了不起。噢，現在哪怕是給我一百塊錢買這匹馬，我也不幹了——我一定不幹，眞的！可是原先只要十五塊我就願意賣，並且還以爲它就只能值那幾個錢哩。」

他就只說了這些話。他是我所見過的最沒心眼、最善良的一個老頭兒。可是這也並不稀奇；因爲他不光是個莊稼人，還是個牧師，他那農場後面有一個木頭搭的巴掌大的教堂，那是他自己花錢蓋的，又作教堂，又作學校，他講道從來不要人家給錢，而且他講得很好。南方還有許多別的莊稼人當牧師的，也都是這麼做。

大約過了半個多鐘頭，湯姆的馬車就趕到了前面的梯階那兒，莎莉阿姨從窗戶裡看見了，因為那兒只隔著五十來碼。她一見有人來了，就說：

「咦，又有人來了！我猜不出，那是誰呢？啊，我相信那一定是個遠處來的客人。吉米。」（這是那些孩子們當中的一個）快去告訴麗西，開飯的時候多擺一份盤子吧！」

大夥兒都趕緊跑到大門口，因為遠客是難得每年都來的，所以只要是來了，就能引起大夥兒的興趣，簡直賽過黃熱病。湯姆跨上梯階，正在向著這所房子走過來；馬車順著大路飛跑，往鎮上去了，我們這些人通通堵在門口。湯姆穿著一身現成的新衣服，又有那麼多人瞧著他——湯姆對這一套向來是很有興趣的。遇到這種情形，他就要擺出一副很大方的派頭來，這是毫不費力的。他可不是一個不大方的孩子，絕不會像一隻綿羊似的，羞羞答答地從那個園子裡走過來；不，他大大方方、神氣十足地走過來，像一隻公羊的樣子。他走到我們面前的時候，就把帽子輕輕地摘下來，那副斯文和講究的派頭眞了不起，簡直好像是一只匣子裡有些蝴蝶在睡覺，他摘下帽子的神氣，就像是掀開那個匣子的蓋兒，還怕打攪那些蝴蝶睡覺似的。他一面摘帽子，一面說：

「對不起，這位就是阿契波爾德．尼庫爾斯先生吧？」

「不是，好孩子，」那位老先生說，「眞糟糕，你那個趕馬車的騙你了；尼庫爾斯家裡離這兒還有三哩路。請進來吧，請進來吧！」

湯姆就回過頭去望了一下，說：「來不及了——他已經走得不見了。」

「是呀，他走遠了，孩子，你只好進來跟我們一塊兒吃飯了；吃過飯我們就套上馬車，再送你到尼庫爾斯家裡去。」

「啊，我可不能給您添這麼多麻煩，連想都不能那麼想。我打算走著去——我不怕遠。」

「可是我們哪能讓你走呀——那也不合我們南方人招待客人的規矩了。快進來吧！」

「啊，千萬要進來，」莎莉阿姨說：「這一點也不算麻煩，根本就連什麼麻煩也說不上。你非在這兒歇一歇不可。這麼遠的三哩路，塵土又大，我們可不能讓你走路去。還有呢，我剛才看見你來的時候，就叫他們多擺了一份盤子，所以你千萬不能讓我們失望。快進來吧，用不著客氣。」

於是湯姆就很誠懇地大大方方給他們道謝，聽從他們的勸告，還是進來了；他到了屋裡的時候，就說他是剛從俄亥俄希克斯維爾來，名字叫威廉·湯普生——說完又鞠了個躬。

這下子他就滔滔不絕地一個勁兒東說西說，拚命編些話來，把希克斯維爾那地方和那兒的人都說得活靈活現，我聽著眞有點著急，不知道這一套怎麼能幫我解決困難；後來他一面還在說話，忽然伸過頭來，對準了莎莉阿姨嘴上親了一下，完了又回到椅子上很自在地坐著，還打算再往下說；可是莎莉阿姨跳起來，用手背擦了擦嘴，說：

「你這沒禮貌的小畜生！」他好像有點委屈的樣子，說：

「太太，您這麼不客氣，我可眞想不到呀！」

「你想不……噢，你當我是什麼人呀？我本是一片好心，並且還……喂，我問你，你居然跟我親起嘴來了，到底安著什麼心呀？」

他裝出一副老實樣子，說：

「我什麼心也沒安，太太，我並沒壞心眼。我——我還以爲您喜歡讓我親親嘴哩！」

「噢，你這天生的小糊塗蟲！」她拿起紡錘來，看她那樣子，簡直是拚命忍住，才沒有揍他一下，「您憑什麼會想到我喜歡讓你親嘴呀？」

「啊，我也不知道。不過他們——他們都跟我說您會喜歡。」

「他們跟你說我會喜歡！對你說這種話的人，也跟你一樣，一定是些瘋子。這種荒唐透頂的事，我可沒聽說過。他們到底是誰？」

「噢，大夥兒嘛。他們都是那麼說的，太太。」

她拚命地忍，才忍住了；她氣得直眨眼睛，手指頭也在動，好像是想要抓他幾下呢！她說：

「大夥兒是誰呀？快把他的名字說出來，要不然我就揍死你這糊塗蛋。」

他站起來，顯出很難受的樣子，笨手笨腳地把他的帽子摸來摸去；後來他說：

「對不起，我眞沒想到是這樣。是他們叫我親的。他們都叫我跟您親親嘴。大夥兒都說，跟她親親嘴吧，還說她會高興。他們都那麼說——個個都說過。可是我很對不起您，太太，我再也不敢了——老實說，再也不敢了。」

「你不敢了，是不是？哼，我想你也不敢了！」

「眞不敢了，我是說實話；我再也不敢這麼做了——除非您央求我跟您親嘴。」

「除非我央求你親！這種稀罕事我從出娘胎起就沒見過！我敢擔保你要是等著我來央求你親

嘴——或是叫你這類的傻瓜親嘴，那你就等來生吧！我才會請你。」

「唉，」他說，「這可實在是想不到。怎麼啦，我簡直莫名其妙。他們說您會高興，我也猜到您會高興。可是……」他不往下說了，慢慢地朝周圍望了一下，好像是想要碰巧看到有誰對他表同情似的，後來他就盯住那位老先生的眼睛，說：「先生，您是不是認爲她會喜歡我跟她親嘴呢？」

「哦，不。我——我——呃，不，我相信她不會喜歡你親她。」

於是，他就轉過臉來，還是那麼慢慢地望著，後來瞧見了我，就說：

「湯姆，你是不是想著莎莉阿姨會攤開胳臂歡迎我，趕緊說：『席德．索亞……』」

「天啊！」莎莉阿姨打斷了他的話，連忙向他跳過去，「你這冒失的小搗蛋鬼，怎麼這樣拿人家開心呀……」她正想要去摟住他，可是他一手把她擋開，說：

「別忙，您得先央求我一聲才行。」

她趕快央求了他一聲，馬上就摟著他，親了又親，完了又把他推到老頭兒面前，讓他也沾點兒邊，過一會兒癮。等到他們又清靜了一點的時候，莎莉阿姨就說：

「哎呀，眞有趣，這麼個喜出望外的事，我還沒見過。我們只知道湯姆要來，沒想到你也來了。姊姊來信光說他要來，根本沒提起還有別人。」

「那是因爲原來只打算讓湯姆一人來，除了他，本來是誰也不行來的，」他說：「可是我一回又一回地求她，後來臨到湯姆要走了，她才讓我也一塊兒來，所以我和湯姆在船上的時候，就合計著可以開個挺好的玩笑，叫他先上這兒來，我在後面耽擱一陣，再像湊巧似地找上門來，假裝是一個陌生人。可是我們這一下弄錯了，莎莉阿姨。像這麼個不客氣的人家，陌生人來了可是不大妥當呀！」

「是呀，席德，冒失的小淘氣鬼上這兒來是不大妥當的。你眞該挨兩個耳光才對；多少年來，我都沒讓誰惹得生這麼大的氣。可是我倒不在乎，儘管把我逗苦一點也不要緊——只要你來了，哪怕給我開一千個這樣的玩笑，我也受得了，不會不高興。啊，想起你那一手，可眞把我嚇呆了。」

我們便在那所房子和廚房當中敞著的寬走廊裡吃飯，桌上擺的飯菜很豐盛——並且還是挺熱和的；不像那些嚼不爛、咬不動的肉，在潮濕的地窖裡擱在碗櫃裡過了一夜，到第二天清早吃起來簡直像一塊冰涼的老牛排似的。賽拉斯姨父臨到吃飯的時候做了一段很長的禱告，但那也値得一聽；那些吃的東西也沒有涼掉，我有些回看見別人說那套廢話，可就把飯菜弄得冰涼了。

整個下午，大夥兒談的話可不少；我和湯姆一直都在留神聽著，總想聽出一點消息來；可是一點也沒有用，他們偏偏就沒有提到什麼逃跑的黑人，我們也不敢逗著他們往這上面談。

可到了晚上，吃晚飯的時候，有一個小孩說：

「爸，讓湯姆和席德帶我去看戲好不好？」

「不行，」老頭兒說，「我看根本就不會演什麼戲了；就算是要演的話，你們也不能去；因爲那逃跑的黑人把那演戲騙人的事通通告訴波頓和我了，波頓說他要告訴別人；所以我估計還不等到這時候，他們早就把這兩個不要臉的流氓從鎭上攆出去了。」

哈，原來是這樣呀！可是這事不能怨我。他們讓湯姆和我在一個屋子裡睡一張床；我們剛吃完晚飯，就說是累了，跟他們說了一聲明天見，就上樓去睡覺，再從窗戶裡爬出來，順著避雷針溜到地下，趕快往鎮上跑；因爲我不相信會有誰給國王和公爵報信，所以我要是不趕快去把消息告訴他們，他們可就要倒大楣了。

我們在路上走著，湯姆就把大夥兒猜想我被人殺了的情形都給我說了一遍，又說起我爸爸不久就失蹤了，再也沒有回去，還有吉姆跑掉之後，鎮上又怎麼轟動了一陣；我就把我們那兩個演「皇家奇物」的壞蛋說了一遍，還抓一點時間，儘量說了些木筏上的事情；後來我們趕到鎮上，正在穿過中間的街道時——那時候已經差不多八點半了——忽然有一群人拿著火把，瘋狂地湧過來，還拚命地嚷叫，一面敲著洋鐵鍋，一面吹著喇叭，我們就往旁邊一跳，讓他們過去；他們走過的時候，我就看見他們把國王和公爵騎在木桿上抬著遊街——這就是說，我知道那是國王和公爵，其實他們渾身都塗滿了柏油，貼滿了雞毛，簡直連人的模樣都看不出了——就像是兩把巨形的雞毛帚似的。嗅，這可眞叫我看見了覺得不是滋味；我還替他們那兩個可憐的壞蛋難受，好像覺得再也不會對他們記恨了。那種情形實在叫人看了感到害怕。人對人可眞能狠得下心呀！

我們知道已經來不及了——什麼辦法也沒有了。我們向幾個看熱鬧的人打聽了一下，他們說大夥兒都裝著老老實實的樣子去看戲，不聲不響地打好了埋伏，等到那可憐的老國王在戲台上蹦蹦跳跳，正跳得起勁喲時候，就有人發了個信號，於是全場都站起來，向他們衝過去，把他們逮住了。

於是，我們就慢慢地往回走，這時候我再也不像起先那麼性急了，不知怎麼的，我覺得有點不痛快，好像沒臉見人和做了什擠對不起人的事似的！其實我什麼錯也沒有。可是一個人總愛犯這個毛病；不管你把事情做對沒有，都是一樣，反正一個人的良心總是不講道理，偏要跟他找值。我要是有一隻黃狗，也像人的良心那麼糊塗，那我就要拿毒藥把它毒死。良心在人身上占的地方比丑鬍遜冬，可是又一點用處都沒有。湯姆·索亞說他也是這麼覺得。

34 給吉姆打氣

我們停止了談話，想起心思來了。過了一會兒，湯姆說：

「嘿，哈克，我們早沒想到，眞是傻透了！我敢說我知道吉姆在什麼地方。」

「怎麼！在哪兒？」

「就在浸灰桶旁邊那個小屋子裡。你聽我說吧。我們吃午飯的時候，有個黑人拿著吃的東西上那兒去，你沒看見嗎？」

「看見了。」

「那麼你猜那些吃的東西是送去幹嘛的？」

「餵狗的。」

「我原來也是那麼想。噢，其實不是餵狗。」

「爲什麼？」

「因爲那裡面有西瓜。」

「是那麼的——我看到了。嘿，這可眞是怪事，我怎麼簡直沒想到狗不吃西瓜呀！從這兒可以看出一個人儘管看見什麼東西，有時候還是等於沒長眼

睛。」

「還有呢，那黑人進去的時候把門上的掛鎖打開，出來的時候又把它鎖上了。我們吃完了飯，離開桌子的時候，他正巧交了一把鑰匙給姨父——我猜一定就是那把鑰匙。有西瓜就表示那是人，鎖上了門就是說那個人在裡面關著；在這樣小的農場上，這兒的人都很和氣，心眼也很好，大概不會有別的犯人，所以那犯人一定是吉姆。好極了——我們照偵探的方法把事情弄明白了，我可眞是高興；我看別的辦法簡直是瞎碰。現在你動動腦筋，想個辦法把吉姆偷出來吧，我也要琢磨出一個辦沃來；看誰想得好，就用誰的主意。」

一個小孩能有那麼好的腦筋，可眞是了不起！我要是有湯姆．索亞那樣的腦筋，那就不管拿什麼來跟我換都不行，無論是讓我當公爵，或是輪船上的大副，或是馬戲班裡的小丑，或是我想得起的什麼角色，我都不幹。我自己也想琢磨出一個辦法來，可是那不過是白費心機；我分明知道妙主意會從哪兒想出來。

過了一會兒，湯姆就問我：

「想出來了嗎？」

「想出來了。」我說。

「好吧——說給我聽聽。」

「我的主意是這樣的，」我說，「我們很容易弄清楚吉姆是不是在那裡面。明天晚上我們就把我那個小船撈起來，再到那小島上去把木筏划過來。然後只等頭一個漆黑的晚上，咱們就在那老頭兒睡覺之後，從他褲子裡把鑰匙偷出來，帶著吉姆坐上木筏，順著大河趕快往下划，一到白天就藏起來，晚上才趕路，就像我和吉姆從前那樣辦。這個主意行得通嗎？」

「行得通？噢，那當然是行得通嘍，就像老鼠打架似的，可那太省事了，一點意思也沒有。像這種毫不費勁的主意有什麼價值呢？眞是太沒味道了。噢，哈克，這也不過是像闖進肥皀廠去偷點肥皀似的，人家說起來，誰也不會把它當回事。」

我一聲不響，因爲我本來就料到他會這麼說；可是我也知道得很清楚，只要他的主意想好了，那準是十全十美，挑不出什麼毛病來。

果然不錯。他把他的主意給我說了，我馬上就看出這是個派頭十足的妙計，抵得上十幾個我那樣的爛主意，並且還跟我那個辦法一樣，也能讓吉姆恢復自由，說不定還能叫我們幾個人都把命送掉哩。所以我就覺得很滿意，主張趕快進行。他出的是個什麼主意，我現在先不急著說出來，因爲我知道他的主意不會老是不變。我知道我們一面做下去，他就會一面隨意修改，只要有機會，他就要添些新花樣進去。後來他果然是這麼做的。

不過有一點可是毫無問題，那就是湯姆・索亞的確是誠心誠意，的確是打算幫忙把那個黑人偷出來，叫他擺脫奴隸生活。這也正是叫我莫名其妙的一點。像他這麼一個孩子，本來很體面、很有教養，他要是做壞事，就會損害他的身分，他家裡的人也都是很有身分的，他又很聰明，並非傻頭傻腦，他很精靈，並不糊塗；他絕不做壞事，心眼也很好，現在他可是降低了身分，一心一意要來做這種事，完全不要面子，不管是非，也不顧人情，豁著在大夥兒面前給他自己丟臉，還給他家裡丟臉。這我卻怎麼也不懂。這簡直是荒唐透頂，我知道我應該乾脆給他這麼說，那才算是他的知心朋友；我應該勸他趁早撒手，別再幹下去，免得損壞自己的名譽。後來我就眞的開口勸他；可是他不許我說下去，他說：

「你當我是糊里糊塗，不知道自己在幹什麼嗎？我平常做事，不是向來有主張的嗎？」

「是呀！」

「我不是明明說了，我要幫忙把那個黑人偷出來嗎？」

「是呀！」

「哼，那就得啦！」

他的話就說到這裡為止，我也沒有再往下說什麼。多說也是沒用，因為他說要做什麼，就非做不可。可是我就是弄不明白，他怎麼會願意攪在這種事情裡面；我只好隨它去，再也不為這件事操心了。他既然非這麼做不可，我也沒法子攔住他。

我們到家的時候，整個房子都是黑漆漆的，一點聲音也沒有；所以我們就一直跑到浸灰桶旁邊的小屋子那兒去，看看情況。我們從院子裡走過去，試試那些狗怎麼樣。他們都認識我們，所以就沒有大聲地汪汪叫，只是像鄉下的狗在夜裡聽到外面有什麼走過的時候那樣，稍微哼了兩聲就停了。我們走到那個小木頭房子跟前的時候，就看了看前面和兩側；後來在我們原先沒看清楚的那一邊——那就是朝北的一邊——我們發現了一個小窗口，離地很高，只在框子上釘了一塊結實的木板。

我說：「這可好了。這個窗口還不算小，我們只要把那塊木板撬掉，吉姆就可以從裡面鑽出來。」

湯姆說：「這未免太省事了，就跟下跳棋似的，簡直像逃學那麼容易。哈克·費恩，我希望咱們能想出個辦法，總得比這個曲折一點才行。」

「好吧，」我說，「那麼，鋸開那塊木板讓他出來，行不行？就像我那回讓人謀害了的時候那個辦法，怎麼樣？」

「那倒像個主意，」他說，「那挺神秘，挺麻煩，也挺夠味兒，」他說：「可是我保証咱們準能想出個別的辦法，有比這更加倍費勁的。別著急，我們再到別處瞧瞧吧！」

在這個小屋子和柵欄當中，靠後面那一邊，有一間斜頂的棚子，和那小屋子的屋簷連著，是木板搭的。這個棚子和那間小屋子一樣長，可是挺窄——只有六呎來進身。它的門在南面那一頭，上面加了一把掛鎖。於是湯姆就上那個煮肥皂的鍋那兒去，到處找了一陣，後來就把人家拿來揭鍋蓋用的一個鐵環撬拿了下來，於是他就用這玩意兒撬開了一顆騎馬釘。鐵鏈子掉下來了，我們就把門打開，走進去再把門關上，又劃了一根洋火，這才看出這個棚子不過是靠著那間小屋子搭的，並沒有相通，棚子裡沒有地板，那裡面除了一些誘了的廢鍬和鏟子、鐵鎬，還有一把壞了的犁，什麼也沒有了。洋火滅了，我們也就出來了，於是又把那顆騎馬釘插上，那扇門就和原來一樣，好好地鎖著了。

湯姆挺高興，他說：

「這下子我們就好辦了。我們可以在地下挖個洞讓他爬出來。那得花一個星期時間！」

隨後我們就往大房子那邊走，我從後門進去了——他們並不把門扣死，你只要把門閂上的一根鹿皮條子拉一下，就可以開門進去——可是湯姆．索亞偏要嫌這個不夠神秘；他非要順著避雷針爬上去不可。可是他爬了三回，都只爬到半截，就洩了氣，每回都摔了下來。最後一回，他差點把腦漿都捽出來了，這下子他才想到非放棄這個辦法不可；可是他歇了一會兒，又說還是要碰碰運氣，再試它一回，結果他居然爬上去了。

第二天早上，天剛亮我們就起來，馬上就到那些黑人住的小屋子裡去，跟那些狗親熱親熱，和那個送東西去給吉姆吃的黑人攀交情——其實我們還不知道他究竟是不是給吉姆送東西吃的。那些黑人快吃完早飯了，正要到田地去，吉姆的那個黑人在一個洋鐵鍋裡擺上麵包、肉和一些別的東西；其餘的黑人出去的時候，就有人從大房子裡把鑰匙送過來了。

這個黑人脾氣很好，臉上有一副傻呼呼的神氣，他的鬆髮用線捆成一綹一綹，這是避邪的。他說妖巫死纏著他，已經有好幾夜了，總叫他看見各式各樣稀奇古怪的事情，聽見各式各樣奇怪的話和響聲，他相信他一輩子還沒有讓妖巫纏過這麼久。他弄得神經非常緊張，只好到處亂跑，老想擺脫自己的災難，結果他簡直把要幹的事情通通忘掉了。

於是，湯姆就說：

「這些吃的東西拿去幹嘛？餵狗的嗎？」

這個黑人臉上好像慢慢地笑開了，他那副神氣就像你在一個泥水坑裡丟了一塊磚頭似的。他說：「是呀，席德少爺，是一隻狗。還是隻稀奇的狗呢！你想去看看他嗎？」

「好吧！」

我把湯姆推了一下，悄悄說：

「你打算就這樣在大白天進去嗎？那跟我們的計畫不對呀！」

「不，這沒關係；不過現在我們的計畫改成這樣。」

眞糟糕，我們就往那兒走，可是我心裡不大高興。我們走進那個小屋的時候，差不多什麼也看不見，因爲那裡面太黑了；可是吉姆果然在那兒，一點也不錯，還看得見我們。

他大聲嚷起來：

「嘿，哈克！天啊！那不是湯姆少爺嗎？」

我早就知道會這樣，果然猜對了。我可不知怎麼辦才好，就是知道怎麼辦，也來不及，因爲那個黑人馬上就插嘴說：

「咦，老天爺呀！他認識你們兩位少爺嗎？」

這時候我們可以看清楚了。湯姆就望著那個黑人，不慌不忙，似乎覺得很詫異地說：

「誰認識我們呀？」

「咦，這個逃跑的黑人呀！」

「我看他並不認識我們；可是你腦海裡怎麼會憑空起了這麼個念頭呢？」

「憑空起了這個念頭？剛才他不是像認識你們似的，大聲地叫你們嗎？」

湯姆裝做莫名其妙的樣子，說：

「哼，這眞是奇怪。是誰大聲叫的？是什麼時候叫的？他喊些什麼？」他又掉過頭來，從從容容望著我說：「你可曾聽見有人喊過嗎？」

當然我也沒有別的話可說，只好撒一句謊。

所以，我就說：

「沒有，我可沒聽見誰說什麼話。」

於是，他又往吉姆那邊轉過身去，把他渾身打量了一下，好像壓根兒沒見過他似的。

「是你叫的嗎？」他說。

「沒有啊！」吉姆說：「我可沒說什麼。」

「一個字都沒說嗎？」

「沒有，我連一個字也沒說過。」

「你從前見過我們嗎？」

「沒有，先生；我可是想不起見過您。」

那個黑人顯得很慌張、很苦惱的樣子，湯姆掉過頭去向著他，擺出幾分嚴厲的神氣說：

「你瞧你這到底是怎麼回事呀？你怎麼會覺得有人叫過？」

「啊，又是那些妖巫在作怪，我眞恨不得死了還好些。他們老是這麼跟我搗蛋，他們簡直把我嚇得像什麼似的，差點兒要了我的命。您可千萬別跟誰說呀，要不然賽拉斯老爺又要罵我了，因爲他說根本就沒什麼妖巫。我可眞希望他在這兒就好了——那他還有什麼話可說！我看他這回要是再不信，那可就怎麼也說不出道理來了。世界上的事情就是這樣，牛脾氣的人就總是那麼固執；他們總不肯看清事實弄個清楚，你要是把事情弄清楚了去告訴他們，他們又不相信你。」

湯姆給了他一毛錢，還告訴他說，我們不會跟誰講；他叫他再買點錢，把頭髮多捆幾個結，隨後他又望著吉姆說：

「我不知道賽拉斯姨父會不會把這個黑人絞死。要是一個忘恩負義的黑人居然逃跑了，讓我逮著，我可絕不饒他，非絞死他不可。」那個黑人走到門口去，還把那個銀角子放到嘴裡咬一咬，看看它是不是眞的，湯姆就趁這機會悄悄地對吉姆說：

「千萬別讓人知道你認識我們。到了晚上你要是聽見有人在地下挖，那就是我們；我們要把你救出去。」

吉姆剛抓住我們的手快活地捏了一下，那個黑人就回來了；我們說那黑人要是願意讓我們來的話，有時候我們還可以再來，他說他願意，特別是天黑的時候，因爲妖巫多半是在黑地方跟他搗蛋，那時候要是有人在身邊，倒是很好。

35 秘密和巧妙的計畫

那時候離吃早餐差不多還有一個鐘頭，所以我們就離開那兒鑽到樹林裡去了；因爲湯姆說我們挖洞的時候，多少總要有點亮光照一照才行，可是提燈又太顯眼，難免會惹禍；我們要是能找到那種叫做鬼火的爛木頭塊兒，那就很合適，你把這玩意擱在漆黑的地方，它就會發出一種隱隱約約的光來。我們拾了一大捆，把它藏在亂草叢裡面，就坐下來休息；湯姆有點不大滿意，他說：

「糟糕，這事可是從頭到尾都太容易、太不夠味兒了。所以要想出個費勁的計畫，要完成它可是要相當的費事。照說那兒應該有個守門的——可是偏沒有，那就沒法子給他下迷藥。連一隻狗都沒有，想要給它下迷藥也不行。還有吉姆是用一條十呎長的鐵鏈子鎖住一條腿的，鏈子套在他的床腿上；噢，那你只要把床架子抬起來，取出那條鏈子就完了。賽拉斯姨父又對誰都相信；他把鑰匙拿給那個傻瓜黑人，也不派個什麼人去監視他。吉姆本

來早就可以從那窗口裡鑽出來，可是他腿上還套著一根十呎長的鐵鏈子，要想那麼走路，當然走不動。嘻，眞討厭，哈克，要打算這麼做，簡直是再笨也沒有的主意了，我一輩子沒見過。什麼困難都得靠你自己動腦筋去憑空製造才行。唉，我們反正也就只好是這麼辦了；我們得拚命想辦法，利用眼前這些材料，好好地大幹一場。不管怎麼樣，有一點反正是不會錯的——這件事的種種困難和危險，本來應該有人先給我們安排好，可是人家偏不管，什麼都得叫你自己動腦筋去製造，所以我們遇到這種情況，要是經過許多困難和危險，把吉姆救出來，那就特別顯得有光彩。且說提燈這一件事情好了，就實際情況來說，我們只能假裝著怕點燈有危險。哼，要是我們高興的話，哪怕是帶著一大隊人打起火把去幹，我相信也沒什麼不行。啊，想到這個，我又想起我們還得趁早找個什麼東西，做一把鋸子才行。」

「我們要鋸子幹嘛？」

「我們要鋸子幹嘛？我們要取下那條鐵鏈，不是得把吉姆那床鋪的腿鋸掉嗎？」

「咦，你剛才不是說，我們可以抬起床鋪，把鐵鏈褪下來嗎？」

「噢，哈克．費恩，只有你這種人才說這種腦筋簡單的話。你做事只會打些小娃娃的主意。你難道什麼書也沒唸過嗎——比如特倫克男爵、卡薩諾瓦、本文努圖．契利尼❶和亨利四世❷的

---

❶特倫克男爵（Baron Trenck，一七二六～一七九四）是奧地利軍人；卡薩諾瓦（Giovanni Jacopo Casnova，一七二五～一七九八）是意大利傳奇的冒險家；契利尼（Benvenuto Cellini，一五〇〇～一五七一）是意大利金匠和雕刻師。他們三人的自傳都充滿了傳奇色彩，非常有名。

❷亨利四世（Henry IV，一五五三～一六一〇），法國國王，一生征戰事蹟極多。

書，還有別的英雄豪傑的書，你都沒唸過嗎？誰聽說過用這種沒出息的辦法把一個犯人放走的？沒有這種事，那些很有名的行家做這種事，都是把床腿鋸成兩截，還讓它照原來的樣子立著，再把鋸末吃掉，叫人看不出來，鋸開的地方還抹上一些土和油，哪怕是眼睛最尖的管監也看不出一點鋸過的痕跡，還以爲那床腿是好好的哩。那麼等到哪天晚上，你把什麼都準備好了的時候，就只要向那條床腿踢一腳，它就倒了，再把鐵鏈褪下來，不就行了嘛！然後只要把繩梯掛在城牆探上，順著它溜下去，再在護城壕溝裡把腿摔斷就行了——你要知道，繩梯很短，還差十九呎——到了下面，就有你的馬和忠實的臣子在那兒等著你，他們就把你抬起來，攙到馬鞍上，你就一溜煙飛跑到你家的老家朗基多克❸或是維瓦爾❹去，不管它是什麼地方吧！那才妙透了哪，哈克。這個小屋子要是也有一道壕溝圍著，那才好哩。要是臨到逃跑的那天夜裡，我們還抽得出時間的話，最好還是挖一條。」

我說：

「我們不是打算從那小屋子底下挖個洞把吉姆偷出來嗎？那還用壕溝幹嘛？」

可是他根本沒聽見我的話。他把我和其他一切都給忘掉了。他用手托著下巴想著。後來他忽然嘆了一口氣，又搖搖頭；然後再嘆了一口氣，說：

「不行，那可不行——還可以不必這麼做。」

---

❸ 小古時法國南部的一省。

❹ 從前法國西部的一個小王國，法王亨利四世曾做過納瓦爾王。

「不必做什麼？」我說。

「啊，不必把吉姆的腿鋸掉。」他說。

「天啊！」我說，「噢，根本就用不著那麼做嘛！你爲什麼會想起要鋸掉他的腿呀？」

「啊，有些很有名的人都是這麼幹過。他們沒法子弄掉鎖鏈，就把手砍下來溜掉了。鋸掉腿當然更好嘍。可是我們得打消這個主意，這回可以不必這麼做，並且吉姆是個黑人，他不懂爲什麼要這麼做，也不知道歐洲人有這種作法，所以還是算了吧！可是有一件事情還是要做——他得有一根繩梯才行；我們可以把被單撕碎，給他做一條繩梯並不費勁。我們可以把它裝在一個大餡兒餅裡給他送去；人家大都是這麼做的。比這更難吃的餡兒餅，我都吃過哩。」

「噢，湯姆．索亞，你這是怎麼說的，」我說，「吉姆要一條繩梯沒什麼用呀！」

「他當然用得著。你還不如問問你自己，你這是怎麼說的；這種事你眞是一竅不通，他非得有一條繩梯不可，因爲人家都有嘛！」

「他到底要它幹什麼呀？」

「幹嘛？他可以把它藏到床墊，是不是？人家都是這麼做，他當然也得這麼做。哈克，你好像老不愛照老規矩辦事；你一直都在打算要新花樣。就算他用不著繩梯又怎麼樣？他跑掉以後，繩梯不是還留在床墊，可以給人家做個線索嗎？你難道以爲人家不要找點線索嗎？當然是要。你打算什麼線索都不留給人家嗎？那可未免太難了，不是嗎？我從來沒聽說過有這麼缺德的。」

「好吧，」我說，「如果有這種規矩，他非要一條繩梯不可的話，那也行，就給他一條吧；因爲我絕不願意違反規矩。可是，湯姆．索亞，有一點你可得明白——我們要是打算把我們的床單撕碎，給吉姆做繩梯，莎莉阿姨問起來可沒法子對付，那是明擺著的。要是照我的想法，弄個胡桃皮做的乾梯子就不值什麼錢，也不糟蹋什麼，並且也照樣可以裝在一個餡兒餅裡面，還可以藏在草墊子底下，跟你做的布條子繩梯一樣。至於吉姆呢，他是沒什麼經驗的，所以他也不管在意用哪一種……」

「啊，胡說，哈克·費恩，我要是像你那麼糊塗的話，我就不會亂說話——我可絕不會胡說八道。誰聽說過一個重要的政治犯用胡桃樹皮做的繩梯逃跑的？噢，那未免太可笑了。」

「那麼，好吧，湯姆，你愛怎麼辦就怎麼辦吧，可是你要是肯聽我的話，那就讓我去從晾衣服的繩子上弄一條床單下來吧！」

他說那也行。這麼一來，「另外還要弄一件襯衫。又引起了他一個新的主意：他說：

「我們要襯衫幹嘛，湯姆？」

「要拿給吉姆在那上面寫日記呀！」

「寫什麼日記——吉姆根本就不會寫字呀！」

「他不會寫又怎麼樣——我們要是拿一把舊錫蠟調羹或是一塊舊鐵箍磨一磨，給他做一枝筆，他總可以在襯衫上畫一些記號，不是嗎？」

「嘿，湯姆，那我們不是可以從鵝身上拔下一根毛來，給他做一枝更好的筆？並且做起來還要更快哩。」

「你這個傻瓜，犯人的監牢旁邊哪有什麼鵝，讓他去拔下毛來做筆呀！他們能夠弄到手的只有那些銅燭台什麼的，都是些很硬、很結實、很費勁的東西，他們得花好幾個星期、好幾個月的工夫才能把它磨好，因為他們只能在牆上磨。他們即使有鵝毛筆的話，也不會用它。因為那是不合規矩的。」

「那麼，我們用什麼來做墨水呢？」

「有許多人是用鐵銹和眼淚做的；不過那是普通人和女人們的辦法，那些很有名的人就用自己的血。吉姆可以這麼辦，他要是想給外面報個信，傳出點普普通通的神秘消息，讓大家知道他關在什麼地方，那他就可以用吃飯的叉子在洋鐵盤子底下寫一些字，再從窗戶裡丟出來。從前鐵面怪人❺就總愛這麼做，這個辦法可棒透了。」

「吉姆可沒有洋鐵盤子呀！他們是拿洋鐵鍋給他送飯的。」

「那沒關係，我們可以找幾個送給他。」

「他在盤子上寫的是什麼，誰也認不出呀！」

「那也沒什麼關係，哈克．費恩。他只要寫上一些，扔出來就行了。我們並不是非得能認出他寫的是什麼。噢，犯人在盤子上寫的字，或是寫在別的什麼地方的，多半都認不清楚。」

「那麼，為什麼偏要糟蹋一些盤子呢？」

「噢，那並不是犯人的盤子呀！」

「可是盤子反正總是有主人的，不是嗎？」

---

❺十七世紀法國的一個神秘政治犯。他被法王路易十四囚禁了幾十年，最後死於巴斯底獄中。他被戴上了面具，別人始終看不見他的面孔。這個人究竟是誰，有各種揣測，並無定論。

「噢，就算是有主人，又怎麼樣呢？犯人還管得著那是誰的……」

他說到這兒就突然停住了，因爲我們聽見吃早飯的喇叭聲。所以我們就趕快跑回屋去。

那天上午，我從晾衣服的繩子上借到了一條床單和一件白襯衫，後來又找到一只舊口袋，把它們裝在裡面，我們又跑到樹林裡，找到了那些鬼火，也裝在口袋裡。我管這叫「借」，因爲我爸老愛這麼說，可是湯姆說那不叫借，坦白一點就是偷。他說我們是代表犯人的；犯人根本就不管東西怎麼弄到手，要拿就拿，人家也不怪他們。湯姆說，犯人爲了要逃跑，偷點什麼東西，根本不算犯法，這是他應有的權利；所以我們既然是代表犯人，我們爲了從牢裡逃出來，要是用得著什麼的話，就有十足的權利偷這地方的東西。他說我們要不是犯人，那就完全兩樣了，如果不是犯人，那就只有下流和無恥的傢伙才會偷東西。所以我們就認爲這兒的東西，不管是什麼，只要順手，就儘管隨便偷。可是後來有一天，我從黑人種的西瓜地裡偷了一粒西瓜吃，他可又大驚小怪地跟我大吵了一陣，還叫我去給那些黑人一毛錢，不說明是爲什麼。

湯姆說他的意思是這樣：凡是我們需要的東西，都可以偷。那麼，我就說，我需要吃個西瓜。可是他說我並不是需要吃西瓜才能逃出監牢；區別

就在這兒。他說我要是打算藏一把刀在西瓜裡面，把它混進牢裡去給吉姆，讓他好拿來刺殺管監的，那當然沒有問題。

於是，我聽他這麼說了，也就隨它去了，不過我還是覺得有點兒納悶，如果叫我代表一個犯人，每回碰到有機會可以順手拿人家一個西瓜，就不得不坐下來，仔細琢磨這些細緻的區別，那我就不懂代表犯人還有什麼好處。

啊，我把話說岔了，那天早上我們一直等到大夥兒都幹各人的活去了，院子裡連人影兒都沒有了，湯姆才把口袋背到那斜頂的棚子裡去，我就站在幾步以外給他把風。過了一會兒，他出來了；我們就到一堆木頭那兒坐下來商量。他說：

「現在什麼都安排好了，只缺個傢伙；不過那倒是好辦。」

「傢伙？」我說。

「是呀！」

「幹什麼用的傢伙？」

「噢，挖洞用的嘛！咱們總不能用嘴啃個洞放他出來，對不對？」

「那麼將那些壞了的舊鐵鎬什麼的，拿來給一個黑人挖個洞，讓他逃出來，不就挺好的嗎？」我說。

他掉過頭來向著我，擺出一副可憐的樣子，簡直叫人委屈得直想哭，他說：

「哈克．費恩，你可聽說過，一個犯人有鐵鎬和鐵鍬，連各式各樣的新式傢伙都一套齊全，放在衣櫃裡，拿來挖洞逃跑，有這樣稀罕的事嗎？我還要問問你——要是你還有點兒腦筋的話——要是照你的辦法，他還有什麼機會成個英雄好漢呢？哼，那還不如乾脆叫人家把鑰匙借給他，打開鎖出來就完了。鐵鎬和鐵鍬——哪怕是個國王，人家也不會給他這些東西呀！」

「那麼，」我說，「咱們不要那些鐵鎬和鐵鍬，到底要什麼呢？」

「弄兩把長刀來就行了。」

「拿來在小屋的牆腳底下挖洞嗎？」

「是呀！」

「哎呀，那才傻哪，湯姆。」

「不管怎麼傻，反正沒關係；這究竟是正當的辦法——這是老規矩。再也沒有第二個辦法，我從來沒聽說過；凡是談到這些事情的書，我全都看過了。人家總是用刀子挖洞出來——並且還不是挖土，你聽著吧！人家差不多都是要挖穿很結實的石頭。那就得花許多星期的工夫，一直挖下去。噢，你瞧瞧馬賽港的狄福堡那個地牢裡關著的犯人吧，他們當中就有一個是挖地洞逃出來的；你猜猜他挖了多久？」

「我不知道。」

「嘿，你猜嘛！」

「我猜不出，一個半月吧！」

「三十七年！他是從中國鑽出去的。那才叫有趣哩。我們這個城堡如果也是很結實的石頭，那我就太高興了。」

「吉姆在中國沒有一個認識的人呀！」

「那有什麼關係？那個人也不認識什麼中國人，可是你總要扯到一邊去，你怎麼總不能盯住主要問題，好好地談下去呢？」

「得啦——只要他能出來，我才不管他從什麼地方出來哩；我猜吉姆也不在乎。可是有一點得注意——吉姆年紀太大了，要是用刀子挖洞，他就出不來了，他活不了那麼長。」

「不，他能活那麼長。難道你還以爲從土牆腳底下挖個洞，也要三十七年嗎？」

「那得要多久呢，湯姆？」

「啊，我們本該多花點兒工夫，可是耽擱久了又有危險，因爲過不了幾天，賽拉斯姨父就會接到新奧爾良來的回信了。人家會告訴他，吉姆並不是從那兒來的。那麼他下一步就會在報上給吉姆登個招領啓事，或是用別的什麼辦法。所以我們儘管應該多挖些時候，可又不能冒著險幹。照理說，我想我們應該挖它兩年才成，可是不行。眼前的事情簡直捉摸不定，我主張這麼辦：我們馬上就認眞挖，越快越好；挖完之後，我們自己心裡就只當是挖了三十七年好了。那麼，一聽風聲不好，我們就趁早把他弄出來，趕快把他帶走。對，我想這就是最好的辦法。」

「嗯，這倒有點道理。」我說，「只當是怎樣，並不花什麼本錢；只當是怎樣，也不費事；要是用得著的話，哪怕叫我只當是等上了一百五十年，我也滿不在乎。這一套只要是弄慣了，我就一點也不會覺得勉強。好吧，我現在就趕快走，去偷兩把長刀來。」

「偷三把才行，」他說，「我們得拿一把來磨成鋸子。」

「湯姆，我想提一提，不知合不合規矩，犯不犯忌諱，」我說，「那間放燻肉的屋子後面的護牆板底下，正好插著一條長了銹的舊鋸子呀！」

他顯出很不耐煩的樣子，還有點失望，他說：

「哈克，要教會你做什麼事情，簡直是白費力氣。快去把刀子偷來吧——要三把。」

我就照辦了。

36 想辦法幫吉姆的忙

那天晚上，我們估計大夥兒都睡著了的時候，馬上就順著避雷針溜下地來，鑽進那個斜頂的棚子裡，把門關上，再拿出那一堆鬼火，就動手幹起來。我們把牆腳底下那根橫木頭跟前的東西搬開，騰出四、五呎的地方。湯姆說我們正好在吉姆的床鋪背後，往那底下挖進去就行了；等到挖通了的時候，誰也不會從那小屋子裡看出有什麼洞，因爲吉姆的被單差不多一直垂到地下，你得把它掀開，往床底下看，才看得見那個洞。於是我們就用那把刀子挖了又挖，差不多挖到了半夜；那時候我們簡直累得要命，手上也起水泡來了，可是看起來好像還沒有挖掉什麼似的。後來我就說：

「這簡直不只是三十七年才做得了的事；這恐怕得三十八年才做得完哩，湯姆．索亞。」

他一聲不響。可是他嘆了一口氣，過了一會兒，他就不挖了，後來待了很大工夫，我知道他在轉念頭。隨後他就說：

「這不行，哈克，這麼弄等於沒做事一樣。我們要是眞是犯人的話，那就行了，因爲那樣的話我們就

可以要多少年有多少年，不用著急；每天我們也就只能趁著監牢的看守換班的時候挖個幾分鐘，我們的手也不會磨出泡來，儘可以一直挖下去，挖了一年又一年，並且還做得很好。可是我們現在可不能馬馬虎虎，隨便耽擱，我們非得趕快挖不可，我們可耽擱不起。要是我們再像這樣挖上一夜，那就得休息一個星期，讓手好過來才行——非得過那麼些天，我們的手就連碰都不敢碰一下挖土的刀子。」

「那麼，我們打算怎麼辦呢，湯姆？」

「我告訴你吧！這本來是不對的，並且也顯得沒德行，我簡直不願意說出這種話來；可是我們現在又只有這麼一條路可走，我們只好拿鐵鎬把他挖出來，心裡就想著用的是刀子好了。」

「哈，你這才像話呀！」我說，「你的腦筋越來越靈活了，湯姆．索亞，」我說，「非用鐵鎬不可，不管什麼德行不德行；依我看，我才不管它什麼德行哩。我要是動手救一個黑人，或是偷一粒西瓜，或偷一本主日學校的書，只希望把這件事情做到，怎麼做我才不在乎哩。我要的是我的黑人，要的是西瓜，要的是主日學校的書，只要是鐵鎬用起來很方便的話，那我就乾脆用鐵鎬把那個黑人或是那粒西瓜或是那本主日學校的書挖出來；至於那些老行家覺得對不對，我可不管他。」

「噢，」他說，「像這樣的情形，用鐵鎬冒充一下，還說得過去，要不然的話，我還是不贊成，我也不能站在一邊，眼看著人家把規矩破壞——因爲對就是對，錯就是錯，誰要是不糊塗而且有些見識，那就不應該犯錯。你拿鐵鎬去把吉姆救出來，連心裡都不想著那用的是刀子，那也無所謂，因爲你根本就不懂；我可不能那麼做，因爲我比你懂得多，遞把刀給我吧！」

他自己那把刀就在身邊，可是我還是把我的遞給他了。

他把它扔到地上，說：「給我一把刀呀！」

我簡直不知怎麼辦——可是我想了一下。我就在那一堆舊傢伙當中亂找了一陣，找到一把鶴嘴鋤，遞了給他。他接過去就動手挖起來，一句話也沒說。

他總是那麼認眞。一點也不肯馬虎。

於是，我就拿起一把鐵鍬，我們倆一個挖，一個鏟，轉來轉去，忙得團團轉幹得挺歡。我們工作了有半個鐘頭，實在是再也熬不下去了；可是總算挖開了一個很深的洞。後來我上了樓，從窗戶裡往下看，瞧見湯姆抓住避雷針拚命用力往上爬，可是他那雙手酸痛得厲害，實在爬不上來。後來他說：「沒有用，爬不上去。你看我該怎麼辦才好？你難道想不出辦法嗎？」

「辦法倒是有，」我說，「可是我想那是不合規矩的。走樓梯上來，心裡想著那是避雷針就行了。」

他就那麼辦了。

第二天，湯姆在屋裡偷了一把錫蠟調羹和一個銅蠟燭台，預備去給吉姆做幾支筆，另外還偷了六支蠟燭，我就跑到黑人的小房子那邊去轉了一會兒，找個機會，要偷三只洋鐵盤子。湯姆說那還不夠，可是我說吉姆扔出來的盤子誰也不會看見，因爲它們會掉在窗口底下那些茴香草和風茄兒當中——那麼我們又可以把它們拾回來，他又可以再用。這麼一說，湯姆就認爲滿意了。隨後他就說：

「現在應該打好主意，把這些東西怎麼弄到吉姆手裡去。」

「等我們把洞挖好了，就從洞裡遞進去吧！」我說。

他只望了我一眼，顯得很瞧不起人的樣子，還嘟噥了兩句，說是誰也沒聽說過這種傻頭傻腦的主意；說完他就琢磨開了。後來他說他想出了兩、三個辦法，可是暫時還不忙決定用哪一個。他說我們得先把消息告訴吉姆才行。

那天晚上剛過了十點，我們就順著避雷針爬下來，帶著一支蠟燭，跑到那窗口下面聽了一會兒，聽見吉姆在打呼嚕，於是我們就把蠟燭丟進去，結果並沒有把他弄醒。隨後我們又拿起鶴嘴鋤和鐵鍬拚命用力挖，大約挖了兩個半鐘頭就把那個洞挖穿了。我們爬到吉姆的床底下，爬進了那個小屋，到處摸索一陣，才找到那支蠟燭，把它點著了，在吉姆身邊站了一會兒，看見他那樣子挺結實，挺健壯，於是我們就慢慢地把他輕輕推醒。他看見我們，非常高興，差點兒嚷了起來。他叫我們寶貝兒，想到什麼親熱的稱呼就管我們叫什麼；他說要我們快去找一把鑿子來，馬上把他腿上的鏈子鑿斷，趕快逃跑，千萬別耽擱。可是湯姆告訴他說，那是不合規矩的，他坐下來，把他的計畫通通告訴吉姆，並且說如果風聲不妙，我們馬上就可以改變計畫，叫他一點也不用擔心，因爲我們一定負責把他救出。

於是，吉姆說那就好了，我們又坐在那兒，談了一陣從前的事情，後來湯姆又問了好些問題，吉姆就告訴他說，賽拉斯姨父每過一、兩天就來陪他禱告一回，莎莉阿姨也來看他舒服不舒服，吃的東西夠不夠，還說他們倆對他都好到家了，湯姆一聽這句話，就說：

「這下我可知道怎麼辦了，我們可以讓他們給你帶幾樣東西來。」

我說：「可別這麼辦吧；我一輩子也沒聽說過這麼個傻主意。」可是他根本不理睬我，只顧一個勁兒往下說。他要是打定了主意，就總是這樣。

他告訴吉姆說，我們得瞞著給他送飯的那個黑人納特，把繩梯在餡兒餅裡讓他拿來，還有一些別的比較大的東西，也得靠這個黑人帶進來，他可千萬得注意，不用大驚小怪，打開那些東西的時候，也不要讓納特看見，我們還要裝些小東西在姨父的上衣口袋裡，他得把它們偷出來才行；要是有機會的，我們還要把一些小玩意兒繫在阿姨的圍裙帶子上，或是放在她的圍裙口袋裡。湯姆還告訴他說，那是些什麼東西，幹什麼用的。又告訴他怎樣用自己的血在那件襯衫上寫日記，還有一些別的事情。他把什麼都告訴他了。吉姆對這一套，多半都不明白有什麼道理，可是他想著我們是白種人，比他知道得多；所以他就滿意了，他說他一定照湯姆說的那麼辦。

吉姆有好些老玉米棒子做的菸斗和菸葉子，所以我們聊得非常痛快。後來我們就從洞裡爬出來，回家睡覺，我們那兩雙手都好像讓什麼東西啃過似的。湯姆的興致挺高，他說這是他一輩子玩得最有趣的一回，也是最動腦筋的一回；他還說要是能想出個辦法，我們還可以把這件事情一輩子玩下去，讓我們的後輩去把吉姆救出來；因為他相信吉姆把這一套搞慣了的時候，就會越來越喜歡搞下去。他說那麼一來，就可以拖延下去，拖到八十年那麼久，還可以大出風頭，賽過從前所有的這類事情。他說我們參加過這件事情的人都可以出名了。

第二天早上，我們跑到堆木頭的地方，把那個銅蠟燭台砍成了長短合適的幾截，湯姆就把它們和那只錫蠟調羹放在口袋裡。隨後我們就跑到黑人的小屋子裡去，我逗著納特注意別的事情，湯姆就趁機會把一截蠟燭台塞進吉姆的洋鐵鍋裡一個玉米麵包裡，我們還跟著納特一道去，看結果怎麼樣；果然真是了不起，吉姆張嘴一咬，差點兒把牙齒全給磕掉了；隨便什麼東西，都不會有那麼大的勁頭。湯姆也是這麼說。吉姆一點也沒露出馬腳，他假裝說那是一塊小石頭什麼的，玉米麵包裡常有，算不了什麼；可是從此以後，他不管吃什麼東西，都得先用叉子戳三、四處，才動嘴去啃。

我們正在那光線模糊的屋子裡站著的時候，突然有兩隻狗從吉姆床底下鑽出來了；後來又跟著來了許多，一共鑽出了十一隻，簡直擠得我們連氣都透不過來。眞糟糕，我們忘記扣上隔壁那個小棚子的門了！那個黑人的納特只喊了一聲「妖巫」，就在那些狗當中暈倒了，他嘴裡還直呻吟，好像是要死了的模樣。湯姆急忙推開門，把吉姆的肉丟了一塊出去，那些狗就搶肉去了，湯姆連忙跑出去，再回來把門關上，我知道他已經把隔壁那扇門也關好了。隨後他就去安慰那個黑人，他哄了他幾句，跟他親熱親熱，問他是不是又在瞎想，覺得看見了什麼東西。他站起來，向四周眨了眨眼睛，說：

「席德少爺，你又要說我是個傻子了，可是我明明看見了數不清的狗，也許是鬼，也許是別的東西，我要是瞎說的話，情願馬上死在這兒。我眞的看見了，一點不錯。席德少爺，我摸到他們了——我眞的摸到他們了，他們簡直把我包圍了。我要是能把他們這些妖巫抓住一個，那才好哩——只要能抓到一回就行——我只想做到這個。可是我眞希望

他們不要再來搗蛋了，眞是。」

湯姆說：

「嘿，我告訴你說我是怎麼個想法吧！你知道他們爲什麼恰好在這個逃跑的黑人吃早餐的時候上這兒來嗎？那是因爲他們餓了；就是這個緣故。你給他們做一個妖巫大餅吧！你就只好用這個辦法。」

「可是我的天啊，席德少爺，我怎麼做得出什麼妖巫大餅呀？我不知道怎麼做法，我從來就沒聽說過這玩意。」

「啊，那就只好讓我來做一個了。」

「你肯幫我做嗎，寶貝兒？眞的嗎？那我可得給你磕頭了，我一定磕！」

「好吧，看你的面子，我一定給你做，你倒是對我們很好，還領著我們來看這個逃跑的黑人，可是你千萬要特別小心才行。我們上這兒來的時候，你就轉過身去；不管我們在那鍋裡擱的是什麼東西，你可得假裝根本沒看見。吉姆把鍋子裡的東西拿掉的時候，你也別看——說不定會出問題，我也不知道會出什麼事。最要緊的是，你千萬別摸那妖巫吃的東西。」

「別摸呀，席德少爺？您這是哪兒的話？我連手指尖都不會碰它一下；哪怕是給我千百萬塊錢，我也不動。」

37 吉姆接到妖巫大餅

這件事全都安排好了，我們就離開那兒，到後院裡的廢物堆去，這是他們放舊靴子、破衣服、破瓶子和破洋鐵鍋壺之類的地方，我們在那兒亂翻了一陣，找到一只破舊洋鐵盆，盡力把破洞堵好，預備拿來烙那張大餅：我們把它拿到地窖裡，偷了一盆麵粉，預備好了就往餐廳走，打算去吃早餐，後來又拾到兩顆釘木瓦的長釘子，湯姆說拿這個給犯人去在地牢牆上劃他的名字，記一記他的傷心事，倒是很方便，於是就丟了一顆在莎莉阿姨搭在椅子上的圍裙口袋裡，另外那一顆，我們把它插在賽拉斯姨父放在梳妝台上的帽邊裡，因爲我們聽見孩子們說，今天上午他們的爸媽都要上那逃跑的黑人那個屋子裡去。過後我們就去吃早餐，湯姆又塞了一只錫湯匙在賽拉斯姨父的上衣口袋裡；這時候莎莉阿姨還沒有來，所以我們就只好等一會兒。

她走過來的時候，氣得什麼似的，滿臉通紅，繃著一張臉，簡直連飯前的禱告都沒耐心聽完；隨後她一隻手把咖啡「嘩」地一下倒出來，另一隻戴著頂針

的手敲著她身邊最順手的一個孩子的腦袋，一面說：

「我東找西找，到處都找遍了，可是找來找去，始終不知道你另外那件襯衫到底上哪兒去了，眞見鬼。」

我的心嚇得直往下沉，沉得跟肺和肝什麼的擠到一塊兒去了，這時候有一塊很硬的玉米餅殼跟著往我喉嚨裡鑽，剛好在半路上碰到一聲咳嗽，把它往回一頂，竟衝到桌子對面，正好打中了一個孩子的眼睛，把他打得躬起背來，活像釣鉤上的一條蚯蚓似的，他大叫了一聲，簡直像上陣的吼聲那麼響。湯姆嚇得滿臉發青，頓時顯得事情很嚴重的樣子，過了一會兒才平靜下來，那時候要是有人稍微哄我一下，我恐怕是很容易把實話說出來的。可是過了那一關，我們就沒事了——我們嚇得那樣渾身發涼，是因爲我們冷不防聽見莎莉阿姨提起了襯衫的事。

賽拉斯姨父說：

「這事太奇怪了，我簡直不懂。我記得很清楚，我的確是脫下來了，因爲……」

「因爲你身上只穿著一件嘛！你們聽聽這個人說的話啊！我也知道你是脫下來了，並且還比你那稀里糊塗的腦子記得更清楚，因爲它昨天還在繩子上晾著哪——我親眼看見的。可是現在不見了，反正就是這麼一回事，你只好先換上一件紅法蘭絨的，等我有空再給你做一件吧！這一件可是我在這兩年裡頭給你做的第三件了。光是給你做襯衫，就把人都累壞了；究竟你是怎麼保管襯衫，我可簡直弄不清楚。你活到這麼大的年紀，也該學會操點心呀！」

「我知道，莎莉，我拚命在留神。可是這事不應該全怨我，因爲衣服除了在我身上穿著的時候，我就看不見，也跟它不相干，這妳也知道的；並且我相信衣服不在我身上的時候，我也沒有丟過一件呀！」

「哼，要是沒丟，就不算你的錯，對不對，賽拉斯？可是我看你要是有機會丟的話，還是得丟。現在還不光只丟了襯衫。還有一把湯匙不見了，並且還不光只這個哩。原來有十把湯匙，現在只剩下九把了。我猜襯衫說不定是被小牛叨走了，可是湯匙絕不是小牛叨走的，這一定沒錯。」

「噢，莎莉，還有什麼不見了？」

「還有六支蠟燭不見了——告訴你吧！蠟燭也許是老鼠叨走的，我猜就是它們弄走了；你老說要堵老鼠洞，卻一直不動手，我眞不懂，它們爲什麼不乾脆把這所房子整個抬走；老鼠要是聰明一點的話，簡直就會鑽到你頭髮去睡覺，賽拉斯——你還會不知道那回事兒；可是你丟了湯匙，總不能怨老鼠，這個我倒知道。」

「是呀，莎莉，這得怨我，我也承認，我是太大意了，可是明天我一定把老鼠洞都堵上，絕不再拖延。」

「啊，我可不著急；明年也行。瑪提爾達．安吉琳納．阿蘭明達．斐爾普斯❶！」

她用頂針用力敲了那孩子一下，那孩子一點也不敢耽擱，馬上就把她的手從糖罐子裡縮回去了。正在這時候，有一個女黑人上走廊這兒來了，她說：

---

❶這裡，斐爾普斯太太喝住她的女兒，把「斐爾普斯」特別說得重一些，藉此表示她對丈夫的抱怨，因爲「斐爾普斯」是她丈夫的姓。

「太太，有一條床單不見了。」

「床單不見了！哎呀，我的老天爺！」

「我今天就把老鼠洞給堵上吧！」賽拉斯姨父愁眉苦臉地說。

「啊，請你住嘴——難道床單也是老鼠弄走了嗎？丟到哪兒去了呢，麗西？」

「天哪，我一點也猜不到，莎莉太太。昨天還在晾衣服的繩子上，現在可不見影子了。」

「我看這簡直到了天翻地覆的末日了。我從出娘胎起，一輩子沒見過這種事兒。一件襯衫、一條床單、一把湯匙、六支蠟——」

「太太，」一個黃臉的年輕黑丫頭跑過來說，「有一支銅蠟燭台不見了。」

「快給我滾出去？妳這丫頭，要不妳就得等著挨罵！」

噢，她簡直氣瘋了。

我打算找個機會溜出去，上樹林裡待一會兒，等這場風波平靜了再說。她一個勁兒大發脾氣，鬧翻了天，大家都乖乖地待著，一聲不響。後來賽拉斯姨父顯出一副難為情的樣子，從他口袋裡把那只湯匙掏了出來。這下子莎莉阿姨就住了口，張著大嘴，舉起雙手直發抖；我呢，可真嚇壞了，簡直就想鑽到地底下去才好。

可是過了一會兒就好了，因為她說：

「我早就想到了呀！原來你一直都把它裝在口袋裡；說不定你把別的東西都擱在那兒了。怎麼會弄到你口袋裡去了呢？」

「我實在是不知道，莎莉，」他像道歉似地說，「要不然妳也知道，我會告訴妳的。還沒吃早餐的時候，我在用心看《使徒行傳》❷第十七章的經文，我想就是那時候沒注意，把湯匙放到口袋裡去了，心裡還當放的是《聖經》哩；一定是這麼回事，因爲我的《聖經》並不在口袋裡；可是我得去看看，要是《聖經》在原處放著，我就知道我沒有把它裝到口袋裡，那就是說，我把《聖經》擱下了，拿起了湯匙，就……」

「啊，請你積德！讓人家歇歇吧！快走開，你們這一堆通通給我滾出去；不許再上我跟前來，先讓我心裡平靜再說吧！」

哪怕她是悄悄地自言自語，我也會聽得清楚，那麼大聲嚷更不用說了；我即使是怕死了，也會站起來，照她的吩咐滾出去。我們走過會客室的時候，那老頭兒把帽子拿起來，那顆釘木瓦的長釘子就掉到地上了，他把它拾起來，放在壁爐架子上就算了，一句話也沒說，就走了出去。湯姆看見他拾釘子，就想起湯匙的事，他說：

「得，這下子可不能再打算靠他帶東西去了，他是靠不住的。」他接著又說：「不過那隻湯匙的事兒，他總算給我們幫了個大忙，自己還不知道，那麼我們也得去幫他一個忙，也叫他不知道是誰幹的——我們替他把那些老鼠洞堵上吧！」

地窖裡的老鼠洞可眞不少，我們花了整整一個鐘頭才堵完，可是我們把這個活兒做得挺牢實，眞是有條有理。我們跟著就聽見樓梯上有腳步聲，馬上吹滅了亮光，藏起身來，那老頭兒果然來了，他一手舉著一支蠟燭，一手拿著一捆堵老鼠洞的材料，他那心不在焉的神情，還是跟從

❷《聖經·新約》篇名。

前一樣。他呆頭呆腦地東看看、西看看，瞧瞧這個老鼠洞，又瞧瞧那個，一直把每一個都看完了。後來他就站了五分鐘的光景，一面從蠟燭上把流下來的蠟剔開，一面在那兒尋思。隨後他就慢慢地轉過身去，迷迷糊糊地往樓梯那邊走，一面說：

「噢，要了我的命也想不起是什麼時候幹的了。現在我總可以叫她相信，老鼠叨走了東西可不能怨我。唉，還是算了吧——隨它去。我看跟她說也說不清。」

於是他就自言自語地一面說、一面往上走，後來我們也走開了。他眞是個再好不過的老頭兒，一年到頭都是這樣。

湯姆爲了要找一把湯匙，不知該怎麼辦，心裡很著急，可是他說我們非找一把不行；所以他又想了一下。他把主意想好之後，就告訴我該怎麼辦，於是我們就跑到裝湯匙的籃子那兒等著，後來看見莎莉阿姨走過來，湯姆就去數那些湯匙，把它們撿出來放到一邊，我就悄悄地拿了一把藏在袖子裡。湯姆說：

「噢，莎莉阿姨，現在還是只有九把湯匙呀！」

她說：

「你去玩你的吧，別來跟我找麻煩。我比你要清楚一點，剛才我親自數過了。」

「噢，我數過兩遍了，阿姨，數來數去只有九把。」

她顯出很不耐煩的神氣，可是她當然還是來重數一遍——誰也得這麼做呀！

「眞奇怪，可不是只有九把嗎！」她說，「咦，這到底是怎麼回事——這些東西眞該死，我來再數它一遍吧！」

於是我又把我藏起的那一把悄悄地放回去，她數完之後，就說：

「這些搗蛋的玩意兒眞可惡，現在又有十把了！」

她顯出又冒火、又心煩的樣子。可是湯姆說：

「噢，阿姨，我可不信會有十把。」

「你這傻瓜，剛才不是看見我數過嗎？」

「我知道，可是……」

「好吧，我再數一遍看。」

於是我又偷掉一把，結果她一數又是九把，跟頭一回一樣。這下子她可是氣壞了——氣得渾身發抖，簡直是氣瘋了。可是她數了又數，一直數得頭昏腦脹，有時候把籃子也當成湯匙數在一起了；這麼數來數去，有三回對了數，三回不對。隨後她就拿起那只籃子，把它往屋子對面用力甩過去，把那隻貓給打得夠受；她叫我們滾開，讓她清靜清靜。她說我們要是不到吃午飯的時候又到她身邊來胡纏，她就要剝我們的皮。

於是我們就把那把多出來的湯匙弄到了手，趁她趕我們的時候，丟到她的圍裙口袋裡；結果還不到中午，吉姆就把它連那顆釘木瓦的長釘子一齊拿到手了。我們對這件事情很滿意，湯姆認爲我們哪怕多費一倍的勁，也不算吃虧，因爲他說從此以後，她再數那些湯匙，那就要她的命也別打算有兩回數成一樣的數目了，她數對了也不會相信的；他說她再數上三天，數得昏昏沉沉，他估計她就不會再數了，誰要是再叫她數，她簡直就會要他的命。

那天晚上，我們又把那條被單送回繩子上去晾著，另外從她的壁櫃裡偷出一條來；就這麼一會兒放回原處，一會兒又偷出來，一直搞了兩天，弄得她再也不知道究竟有多少條被單，她根本也就不操這份心了，她不願意爲這件鬼事弄得神魂顛倒，無論如何也不肯再數那些被單，她寧肯死也不幹了。

現在我們的問題都解決了，幸虧有小牛和老鼠幫忙，襯衫、被單和蠟燭的事都能混過去，我們偷了湯匙，又因爲我們叫莎莉阿姨數暈了頭，也沒有露出馬腳；至於蠟燭台呢，那也沒關係，過兩天就沒事了。

可是那個大餡兒餅倒是挺費勁；我們爲了烙那張大餅眞是麻煩透了。我們跑到老遠，在樹林裡把它做好了，就在那兒烙；後來終歸做好了，並且還很滿意。可是這玩意並不是一天就弄好了；我們一共用了滿滿的三大盆麵粉，才把這張大餅烙成功，我們身上還有些地方讓火燙傷了，眼睛也熏得快瞎了。因爲，你要知道，我們只想烙成一個空殼兒，可是怎麼也不能叫它拱起來，它總是塌塌的。可是後來我們當然想出了一個好辦法——那就是乾脆把繩梯夾在大餅裡烙。所以第二天晚上，我們就和吉姆一起過了一夜，把那條床單撕成了許多小布條，再把它們搓起來，沒等天亮，我們早就搓成了一根很考究的繩子，就是拿來絞人，也一定能絞死。我們心裡把它當做

是花了九個月的工夫才做成的。

第二天上午，我們就把它拿到樹林裡去，可是那個大餅裝不下。因爲那是用整塊的床單做的，要是通通拿來裝在餡兒餅裡，那就足夠做四十個餅，還能剩下不少來煮湯，做臘腸，愛拿來做什麼都行，那簡直能做出一整桌的酒席來哩。

可是我們用不著做那麼多東西。我們只要夠裝一個餅的就行，便把剩下的都扔掉了。我們並沒用那個大盆來烙餅——怕的是把焊口燒化了。可是賽拉斯姨父有一個很講究的長柄銅臉盆，他把這玩意當成寶貝，因爲那是他祖傳的東西，當初還是征服者威廉大帝乘「五月花」❸或是另外一艘古時候的船從英國帶來的，後來就藏在頂樓上，跟別的許多貴重的舊鍋什麼的放在一塊兒，這並不是說它們有什麼了不起，因爲這些東西本來算不了什麼，只不過因爲它們是古董，你知道吧：我們悄悄地把它偷出來，拿到那兒去，可是起初烙的幾個餅都烙壞了，因爲我們不知道怎麼烙法，可是最後一個還是烙得呱呱叫。我們把這個暖盆拿來，四面塗上揉好了的生麵，就放到炭火裡面，再把繩梯放進去，又覆上一層生麵，再把盆子蓋上，上面又加一層燒紅了的火炭，我們就拿著那根長木柄，站在五呎以外，又涼快，過了十五分鐘，就烙成了一塊大餅，看起來倒是叫人稱心如意。可是吃這個大餅的人就得帶兩筒牙籤才行，因爲那根繩梯要是不把他噎死，那就算

---

❸「五月花」（Mayflower）是一六二〇年英國清教徒渡海移民到美洲所乘的船，威廉大一帝（William the Conqueror）是十一世紀的英國國王，兩者之間是毫不相干的。哈克在這裡也是瞎說一通。

是我胡說了；他一吃這個餅，一定會使他肚子發痛，一直痛到下次吃東西的時候。

我們把這個妖巫大餅放在吉姆的鍋裡時，納特並沒有看見；我們還把那三個洋鐵盤子擱在鍋底下，藏在吃的東西下面；所以吉姆就很順利地把什麼東西都拿到手了，後來只剩下他一個人的時候，他馬上就撕開那個餅，把繩梯拿出來，藏在他床上的草墊子裡面，他又在一個洋鐵盤子上面隨便劃了幾道，就把它從窗口裡扔出來了。

38 「這裡有一顆囚犯的心碎了」

做那幾枝筆簡直是累死人的苦事，做那把鋸子也是一樣；吉姆可認爲叫他題字是最費力不過的了。這種題詞是當犯人的都得在牆上寫的。可是不管怎麼困難，吉姆還是非寫不可；湯姆說不寫不行；當了政治犯，沒有哪個不留下一些題字和他的紋章❶就逃跑的。

「你看看潔恩・格萊公主吧，」他說：「看看紀爾福・達得萊吧，再看看諾森布倫老公爵❷吧！噢，哈克，就算有些費勁又怎麼樣？你說該怎麼辦？難道能免了這一著嗎？吉姆非題字和畫他的紋章不可呀，大家都這麼做嘛！」

「噢，湯姆少爺，我哪有什麼蚊帳呀？我什麼也沒有，就這麼一件舊襯衫，你知道我還得往

---

❶ 紋章是古時西方標誌武士功勛的圖記，繡在戰袍上或是刻在盾牌上，後來成了標誌貴族門閥的圖記章徽。

❷ 潔恩・格萊（JaneGrey，一五三七～一五五四）是英國一個博學多才的短命女王，僅登王位九天，就被瑪麗一世的黨羽所逮捕，加以叛國罪，和她的夫夫紀爾福・達得萊一同處死。諾森布倫公爵是紀爾福的父親，他爲了自己的門第設想，極力促成了紀爾福和潔恩的婚事，並設法替潔恩取得了王位，但終於一敗塗地。

那上面寫日記哩！」吉姆說。

「啊，你不懂，吉姆，紋章和蚊帳可完全是兩回事呀！」

「哼，」我說，「吉姆說他沒有紋章，反正是沒說錯，因爲他的確是沒有嘛！」

「你當我連這都不知道嗎？」湯姆說，「可是你要知道，他從這兒逃出去之前，總得有個紋章才行——因爲他逃跑也得有個派頭，不能讓他把名聲弄壞了。」

於是，我和吉姆各人拿一塊碎磚頭拚命地磨，要把那一截銅蠟燭台和那把湯匙磨成筆，吉姆磨的是蠟燭台，我磨的是湯匙，這時候湯姆就在那兒開動腦筋，要想出一個紋章來。

過了一會兒，他就說他想出了好些挺好的紋章，簡直不知道用哪個才好，可是有一個他認爲特別好，打算採用。他說：

「我們在盾形紋章的底子上畫一條中斜線，或是畫在右邊的底下，在中央橫條上畫一個紫紅色的斜十字，再畫一隻抬起頭蹲著的狗，算是普通的圖記，狗的腳底下畫一條橫擺著的鐵鏈子，代表奴役的意思，上部加些鋸齒形的花邊，畫一個翠綠的山形符號，再在天藍色紋底下畫三條有突齒的線，在中央和底邊之間一條彎彎曲曲的扁帶上，畫幾個小圖形，像用後腳站起的獅子那樣：再畫一個逃跑的黑人，全身烏黑，用左方橫杠扛著他的包袱，另外再畫兩根朱紅色的直線，

作爲支柱，這就是代表你和我；下面的題詞是「欲速則不達」。這是從一本書裡學來的——盛息思是越性急就越快不了。」

「哎呀哈，」我說，「別的那些玩意兒又是什麼意思呢？」

「我們可沒工夫操這份心，」他說，「我們得拚命往下幹才行。」

「嘿，不管怎麼樣，」我說，「多少總得給我們講一點兒吧？什麼叫啊中央橫條』？」

「中央橫條——中央橫條就是……噢，你用不著知道什麼叫中央橫條。等他做到那兒的時候，我就會教給他怎麼做。」

「嗯，湯姆，」我說，「我想你是可以告訴人家的。什麼叫『左方橫杠』呢？」

「啊，連我也不知道呀！可是他非得有一根不行，貴族的人物都有嘛！」

他這個人就是這麼個怪脾氣。他要是覺得不該向你把一件事情說明白，他反正就是不說。你儘管盯住他問，一直問他一個星期，那也還是白搭。

他把那紋章的事兒全都安排好了，所以現在他就要把剩下的一部分事情趕完一下，那就是要想出一句傷心的題詞——他說吉姆也跟別人一樣，非有一句不可。他編了好幾句，還把它們寫在一張紙上，唸出來給我們聽，是這麼幾句話：

1 這裡有一顆囚犯的心碎了。

2 這裡有一個不幸的囚犯，被世人和朋友所遺忘，熬著傷心的歲月。

3 這裡有一顆孤寂的心碎了，一個飽經折磨的心靈，在嘗過三十七年淒涼的鐵窗風味之後，終於升天安息了。

4

這是一位無名貴人的畢命之處，他是路易十四的私生子，在這裡無親無友，熬過了三十七年辛酸的囚禁生涯。

湯姆唸這幾句題詞的時候，聲音有些顫抖，他差點兒哭起來了。他唸完之後，簡直打不定主意，究竟選哪一句叫吉姆劃在牆上，因爲句句都是好極了。可是後來他認爲最好還是讓他通通寫上去。吉姆說叫他拿一顆釘子在木頭牆上劃這一大堆廢話，得花一年的工夫才行，並且他還不會寫字；可是湯姆說他會替他先劃個底子，吉姆就沒什麼麻煩，只要照著他的筆劃刻就行了。後來過了一會兒，他又說：

「你想想看，木頭怎麼行呀，地牢裡根本就沒有木頭的牆：我們得把那些題詞刻在石頭上才行。我們去搬塊石頭來吧！」

吉姆說石頭比木頭更費力，他說要是叫他在石頭上刻那麼多的字，那就不知道要刻多久，他乾脆就一輩子也出不去了。可是湯姆說他可以讓我幫他的忙。過後他又朝我和吉姆望了一眼，看看我們倆的筆磨得怎麼樣。這個活兒可眞是討厭透了，做起來又累又慢，我手上蹭破了的地方也沒機會歇一歇，老好不了，並且我們還好像是簡直磨不出什麼結果來。

「我想出辦法來了。我們反正得找一塊石頭來刻那個紋章和那些傷心的題詞，只要有一塊石頭就可以一舉兩得。鋸木廠那兒有一塊挺好的大磨石，我們去把它偷來，可以在那上面把那些玩意兒刻上，又可以拿來磨筆和鋸子。」湯姆說。

這個主意倒是不壞，那塊磨石也不壞，反正夠我們搬的吧；可是我們還是打定主意拿出一股勁兒來幹。那時候還沒到半夜，所以我們就跑到鋸木廠那兒去了，把吉姆一人留下來幹活。我們把磨石偷出來，推著它往回滾，可是那實在是費勁透了。有時候我們使盡了勁，它還是偏要倒下來，並且每回都差點兒砸著我們。湯姆說我們還不等把它推到家，準得讓它砸死一個。我們把它推到了半路上，這時候簡直是累得精疲力竭，渾身都讓汗泡透了。我們知道這是不行的，非去把吉姆找來不可。於是他就把他的床舖抬起來，從床腿上褪下了那根鐵鏈子，把它一道又一道地繞在脖子上，我們就從那個洞裡爬出來，往那兒走，吉姆和我就推著那塊磨石，一點不費勁地叫它乖乖地往前走。湯姆跟在旁邊指揮著。他當指揮可是比哪個孩子都強，我一輩子沒見過他這麼內行的。他真是什麼事都懂得該怎麼做。

我們那個洞倒是很大，可是要把那塊磨石滾進去，還是不行；司是吉姆拿起鶴嘴鋤來挖了幾下，一會兒就挖得夠大了。過一會兒，湯姆就用釘子在那上面劃上那些玩意兒，並叫吉姆拿釘子當鑿子用，又從斜頂小屋裡那一堆廢物裡面找到一根鐵門，給他當鐵錘用，叫他一直做到那半截蠟燭點完的時候再去睡覺，還叫他把磨石藏在草墊子底下，就在那上面睡覺。過後，我們就幫他把鏈子套到床腿上，我們自己也準備去睡覺了。可是湯姆又想起了什麼事情，他說：

「你這兒有蜘蛛沒有，吉姆？」

「沒有，謝天謝地，我這兒沒蜘蛛，湯姆少爺。」

「好吧，那我們就給你弄幾隻來。」

「天哪，我可不要，寶貝兒。我怕它們，那還不如叫響尾蛇在我身邊哩！」

「這倒是個好主意。我想從前可能有人這麼做過。準是有人這麼做過的；這本是合情合理的嘛。對，這個主意可眞是好到家了，你把它養在哪兒呢？」

「養什麼呀，湯姆少爺？」

「啊，響尾蛇呀！」

「哎呀，我的老天爺，那可不行，湯姆少爺！噢，要是有一條響尾蛇上這兒來了，我馬上就把腦袋往這木頭牆上一撞，趕緊鑽出去，眞的。」

「唉，吉姆，過不了多久，你就不會怕它了。你可以把它馴服呀！」

「馴服它！」

「是呀——很容易哩。隨便什麼動物，只要你待它好，和它親熱，它總是知道好歹的，它連想都不會想到傷害和它親熱的人。不管哪本書上都是這麼說的。你試試吧——我只要求你試一試；先試兩、三天再說吧。噢，用不了多久，你就能把它混熟，它也就喜歡你了；還會跟你一塊睡覺；也不肯離開你；還會讓你把它繞在脖子上，把它的腦袋伸進你嘴裡去。」

「別說了，湯姆少爺——別說這些話吧！我受不了！它會讓我的腦袋伸進我嘴裡去呀——這可眞是賞臉，對不對？我哪怕讓它等上幾十年，也不會請它往我嘴裡鑽呀！並且還不光是這個，我也不要它跟我一塊兒睡覺。」

「吉姆，你別這麼糊塗吧！犯人反正總得有個什麼小動物給他開開心呀，要是從前還沒有人試過響尾蛇的話，你頭一個試它一下，那就特別有光彩，你要是想用別的辦法得到這麼大的光彩，恐怕要了你的命也想不出來。」

「噢，湯姆少爺，我可不要這份光彩。蛇會把我吉姆的下巴咬掉，哪還有什麼光彩啊？不行，我可不做這種事兒。」

「叫你試一試還不行嗎？我也不過是叫你試試呀！要是不靈，你就不用再做下去了。」

「可是我在試的時候，蛇要是把我咬了，那也就不用活著受罪了。湯姆少爺，只要不是什麼不近情理的事，隨便什麼我都情願試一試，可是你和哈克要是弄一條響尾蛇到這兒來，叫我把它馴服，那我就得走開，準得走。」

「好吧，你要老是這麼死心眼兒，那就算了吧！我們給你弄幾條菜花蛇來也行，你可以在它們尾巴上拴上一些鈕子，就當它們是響尾蛇好了。我看這麼辦總該行了吧！」

「這個我倒還受得了，湯姆少爺，可是我給您說老實話，就連這種蛇對我也沒什麼用處。我可從來不知道當犯人還有這麼些麻煩事哩！」

「是呀，當犯人要想當得在行，反正就少不了麻煩，你這兒有老鼠嗎？」

「沒有，我沒看見。」

「那麼，我們給你弄幾隻來吧！」

「哎呀，湯姆少爺，我可不要老鼠呀！這可是些頂可惡的東西，人家想要睡覺，它們可偏要來打攪，一直在他身邊弄得沙沙地響，要不然就啃他的腳。不行，要是我非有不可的話，給我弄幾條菜花蛇來還可以，老鼠您可別給我~我簡直用不到這種東西。」

「可是，吉姆，你非有不可呀——人家都有。你別再嘮叨了吧！犯人就沒有不要老鼠的。那是從來沒有的事。人家都訓練老鼠，逗它們玩，教它們耍把戲，它們也就和人相處得很好，像蒼蠅一樣。可是你得給他們奏樂才行。你有什麼玩意可以奏樂嗎？」

「我什麼也沒有，只有一把挺粗的梳子和一張紙，還有一個小口琴❸；可是我想它們不會愛聽小口琴吧！」

「啊，它們愛聽。它們才不在乎你奏的是什麼音樂哩！小口琴彈給老鼠聽，那是夠好的。所有的動物都喜歡音樂——在監獄裡它們更是愛聽極了。特別是悲傷的音樂；反正你彈小口琴也彈不出別的調子來。那些傢伙對這個很感興趣；它們會出來看你有什麼傷心事。對，你這倒挺好；你有這個玩意兒，真是好極了。你只要每天晚上臨睡的時候和清早起來的時候坐在床上，彈彈你那小口琴就行了；你就彈《斷情》這個調子吧——這個調子正好，馬上就能把老鼠逗過來，比什麼都靈；你只要彈上兩分來鐘，就會看見所有的老鼠都來了，還有長蟲

和蜘蛛什麼的，也會覺得替你難受，都上你這兒來。它們會像一窩蜂似地擁過來，爬到你身上，玩個痛痛快快。」

「是呀，我看它們當然挺痛快嘍，湯姆少爺，可是吉姆不就夠受的嗎？這個道理，我要是明白才怪哩。可是我要是非這麼做不可，我就這麼做吧！我看我得叫這些東西心裡痛快才行，反正不讓這屋裡出亂子。」

❸原文「juice-harp」是「jews's harp」的俗名，指一種用牙齒咬著用手指彈的簡單金屬樂器。

湯姆待了一會兒，想了一下，看看是不是還有別的事情沒有想起；一會兒他就說：

「啊，我還忘了一件事情，你看這兒能不能養一棵花？」

「這我可不敢說，也許行吧，湯姆少爺；可是這裡面很黑，並且我要花也沒什麼用處，養起來可是夠麻煩的哩。」

「噢，你還是試一試吧，不要緊的，別的犯人也有種花的。」

「我看像大貓尾巴似的那種毛蕊花，種在這兒倒是能養得活，湯姆少爺，可是種起來很麻煩，那種花不値錢呀！」

「哪有的話！我們給你弄一棵小的來，你就種在那個角落裡養活它。你別把它叫做毛蕊花，你管它叫『比丘蘭』❹吧——就以這名字種在監牢裡，你得用眼淚來澆它才行。」

「噢，我這兒井水可多著哪，湯姆少爺。」

「你可不能用井水去澆，你得用眼淚澆才行，人家都是這麼澆的。」

「噢，湯姆少爺，我敢說，別人用眼淚澆毛蕊花，他剛澆起頭的時候，我用井水澆的就能長出兩輪來了。」

「不是這麼說的，你反正非用眼淚澆不可。」

「那它就會死在我手裡了，湯姆少爺，一定的，因爲我根本就難得哭一回。」

這可叫湯姆爲難了。可是他考慮了一下，就說吉姆只好拚命多發點愁，再拿大蔥頭逼出些眼

---

❹原文是個意大利字，意思是「花」。

淚來。他答應第二天早上到黑人的小屋子裡，悄悄地丟一顆蔥頭在吉姆的咖啡壺裡。吉姆說，還不如在他咖啡壺裡擱一把菸葉子哪；他爲這件事說了一大堆抱怨的話，他還說湯姆叫他做了磨筆、刻字、寫日記那些事還不算，又叫他費那麼老大的力去種什麼毛蕊花，還得彈口琴哄老鼠，還得逗著長蟲和蜘蛛什麼的玩，叫它們高興，這一大堆痲煩事兒叫他當犯人比幹什麼還費勁，還著急，責任也大；他發了許多牢騷，簡直叫湯姆聽得不耐煩了，他說吉姆有那麼多了不起的機會，可以出名，天下沒有哪一個犯人像他這麼運氣好，可是他偏不懂這些道理，一點也不稀罕這些好機會，這種運氣落到他身上，眞是白搭了。於是吉姆也覺得很難過，他說他再也不打攪我們了，後來我和湯姆就溜回去睡覺了。

39 湯姆寫匿名信

第二天早上，我們到鎮上去，買了一個鐵絲籠，把它拿回來，刨開了一個很大的老鼠洞，過了一個鐘頭，就捉到了十五隻肥壯的大老鼠；過後我們就把它拿來，放在莎莉阿姨床底下一個妥當的地方。可是我們出去捉蜘蛛的時候，托瑪斯．富蘭克林．班傑明．傑弗遜．亞歷山大．斐爾普斯這小傢伙看見了老鼠籠子，就把門打開，看看老鼠會不會跟出去，結果它們都跑出來了；後來莎莉阿姨進這屋子裡來了，我們回來的時候，她正在床上站著，大嚷大叫，那些老鼠就到處亂竄，她也忙得不亦樂乎。於是她就拿起那根胡桃木棍子，把我們揍了一頓；我們又花了兩個多鐘頭，才又捉到十五、六隻老鼠，這得怨那多事的小鬼給我們惹麻煩，並且這些老鼠還不大中意，因爲頭一回捉到的那些才是頂呱呱的。像頭一回捉到的那麼棒的老鼠，我簡直一輩子沒見過。

我們還抓了許多各式各樣蜘蛛、蛤蟆和毛毛蟲什麼的，都是揀最大個兒的；我們本來還想摘一個大馬蜂窩，可是沒弄到手。那一窩馬蜂全在家，我們鬥不過它們。可是我們並沒有馬上就走開，在那兒守老半天；因爲我們估計不是我們守得太久，叫它們待膩了往外跑，就是它們老不走，叫我們守夠了就走開，結果還是它們贏了。後來我們就找到一些阿摩尼亞，抹在身上螫傷了的地方，這樣就差不多又好了，可是坐起來還是不大方便。於是我們又去抓蛇，捉到了二十幾條菜花蛇和青蛇，把它們用一個口袋裝上，放在我們屋裡，這時候已經要吃晚飯了，這一天我們做的事可眞是呱呱叫啊！肚子餓不餓——哈，並不餓，我想是不餓的！後來我們回去一看，眞糟糕，那些蛇一條也不見了——我們根本就沒有把口袋拴結實，它們七鑽八鑽就鑽出來跑掉了。可是那也沒多大關係，因爲它們反正還在那所房子裡面，藏在某個地方。所以我們估計還可以捉回幾條來。果然不錯，這所房子裡到處都是蛇，可實在是不少，很熱鬧了一陣。你待不了一會兒又看見椽樑上和別的地方掉下幾條來，而且總是掉在盤子裡，要不然就掉在你的脖子背後，反正多半都掉在你不樂意看到它們的地方。這些蛇倒是很漂亮的，都有條紋，哪怕是成千成萬，也沒什麼害處；可是這對莎莉阿姨還是一樣，她很討厭蛇，不管是哪一種，隨你怎麼說都不要緊，她反正是受不了；每回有一條蛇掉在她身上，那就無論她在幹什麼，她都要馬上扔下不管，趕快跑開。我從來沒見過這麼個女人。你還可以聽見她大嚷大叫地跑到老遠的地方去。你想叫她拿火鉗夾一條蛇，她可是怎麼也不幹。她睡覺的時候要是一翻身，看見床上有一條蛇，她就趕快滾下來，大聲地嚷，叫你聽了還當是房子著火了哩。她老是把那老頭兒吵醒，他實在讓她吵得太厲害，就說老天爺要是根本沒有造出蛇這種東西，那才好哩。噢，後來所有的蛇通通從這所房子裡跑出去了，又過了一個星期，莎莉阿姨還老是忘不了這回事，她還是提心弔膽，你看見她坐在那兒想什麼事情時，要是拿根雞毛在她脖子背後碰一碰，她就會嚇得要命，猛一下跳起來。這實在是一件怪事，可是湯姆說女人家都是這樣。他說不知爲什麼，女人家天生就是這麼沒出息。

每回有一條蛇掉到她身邊，我們就得挨一頓揍，並且她還說這麼揍一頓不算什麼，要是我們再把這屋裡弄得滿處是蛇，那她就要把我們收拾更厲害了。我挨幾頓揍，並不在乎，因爲那根本就不怎麼凶；我著急的是還得再去捉蛇，那可實在是麻煩透了。可是我們還是捉到了，並且還把別的東西也弄齊全了，吉姆的小屋子裡有了這許多玩意兒，他奏起樂來，它們就湧出來聽，和他親熱，那股歡喜勁兒，可眞是難得見到。吉姆不喜歡那些蜘蛛，蜘蛛也不喜歡他；所以它們老愛偷偷地找機會跟他搗蛋。他說他床上有了那些老鼠和蛇，還有那塊磨石，差不多簡直就沒有他睡覺的地方，要是有一點空處的時候，也睡不成覺，因爲那兒實在太熱鬧了，他說那兒總是很熱鬧，因爲它們並不同時睡覺，總是輪班睡，蛇睡著了的時候，老鼠就出來守衛，等到老鼠去睡覺，蛇又來站崗，所以他身子下面總有一批角色歇著，擠得他沒地方睡，另外還有一批就在他身上表演馬戲，他要是起來想找個別的地方，那些蜘蛛又要在他過去的時候趁機會耍他一下。他說這回如果能逃出去，他就一輩子絕不再當犯人，哪怕是給他薪水請他幹，他也不幹了。

唔，三個星期過完了的時候，一切事情都很順利了。那件襯衫早就裝在一個大餡兒餅裡混進去了，每回吉姆被老鼠咬了一口，他就趕緊起來，趁著那紅墨水還新鮮的時候，在日記裡寫上一行；筆也磨好了，題詞什麼的都在磨石上刻好了；那條床腿也鋸成了兩半，我們還把鋸下來的木屑都吃光了，結果肚子痛得要命。我們還以爲我們都要死掉了，可是總算沒有死。我壓根兒沒見過那麼不容易消化的木屑，湯姆也是這麼說。可是我又把話說岔了；剛才我說過，我們終歸把什麼事都辦妥了，這時候我們都累得精疲力盡，特別是吉姆。那老頭兒已經寫過兩封信到奧爾良下面那個農場去，叫人家來把他們這個逃跑的黑人接走，可是一直沒得到回信，因爲那兒根本就沒有這麼個農場；於是他就打算在聖路易和新奧爾良的報紙上登啓事招領吉姆，他一提到聖路易的報紙，就把我嚇得直打冷顫，我知道我們不能再耽擱下去了。湯姆就說，現在該寫匿名信了。

「什麼叫匿名信？」我說。

「那是給人家的警告，讓他們知道馬上就要出事了。這一手有各種做法，有時候這麼做，有時候那麼做。反正總有人在附近偷偷地釘著，一看有動靜就給這個城堡的司令官報信。從前路易十六正想從圖勒里監獄逃出去的時候，就有個婢女報了信。這個辦法很好，寫匿名信也不錯。我們就把這兩種辦法都用上吧！照例是犯人的母親和他掉換衣服，他母親在牢裡待著，他就穿著他母親的衣服溜出來。我們也照這樣要一套吧！」

「可是我倒要問你，湯姆，我們幹嘛要警告人家，讓他們知道快出事了呢？讓他們自個兒去發覺吧——看管本來就是他們的事呀！」

「是呀，我知道；可是他們根本靠不住，他們從頭就是這樣——什麼事兒都讓我們隨便幹。他們老是相信別人。傻頭傻腦的，什麼事兒也不注意。所以我們要是不給他們報個信，那就根本不會有誰來阻擋我們，結果我們費了老大的勁，白忙了一陣，這回逃跑的事就會平平淡淡地過去了；一點意思也沒有——根本就不像那麼回事。」

「哼，湯姆，要叫我說呀，那就正是要這樣才好。」

「呸！」他顯出很厭惡我的樣子，只「呸」了這麼一聲。於是我就說：

「可是我並不打算埋怨你。反正你說怎麼好就怎麼好，我絕不反對。你說要有一個婢女報信，你打算怎麼辦呢？」

「你去當她這一角吧！你半夜裡溜到那個黃臉婢女屋裡去，把她的上衣偷出來好了。」

「噢，湯姆，那到第二天早上，又要惹出亂子來，因爲她恐怕就只有那麼一件衣裳哩！」

「我知道；可是你只要穿上那件衣服，把那封匿名信送去，從前門底下的門縫裡塞進去就行

還不是一樣嗎？」

「好吧，那麼，我就這麼辦，可是我穿著自己的衣服去送信，還不是一樣嗎？」

「那樣你就不像婢女了，是不是？」

「當然不像，可是反正沒有誰看見我像不像呀！」

「那是不相干的。最要緊的是我們做事得規規矩矩，別管有沒有人看見我們怎麼做。你難道簡直不講規矩嗎？」

「好吧，我沒意見；我就當那個婢女吧！誰當吉姆的母親呢？」

「我當他的母親。我到莎莉阿姨那兒去偷一件長衫就行了。」

「啊，那麼我和吉姆跑了之後，你就得在那小屋子裡待著呀！」

「待不了多久。我把吉姆的衣服塞上稻草，放在床上，就算是他母親改了裝躺在那兒，吉姆就從我身上把那個黑女人的長衫脫下來，穿在他身上，我們就可以一塊兒出奔了。有身分的犯人逃跑的時候，就叫做『馴出奔』。譬如國王逃跑，就是這個說法。國王的兒子逃跑也是一樣，不管他是私生子還是公主，那都沒關係。」

於是，湯姆就寫了那封匿名信，我就在那天晚上把那個黃臉婢女的衣服偷來，穿在身上，從前門底下的門縫裡把信塞進去，全照湯姆說的辦法。那信上說：

無名氏

當心吧！禍在眼前，務須嚴防。

湯姆還用血畫了一張圖畫，上面畫著一根人頭骨和兩根交叉的骨頭；第二天夜裡，我們就把它釘在前門上；第三天夜裡我們又在後門上釘了一張，上面畫的是一口棺材。這下子他們這一家人簡直嚇得要命，我還沒見過誰像他們那麼害怕哩！哪怕他們這所房子裡四處是鬼，不管什麼背後都藏著，床底下也藏著，空中也有鬼飄來飄去，專給他們搗蛋，那也只能把他們嚇成這樣。要是有一扇門「砰」地響一聲，莎莉阿姨就跳起來說：

「哎呀！」要是有什麼東西掉在地上，她也要跳起來說：「哎呀！」你要是冷不防碰她一下，她也是這麼叫起來；無論她向著哪一邊，老是不放心，因爲她時常都覺得有什麼東西在她背後藏著——所以她常常都要猛一轉身，叫一聲「哎呀！」她還沒有轉到三分之二，又往回一轉，再那麼叫一聲；她總害怕去睡覺，可是又不敢坐著熬夜。所以湯姆就說，他要的這個把戲非常之靈，他說他從來沒見過什麼事情效果這麼好，叫他這麼滿意。他說這就表示這件事做得不錯。

於是他說，現在該是唱壓軸好戲的時候了！所以第二天大清早，天剛亮的時候，我們就寫好了另外一封信，可是不知該拿它怎麼辦才好，因爲第一天天吃晚飯的時候，我們聽見他們說，他們要在兩個門口都派個黑人，守一整夜。湯姆順著避雷針溜下去，到處看了看動靜；他發現守後門的那個黑人睡著了，就把那封信揮在他的脖子後面，再回到屋裡來。

這封信寫的是——

請不要洩露我的秘密！我願意做你們的朋友。有一伙窮凶極急的強盜從印第安人地區到這裡來了，他們打算在今天夜裡把你們那個逃跑的黑人偷走；他們一直都在極力設法嚇嚇你們，叫你們待在家裡，不去打攪他們。我就在這個幫裡，可是我是信教的，很想脫離這個強盜幫，再過規規矩矩的生活；現在我要把他們的惡毒陰謀揭露出來。他們預備在半夜的時候，從北邊偷偷地跑過來，帶著一把假鑰匙，順著柵欄走，到那黑人的小木頭房子裡去，把他弄走。他們叫我在遠處放風，如果我看見有什麼危險，就得吹一支洋鐵喇叭；可是我不會這麼做，只等他們一進那小屋子裡去，我就要學羊叫，不吹喇叭；隨後你們就趁著他們把他的鏈子弄掉的時候，悄悄地溜過去，把他們鎖在裡面，從從容容地打死他們。你們只要照我說的這麼做就行了，千萬不要有其他的舉動！如果你們輕舉妄動，他們就會疑心出了問題，鬧得天翻地覆。我並不希望得到什麼報酬，只要知道我的事做得很對就行了。

無名氏

40 迷魂陣似的營救妙計

我們吃過早餐之後，覺得很痛快，就把我那小船撈出來，帶著午飯，把它划過河去釣魚，玩得很高興。我們看了看那木筏，它還是好好地在那兒；我們很晚才回家吃晚飯，一看他們都非常著急，煩得要命，簡直是弄得暈頭轉向。我們剛吃完晚飯，他們馬上就叫我們去睡覺，不肯告訴我們出了什麼事，關於後來那封信也一字不提；可是他們也用不著提，因爲我們對那封信並不比誰知道得少；我們上樓去，剛走到半中間，莎莉阿姨才一轉身，我們就溜下去，跑到地窖裡的碗櫃那兒，弄了足夠飽吃一頓的東西，拿到我們屋裡，這才睡覺；大概在十一點半的時候，我們又起來了，湯姆把他偷來的莎莉阿姨的衣服穿上，拿起那些吃的東西正要往外走，可是他又說：「奶油在哪兒？」

「我切了一大塊，擱在玉米麵包上。」我說。

「噢，那你準是切了又忘記帶來——這兒可沒有呀！」

「我們不用奶油也吃得下。」我說。

「我們有了奶油也吃得下呀！」他說，「你快溜到

地窖裡去把它拿來。過後你再順著避雷針溜下來，往吉姆那兒跑。我去把稻草塞在吉姆的衣服裡，就算是吉姆的媽化了裝的樣子，只等你一到，我就要咩咩地學羊叫兩聲，跟著就跑開。」

於是他就獨自往外走，我就到地窖裡去。那一大塊奶油足有拳頭那麼大，還在我原來擱著的地方，我就拿起擱奶油的那塊玉米麵包，把火吹熄了，偷偷地往樓上走，一直走到地窖上面那一層，總算沒出事，可是這時候莎莉阿姨點著蠟燭過來了，我就趕緊把那塊奶油和麵包塞在帽子裡，往頭上一扣，她一轉眼的工夫就看見我了。她說：

「你上地窖裡去了嗎？」

「是呀！」

「你上那兒去幹什麼？」

「沒做什麼。」

「沒做什麼！」

「是呀！」

「哼，那麼，這麼深更半夜，什麼鬼把你纏住了，叫你到那地窖去呢？」

「我不知道。」

「你不知道？別這麼回答我。湯姆，我要問清楚你到底在地窖裡幹些什麼。」

「我什麼也沒做，莎莉阿姨；老天爺在上，我實在沒做什麼。」

我猜她這下該讓我走了，要是平常，她是會讓我走的，可是我看這回因爲出了許多古怪事情，她不管碰到什麼小事情，只要沒弄清楚，她就放心不下。所以，她就斬釘截鐵地說：

「快到會客室裡去，在那兒待著，等我回來再說。你一定是沒事找事，搗了什麼鬼，我非得弄清楚到底是怎麼回事，反正不會饒你。」

於是她就走開了，我打開門，走到客廳裡。哎呀，誰知那兒有一大堆人！十五個農夫，個個都拿著槍。我簡直慌得要命，偷偷地走到一把椅子跟前坐下了。他們滿屋坐著，有些人悄悄地稍微說幾句話，大夥兒都心神不安，又要拚命裝出不在乎的樣子；可是我知道他們很不對勁，因爲他們總是一會兒把帽子摘下來，一會兒又戴上去，一會兒抓腦袋，一會兒再換換座位，一會兒又摸一摸身上的鈕釦。我自己心裡也很不自在，可是我還是一直不敢把帽子摘下來。

我眞希望莎莉阿姨趕快過來，了掉我的事，她要揍我就揍一頓也不要緊，只要能讓我走開就行了；我得趕快去告訴湯姆，說我們把這件事做得太過火了，簡直是惹上了一窩挺凶的馬蜂，所以我們得趁早別再胡鬧了，趕快跟吉姆一塊兒溜掉，免得這些傢伙冒起火來，找我們的麻煩。

後來她終於歸來了，把我盤問起來，可是我簡直回答不出，弄得自己暈頭轉向；因爲這些人都急得像什麼似的，有些人馬上就要動身去打埋伏，等著抓那一伙強盜，他們說只過幾分鐘就到半夜了；可是別的人拚命勸他們別忙。且等聽見羊叫的暗號再說；阿姨卻偏要問來問去，問個沒完；我簡直嚇得要命，渾身發抖，差點當場暈倒在地上；那屋裡又越來越熱，奶油慢慢地溶化了，往我脖子上和耳朵後面流下來，過了一會兒，有一個人說：「我主張現在馬上就去，先在那小屋子裡藏著，等他們一來就逮住他們。」我聽了這話，差點兒暈倒，這時有一道奶油順著前額流下來，被莎莉阿姨看見了，把她嚇得臉色慘白，她說：

「老天爺，這孩子生了什麼病呀？他準是害腦膜炎了，一點也不錯；你瞧，腦漿都流出來了！」

大夥兒都跑過來看，她猛然摘掉我的帽子，那塊麵包和剩下的奶油就露出來了。於是她把我抓住，摟著我說：

「啊，你可把我嚇壞了！好，總算沒再出倒楣事情，我眞是謝天謝地，高興極了；我們正走楣運，我就怕禍不單行，一看你頭上流黃水，就當是你又要完蛋了，因爲我看那顏色，就覺得那很像你的腦漿，要不是……哎呀，哎呀，你怎麼不告訴我，說你上那地窖去是拿這些東西，那我就不會怪你了。好吧，快去睡覺，非到明天早上，可別讓我再看見你。」

我只一秒鐘就上了樓，再一秒鐘又順著避雷針溜下去了，跟著就摸黑往斜頂小屋子那兒跑。我急得什麼似的，連話都說不出了。可是剛透過氣來，就趕快告訴湯姆說我們得趁早溜掉才行，連一分鐘也不能耽擱了——那邊屋裡坐滿了人，都帶著槍呢！

他高興極了，眼睛裡直發亮；他說：

「不會吧，眞的嗎？這可眞了不起呀！噢，哈克，要是從頭再來一遍的話，我管保能引來兩百人！我們要是能拖到……」

「趕快！趕快呀！」我說：「吉姆在哪兒？」

「就在你胳臂肘那兒哪；你只要一伸手就能摸著他。他已經打扮起來了，什麼都預備好了。現在我們就溜出去，學羊叫打個暗號吧！」

可是這時候我們聽見有些人的腳步聲到門口來了，並且還聽見他們摸門上掛鎖的聲音，過後又聽見有個人說：

「我不是說過嗎？我們來早了不行；他們還沒來——門還是鎖著的。好吧，我把你們幾個鎖在屋子裡面，你們就在黑地裡打下埋伏，等他們來就打死他們；別的人離遠點，在四周藏起來，聽聽看能不能聽見他們過來。」

於是他們馬上就進來了，可是在黑地裡看不見我們，我們連忙往床底下鑽的時候，他們差點兒踩著我們了。可是我們還是鑽到了床底下，再從那個洞裡鑽出來，鑽得很快，可是很輕——吉姆先出來，第二個是我，最後是湯姆，這是照湯姆的命令做的。這下子我們就到那斜頂小屋裡了，聽見外面挺近的地方有腳步聲。於是我們就爬到門背後，湯姆就在那兒把我們擋住，把眼睛朝門縫外面看，可是外面很黑，什麼也看不清楚；他就悄悄地說，他要聽著外面的腳步往遠處走，等他拿胳臂肘推我們的時候，吉姆就得先溜出去，他自己走在最後。於是他把耳朵靠著門縫，聽了又聽，聽了又聽，外面老是有腳步聲到處碰碰地響；後來他把胳臂肘碰了我們一下，我們就溜出去了；我們彎下腰，連氣都不敢出，一點聲音都沒有弄出來，像印第安那樣排成一行，偷偷地往柵欄那邊溜過去，總算到了那兒，沒出什麼事，我和吉姆都翻過去了，可是湯姆的褲子讓柵欄頂上一根木頭上的刺緊緊地掛住了，接著他聽見有腳步聲過來，於是他只好使勁拽，一拽就把那根刺拽斷了，響了一聲；等他跟在我們背後往前跑的時候，就有人大聲嚷起來：

「那是誰？快說，要不我就開槍了！」

可是我們沒有理他，我們撒開腿就拚命跑開了。馬上就有人追上來，「砰、砰、砰！」子彈在我們前後左右噓噓地直響！我們聽見他們大聲說：

「他們在這兒呢！他們往河邊上跑了！快追吧，夥計們，把狗放出去！」

於是他們就飛快地追過來了。我們聽得見他們的聲音，因爲他們穿著靴子，還大聲喊叫，可是我們沒有穿靴子，也不喊叫。我們走的是上鋸木廠去的那條路，等他們追得離我們挺近的時候，我們就往矮樹堆裡一閃，讓他們跑過去，過後再跟在他們後面走。他們本來把所有的狗通通關起來了，不叫它們把強盜嚇跑，可是這時候有人把它們放出來，它們就追過來，汪汪地叫得怪熱鬧，彷彿有成千上萬條狗似的，可是這到底是自己家裡的狗，我們就在路上站住，等它們追上來；後來它們一看是我們，不是別人，用不著它們大驚小怪，它們就只對我們招呼了一下，又往那些人亂嚷亂跑的地方一個勁兒跑過去，過後我們又打起精神來，跟在他們後面飛快地跑，一直跑得快到鋸木廠跟前，從矮樹林子裡鑽過去，跑到我拴小舟的地方；我們往船上一跳，亡命地往河當中划，可是並不弄出什麼響聲來。過後我們就從從容容、舒舒服服地往那島上划，往我停木筏的地方去；我們在小舟還聽得見他們在岸上來回地跑，大夥兒彼此打招呼，叫的叫，嚷的嚷，狗也汪汪直叫；後來我們離得太遠了，那些聲音才越來越模糊，慢慢就聽不見了。我們走上木筏的時候，我就說：

「好了，老吉姆，你又恢復自由了，我保證你從此以後再也不會當奴隸了。」

「哼，這回的事可實在是做得很帥，哈克。主意打得眞漂亮，做也做得挺漂亮；不管誰想出個主意來，也趕不上這回的主意這麼妙，簡直像個迷魂陣似的。」

我們都高興得什麼似的，可是最高興的還是湯姆，因爲他的小腿上中了一顆子彈。

我和吉姆一聽這話，馬上就快樂不起來了。他受的傷不輕，不停地流血；於是我們就把他抬到木棚裡，叫他躺著，又把公爵的襯衫拿一件來撕碎，給他裹傷口，可是他說：

「把布條給我吧，我自己會包紮。現在可別耽擱了，這回出奔的事兒要得眞漂亮，我們千萬不能在這兒耗著，免得誤事，快安上長槳，把木筏解開吧！夥計們，我們幹得眞帥呀！實在是不錯。我們幫的要是路易十六的忙，那該多好，那也就不會在他的傳記裡寫下『聖路易之子，請你升天吧！』❶這麼一句話了。不會的，我們會帶著他偷越國境——要是他，我們一定會那麼做——並且還做得很巧妙，根本就不算一回事。快安上長槳——快安上長槳吧！」

可我和吉姆卻在商量——想了一想。我們想了一會兒之後，我就說：

「你說該怎麼辦吧，吉姆。」

於是，他就說：

「噢，照我看是這樣的，哈克。要是逃出來的是他，夥計們有一個人挨了槍，他會不會說：『快跑，救我的命要緊，用不著找醫生來給這傢伙治療？』湯姆．索亞少爺會是這種人嗎？他會說這種話嗎？保證不會！那麼，我吉姆能說這種話嗎？不會——要不找個醫生來看看，我連一步也不肯離開這兒；哪怕要等幾十年也不要緊！」

我明知他有一顆白人的心❷，早就想到他會這麼說——現在他既然說了這句話，那就好辦了，所以我就告訴湯姆，說我要去請個醫生來。他爲這件事大吵了一陣，可是我和吉姆堅持要那麼做，絕不動搖，於是他就打算爬出去，自己把木筏解開；可是我們不讓他那麼做。他跟著又給

---

❶ 這是路易十六上斷頭台時，替他祈禱的大主教所說的一句話。

❷ 哈克中了種族歧視的偏見的毒，認爲黑人不如白人有良心，吉姆有良心，就是具有白人的心腸。

我們說了一些道理，想要說服我們，可是這也白說了。

他看見我解開小船，預備要走的時候，就說：

「好吧，你要是非去不可，那我就告訴你到了鎮上怎麼辦。你得關上門，拿塊手帕把醫生的眼睛蒙得緊緊的，再叫他發誓，絕不聲張，再把滿滿的一口袋錢塞到他手裡，然後牽著他穿過一些安靜的小巷，在黑地裡到處亂轉，再叫他坐上小船上這兒來，你得在那些小島當中亂鑽一陣，還得搜搜他身上，把他的粉筆拿掉，非等你把他送回鎮上，不能還給他，要不然他就會在我們這個木筏上劃個記號，往後還能找到我們。他們總愛來這一招。」

我就說我一定會照辦，說完便走了，吉姆只等看見醫生過來，就打算藏到樹林裡去，等他走了再出來。

41「一定是鬼神」

這醫生是個老頭子；我把他叫來的時候，一看就知道他是個挺好且和和氣氣的老頭子。我告訴他說，我和我兄弟倆昨天下午划船到西班牙島去打獵，在那兒找到一個木筏，所以就在那上面過夜，半夜裡他一定是在夢裡把槍踢了一下，因爲槍走了火，打中他的腿，我們請他去治一治，千萬別聲張，誰也不能知道，因爲我們打算在那天下午回家去，讓家裡的親人大吃一驚。

「你們是誰家的？」他說。

「斐爾普斯家的，就在那下面。」

「啊！」他說。

過了一會兒，他又問我：

「你說他是怎麼受槍傷的。」

「他做了個夢，」我說，「不小心受傷的。」

「這倒是個古怪的夢呀！」他說。

於是，他就點起提燈，帶著出門的口袋，我們就動身了。可是他一看那小船，就不喜歡它那樣子——他說這個小船坐一個人倒是夠大的，兩個人坐上去，好像就

很危險了。

我說：「啊，您儘管放心，醫生，我們三個人坐著還很舒服哩。」

「哪三個？」

「噢，我和席德，還有——還有——還有我們的槍呀；我說的是這個意思。」

「啊！」他說。

他把腳踩在船邊上，搖晃了幾下，他就搖搖頭，說是他覺得還是得找個大一點的小船才行。可那些小船都用鐵鏈鎖上了，於是他就坐上小船，叫我等著他回來，要不然我再到附近找一找小船也行，我要是願意的話，還不如先回家去，說些話哄哄他們，好叫他們更加吃驚。可是我說我不願意那麼做；我就告訴他怎麼去找那木筏，他跟著就划過去了。

我一會兒又忽然想出了一個主意。我心裡想，假如他不能像俗話所說的神仙一把抓，一下子就把那腿治好，那又怎麼辦呢？說不定得花三、四天工夫哩。那我們怎麼辦——就在那兒待著，等他把風聲走漏出去嗎？那可不行，我自有我的主意。我等著瞧，他回來的時候，要是說他還得再去看的話，我就跟他一道去，哪怕得游泳過去也不要緊，我們就把他綁起來，扣留住他，把木筏划到大河下游去，等他把湯姆的傷治好了，我們就把他應得的報酬給他，要不就把我們的錢全送給他，再讓他上岸去。

我就爬到一個木頭堆裡去睡一會兒；我醒過來的時候，太陽已經照在我頭頂上了！我趕快溜出去，跑到醫生家裡，可是他們說他在夜裡不知什麼時候出診了，還沒回來。噢，我心想，看樣子湯姆的傷一定是不輕，我得趁早趕回島上去才行。於是我轉身就跑，拐了個彎，猛然差點兒把腦袋撞到賽拉斯姨父肚子上了！

他說：「嘿，湯姆！你上哪兒去待了這麼久呀，你這小壞蛋？」

「我哪兒也沒去，」我說，「只是去找那逃跑的黑人——我和席德倆。」

「噢，你們上什麼地方去找？」他說，「你姨媽可是擔心得要命。」

「她用不著擔心，」我說，「因爲我們都很好。我們跟在那些人和那些狗後面跑，可是他們跑得太快，我們沒趕上，我們覺得好像聽見他們在河裡，於是我們就找到一隻小船，趕快划著追上去，可是我們划到河對岸，簡直找不到他們的影子，後來我們划著小船往上游走，一直累得精疲力盡；我們就把小船拴上，睡了一覺，直到一個鐘頭以前才醒過來；後來我們就划到河這邊來，打聽消息；席德在郵局那裡探聽，我就溜回來拿點東西吃，完了我們就會回家來。」

於是我們就到郵局去找「席德」；可是我早就知道他不在那兒，我們當然沒找到他，這位老先生在郵局裡收到一封信，我們又等了一會兒，席德還是沒有來，老頭兒就說，咱們走吧，等席德到處跑過了癮，就讓他一人走回家去，或是坐小船回去也行——我們可得坐馬車回去。我說要他讓我在那兒再等一等席德，可是他不答應我；他說等也沒什麼好處，我非跟他一起走不可，好讓莎莉阿姨知道我們沒出什麼事。

我們回到家裡，莎莉阿姨一見我，簡直歡喜透了，她連笑帶哭地把我摟在懷裡，又打了我幾下，可是根本就不痛，她說席德回來，她也得賞他一頓。

屋子裡擠滿了好些農夫和他們的老婆，都是來吃午飯的；大夥兒又在那兒嘮叨，那股熱鬧氣氛實在是少見。哈克斯老太婆最聒噪；她嘴裡簡直說個不停，她說：

「噢，斐爾普斯大嫂，我把那個小屋子全搜遍了，我看那個黑人簡直是發了瘋。我給丹木瑞大嫂這麼說了——是不是，丹木瑞大嫂？我說，他瘋了，我說——氫我就是這麼說的。你們大夥兒都聽見了我的話：他瘋了，不管從哪兒都看得出，我說。你們看那塊磨石吧，難道要叫我相信，不是個有神經病的傢伙，還能在磨石上劃那些瘋頭瘋腦的話嗎？這兒有某某人的心碎了呀，這兒某某人熬過了三十七年呀，盡是這些鬼話——又是什麼路易某某的私生子呀，簡直是鬼話連天。他是個道地的瘋子，我開始是這麼說，當中也是這麼說，結果還是這麼說，從頭到尾我都是這麼說的——那黑人發瘋了——瘋得像尼布克尼撒❶那樣，我說。」

「妳瞧那個破布的繩梯，哈克斯大嫂，」丹木瑞老太婆說，「我的天啊，他幹嘛要這……」

「我剛才跟阿特拜克大嫂說的正是這話，妳不信就問她吧！她說，妳瞧那個破布做的繩梯呀，她說；我就說，是呀，妳瞧瞧，我說——他到底要這個幹嘛？我說。她就說，哈克斯大嫂，她說……」

「可是他們到底是怎麼把那塊磨石弄到那裡面去的呢？那個洞又是誰挖的呢？還有誰……」

「我就是那麼說，潘羅德大哥！我剛才還說——請你把糖漿碟子遞給我，好吧——剛才我還跟鄧洛普大嫂在說，他們怎麼把磨石搬進去的呢？還沒有人幫忙，你聽說了嗎——沒有人幫忙呀！最奇怪的就是這個。我可不信，一定是有人在幫忙；幫忙的人還多著哪，總共有十多個人幫

❶尼布克尼撒（Nebuchadnezzsar）：巴比倫王，紀元前（六〇五～五六二年）在位，曾向各處征討，性格很狂暴，爲俗話裡代表瘋狂性格的人物。

那個黑人的忙，我真想把這兒的黑人個個都剝了皮，反正我總得弄清楚，那些事到底是誰幹的，還有哪，我說……」

「你說只有十幾個人呀！幹那麼多事情，恐怕四十個人也幹不下來。你瞧瞧那長刀磨成的鋸子什麼的，做那些東西多費力呀，你瞧那條床腿，用這種傢伙鋸斷的，那得六個人幹一個星期才行，你瞧那床上用稻草做的黑人，瞧那……」

「你說得對，海陶爾大哥！我跟斐爾普斯大哥就是這麼說，是跟他本人說的。他說，哈克斯大嫂，你覺得怎麼樣？覺得什麼事怎樣呀，斐爾普斯大哥？覺得那條床腿怎麼會那麼鋸斷了？覺得怎麼樣？我看反正不是床腿自個兒鋸斷的——反正總是有人把它鋸斷的，那就是我的看法，信不信由你，也許算不了什麼，我說，可是儘管這樣，總算是我的看法，我說，要是有誰想得出更有道理的說法，就叫他說出來吧，別的沒什麼可說的。我跟鄧洛普大嫂說，……」

「那屋子裡一定是天天晚上都有滿屋的黑人，做了四個星期，才做得出那麼多事情，斐爾普斯大嫂。妳瞧那件襯衫——密密麻麻地寫滿了秘密的非洲文，都是用血寫的哩！一定是有些黑人一直在那兒一個勁兒寫。噢，要是誰能唸給我聽聽，我情願給他兩塊錢；寫字的那些黑人呢，我恨不得把他們抓來，賞他們一頓鞭子，打得他們……」

「你說有人幫他的忙呀，普爾斯大哥！噢，我想你前兩天要是在我家裡的話，管保你早就會這麼想。噢，他們把弄得到手的東西全都偷走了——我們還是留神看著，你知道吧。他們乾脆就從晾衣服的繩子上把那件襯衫偷走了！還有他們拿來做繩梯的那條床單，他們偷了又還回來，要來要去，簡直不知搞了多少回，還有麵粉、蠟燭、蠟台、調羹，還有那個舊燒盒，簡直不知偷了多少東西，我都想不起來了，還有我那件新花洋布衣服；我和賽拉斯和席德、湯姆都不分晝夜地守著，我剛才說過，可是我們連他們一根頭髮都沒抓到，誰也沒看見他們一點影子，也沒聽見一點聲音，誰知到了最後，你瞧呀，他們猛一下就伸出鬼沒地溜到我們鼻尖兒底下來，跟我們開起玩笑來了，並且還不光只開我們的玩笑，還跟那些印第安人地區的強盜開了玩笑哩，他們當眞把那個黑人穩穩當當地弄走了，就在那時候，我們還有十六個人和二十二條狗緊跟著追他們呢！說老實話，這種事我眞是一輩子沒聽說過。噢，哪怕是鬼神，也不過幹得這麼妙，也不能幹得比這更帥了。我想他們一定是鬼神——因爲你知道我們那些狗多麼厲害，沒有再好的了。噢，這些狗也連一回都沒聞出他們上哪兒去了！你們要是說得出個道理來，就請說給我聽聽——不管哪一位都行！」

「噢，眞是本事大，簡直賽過……」

「哎呀，我的天，我一輩子沒……」

「我敢賭咒，本來還不會……」

「一定是屋裡的小偷，還有些是……」

「老天爺，我可不敢住在這麼個……」

「誰敢住呀！我簡直嚇壞了，睡也不敢睡，起也不敢起，躺下也害怕，坐下也擔心，李奇維大嫂，他們說不定會偷到——哎呀，天啊，昨天晚上到了半夜的時候，你可以想到我多麼害怕。我要不擔心他們把我們家裡的人偷走幾個才怪哩！我嚇得像什麼似的，腦子簡直就不能再想事情了。現在在白天，說這種話就好像是太可笑了；可是我心裡想，樓上那間孤孤單單的屋子裡，還有那兩個可憐的孩子睡著了哩，說老實話，我眞是擔心得要命，我就悄悄地爬上樓去，把他們鎖在屋裡了！我就是那麼辦的！誰也得那麼辦呀。因爲，你知道吧，你嚇成那樣的時候，心裡越來越不對勁，老是越想越可怕，腦子裡也就亂得一團糟，這時候你就不由得做出各式各樣莫名其妙的事情來，一會兒你就會這麼想，假如我是個孩子，老遠地睡在樓上，門又沒有鎖，那你就會——」她說到這兒就停住了，有點納悶的樣子，後來她就慢慢地轉過頭來，她的眼睛掃到我身上的時候，我就站起來，上外面去遛達去了。

我心想，我要是在外面躲一下，稍微把這件事想一想，就能想出個理由來，解釋解釋今天早晨我們爲什麼不在那個屋子裡。於是我就這麼做了。可是我不敢走得太遠，要不然她就會叫人來找我回來。後來到了下午很晚的時候，客人都走了，我才回到屋裡，告訴她說，外面嘈雜的聲音和槍聲把我和席德都吵醒了，門又是鎖著的，我們要出去看熱鬧，所以就順著避雷針溜下去，我們倆都摔傷了一點，往後再也不打算這麼做了。我接著又把我跟賽拉斯姨父說過的話對她說了一遍。她說她可以原諒我們，誰也不過指望孩子們這麼做，因爲照她的看法，孩子們全都是一些荒唐鬼；所以既然沒出什麼意外，我們都好好地活著，她也沒把我們丟了，那她就覺得應該謝天謝地，用不著爲了過去的事情而心煩。於是她就親了親我，又在我頭上撫摸，後來就好像想起心思來了。過了一會兒，她就跳起來，說：

「哎呀，我的天啊，天都快黑了，席德還沒回來！這孩子到底怎麼了？」

我一看機會到了，所以我就抬起頭來說：

「我馬上跑到鎮上去找他回來。」

「不行，你別去，」她說，「你在家裡待著；你們倆有一個不見，就已經很令人著急了。他要是不回來吃晚飯，你姨父就去找他。」

噢，他當然沒有回來吃晚飯，所以姨父剛把晚飯吃完，馬上就出去了。

他在十點鐘左右才回來，而且很不安的樣子；他根本沒找到湯姆的影子。莎莉阿姨眞是著急得厲害；可是賽拉斯姨父說用不著那麼著急——他說，孩子到底是孩子，第二天早上你就會看見這個小淘氣露面，什麼毛病也沒有。她聽了這句話，也就只好心滿意足。可是她說她要坐著等他一會兒，還要點著燈，好讓他看得見。

後來我上樓去睡覺的時候，她就陪著我上去，還把蠟燭帶著，她替我蓋好被子，簡直像親娘似地把我招呼得很好，使得我良心上很過意不去，簡直有點不敢望著她的臉。她在床上坐下，跟我談了很久的話，她說席德是個很了不起的孩子，把他誇個沒完；她過一會兒就問我一回，老是問我覺得他會不會走丟了，或是受了傷，還說他也許淹死了，這時候也許躺在什麼地方受罪，或是死了，她可沒有在他身邊照應他，她這麼說著，眼淚就悄悄地掉下來。我就告訴她，說席德沒出什麼事，第二天早上一定會回家，於是她就捏一捏我的手，要不就親親我，叫我再說一遍，還叫我一直這麼說，因爲她心裡太苦惱了，聽了我這句話就高興。

後來她臨走的時候，還彎下腰來，很柔和地仔細盯住我的眼睛，說：

「我不會再鎖上門了，湯姆，窗戶也是開著的，還有那避雷針；可是你不會再淘氣吧，是不是？你不會跑出去吧？得替我想想呀！」

天知道，我是很想出去瞧瞧湯姆怎麼樣了，心裡直想出去：可是她守著我說了那些話之後，我就不打算去了，無論如何也不去了。

可是我心裡一面想著她，一面又惦記著湯姆，所以就睡得很不踏實。那天夜裡，我有兩回順著避雷針溜下去，繞到前面，看見她在那兒坐著，窗戶上還擺著那支蠟燭，她含著眼淚，眼睛望著大路上；我很想能幫她點忙，可是又沒有辦法，只能在心裡發誓，再也不做什麼淘氣的事，惹得她著急了。天亮的時候，我第三次醒過來，又溜下去，一看她還在那兒，那支蠟燭快點完了，她那灰白的頭靠在手背上，她已經睡著了。

42 他們為什麼沒有絞死吉姆？

那老頭兒還沒吃早餐，又到鎮上去了，可是他還是找不到湯姆的下落；他們夫妻倆在桌子邊愁眉不展，都不作聲，他們顯出很傷心的樣子，咖啡涼了也不管，什麼東西都不吃。

過了一會兒，老頭兒說：

「我把那封信交給妳了嗎？」

「什麼信？」

「昨天我從郵局裡取來的那封信。」

「沒有，你並沒給我什麼信。」

「啊，我一定是把它忘了。」

於是他就在口袋裡搜了一遍，跟著就走開，到他原先擱那封信的地方去找，結果就拿過來交給她了。她說：

「咦，是從聖彼得堡來的——這一定是姊姊寫的。」

我想這時候又得出去走走才好；可是我簡直不能動彈。誰知她還沒來得及撕開，就把信扔下，站起來就跑——因為她看見外面有人來了。我也看見。那是湯姆．索亞躺在床墊上，有人抬著他，還有那個老醫生；還有吉姆，穿著她的花布上，雙手被綁在背後；另外還有一群人。我順手找到一件東西，把那封信藏在它後面，趕快跑出去。她向湯姆撲過去，一面哭，一面說：

「啊，他死了，他死了，我知道他死了！」

湯姆把頭轉過一點來，模模糊糊地說了一句什麼話，一聽就知道他的神志不清；於是莎莉阿姨就把雙手往上一舉，她說：

「他還活著的，多謝老天爺保佑！這就好了！」她連忙親了他一下，就往屋裡飛跑，趕快去舖床，一面還對那些黑人東一句西一句地吩咐，又對別人也吩咐了一陣，嘴裡說個不停，就像放鞭炮那麼快，把所有的人都吩咐到了。

我跟著那些人走，要看看他們怎麼處置吉姆；那位老大夫和賽拉斯姨父跟著湯姆進屋裡去了。那些人都很憤怒，有些人說要絞死吉姆，好給這帶地方所有的黑人做個榜樣，叫他們不敢學吉姆的樣，也打算逃跑，惹出這許多麻煩來，還把這全家的人嚇得要死，一連嚇了幾天幾夜。可是另外有些人說，別那麼做，那是不行的；因爲他不是我們的黑人，他的主人會上這兒來，一定叫我們賠出這個黑人的身價才行。這樣就把其餘的人的氣燄都壓下去了，因爲那些人雖然爲了一個黑人做了什麼不對的事情，直想把他絞死，可是他們都只圖拿他來解恨，完了可最不願意爲他賠錢。

可是他們還是拚命咒罵吉姆，過一會兒又在他腦袋上打一、兩下巴掌，可是吉姆一聲不響，還裝作不認識我。後來他們又把他押到原先那個小屋子裡，把他自己的衣服給他穿上，又拿鐵鏈把他鎖上，這回可不是鎖在床腿上，他們在牆腳那根大木頭上釘了一顆大騎馬釘，把鐵鏈鎖在那上面，還給他加上了腳鐐手銬，他們還說從此以後，除了麵包和白開水，什麼也不給他吃，且等他的主人來了再說，要是過些日子他的主人還不來，那就要把他拿來拍賣；他們還把我們那個洞堵起來，說是一定要派兩個農夫，每天夜裡帶著槍在這小屋子附近看守著，白天就要在門口拴上一條鬥狗：他們把這件事情安排完了，大夥兒臨走還要罵一陣收場。正在這時候，那位老醫生來了，他看了一下，就說：

「你們能不對他那麼凶，就別太凶了吧！因爲他這個黑人還不壞。我找到那孩子的時候，一看那顆子彈不好取，沒人幫忙就取不出，看他那情況，我又走不開，不能找人來幫忙；後來他的傷勢越來越厲害了，過了老半天，他就神經錯亂了，再也不讓我走近他身邊，他說我要是在他的木筏上劃記號，他就要我的命，還說了許多像這樣的胡話；我就知道我拿他簡直沒辦法；於是我說，我好歹總得想法子找人來幫忙才行，我剛說出這句話來，這個黑人就不知從哪兒爬出來了，他說他願意幫忙，並且他就眞的幫忙了，而且幫得很好。當然我猜到了他是個逃跑的黑奴，這可眞叫我爲難！我只好一直盯在那兒，盯了大半天，還等了一整晚。那可眞是進退兩難，我告訴你吧！我有兩個得了瘧疾的病人，我當然很想趕快回鎮上來看看他們，可是我又不敢動，因爲這個黑人也許會逃掉，人家可就不能不怪我了，可是河裡的小船又沒有一隻走得很近，能讓我叫過來。所以我就只好一聲不響地在那兒守著，一直守到今天天亮；我可從來沒見過這麼會伺

候病人的黑人，也沒有比他更忠心的；他簡直是冒著被人逮住的危險來幫這個忙，並且他已經是累得要命，我看得非常清楚，近來一定是有人叫他做了許多苦活。這使我很喜歡這個黑人；我告訴你們吧，各位，像這位的黑人實在是値一千塊錢——主人還應該好好地對待他才行。我要他做的事情，他全都做到了，那孩子也像是在家裡一樣，什麼都很好——也許比在家還更好哩，因爲那兒清靜極了。可是我得守著他們兩個實在不容易對付，我只好盯在那兒，一直盯到今天清早；後來有幾個人坐著一隻小船過來了，事情偏偏湊巧，這個黑人正好坐在小舖旁邊，把腦袋支在膝蓋上睡著了；於是我比畫了幾下，叫他們過來，他們就悄悄地撲到他身上，趁他還莫名其妙的時候，冷不防抓住了他，把他捆起來了；我們簡直沒有費什麼事。那孩子也迷迷糊糊地睡著了，我們就把船上的槳裹上東西，不讓它有聲音，再把木筏拴在後面，悄悄地把它拖過河來。這黑人一點也沒吵鬧，從頭起就一聲不響。這個黑人可眞不壞呀，各位；我的看法就是這樣。」

有人說：

「對，您這話說得很有道理，叫人不能不相信。」

別的人也不那麼凶了，這位老醫生給吉姆做了這件好事，我眞是對他感激不盡；他這個人我總算沒看錯，這也使我高興，因爲我頭一回看見他，就覺得他心眼很好，的確是個好人。後來他們大夥兒都承認吉姆的行爲很好，應該被人看得起，並且還要給他一點獎賞才行。所以他們個個都馬上就眞心眞意地答應再也不罵他了。

過後他們就出來了，又把他鎖在屋裡。我希望他們會說吉姆的鐵鏈子可以取下一、兩根，因爲那些鏈子重得要命，我還希望他們除了麵包和白開水，再給他一點肉和青菜吃；可是他們根本沒想到這些，我看我還是別摻進去才好，不過我想著我只等自己過了眼前這一關，就得想法子把那位醫生說的話告訴莎莉阿姨——我說過關，就是說我還得跟她解釋解釋，爲什麼我給她說到湯姆和我那天黑夜裡划著小船到處去找那逃跑的黑人的時候，忘了給她提起湯姆受了傷的話。

可是我還有的是工夫。莎莉阿姨整天整夜盯在病人屋裡，我每回遇到賽拉斯姨爹呆頭呆腦地東蕩西蕩，就趕緊躲開他。

第二天早上，我聽說湯姆好得多了，他們說莎莉阿姨上自己屋裡去睡個小覺，休息休息去了。於是我就溜到病人屋裡，要是趕上湯姆醒著，我想我們倆就可以編出一套經得住盤問的假話，來哄這一家人。可是他正在睡覺，並且還睡得很安靜，他臉色發白，不像來的時候那樣燒得通紅。於是我就坐下等他醒過來。大概過了半個鐘頭，莎莉阿姨就悄悄地進來了，這下子我又倒了楣，弄得挺窘！她對我擺擺手，叫我別做聲，她在我身邊坐下，悄悄地說起話來，她說我們現在都可以高興了，因爲病情全都挺好挺好，他像那樣睡已經睡了很久，一直顯得越來越好，越來越安靜，等他醒過來的時候，十之八九不會再像那樣迷迷糊糊了。

於是，我們就坐在那兒守著，過了一會兒，他稍微動了動，很自然地睜開了眼睛，望了一下，說：「嘿！怎麼的，我在家裡地！這是怎麼回事？木筏在哪兒？」

「還是好好的拴著。」我說。

「吉姆呢？」

「也很好。」我說，可是不敢說得太冒失。誰知他並沒注意，又說：

「好！好極了！那麼我們平安無事了！你跟阿姨說了嗎？」

我正想說我已經給她說過了，可是她插嘴說：

「說什麼呀，席德？」

「咦，說整件事情是怎麼做的呀！」

「什麼整件事情？」

「哈，就是那整件事情呀！反正就只這麼一件事情嘛；就是我們怎麼把那逃跑的黑人放走的事——我和湯姆倆幹的。」

「老天爺！把那逃……這孩子說的是什麼話呀！哎呀，哎呀，他又在胡說了！」

「不，我才不是說胡話哩，我說的事情，我都知道得清清楚楚。我們的確是把他放走了——我和湯姆。我們打好了主意要那麼做，結果就眞那麼做了，並且還做得挺帥哪。」他把話匣子打開了，她也不擋住他的話，光是坐在那兒瞪眼望著，聽他一直講下去，我知道我插嘴也沒有什麼用處。「噢，阿姨，這事可叫我費了很大的力氣呀——做了幾個星期——每天夜裡，你們都睡著了的時候，我倆就一連做好幾個鐘頭。我們得偷蠟燭，偷被單和襯衫，還有您的衣服，還有湯匙和洋鐵盤子，小刀和長柄鍋盆，大磨石和麵粉，說不完的許多東西，您簡直想不到我們做鋸子和筆是多麼費力的事，刻那些題詞和做別的事情又多麼麻煩；這些事情多麼好玩，您連一半都想不到。我們還得畫那些棺材什麼的圖畫，寫強盜的匿名信，還得順著避雷針，還得挖個洞往那小屋子裡去，還得做那根繩梯，把它烙在一個大餡兒餅裡，還得把湯匙和其他東西放在您的圍裙口袋裡，讓您帶進去……」

「我的天啊！」

「……又把那小屋子裡裝滿了老鼠、長蟲什麼的，給吉姆做伴，後來您把湯姆老留在這兒，讓他帽子裡老扣著那塊奶油，差點把整個事情都給弄糟了，因爲我們還沒走出那個小屋子，那些人就過來了，我們就只好趕快跑，他們聽見了，就拚命追我們，結果我就正好挨了一槍，我們閃到路旁邊，讓他們走過去，後來那些狗追過來，並不理會我們，只管往聲音最大的地方，我們就找到了我們的小船，划到木筏那邊去，我們都平安無事，吉姆也得救了。這些事全是靠我們自己做的，您說帥不帥呀，阿姨！」

「噢，這種事我從娘胎起還沒聽說過！原來是你們做的好事，惹出這許多麻煩呀，你們這兩個混小子！你們把大夥兒都弄得暈頭轉向，把我們都嚇得要命。我眞恨不得馬上就收拾收拾你們。我一夜接著一夜在這兒熬，想起來眞冤枉——你這小畜生，只等你好了，我就非把你們兩個揍得現出原形不可！」

可是湯姆呢，他得意洋洋，高興透了，他簡直懲不住，嘴裡就只管說出車——她也老是插嘴，一個勁兒跟他吵，兩個人搶著說，就像貓兒打架一樣；她說：

「好吧，你們做這事總該痛快夠了吧，我告訴你，你們當心吧，往後你們要是再去管他的閒事，那我就……」

「管誰的閒事呀？」湯姆說，他收了笑臉，顯露出吃驚的神情。

「那還用問？當然是說那個逃跑的黑人哪。你說還能是誰呢？」

湯姆繃著臉望著我，說：

「湯姆，你剛才不是說他很好嗎？難道他還沒跑掉嗎？」

「他？」莎莉阿姨說：「那逃砲的黑人嗎？他當然沒跑掉。他們又把他抓回來了；他又被關進那小屋子裡去了，只給他吃麵包和白開水，鎖上了好幾根鐵鏈，等著人家來認領，要不然就把他拍賣！」

湯姆馬上就在床上坐起來，眼睛裡直冒火，鼻孔像魚鰓似地一開一閉，他對我大聲嚷起來：「他們沒有權利把他關起來呀！快去！一分鐘也別耽擱。快把他放了吧！他已經不是奴隸了。他也像這世界上逍遙自在的人一樣自由呀！」

「這孩子究竟在說什麼？」

「我說的句句都是實話，莎莉阿姨；要是沒人去，我就要去了。我老早就認識他，他這一輩子的事，我全知道，湯姆也是一樣。華森老小姐兩個月以前死了，她本來打算把他賣到大河下游去，臨死的時候想起來覺得怪難爲情，她自個兒這麼說來著，她在遺囑裡恢復他的自由了。」

「那麼，你既然早就知道他已經恢復了自由，到底爲什麼還要你來把他放走呢？」

「噢，那倒眞是個問題，老實說；您問的簡直是道地的女人家的話！噢，我是要嘗嘗冒險的滋味呀！我寧肯流血犧牲，冒著天大的危險，在齊脖子的血海裡走，也得……哎呀，天啊，波莉阿姨呀！」

可不是嗎，她在門裡面端端正正地站著，滿臉帶笑，活像個天使似的，我可眞想不到！

莎莉阿姨馬上向她跳過去，用力摟著她，差點兒把她的腦袋給摟掉了，她又向她哭了一陣。我趕快鑽到床底下，找了個好地方藏起來，因爲我覺得這下子我們倆可夠窘的了。我偷偷地往外看，過了一會兒，湯姆的波莉阿姨擺開了她的妹妹，站在那兒從眼鏡上面往湯姆這邊望過來——

簡直把他盯得想往地縫裡鑽，你知道吧！後來她就說：

「對呀，你最好還是把頭轉過去吧——我要是你的話，我一定會那麼做，湯姆。」

「哎喲，怎麼啦！」莎莉阿姨說：「難道他的樣子會變得這麼厲害嗎？噢，這不是湯姆呀，他是席德；湯姆在……湯姆在……咦，湯姆上哪兒去了？剛才他還在這兒哩。」

「妳說的是哈克·費恩吧！準是指他！我想我把湯姆這小淘氣鬼從小帶大，帶了這麼多年，還不至於看見他在眼前還不認得吧！要是連他都認錯了，那就成了大笑話了。快從床底下鑽出來吧，哈克·費恩。」

於是我就鑽出來了，可是我覺得怪不好意思。

莎莉阿姨那副莫名其妙的樣子，眞是少見——賽拉斯姨父走進來的時候，聽說那件事，更是大吃一驚。這簡直把他弄得暈頭暈腦，後來那老半天，他一直都是迷迷糊糊的，那天晚上他在一個祈禱會上講道，就講得大出風頭，因爲哪怕是世界上最年老的人，也會聽不懂他講的是些什麼話。湯姆的波莉阿姨跟他們說了我是誰，是個什麼樣的人；我也就不能不說一說我當初怎麼會弄得那麼窘，斐爾普斯太太把我當成湯姆·索亞的時候——她揮嘴說：「啊，還是照舊管我叫莎莉阿姨吧，我現在已經聽慣了，你用不著改。」——我得說明一下，莎莉阿姨把我當成湯姆·索亞的時候，我爲什麼只好將錯就錯，冒充湯姆——那時候我實在沒有別的辦法，我也知道他不會在乎，因爲這麼個秘密會使他覺得很好玩，他可以拿這個耍出一套冒險的把戲來，耍得心滿意足。後來果然是這樣，他就假裝席德，什麼都應付得挺好，沒有叫我吃苦頭。

他的波莉阿姨說老華森小姐的確在她的遺囑裡說過要恢復吉姆的自由，湯姆的話是眞的，湯姆·索亞那麼煞費苦心地給一個已經獲得自由的黑人恢復自由，原來是這麼回事！原先我無論如何也猜不透，像他這種有身分的人家教養出來的孩子，怎麼會肯幫助別人給一個黑奴恢復自由。直到這時候，聽到他們這些話，我才明白。

波莉阿姨說莎莉阿姨給她寫信，說是湯姆和席德都來了，並且平安無事，都很結實，她心裡就想：「妳瞧，這才叫奇怪哩！我本來就該料得到，讓他一個人出門，沒有誰管著他是不行的。我好像是怎麼也接不到妳的回信似的，所以我就只好自己出來跑一趟，趕這一千一百哩水路，來看看這個小傢伙這回又玩了什麼花招。」

「咦，我壓根兒沒接到過妳的信呀！」莎莉阿姨說。

「嘿，這才怪哩！我給妳寫過兩封信，問妳怎麼說是席德也在這兒。」

「啊，我連一封也沒接到呀，姊姊。」

波莉阿姨慢慢掉過頭去，很嚴厲地說：

「湯姆，你這傢伙！」

「唉——怎麼啦？」他好像是撒嬌似地說。

「你還問我呀，你這冒失鬼——快把那些信拿出來。」

「什麼信呀？」

「那兩封信。老實告訴你，我要是把你抓住，那就要……」

「信都在箱子裡。這總該行了吧！現在它們還是好好的，跟我從郵局取回來的時候一樣。我並沒打開來看，連動都沒動一下。可是我知道那些信會惹出麻煩來，所以我就想如果您並不怎麼著急的話，我就……」

「哼，你這傢伙眞該剝皮才行，這可沒冤枉你。我另外還給你寫過一封信，說我就要來找你。我想他也……」

「不，昨天收到了。我還沒有看，可是這封總算沒問題、我收到了。」

我很想給她打兩塊錢的賭，敢說她沒有收到，可是我覺得還是不說的爲好。所以我就根本沒作聲。

尾聲、再沒有什麼可寫了

後來我好不容易碰到個機會，跟湯姆私自談話，我馬上就問他，當初出奔的時候，他到底打的是什麼主意？要是出奔的計畫很順利，結果他把一個已經得到了自由的黑人恢復了自由，他又打算怎麼辦？他說，他腦子裡從頭起打的主意是這樣：我們要是幫著吉姆穩穩當當地逃出去了，就要叫他坐上木筏，再往大河下漂流，一直漂到大河口上，做些冒險的事，再把他恢復了自由的消息告訴他，然後派頭十足地搭上輪船，把他帶回老家去，還給他一些錢賠償他耽擱的工夫，並且還要先寫封信回去，叫所有的黑人都出來歡迎，讓他們舉行一個火炬遊行，弄個樂隊，大夥兒歡歡喜喜地擁著他回鎮上去，那麼一來，他就成了個英雄，我們倆也挺有光彩。可是我覺得像現在這樣，也就很夠開心的了。

我們很快就把吉姆的鏈子解開了，波莉阿姨和賽拉斯姨父和莎莉阿姨他們聽說他幫醫生照應湯姆，做得很好，他們就拚命地誇獎他一陣，又給他換上很漂亮的衣服，還讓他吃了許多想吃的東西，叫他痛痛快快地玩，什麼事也不叫他做。我們把他領到病人屋子裡，歡歡喜喜地聊了一

陣；湯姆因爲他替我們當了犯人，扮得很好，就給了他四十塊錢的獎賞。

吉姆高興得要命，突然哈哈大笑地說：

「你瞧，怎麼樣，哈克，我那回跟你怎麼說的？我在傑克遜島上跟你說什麼了？我說過我胸口上長毛，是個什麼兆頭；我說從前我有錢過一次，往後還要發財；現在果然靈驗了；好運氣終於歸來！你瞧，怎麼樣！我可用不著你說——兆頭就是兆頭，你記住我的話吧。我早就知道我一定會再發財，跟板上釘釘一樣，哪還會有錯呀！」

後來湯姆就打開話匣子，說個沒完，他說，我們三個哪天夜裡從這兒溜出去，買一套出門用的東西，到印第安人的地區去，做一些熱鬧的冒險事情，痛痛快快地玩它兩、三個星期。我說，好吧，這倒是很中我的意，可是我沒有錢，買不起出門用的東西，並且我猜要從家裡要錢來也不行，因爲爸大概早就回去了，他多半已經從柴契爾法官那兒把錢都要過去，大喝特喝地花光了。

「不，他沒回去，」湯姆說，「你的錢全在那兒哪——六千塊錢，還有多的。你爸連一回也沒回去過。反正我出來的時候，還沒見他回去過哩。」

吉姆好像是一本正經地說：

「他再也不會回去了，哈克。」

我問了一聲說：

「爲什麼，吉姆？」

「別管它爲什麼，哈克——反正他再也不會回去就是了。」

可是我老盯住問他，後來他才說：

「你還記得那個順著大河往下漂的房子嗎？那裡面有個人，身上蒙著一塊布，我到裡面去把那塊布揭開，不讓你進去，你還記得嗎？得啦，你要錢的時候就可以取得到，因爲那個死人就是你爸爸。」

這時候湯姆的傷口差不多已經全好了，他把他那顆子彈繫在錶鏈上當做錶，常常拿來看看是什麼時候。現在再也沒有什麼事可寫了，我倒是覺得很高興，因爲我要是早知道寫一本書有這麼麻煩，我根本就不會動手，往後我也不會再寫了。可是我覺得我只好比他們倆先溜到印第安人那邊去，因爲莎莉阿姨打算收我做乾兒子，讓我上學受教育，這個我可是受不了，因爲我早就嘗過這個滋味了。

國家圖書館出版品預行編目資料

頑童歷險記／馬克 ・吐溫／著　張友松／譯
-- 二版 -- 新北市：新潮社，2020.06
面；　公分
譯自：The Adventures of Huckleberry Finn
ISBN　978-986-316-764-8（平裝）

874.57　　109003911

頑童歷險記

馬克 ・吐溫／著

張友松／譯

【策　劃】林郁
【制　作】天蠍座文創
【出　版】新潮社文化事業有限公司
電話：(02) 8666-5711
傳真：(02) 8666-5833
E-mail：service@xcsbook.com.tw

【總經銷】創智文化有限公司
新北市土城區忠承路 89 號 6F（永寧科技園區）
電話：(02) 2268-3489
傳真：(02) 2269-6560

印前作業　菩薩蠻、東豪印刷事業有限公司

二版　　2020 年 08 月